KB146842

ooking into the Poetry of Park Myung-Yong

박명용 詩 들여다보기

정순진 편

박명용 詩 들여다 보기

■ 머리글

한국현대문학사가 가지고 있는 병폐 중의 하나는 조로현상입니다. 약관의 나이에 문단에 나와 세상을 깜짝 놀라게 할 만한 시를 쓰던 시인들도 몇 년 반짝하고 난 뒤에는 시를 포기하는 경우가 많고, 계속 시를 쓴다고 하더라도 젊은 날의 시에서 한 발자국도 벗어나지 못한 시만을 발표하면서 명색만 유지하는 시인이 많기 때문입니다. 그런 점에서 박명용 교수는 시를 공부하는 사람들의 본보기가 될 만한 남다른 시인입니다. 나이 들어가면서 시세계는 더욱 깊어지고 시는 더욱 여유로운, 드문 경지에 다다랐기 때문입니다.

박명용 시인은 젊은 시절 기자로 사회에 첫발을 내디뎌 명성을 얻었고, 그 뒤 대학강단에서 시를 가르치는 열정적인 교수가 되었지만 그는 어디까지나 시인일 뿐입니다. 일상생활에서 만나는 사소한 사물 하나도 그냥 스쳐 지나가지 않고 하나하나 그 존재의 본질을 탐색하는 사람이기 때문입니다.

이 책은 시를 창작하고, 또한 시를 가르치고 연구하는 박명용 시인이 그동안 이룬 시세계를 치밀하게 읽고 분석한 시인, 평론가, 학자들의 글을 묶어 편집한 것입니다. 제1부는 시인론, 제2부는 시집해설, 제3부는 개별작품비평, 제4부는 각종 시론책과 시창작책에 인용되어 있는 시와 거기에 덧붙여진 설명, 제5부는 주로 언론 등에 비춰진 시인의 모습을 다룬 글들로, 지난 세월 동안 이루어 낸 시적 성취를 다각도로 살펴볼 수 있는 좋은 자료가 되리라고 생각합니다.

모든 사람이 이의없이 동의하는 박 교수의 장점은 부지런하다는 것입니다. 쉬지 않고 끊임없이 연마하여 절정을 모른 채 나날이 넓고 깊은 시를 발표할 뿐 아니라 창작활동, 학문연구, 교육활동 등 모든 분야에서 주변에 있는 젊은 사람들이 혀를 내두를 정도로 열정적으로 활동하고 있는 시인입니다. 물리적으로야 이제, 내년이면 정년을 맞이하지만 가까이에서 시인을 지켜보는 사람들은 한결같이, 박명용 시인이 앞으로도 몇 번이나 더 놀라운 시적 도약을 이루어내리라는 것을 믿어 의심치 않고 있습니다.

마지막으로 재수록을 허락해준 필자분들과 어려운 여건에서도 기꺼이 출판을 맡아준 푸른사상의 한봉숙 사장님께 깊이 감사드립니다.

2005년 한여름, 청량한 매미소리 들으며

편저자 정 순 진

차례

차례

박명용 詩 들여다 보기

차례

제3부 작품 비평

차례

박명용 詩 들여다 보기

제4부 시론과 시창작의 전형

제5부 시인의 면모

■ 보기

• 종전에 발표된 글은 현행 맞춤법에 따랐음
• 필자의 약력은 집필 당시로 하였음

제1부 시인론

문덕수 흔들림, 고독, 그 초극운동
김유중 고독한 추적자
박계숙 자아성찰을 통한 실존에의 접근
채수영 앵티미즘과 정서의 변화
유한근 박명용론
송백헌 박명용론
김태진 박명용의 시세계
이승하 생명력을 구가하는 사계절의 산
반경환 절대정신, 그 아름답고 찬란한 불꽃
김석환 단절의 세계에서 존재의 끈 찾기

흔들림, 고독, 그 초극운동

— 박명용론

문 덕 수 *

시집 『뒤돌아보기 · 강江』(1998)을 포함하여 8권의 시집을 낸 박명용朴明用은 그의 시를 좋아하는 독자들의 채근과 때마침 또 올해가 그의 이순耳順이고 해서 이왕이면 자기의 시작과정을 일별할 수 있도록 시선집을 상재했다. 어느 시집에서 어떤 작품을 가려 뽑았는지는 알 수 없지만, 첫 시집 『알몸 서곡序曲』(1979) 등 8권의 시집에서 자선하여 발표 연대순으로 엮은 것으로 보인다. 시인으로서의 성장과정과 더불어 시인 자신의 자기 작품에 대한 기호嗜好도 알 수 있을 것 같다.

1.

박명용은 머리말에서 자기 시의 3단계 변모 과정을 밝히고 있다. 1960년대 중반부터 1970년대까지는 사라지는 것들의 허구와 순수에 대한 관심이 강했고, 1980년대부터는 무지의 완력이나 강력한 힘 앞에 직면한 언어 혼란의 극복에 안간힘을 썼고, 그리고 1980년대 후반부터는 자신을 뒤돌아 보며, 규명할 수도 규정되지도 않는 존재의 가치와 행방을 찾는 시기였다는 것이다. 이러한 자기

* 시인 · 예술원 회원

성찰은 반성과 다짐이라는 차원에서보다 나름대로의 자기 시론이나 자기철학을 정립하려는 몸짓이라는 점에서 주목된다.

박명용은 사라져 가는 것, 소멸해 가는 것에 대한 체험을 자기의 출발점으로 하고 있다. 초기 시집에서는 '상실' 또는 '소멸'이라는 원체험原体驗의 다양한 현상을 읽을 수 있다. "새 한 마리 허허로운 기폭旗幅에/ 흩어지고"(「안개지역 · 1」), "친구도/ 술도 잃어버린/ 멀쩡한 낮달"(「낮달」), "나를 잃은 환자"(「뒷자석」), "가랑비 같이 엷어가는/ 이 여백"(「모발지대」), "논두렁 막걸리 맛도 잊어버린"(「일기예보」), "눈도/ 귀도/ 코도/ 잊어버린 환절기"(「환절기」), "찢어진 깃발/ 풀어 내린 마음"(「찢어진 깃발」), "머얼리 점 하나/ 아른아른"(「노을」) 등의 이미저리는 모두 상실, 희박稀薄, 망각忘却, 파열破裂, 분열, 지평地平, 공백空白 등의 반생명적 의미와 관련된다. 이러한 경향을 젊은 날 항용 있기 쉬운 감상感傷이나 페시미즘쯤으로 치부해서 덮어 버릴 수는 없을 것 같다.

어제가 밟힌 자리에
오늘도 밟는 자리에
내가 부서지고

아무리 채워도
메워도
넘치지 않는 방은
늘 텅 빈 사각

— 「언제나 이렇게」에서

언제나 밟히기도 하고 밟기도 하는 자리, 그래서 '내가 부서지는 자리'는 어떠한 장소, 어떠한 공간일까. 현실 속에서의 너와 나의 관계란 상호간 침해와 피침해의 연속일 것이다. 즉, '자기/ 타자'라는 현실의 원형적 관계를 밟고 밟히는 관계로 표현한 것이다.

그러나 심각한 문제는 내가 부서지는 체험, 즉 자기 파괴나 자기 상실의 체험이다. 그러한 체험으로 말미암아 패인 '공백'(방)은 아무리 채우고 메워도 충만이나 충족이 불가능한, 항상 결여 상태로 텅 비어 있다. 그리고 사라지거나 소멸하지 않는 텅 비어 있음, 즉 이 여백이나 허무야말로 인간존재의 근원적 조건이기도 하다. 박명용은 시의 출발점에서부터 자기라는 존재 속에 지워지지 않는 상처 같은 '공백'을 지니고 있었던 것이다.

문학에서나 철학에서는 '초월'transcendence의 문제를 중요시한다. 초월이란 낮은 차원에서 높은 차원으로, 일상의 단계에서 이상적 단계로의 자기 이동을 의미한다. 이러한 초월도 결국은 존재의 운동 또는 발전적 변화라고 볼 수 있고, 그러한 존재 운동은 그 존재가 가지고 있는 여백이나 공백이 있기 때문에 가능한 것이다. 빈 공간이 있어야 사물이 움직일 수 있음은 상식에 속하는 문제다. 박명용이 시인으로서 스타트라인에 설 때부터 존재의 원체험을 통해서 인간의 한계 조건에 눈떴다는 것을 알 수 있다.

자기 자신이 갖고 있는 허무, 공백, 여백은 존재의 고질과 같은 것이라고도 할 수 있다. 자기 파괴의 체험은 오늘에서 내일로, 한 차원에서 다른 차원으로의 자기 양도요 이동이요 향상이요 초월이지만, 그 체험에 수반된 아픔, 고통, 고민, 고독, 불안 등은 불가피한 조건들이다. 이러한 그의 존재 상황은 후반기의 시에서도 그대로 드러나고 있다.

> 나는 나를 모른다
> 가장 잘 아는 나도
> 나를 모른다
> 내 귀로 듣는 내 목소리도
> 내가 아니고
> 거울에 비쳐 본 얼굴도
> 항시 새로운 남이고
> 알몸으로 우뚝 서도
> 처음인 듯 자꾸 보고

—「내가 아닌 또 하나의 나」에서

"거울에 비쳐 본 얼굴도 항시 새로운 남"이라는, 자기에 대한 타자의식他者意識을 읽을 수 있다. 자기 속에 항상 새로운 얼굴, 새로운 표정으로 도리어 자기를 역시逆視하는, 자기self 속에서 자기에 맞서는 또 하나의 주체로서의 타자other인 '나'야말로 존재의 자기 초월운동이라고 할 수 있다.

2.

박명용은 1980년대부터 자기 시에 대한 성찰에서, "무지의 완력"이나, "강력한 힘"에 직면한 언어 혼란을 극복하기 위하여 노력했다는 말을 하고 있다. 무슨 의미인지 얼른 잡히지 않지만, 대사회적인 발언이라고도 할 수 있고, 자기 자신에 대한 존재론적·수사학적 발언이라고도 할 수 있지 않을까. 대사회적인 발언으로 볼 때 사회의 부조리나 비리에 대한 비판적·공격적 몸짓의 암시로, 자기 자신에 대한 존재론적 발언이라면 자기 존재의 흔들림, 불안, 고독이라는 존재상황의 표출로 볼 수도 있다.

벌어진 행간을 틀어막고
빗나간 창틀을 못질하고
그리고 얼어붙은 얼음을
모조리
헐어 버리는, 헐어 버리는
그렇게
힘찬 힘이고 싶다

—「나의 망치는」에서

부조리를 조리로, 비정적인 세계를 인간적 세계로 바꿀 수 있는 힘, 즉 휴머니즘에 의거한 정의의 '망치'를 찾고자 하지만, 이미 세상의 깊은 물 속에 가라앉아 버린 그 망치를 찾을 수 있을 것 같지 않다. '권력의지'를 찾으려는 각주구검刻舟求劍의 반복일까. 사회성을 암시하는 이런 경향은 훨씬 후기의 시 「이상기온 · 2」에서 일종의 '고발시' 형태로 드러난다. 즉, 여기서는, "날이 갈수록 선명하다/ 예수의 가면 속에 숨거나/ 석가의 장삼자락에 숨은 얼굴이/ 너무 훤하다"와 같이, 오늘의 우리 사회의 가리워진 종교적 위선을 고발하고 있다. 그러나 세상의 깊은 물 속에 가라앉아 버린 '망치 찾기'의 어려움은, 바로 박명용 시의 사회성 한계라고 할 수 있고, 또 사회시만이 시의 대중이라고 할 수는 없다.

망치를 가지고 때리고 부수어 죽이는 것도 경우에 따라서는 있을 수 있지만, 박명용에게는 정의나 휴머니즘이라고 하더라도 그런 '폭력'은 어울리지 않는 것 같다. 우선 시인 박명용(또는 그의 시의 주체, 화자) 자신이 체력이나 이념적 중무장이 되어 있어야 하는데, 『한국 프롤레타리아 문학연구』(1992) 같은 중요 논저가 있기는 하지만 그것은 학문이요, 시는 생리生理이기 때문에 계급적 · 폭력적 이데올로기는 우선 그의 시적 체질이 용허하지 않은 것 같다. 그는 계급적 · 폭력적 이데올로기보다는 아무래도 존재론에 더 친근성을 느끼고 있다. 그래서 그도 어쩔 수 없이 한 인간으로서 니체적인 권력의지보다는 늘 흔들리고, 비틀거리고, 불안하고, 고독한 존재일 수밖에 없다.

> 낭떠러지 끝에서 현기증을 일으키고
> 넓은 광장에서 지구가 흔들리는
> 그런 위치에 살고 있다
>
> — 「초점」에서

비정적인 현대문명의 상황 속에서는 존재의 안팎으로부터 예고 없이 다가오는 위험에 직면하기 마련이다. 변화무쌍하고 예측할 수 없는 현대의 불확실성 속의 삶이란 언제나 '위기'요, '낭떠러지 끝'에 서서 느끼는 아찔한 현기증 그것이라고 할 수 있다. 사방이 훤히 트여 넓고 아무런 위험도 없는 것같이 보이는 광장에 서서도 둥근 지구의 자전과 공전을 생각하면 갑자기 현기증이 엄습해 오는데, 그것은 바로 존재 지반地盤의 흔들림이라고도 할 수 있다.

일주일에 두어 번씩
오르내리는 고속버스에서
흔들리며 흔들거리며
잠을 잔다.

— 「흔들림의 연습」에서

고속버스를 오르내려서 흔들려야 하는 작자(시적 주체, 화자)는 흔들림을 연습삼아 잠을 자려고 하지만, 그렇다고 그 흔들림을 망각하거나 없애 버릴 수 없다. 왜냐 하면 그것은 "흔들리며, 흔들거리며/ 잠을 자면서도/ 흔들리는 세상을/ 어렴풋이 느끼면서"라는 대목에서 보는 바와 같이, 바로 버스의 흔들림과 겹쳐져 있는 존재의 흔들림, 비록 버스의 흔들림이 끝나도 여전히 계속되는 그런 근원적 존재의 지진地震이기 때문이다. 그런 근원적인 흔들림이라고 하더라도 흔들리게 하는 존재의 어떤 에너지 같은 것, 또는 그런 에너지가 발생하고 활동할 수 있는 원인으로서의 공간이 있어야 하지 않겠는가.

그런 공간이 바로 이 시인의 초기 원체험, 즉 존재 속의 사라지고 소멸한 뒤의 잔존하는 영역, 즉 허무, 공백, 틈이다. 그러나 패이거나 뚫린 이 존재의 구멍은 진공지대, 제로 지대가 아니다. 왜냐 하면 이것이 바로 모든 동요, 불안, 고독, 환영幻影, 허깨비, 갈구渴求, 욕망, 그리움, 침묵의 생성 원인이기도 하고, 또 새로운 자기 존재의 생성 원인이기도 한 '바람'이기 때문이다.

요즘 바람은
나를 내 안에서
마음대로 움직이게 한다

— 「바람과 날개 · 1」에서

바로 이러한 바람, 자기도 통제하고 제어할 수 없는, 타자로서의, 프로이트가 말하는 무의식, 그것의 바람이라고 할 수 있다. 그래서 모든 존재는 흔들리고, 갈라지고, 흩어지고, 잃어버리고 잊어버리기도 하면서 다시 무엇인가를 그리워하고 갈구하면서 부단한 자기 초월 운동을 계속하는 것이다.

> 왼쪽 길을 가면서
> 오른쪽으로 걸어오는
> 사람들을 보면
> 언제나 나는 혼자입니다.
>
> —「위치에 대하여」에서

인간관계 속에서 불가피하게 직면하는 존재 조건의 하나는 '고독'이다. 고독은 "가슴 한 구석에/ 진하게 박힌/ 섬 하나/ 날이 갈수록 아득하다"(「섬」)에서 볼 수 있는, 망망대해 속의 한 점 고도孤島이다. 날이 갈수록 아득해지는 섬, 자기와 또 하나 자기와의 아득한, 도무지 측정할 수 없는 이 분열의 멀어지는 거리야말로 '고독'의 존재론을 함축하고 있다고 하겠다. 그리고 이러한 고독의 심층적 내지 원초적 체험에서, 자기 탐구나 '그리움'이나 '사랑'은 더욱 절실하고 더욱 진실한 모습을 띠게 될 것이다.

> 고요를 타고
> 무시로 오는
> 눈물 같은 그리움
> 한 줄기 빛을 타고 내리는데,
>
> 날아간 새
> 인연으로 돌아올까
> 문을 닫지 못하는
> 나의 문을 본다
>
> —「문」에서

날아간 새가 혹시 인연으로 돌아올지도 몰라서 닫지 못하는 그 문을 다시 응시하는 이 고독의 시선視線은 참으로 눈물겹다고나 할까, 서글프다고나 할까. 어쨌든, 이 고독의 문은 초기 시에서 체험한 존재의 펑 뚫린 공백, 허무 그것이라고 할 수 있다.

3.

한 시인의 작품에서, 동일한 제재가 5년이나 10년 등의 시간적 간격을 두고 잠복해 있다가 이따금 나타나 기복起伏을 이룬 일련의 작품군을 발견할 수 있음은 흥미로운 일이다. 박명용의 작품에서 특히 '강'이나 '돌'과 같은 제재의 동일성을 초기 작품에서부터 중기, 그리고 최근작에 이르기까지 발견할 수 있는데, 이러한 제재의 동일성으로 일관된 작품을 통해서 이 시인의 창작 태도의 변화과정을 살펴볼 수도 있다.

> 활처럼 휜
> 한 아름 물줄기 속에서
> 뒹굴던 돌은
> 두고두고 심천深川을 잊지 못한다.
> ……
> 부딪쳐도 좋고
> 굴러도 좋고
> 고향 떠난 돌은
> 두고두고 심천을 잊지 못한다
>
> — 「깊은 내」에서

이 시는 아마 첫 시집 『알몸 서곡』(1979)에 수록된 작품일 것이다. 심천은 고향의 강이고, '돌'은 그 심천의 한 아름 물줄기 속에서 뒹굴고 부딪치고 굴러서 고향을 떠나 이제는 도시로 흘러온, 그러나 결코 고향을 잊을 수 없는 시인 자신이라고 할 수 있다. 이 시에서, 우리가 주목하는 점은 단순한 돌의 의인화라는 수사학적 의미작용이 아니라, 바로 3인칭 존재이면서도 이 시의 화자 즉 작자와의 등가적 · 동질적 주체가 되어 있다는 사실이다.

돌과 작자와의 등가성 · 동질성(일체성)은 작품 「돌」(둘째 시집 『강물은 말하지 않아도』(1981)의 수록작품인 듯?)에 와서는 더욱 강화된 느낌이 든다. "나의 치사한 꼴을 보이지 않도록 해 다오/ 나의 더러운 몸을 말끔히 씻기게 해 다오" 라는 1인칭적 요청은 '돌=작자'의 등가성 · 동질성의 강화라고 할 수 있다.

> 어떤 돌은 옆으로 서 있고
> 어떤 돌은 자폭自爆인가 엎드려 있고
> 어떤 돌은 엉거주춤 앉고
> 어떤 돌은 손을 들고
> 기도하듯

이러한 표현은 1인칭에서 3인칭으로 전환되어, 돌과 화자와의 분리를 볼 수 있고, 의인법적 수사학도 강바닥 변두리에 널려 있는 돌들의 존재에 대한 객관적 묘사로 볼 수 있다. 여기서 사물이나 존재에 대한 1인칭적 주관성과 3인칭적 객관성의 분리의 징조를 보게 된다. 그러나 이러한 돌이 자기의 분신, 또는 자기 속에서 자기에게 대결하려고 하는 고통스러운 타자他者로서의 이미지를 가지고 자기 속에 내재화內在化 된 것을, 시 「단단한 돌」(1980년 말이나 1990년대 초기의 작품인 듯?)에서 발견할 수 있다.

> 사람의 가슴이
> 바다 같기야 할까마는
> 시냇물도 보지 못하고
> 바다를 닮았다는
> 호화로운 위선僞善

그 속에서 나도 모르게 자란 돌
불어온 겨울 바람에
더욱 차다

—「단단한 돌」에서

자기도 모르게 자기 속에서 자란 이 돌은 위선의 돌이면서 그 위선을 내적으로 고발하는 고통의 돌로서 나를 흔드는 타자임이 분명하다. 그러므로 이런 돌은 객관적 현실성이라고는 전혀 없는, 단지 자기 존재 속의 한 양상의 메타포일 따름이다.

박명용의 제8시집 『뒤돌아보기 · 강』(1998)은 이 시인의 시작詩作 역정에서 새로운 전환점을 보여 주는 것으로 간주된다. 대부분이 제8시집의 수록 작품으로 간주되는 이 시선집의 제6부는, 자기 존재에 대한 등가적 · 의인법적, 그리고 직접적 탐구를 보류하고 모든 사물을 제3인칭적 · 객관적 존재로 둔 채 그 존재의 현상학적 의미를 관찰하고 탐구하는 경향을 보여 주고 있다. 감정이입 수법이 없는 것은 아니나, 그것은 작자 자신과 사물과의 등가적 · 의인법적 일체성을 추구하는 것이 목적이 아니라, 현전現前하는 사물 자체의 현상학적 묘사에 지나지 않는 것으로 보인다. 이것은 이 시인이 대상과 자기를 일체화시켜서 보지 않고, 대상에서 물러나 어떤 거리(심미적 · 분석적 거리라고 해도 무방하다)를 지니고 신축자재하게 조절할 수 있는 지점에서 사물의 현상을 관찰 · 분석 · 형상할 수 있다는 증거다. 「숲 · 1」, 「숲 · 2」와 「보길도」 연작시 4편 등이 모두 이러한 계열에 속하는 작품이다.

돌은 평생을
다듬으면서 산다
파도가 칠 때마다
일제히
제 몸을 굴리며
아픈 줄도 모른 채

온몸을 다듬고
하얀 햇살 아래
더욱 검게 윤을 내는
돌의 운명

— 「보길도 · 4」에서

얼핏 보기에는 '작자=돌'이라는 등가성 · 동질성으로 간주하기 쉬우나 결코 그렇지 않다. '돌'이라는 사물이 제3인칭의 객관적 존재로 끝까지 지속되어 있고, '다듬다', '운명' 등과 같은 말에서 유기체적 · 의인법적인 것이 이입되어 있다고 하더라도 그것은 돌 자체의 실상을 효과적으로 묘사하기 위한 장치에 지나지 않는다. 이 시의 끄트머리에 있는, "그리운 사람이여/ 돌 하나/ 주머니에 넣고 싶구나"에서, 돌과 그리운 사람이 동렬에 놓여 있기는 하지만, 돌은 돌대로 여전히 3인칭적 존재일 따름이다.

이러한 변모가 박명용의 많은 굴곡 중 자연스러운 성장과정의 한 고비에 지나지 않다면 그럴 수도 있다고 하겠다. 그러나 자기 탐구에서 사물 탐구로의 전환은, 지금까지 갇혔던 '자기 존재'라는 경계境界를 일단 벗어남으로써 새로운 세계의 지평이 열리는 것이 아닐까. 그렇다면 박명용의 진면목도 이제부터가 아닌가 하는 생각도 해 보게 된다.

서문을 쓴다는 것이, 시선집을 통독하고 나서 이렇게 길어졌다. 이 글이 박명용론의 목록에 들어간다고 해도 나로서는 어쩔 도리가 없다.

(시선집 『존재의 끈』, 푸른사상사, 2000)
(『니힐리즘을 넘어서』, 시문학사, 2003)

고독한 추적자
— 박명용론

김 유 중 *

1. 시쓰기의 세가지 방식 : 진행형, 추구형, 형성형

한 시인의 시세계를, 그것도 시력 30년이 훨씬 넘은 시인의 시세계를 총체적으로 조망한다는 것은 쉬운 일이 아니다. 오랜 세월이 흐르는 동안 시인의 관심사나 스타일도 변할 수 있겠고, 또 그것을 논리화하고 질서화하는 과정에서 다소간의 비약과 무리는 피할 수 없는 일처럼 느껴지기 때문이다. 박명용 시인은 60년대 초부터 시를 써오다가 사회로 진출하면서 이런저런 이유로 손을 놓았다. 그 후 10년이 지난 70년대 중반에 이르러서야 다시 시로 돌아와 본격적으로 쓰기 시작, 등단이라는 정식 관문을 통과하였다.

물론 이와 같은 사실이 그의 시를 이해하는 데 반드시 도움을 주는 것만은 아니다. 요는 그의 시력이 거의 30년을 넘어선다는 사실, 그리고 그 기간 동안 그의 삶과 문학에도 파란만장한 굴곡이 있었다는 사실이다. 그러한 굴곡 속에서도 그는 이제껏 시인으로서의 자의식만큼은 결코 외면한 적이 없다. 시를 향한 시인의 집념이 견고하면 할수록 시쓰기는 그에게 가혹한 시련과 좌절을 요구하는 법이다. 이 때 좌절은, 시인에게 고통의 원천인 동시에 또다른 희망의

* 문학평론가 · 건양대 국문과 교수

원천이다. 그것은 바로 살아 있는 작가 정신의 움직일 수 없는 증거이기 때문이다. 유능한 시인이라면 이러한 시쓰기의 역설적 원리를 꿰뚫고, 스스로의 시작 과정에서 이를 창조적으로 변용시켜 나갈 줄 알아야 한다. 필자가 박명용의 시에서 그런 징후를 감지하게 된 것은, 그러므로, 단순한 우연이 아니다.

이 즈음에서, 필자는 우리 주변의 대가급 시인들의 시작 경향에 대해 일별한 필요성을 느낀다. 꼭 들어맞는 것은 아니겠지만, 대개의 경우 오랜 세월 시작에 몰두한 대가급 시인들의 시작 경향은 다음과 같은 세가지 유형에 포괄될 수 있으리라 본다.

첫째, 진행형 시인. 이는 스스로의 관심 변화에 따라 끊임 없는 변신을 거듭하는 경우로, 각각의 시집마다 독립된 주제나 스타일을 선명히 한 경우를 말한다. 한국 시단에서 이런 예를 찾자면 서정주나 고은의 경우를 떠올릴 수 있을 것이다. 초기의 고대 그리스적 육욕에의 탐닉으로부터 후기로 넘어갈수록 점차 동양의 유현한 정신 세계, 신화적 공간에 대한 관심으로의 이월을 보이는 서정주의 예나 향기 높은 정신 세계, 고고한 은일적 서정에서 출발하여 민중적, 현실 참여적 세계관에 대한 강조로, 다시 민족 공동체적 인식에의 강조로 넘어가는 고은의 예는 진행형 시인의 그것과 잘 부합된다.

둘째, 이와는 반대로 시작의 전 과정에 걸쳐 어느 한가지 주제나 문제 의식만을 집요하게 추구하는 경우도 있을 수 있다. 이른바 추구형 시인으로 불리울 수 있는 이들은 지속적으로 한가지만을 고집하며, 그것의 근원적인 가치화를 위해 몰두한다. 우리 시사에서 본다면 아마도 김현승 같은 시인이 이런 예에 속하지 않을까 싶다. 그가 일생 동안 매달린 것은 인간 존재의 본질적 모순으로서의 고독이라는 문제였다. '견고한 고독'에서 '순금의 고독'으로, 다시 '절대고독'의 세계로 침잠해 들어가는 그의 시작 과정은 그 자체가 경건한 구도의 과정이자 정신 세계의 찬연한 드라마라 하지 않을 수 없다.

이상 살펴본 바와 같이, 진행형 시인과 추구형 시인의 경우는 상호간 극단적인 상반된 태도를 취하는 것처럼 보인다. 그렇다면 이들을 동시에 포괄하면서도 초극할 수 있는 길은 없을까. 다시 말해 꾸준히 새롭게 변모된 모습을 보이면서도 한편으로는 흔들림 없이 자기 중심을 유지하는 방법은 없겠는가.

이 지점에서 나는 형성형 시인이라는 관점을 새롭게 모색해보고자 한다. 여기서 말하는 형성형이란 시인 자신이 애초에 그가 가졌던 문제 의식을 꾸준히 밀고 나가되, 실제 시작 진행 과정에서 그것을 다채로운 방식으로 조명하고 시대의 흐름에 맞추어 능동적으로 유연하게 대처해나가는 것을 의미한다. 시인으로서 그에겐 일생에 걸쳐 추구해야할 목표가 있다. 그러나 그는 단지 그 목표에만 집착하며 밑그림부터 섣불리 확정짓는 우를 범하지는 않는다. 고정된 틀에 얽매이는 순간 그의 시는 현실 세계의 대한 응전력을 상실하고, 곧바로 관념의 폐쇄된 울타리 속에 갇혀버릴 것이기 때문이다. 그렇다고 해서 그가 줏대없이 이것저것 되는대로 기웃거리는 것이라고 할 수는 없다. 그의 내면에는 시대와 역사를 초월하여 추구하여야 할 거대한 목표가 분명히 자리잡고 있기 때문이다. 다만 그는 그 목표의 실질적인 달성을 위해 줄기차게 여러 가지 각도에서 모색과 고뇌를 거듭하는 것이다.

필자는 박명용에게서 이러한 형성형 시인의 면모를 발견한다. 그의 삶과 문학에 밀어닥쳤던 몇 번의 굴곡들은 확실히 그의 시세계에도 일정한 변화를 가하였다. 그 속에서 그는 몇 번의 희망과, 그보다 더 큰 혼미와 좌절을 우리들에게 펼쳐보인다. 여느 경우에서와 마찬가지로, 그의 변모가 물론 매번 성공적이었다고 할 수 없을지도 모른다. 그러나 비록 이 경우에도 더욱 중요한 것은 좌절이라는 겉으로 드러난 현상이 아니라, 그러한 좌절 내부에 가로놓인 삶과 문학에 대한 시인의 진지한 자세와 내적, 외적 성찰의 방식이라 할 것이다.

2. 상실에 대한 아쉬움과 회복 의지

1980년 근 15, 6년간을 근무하던 신문사에서 해직당하기까지 박명용은 기자의 신분으로 현장 이 곳 저 곳을 누비며 사회의 명암을 직접 목격할 기회를 가지게 된다. 당시 우리 사회는 급속한 변화의 물결에 휩싸여 있었다. 정부 주도의 공격적인 국가 재건 계획 수립과 이를 기초로 한 초고속 경제 성장 정책은 분명 '우리도 하면 된다'라는 자신감과 민족적 자부심 회복에 기여하였으며 오늘 날 우리가 누리는 물질적 번영의 기틀을 제공해주었지만, 그와 더불어 상대적인 박탈감이나 계층간의 위화감 조성이라는 예상치 못했던 결과를 몰고 왔던 것도 사실이다. 다시 말해서 이 때를 기점으로 소박했던 공동체에 일찍이 없던 새로운 균열의 징추가 엿보이기 시작했던 것이다. 기자의 눈으로 바라본 그런 세상은 역동적이긴 하지만 삭막하기 짝이 없는 것이었다. 그 삭막함 속에서 그는 어렵게나마 시상을 구하였고 한편으로는 그것을 시로 형상화하기 위해 진력하였는데, 이 때 그가 특별히 관심을 가진 것은 우리 주변의 사라지는 존재들, 혹은 잊혀져가는 모든 것들에 대한 안타까움과 관계된다.

논두렁 막걸리 맛도 잊어버린
목척시장 물가도 잊어버린
못난 사랑도 잊어버린,
하늘이 한 번쯤 터져
갈라진 세상에 홍수가 지고
메마른 인심에 홍수가 지고
금강도 한강도 영산강도
모두가
풍성한 이웃으로 돌아가
우리들의 가슴을 적실
거짓 일기예보라도 그리운
그리운.

—「일기예보」 전문

급속한 경제 발전과 이로 인한 도시화, 공업화의 거센 파고는 농촌을 비롯한 전통 사회의 공동체적 기반을 송두리째 붕괴시켜버리고 말았다. 지역민 사이의 끈끈한 정을 예전처럼 기대할 수 없게 되었다는 사실이 우리를 슬프게 한다. 현실적으로 시인이 확인할 수 있는 것이라곤 "갈라진 세상", "메마른 인심" 뿐이다. 이 척박한 현실 속에서, 시인은 홍수가 지리라는 "거짓 일기예보"라도 그립다고 되뇌인다.

초기 시에 나타난 그의 그리움의 정체는 이와 같은 상실에 대한 인식에 근거한다. 어떻게 보면 그것은 그 시대에 만연해 있는 상투적이며 막연한 정서일 수도 있겠으나, 시인은 이러한 우려의 시선을 참신하고 구체적인 제재와 그 자신만의 독특한 감각 및 직관을 동원하여 여유 있게 넘어서고 있다. 「낮달」, 「환절기」, 「깊은 내」와 같은 시들에서 우리는 이 시인의 지향을 다시금 확인케 되거니와, 거기서 그는 개발 열풍이 몰고 온 부작용으로서의 상실감을 은근하게, 우회적인 방식으로 전달하고 있다.

챙겨도 챙겨도
객지의 낮달
낮달은 그림자도 없는
친구도
술도
잃어버린
멀쩡한 낮달

— 「낮달」에서

눈도
귀도
코도
잊어버린 환절기에
황량한 벌판을 거닐고
책상 모서리를 맴돌고

몸이 저리도록

무작정
떠나간 친구만을 찾고 있었다.

—「환절기」에서

활처럼 휜
한아름 물줄기 속에서
뒹굴던 돌은
두고두고 심천을 잊지 못한다.
도시로 흘러와 꿈꾸는 고향
수석가의 뜰에 응결된 외로움
물새의 이야기를 잊지 못한다.

—「깊은 내」에서

무언가 그것이 있어야 할 자리가 아닌 다른 자리에 있음을 깨달았을 때, 우리는 어색함을 느끼게 된다. 위의 텍스트들에서 우리가 느끼는 감정도 바로 이와 유사한 것이리라. 객지의 빌딩 옥상에서 쳐다본 낮달이나 도심지 주택가의 정원에서 발견하는 수석은 자연 상태에서 바라본 그것과는 너무나 이질적인 느낌을 우리에게 전달한다. 그리하여 그 느낌은 잊혀져가는 전통 사회의 끈끈한 정에 대한 아쉬움과 표리의 관계를 이룬다. 또한 주위의 모든 현실이 변했다는 인식은 계절이 바뀌는 환절기에 대한 인식과 결부되면서, 난데없이 무작정 떠나간 친구들을 그리도록 만들기도 한다.

이 모든 인식들은 전통 사회의 붕괴와 연관된 시인의 정서적 반응을 반영하고 있다. 사라진, 혹은 사라져가는 모든 것들을 부여잡으려 애쓰면서, 그는 순수를 향한 자신의 열정을 가다듬으려 노력한다. 그것은 한편으로 세상에 대한 우회적인 비판의 방식으로, 그리고 다른 한편으로 동일성의 회복을 위한 안쓰러운 몸짓의 형태로 텍스트 내에 자리잡고 있다. 그러나 이 시기까지만 하더라도 그러한 그 자신의 정서의 본질이나 실체에 대한 탐구가 확실한 형태로 제시되어 있었던 것은 아니었는가 싶다. 「울고, 울고」에서 보듯, 현실을 감당하지 못했던 그는 스스로가 확고한 방향성을 찾지 못했기 때문이다.

이 언저리를 오르내리며 그의 시가 부침을 거듭할 즈음, 현실은 돌연 그를 향해 혹독한 시련을 가해온다. 1980년, 그 짧았던 '서울의 봄'이 끝날 무렵, 군사 쿠데타로 정권을 거머쥔 신군부 세력은 본격적인 언론 장악의 음모를 드러내고 만다. 숙정이라는 미명 하에 행해진 언론인 대량 학살, 거기에 희생된 그의 정신적 상처는 새로운 세상을 바라보게 한다.

3. 시대의 모순에 대한 인식과 반서정의 태도

해직은 분명 불행한 사태임에 틀림없지만, 그에게는 시적 각성의 또다른 계기로 작용하기도 하였다. 그의 시는 이 때를 고비로 현저하게 사회 역사적인 현실에 관심을 갖기 시작한다. 왜곡된 세계에 대한 인식은 일차적으로 비판적인 문맥을 필요로 한다. 여기서 그의 시는 때론 시니컬하게, 때론 처절하게 현실을 공박한다.

텔레비전에 출연한
신인가수에 대하여
우리는
아무 것도 아는 것이 없다
알고 있다면
지금
음성이 고르지 못하고
거북스러운 몸짓을
처음 나온
흑백 카메라가
억지로 초점을 맞추고 있다는 것뿐

— 「신인가수」에서

킥킥
웃음조차 감추어야 하는 우리들
이현령
비현령.

—「이현령 비현령」에서

인용된 위의 텍스트에서 '신인가수'가 누구를 모델로 한 것인지에 대해서는 굳이 설명할 필요가 없으리라. 마치 연예계에서 스타의 이미지를 조작해내듯이, 그 시절 방송이나 언론은 새로운 스타 만들기에 여념이 없었다. 이런 억지춘향격의 왜곡된 언론 보도는 대다수의 국민들에게 감동은 커녕 쓴웃음을 짓게 만들었던 것이 사실이다. 이른바 '땡전 뉴스'라 불리웠던 웃지 못할 보도 행태와 '목민심서가 꽂혀 있는 것이 보였다'라고 보도하라는 말도 되지 않는 보도지침, 귀에 걸면 귀걸이, 코에 걸면 코걸이 식의 도무지 종잡을 수 없게 만드는 사전 언론 검열 제도, 이 모든 것들이 전직 기자 출신의 그의 눈에는 도도한 역사의 흐름을 거꾸로 돌리려는 무모한 시도 외에는 아무 것도 아니었다.

시대의 고통 속에서 그의 시는 차츰 영글어갔다. 그 와중에서도 그는 역사의 본령이 무엇인지를 놓치지 않기 위해 애썼고, 그것과 연관된 자신의 믿음과 의미를 시적으로 형상화하게 위해 또 한 번 애를 썼다. 현실의 모순과 왜곡된 역사를 바로 잡을 수 없다면 그것은 지식인의 한 사람으로서 자신에게 부여된 책무를 회피하는 일이라 여겼던 탓이다. 이 지점에서 그는 시인 곧 지식인의 입장에 선다. 그런 선택은 분명 시대적 위기 의식의 발로인 반면, 다른 한편으로는 역사에 대한 근원적인 믿음을 전제로 한 것이기도 하다. 그러나 그 이전에, 마땅히 아픔을 아픔이라고 표현할 수 있는 것, 슬픔을 슬픔이라고 표현할 수 있는 것이 요청되었다. 그러나 현실은 그러한 최소한의 자유조차를 그에게 허용하지 않았다.

국민학교 3학년짜리

큰 아이가
올들어 몇 번째
검붉은 코피를 쏟았다.

그 때마다
두려움이 가득찬 그의 눈은
허공에 박혔고
바깥은 며칠 째 봄 날씨가 아니었다.

그러나 그맘 때면
있어야 할 혈농
그것이라지만
이웃 아이들과
나의 아이는
그것을 왜 모르는가.

나의 가느다란 혈구라도
이제
쏟아야 할 것은 한 웅큼 쏟고
흘려야 할 것은 급류를 타고
그리하여
새로운 혈구로
너도 영글고
세상도 영글고.

—「1980년」 전문

그가 고심 끝에 완성하였던 위의 시는, 그러나, 당시 문예지 담당검열관에 의해 여지 없이 게재 불가 판정을 받았고, 이후로도 오랫동안 세상에 그 모습을 드러내지 못했다. 아마도 이 시절 그를 더욱 괴롭게 만든 것은 왜곡된 세상에 대한 인식이라기보다는 오히려 그러한 세상의 왜곡된 모습을 글로 쓸 자유가 부재하다는 서글픔에 대한 인식이었을 것이다.

그러한 인식 속에서 그의 시는 때로 심하게 좌절과 절망이라는 표정을 드러내 보이기도 한다. 「흔들림의 습관」, 「구경거리」, 「자화상」, 「숙취」, 「강남 터미널에서」와 같은 몇몇 시들에서 우리는 그 구체적인 양상들을 대면하게 되거니와, 이와 같은 예는 결국 시대적 혼란상과 그 연작에 선 자아의 혼란상의 직접적인 반영이라고도 볼 수 있을 것이다.

그리하여 이 시기 일부 그의 시가 반서정의 모습을 띠고 등장하게 된 것은 어쩌면 불가피한 선택이었는지도 모른다. 송재영 교수의 지적대로 이와 같은 그의 반서정주의는 최대한 자신의 미묘한 속마음을 감추고자 하는 지적인 조작에서 우러나온 것일 터이기 때문이다. 「강물은 말하지 않아도」 연작 시편들은 그 대표적인 예에 속한다.

> 물빛이 돌지난 애기처럼 맑다.
> 한놈 두놈
> 드디어 떼를 이루는 피라미 새끼들.
> 동공을 고정시킨다.
> 그러나
> 쓸만한 놈은 영영 보이지 않는다.
> 푸른 하늘이 너무 푸르다.
> 푸른 하늘이 너무 부끄럽다.
>
> ―「강물은 말하지 않아도 · I」 전문

맑은 물과 푸른 하늘, 그리고 그 사이를 유유히 떼지어 돌아다니는 피라미 새끼들. 모든 것이 여유롭고 모든 것이 평화로운 자연의 풍경이다. 그러나 평화롭다고 느껴지는 것은 표면적인 것일 뿐, 실상을 이와 전연 딴판이다. 떼지어 노니는 피라미들 중에서 "쓸만한 놈은 영영 보이지 않는다"는 인식, 그리고 고개를 들어 바라본 "푸른 하늘이 너무 부끄럽다"는 인식은 과연 무얼 말하기 위함인가. 단연컨대, 이와 같은 진술 방식은 결국 당대 현실에 대한 시인 자신의 비극적 인식을 우회적으로 표출하기 위한 수단인 것이다.

위의 시에서 화자의 주관적 정서가 묻어 있는 대목은 맨 마지막의 "부끄럽다"는 단 한 마디이다. 그러나 자세히 살펴보면 이 한 마디 속에 이 시 전체의 주제와 의미가 집중되어 있음을 깨닫게 된다. 이러한 이해는 이 시기 그의 시에 나타난 반서정주의적 태도가 결국 현실의 모순에 대한 인식으로 인해 촉발된 서글픔을 내부적으로 감싸안은 데서 파생된 것이라는 사실과 통한다. 그리고 이는 또한 그가 역사적 흐름에 대한 근원적인 열망을 끝까지 포기하지 않고 있었다는 사실을 반증한다. 다시 말해서 그는 그 열망을 내부적으로 감추는 대신, 위에서 보듯 담담하고 관조적인 자세로 자신의 내면을 다진다. 그 속에서 그는 현실의 모순이 역사의 한 시기의 일시적인 현상임을 꿰뚫어 본 것이다.

4. 존재 탐구, 혹은 완전한 자유를 위한 끝없는 갈망

역사의 흐름은 그러나 그를 배반하지 않았다. 80년대 후반과 90년대 초반을 거치면서 우리 사회에도 진정한 자유화, 민주화의 물결이 다가왔던 것이다. 그러한 변화에 기초하여 그의 시적 관심도 사회 현실로부터 자아와 세계의 존재에 대한 근원적인 의문으로 급격하게 변모하는 현상을 볼 수 있다. 이 지점에서 그의 시는 메타피지컬한 면모를 짙게 띄게 되는데, 그것은 평소 그가 시작에 있어 감성적인 측면과 더불어 지성적인 측면을 동등하게 강조했던 사실과 무관하지 않은 것으로 생각된다.

존재의 본질을 탐구한다는 것은 무엇보다도 일상의 익숙한 사고와 행동의 틀로부터 멀찌감치 탈피하는 것을 전제로 한다. 일상 속에 매몰된 자아와 세계의 참모습을 발굴해내기란 참으로 지난한 일이다. 새로운 시작으로 삶을 들여다보았을 때, 우리의 삶은 의문투성이이다. 존재 탐구의 초기 단계에, 시 속에서 그가 던지는 잦은 질문은 존재 탐구 과정에서 부닥치는 그러한 의문의 직접적인 표출이라 할 수 있다.

앞으로 얼마나 더 벗어야
내가 모른 내 마음을 알 수 있는
내가 되어 가볍게
바람 앞에 설 수 있을까.

—「체중」에서

적막 속의
그대는 누구인가.
그대는 누구인가.

—「문」에서

날아간 새
인연으로 돌아올까.

—「문」에서

덩치 큰 여인네들 틈에 끼여
멋쩍게 허우적거리고 있는 나는
못된 세상을 닮아가는가
못된 마음을 닮아가는가

—「이율배반」에서

그의 의문은 때론 인간 실존에의 갈등으로부터, 때론 현실의 이면에 가로놓인 존재의 실상에 대한 새로운 발견으로부터 출발한다. 그러기에 일상의 익숙함이 그의 시작에는 오히려 부담스럽다. 그 부담스러움은 다만 부담스러움에서 그치지 않고 이어서 자기 존재에 대한 초라함으로, 두려움으로, 허허로움으로, 알 수 없음으로 계속적으로 확산되어간다. 일반적으로 볼 때 그것은 분명 위기 의식의 한 징후이다. 그러나 이 경우 위기 의식이란 시인으로서 자기 발전의 계기를 의미하는 것이기도 하다. 현 존재의 이면에 감추어진 진실을 들추어내기 위한 노력으로서의 시작 과정이 이후 간단없이 이어지는 것은 바로 그 때문이다.

이 어려운 작업을 그는 누구의 도움도 기대할 수 없는 채로 고독하게 수행해 나간다. 이렇게 본다면 고독이란 그의 시의 한 근본 조건이 아니겠는가. 그것은 일찍이 그가 나는 '이 세상에서 혼자일 수밖에 없다' (「침묵」)라고 선언하기 훨씬 이전부터 그와 그의 시를 짓누르는 원체험이 있었기 때문이라는 생각이다.

가슴 한 구석에
진하게 박힌
섬 하나
날이 갈수록 아득하다.
언제인가
이 세상에 뚝 떨어진
눈물 한 방울
파도 소리에 묻힌 채
살아오다가
언제부터인가
섬이 된 것을 알았고
언제부터인가
내 가슴에 또렷하게
찍힌 것을 알았고
이제는
소중히 키우는
잊은 듯
섬 하나
언제나 그리움이다.

—「섬」 전문

이 시에서 그가 말하고자 하는 섬을 향한 그리움이란 결국 존재를 향한 그리움과 상통한다. 존재를 바다 흰 가운데 격리된 섬에 비유한 것부터가 존재 속에 내재된 내밀한 고독감을 효과적으로 표출해내기 위한 시인 나름의 전략임을 알 수 있다. 참된 존재를 향한 욕망은 근원에의 그리움을 부른다. 여기서 그리움이란 내면적 고독의 또다른 이름이다. 그의 그리움, 그의 고독에는 그러나 종말이 없다. 거기에는 간간이 중간 휴식만이 주어질 뿐이다. 마찬가지로 존재를 향한 시인의 갈망에는 끝이 없다. 끝을 확인할 수 없다는 것, 그 중간 중간에 적절한 휴식이 개입한다는 것은 인간 존재가 짊어지는 외적 굴레이면서, 동시에 내면적 자유와 상상력의 근본 조건이기도 하다. 그의 존재 찾기는 서투르게 고난과 절망을 가장하지 않는다. 그것이 여유롭게 비치는 것은 그만의 미덕인 셈이다. 인간 사회의 모든 희로애락, 시쓰기와 연관된 시인의 희망과 절망의 내밀한 드라마가 그 여유로움 속에 한꺼번에 담긴다.

> 글에는 쉼표가 있어 좋다.
> 글을 쓰다가 막히면 찍고
> 또 쓰다가 힘들면 찍고
> 말이 헤푸면 찍고
> 그리고 한숨을 돌린다는 것은
> 얼마나 다행한 일인가.
> 사는 데도 쉼표가 있어 좋다.
> 사랑하다가 중단할 수도 있고
> 미운 짓 예쁘게 볼 수도 있고
> 절망이다가 희망일 수도 있고
> 그래서 쉼표는 자유스럽고
> 무엇이나 할 수 있다는 징표다.
> 나는 마침표를 찍고 싶지 않다.
>
> —「나는 마침표를 찍고 싶지 않다」 전문

물론 존재를 향한 시인의 눈길이 항상 여유롭기만 한 것은 아니다. 이 보다 훨씬 많은 경우, 격정적인 몸부림으로, 치열한 정신의 연소로, 반복되는 어지러움과 혼란과 뒤엉킴으로 제시된다. 존재의 그와 같은 역설적 모순 속에서 그는 존재 그 자체의 이중성, 즉 뒤틀린 이 세기의 본질을 바라보려 했던 것인지도 모른다. 여기서 그는 존재와 연관된 또 하나의 진리를 발견한다. 그런데 그 진리는 원초적인 모순을 포함한 진리이다. 그런 점으로 그것은 앞서 제시된 존재 탐구 과정에서 시인이 마주되게 하는 고독감이나 여유로움과는 질적으로 구별된다. 생의 근원에 도달할 수 있는 또 다른 길, 그것은 바로 모순, 충돌하는 모든 존재들을 포괄하며 동시에 초월하는 원리로서의 역설이다.

숯은
몸바칠 준비를 철저히 한다
동아줄로 묶였다가
다시 새끼줄에 몇 개씩 묶이는
숯 뭉치
마지막 생명을 불살라
차가운 세상
뜨겁게 달구려는가
성숙한 몸으로
세상을 기다린다
제 몸 불태워
생의 극치를 이루려는
숯은
세계의 종교다

—「숯 · 2」 전문

그는 자신의 몸을 불태워 생의 극치에 이르는 숯에서 존재가 펼치는 역설적 진리의 세계를 발견한다. 여기서 몸바침이란 죽음이 아니라 오히려 생의 가장 아름다운 순간에 다다르기 위해 필수적으로 거쳐야 하는 과정이다. 그것은 시인이 시를 쓰기 위해 그 자신의 정신과 육체를 어느 것 하나 남김 없이 송두리째 연소시키는 과정과 일치한다. 처절한 동시에 비장한, 그래서 더욱 아름답게 느껴지는 진리의 세계에로의 다가섬인 것이다.

그렇다면 인간 생의, 아니 모든 존재의 가장 큰 모순은 무엇인가. 그것은 진리에의 도달함이 현실적으로 불가능함을 뻔히 알면서도 절대 포기할 줄 모른다는 것이다. 그러한 포기할 수 없는 집요함은 생이 다하는 날까지, 존재의 의미가 다하는 날까지 지속된다. 이 엄청난 모순 속에서, 그러나 시인은 존재자의 참된 아름다움을 발견한다. 존재를 둘러싼 모순 속의 진리는 그렇게 해서 탄생된다. 그리고 시인의 시는 그러한 진리의 세계를 마주하는 순간 다시금 영롱한 광채를 발한다.

사금파리로 날을
얇게 세워
거침 없이 달려오다가
제 힘에 스스로
쓰러지는가 싶더니
다시 일어나
달려오기를 반복하는
미친듯한 파도
세상을 향하는
은빛 칼질이다
스스로 부스러지려는
자결의 몸부림이다

— 「보길도 · 2」에서

시인은 그 지칠 줄 모르는 진리 탐구의 자세를 "세상을 향하는 은빛 칼질"이며 "자결의 몸부림"이라고 불렀다. 그런데 그 칼질, 그 몸부림은 위에서 보듯 포기할 줄 모르고 스스로를 채찍질하여 거듭 반복하게끔 한다. 그러나 반복에는 실패에 대한 두려움이 개입될 여지가 없다. 어차피 실패는 성공을 향한 작은 진전일 뿐이기 때문이다. 위 인용시의 자결이 단순히 자결로만 그치는 것이 아님은 이로써 명백해진다. 따라서 우리는 다음과 같이 규정할 수 있을 것이다.

반복이란 이 경우 현실적으로는 불가능해 보이는 진리와 자유의 세계에 한발짝이라도 더 가까이 다가서기 위한 존재 자체의 안타까운 운명의 몸짓이라고

5. 허상을 넘어선 실상의 발견을 위하여

필자는 앞서 박명용 시인의 시쓰기 과정이 형성형 시인의 그것에 부합됨을 지적하였다. 표면상 그가 지금까지 발표한 시들은 상당히 이질적이며 다양한 양태를 보이고 있다. 처음 그것은 공동체적 기반의 붕괴와 더불어 주변의 사라져가는 모든 것들에 대한 아쉬움과 그것의 회복에 대한 의지의 형태로, 또 현실의 모순과 왜곡된 역사를 바로 잡기 위한 비판적 인식의 발현과 반서정의 정신으로, 그리고 마지막에 가서는 현 존재의 이면에 가리워진 본질로서의 진리세계를 발견해내기 위한 메타피지컬한 진술의 방식으로 각 시기에 따라 특색있는 전개 양상을 보이고 있기 때문이다. 따라서 어쩌면 이 모두를 한꺼번에 관류하는 내적인 동일성을 발견해내기란 무의미한 작업인 것처럼 보일지도 모른다.

그러나 필자는 이들 속에서 분명 한가지 내적 동일성의 흔적이 은밀하게 조직되고 각인되어 있음을 감지한다. 그것은 바로 왜곡된 표면의 허상을 벗겨내고 세계와 존재의 실상을 찾아 끊임없이 헤매고 돌아다니는 시인의 집념어린 모습이다. 그의 시세계가 다채로운 것은 그가 자신의 작업을 관념과 현실, 지성과 감성, 이론과 실전의 어느 일방에만 치우치지 않고 시대적 상황 변화에 따라 탄력적으로 이들 양자 사이를 오가며, 동시에 온몸으로 부딪치면서 대응하기 위해 애썼던 때문으로 풀이된다. 그런 점에서 이와 같은 그의 태도는 유교적 정명 사상의 맥락과 어느 정도 통하는 면이 있다. 유가에서 말하는 정명이란 '이름을 바르게 하다'라는 함축적인 의미를 담고 있는 개념 범주로서, 이는 단순한 이념만의 테두리에서 그치는 것이 아닌, 구체적인 실천 윤리로서의 면

모를 동시에 지닌 것으로 파악되기 때문이다.

이런 관점에서 볼 때, 그간 시인 박명용이 자신의 시를 통해 펼쳐보인 작업이란 결국 회색으로 겹겹이 덧칠된 이 세계 속에서 존재와 세계의 마멸되고 가리워진 실상을 발굴해내기 위한 그 자신만의 고독한 추적 사업이라 해도 좋을 것이다. 그의 추적은 물론 아직도 끝나지 않았다. 아니, 어쩌면 그것은 처음부터 영구히 끝나지 않을 속성을 지닌 것이었는지도 모른다. 그 역시 이러한 사실들을 잘 알고 있는 듯 하다. 그러나 안다는 것은 그의 행보를 가로막는 아무런 현실적인 장애 요소가 되지 못한다. 그것은 어차피 그가 시인의 길을 선택한 바로 그 순간부터 짊어져야 할 숙명적 조건이었으므로 단 한 순간만이라도 그가 바라는 실상에 다가서기 위해서라도, 그리고 보다 나은 미래를 향한 스스로의 신념을 충실히 밀고 나가기 위해서라도, 그의 추적은 앞으로도 계속적으로 이어지고 또 이어질 것이다.

(시선집 『존재의 끈』, 푸른사상사, 2000)

자아성찰을 통한 실존에의 접근

— 박명용 시에 나타난 시·공간

박 계 숙 *

1. 서언

묘사란 사물의 특징을 생동감 있게 나타냄으로써 독자들 앞에 하나의 그림을 보여주듯 서술함을 의미한다. 즉 심안心眼 속에 선명한 이미지를 떠올리게 하여 시인과 독자가 공감의 장에서 시적인 감흥을 만끽할 수 있게 해주는 것이다. 시적 체험에 있어서 시각 이미지의 가치가 회화적인 데 있지 않다고 하더라도 하나의 작품을 읽을 때, 독자들에게는 동일한 시간적 공간적 체험을 불러일으키는 체계가 있다. 이 체계는 텍스트를 형성하는 언어적 구조로 이루어져 있는데, 그 구조들의 상호 결합을 분석함으로써 텍스트의 의미 생성을 이해하게 된다. 텍스트의 체계 안에서 시간과 공간은 서로 통합되는데 시간 개념으로서의 과정과 공간 개념으로서의 연결이 접합된 상태로 나타난다. 즉 시간의 추상적 질서는 공간의 구체적 질서를 통해서 하나의 경험으로 나타나며 작품화되기 이전의 시간의식이나 공간의식이 텍스트의 시·공간성을 고찰함은 시의 본질을 구명하고 시인의 서정세계를 이해하는 데 중요한 몫을 담당하고 있다고 볼 수 있다. 시간과 공간은 모든 감성적 직관의 순수형식이며, 이 형식에 의

* 문학평론가

해서 선천적 · 종합적 명제가 가능해지기 때문이다.[1)]

본고에서는 이러한 관점 하에 박명용 시에 나타난 시 · 공간을 기호학적 방법론을 적용하여 살펴보기로 한다. 연구대상으로는 그의 제5시집 『날마다 눈을 닦으며』를 비롯한 최근 작품을 중심으로 했음을 밝혀둔다.

2. 시간

문학은 시간적 예술이다. 그런데 문학적 시간은 인간적 시간, 즉 경험의 막연한 일부가 되고, 또 인간의 생활구조 속에 포함되어 있는 시간의 의식이다. 그러므로 문학적 시간 의미는 경험세계라는 맥락 속에서 또는 이런 경험의 총화인 인간생애의 맥락 속에서만 터득할 수 있다.[2)]

1) 오늘 (지금)

박명용의 시에서 '오늘'은 주로 부정적 의미를 드러낸다.

> 개 한 마리
> 느릿한 걸음으로
> 오늘도 시궁창에 코를 대고
> 담벼락 밑을 가고 있다.
>
> — 「개와 사람」에서

위 작품에서 '오늘'은 시간적 선조성線條性linearity을 지니고 있다. 시간의 연속성 속에서 오늘은 어제와 내일이라는 시간적 기호체제 사이에서 두 시점을 연

1) 칸트, 『순수이성비판』, 전원배 역, 삼성출판사, 1877, p.92
2) H. Meyerhoff, *Time in Literature*, University of California Press 1955 (김준오역, 『문학과 시간현상학』, 심상사, 1979), pp.31~32

결시켜 주는 매개적 기능을 담당하고 있다. 그것은 '오늘도'의 '도'라는 조사의 반복적 기능에서도 알 수 있다. 또 '도'의 강조적 역할은 작품을 더욱 암담한 분위기로 몰아가고 있음에 유의할 필요가 있다.

세월의 흔적이
낙서처럼 묻어 있는
20대의
바람 맛

흘러가던 세월을
풍성한 가슴으로 바라보던
그 시절이
오늘은 내 발치에서
힘 없이 떠나가는데

— 「세월」에서

살아가다가
어느 인연처럼 가슴에
묻혔던 정을
오늘은 끈적이는 숨소리
목포바람으로 듣는다.
배꽃 만발한 봄 날
비바람 소리를 들으면서
힘겹게 가고
허기져 오는 호흡
나에게 봄은
진정 봄이 아니다.

— 「유달산 바람」에서

위의 두 작품에서는 '오늘'의 시간성이 계기성繼起性을 보이지 않고 어제와 오늘의 변별적 특징을 강조하는 데에 역점을 두고 있다. 즉 지나간 시간과의 비교적 기능으로서의 오늘이 언급되는데 「세월」에서는 20대의 감성이 노후한 시절인 오늘, 시적 화자의 발치에서 힘 없이 떠나가고 있음을 안타까워하고 있다.

또 「유달산 바람」에는 박명용 시인만의 독특한 시간 기호체계가 나타나 있다. 즉 동일한 음성학적 충위를 이루고 있는 "나에게 봄은"에서의 봄과 "진정 봄이 아니다"에서의 봄이 각기 서로 다른 의미론적 충위를 형성하고 있음을 볼 수 있다. 전자의 봄은 현실을 의미하는 단어로서 "비바람 소리를 들으면서/ 힘겹게 가고/ 허기져 오는 호흡"을 내쉬는 "배꽃 만발한 봄 날"인 것이며, 후자의 봄은 시적 화자가 갈망하는 이상적인 미래로서 "한 가슴 껴안았던/ 사랑 같은 바람이고 싶고/ 아득하게 그리움 되어오는/ 섬이고 싶은" 봄이라 하겠다.

결국 위의 두 작품에서는 어제/ 오늘 또는 오늘/ 내일이라는 양가兩價의 두 축을 제시하여 오늘의 부정적 의미가 전경화 되는 결과를 만들어 내고 있다.

> 보이는 건 익사한 육신이
> 눈을 뜨고 있을 뿐
> 그림자도 찾을 수 없다
> 지금쯤
> 어느 깊이에서
> 서러운 마음을 다독이며
> 꿈을 키우고 있을까
> 두고 왔던 조각난 영혼
> 서럽다
>
> —「단양 · 2」에서

> 어젯밤
> 오도 가도 못하던 꿈속의 내가
> 이 빠진 입으로
> 소리를 지르면서

제자리를 동동걸음 치고 있었다.

넓고 넓은 바닷가에
오막살이 집 한 채가
그리운 지금,

—「넓고 넓은 바닷가에」에서

지금, 이런 과거사
잊은 듯 살고 있지만
어쩐 일인지
가시에 찔린
당신들의 손끝은
지금까지 아물지 않아
날이 갈수록
가슴에 아리고 있습니다.

—「아카시아 꽃을 보면」에서

위에 예시한 세 작품에 나타난 '지금'은 어제 —> 오늘 —> 내일이라는 시간적 연속성 위에서의 오늘을 의미함에 다름 아니다. 그런데 여기서 시적 화자의 '지금'은 참담하고 서러운 현재를 나타내고 있다. 「단양 · 2」에서의 지금은 "익사한 육신이/ 눈을 뜨고 있을 뿐"이며 "두고 왔던 조각난 영혼이/ 서러운" 현실이다. 또 패러디 기법을 차용한 「넓고 넓은 바닷가에」에서는 "오막살이 집 한 채"만 그리워하는 현실이다. 시인은 여기서 패러디를 사용함으로써 시적 정서를 강하게 전달하고자 하는 의도를 나타내고 있다. 지난 밤의 악몽을 환기하면서 시적 자아의 불안하고 암울한 정서를 위로 받을 수 있는, 소박하지만 포근한 안식처로서 오막살이 집 한 채를 소망하고 있다. 마찬가지로 「아카시아 꽃을 보면」에서의 '지금'도 옛날의 가난과 고통을 잊은 것처럼 살고 있지만, 사실은 아직도 잊지 못하고 있는 가슴이 아린 현재로 표현되고 있다.

그러나 시적 화자는 그의 시편에서 오늘(지금)의 고통과 소외감을 넋두리 하듯 하소연 하는 것으로 끝맺지 않는다. 시적 자아의 고통은 희열과 보람을 소망한 가운데 언급되고, 그의 그리움 또한 만남과 화합의 가능성을 내포하고 있다. 그러므로 시인은 끝내 꿈과 소망을 포기하지 않고 다음 시편에서 보듯이 "가슴 속에 새를 키우고", 날이 밝기를 기다리는 것이다.

> 꿈
> 바다가 있어
> 섬이 그립듯
> 네가 있음으로 하여
> 가슴 속에 새를 키운다.
>
> —「살아가기」에서

> 새벽길을 나선 세상살이
> 차츰, 날은 밝아오고 있는 것일까.
>
> —「새벽길」에서

2) 어제 (유년, 옛날)

박명용의 시에서 '어제'는 유년, 옛날로도 등장하는데 꿈과 희망이 있던 마음의 안식처로서의 과거로 나타나고 있다. 갈등과 고민을 모르던 천진난만했던 어린 시절, 인정과 사랑이 충만했던 옛날 등은 모두 — 현실에서는 고갈되고 결핍되고 만 — 인생을 지탱시키는 선한 요소들이 원형 그대로 살아있던 좋은 시절이었다. 이러한 과거로 다시 회귀하고자 하는 원점 의식이 시적 자아의 지향점이 되고, 시적 세계의 전반적인 주제를 형성하고 있다.

> 새벽을
> 어제 저녁으로
> 되돌려 놓고

싶다.

— 「거꾸로 살기」에서

기차를 타고 가다가
어디인가
산모퉁이에 이르면
시계가 거꾸로 돌고
그 너머로
유년이 보인다.

— 「따뜻한 우주」에서

20대의
바람맛

흘러가던 세월을
풍성한 가슴으로 바라보던
그 시절이
오늘은 내 발치에서
힘 없이 떠나가는데

— 「세월」에서

「거꾸로 살기」에서 시적 자아는 가역적인 시간을 소망한다. 현재의 시간인 새벽을 어제 저녁 시간으로 되돌리고 싶어한다. 이러한 기원은 「따뜻한 우주」에서도 나타나는데 "시계가 거꾸로 돌고" 그리하여 과거 시간인 유년의 시절로 회귀하여 환상적인 시간 속에 침잠해 들어가게 된다. 유년의 시간은 원초적 시간이며 현실을 초월한 신화적인 시간이다. 벌거숭이 그리운 얼굴들이 있어 따뜻한 우주를 형성했던 서정적 자아가 안주할 수 있는 시간이다. 현재의 시간에 존재하기를 거부하는 시적 자아는 시간적 자아를 초월하여 그가 상상하고 동경하는 유년의 시간으로 환상의 여행을 떠난 것이다.

이러한 과거에의 갈망은 「세월」에서도 읽을 수 있는데 "흘러가던 세월을 /

풍성한 가슴으로 바라보던" 여유와 자신감이 흘러넘치던 20대의 시절이 "오늘은 내 발치에서 / 힘없이 떠나감"을 아쉬워하고 있다.

3) 밤

한 해가 문턱을 넘는 날 밤
느리게 내리는 첫눈은
허구라도 좋을 말잔치로
어지러운 언어를
하나의 사랑으로 덮어
지나간 해를 녹이고
새해의 불확실성을
안겨주는
꿈의 언어다
눈은 변증법적
언어다

— 「첫눈」에서

인용된 시 「첫눈」에서의 '밤'은 섣달 그믐날의 밤으로서 눈이 내림으로 인해 지난 해와 새해를 연결하는 기능을 담당하고 있다. 즉 미해결의 문제가 산재해 있는 피로에 지친 묵은 해를 보내고 생기와 꿈이 넘치는 새해를 맞이할 수 있게 해 주는 매개항의 역할을 수행하고 있는 것이다. 또 지난 해 —> 섣달 그믐밤 —> 새해라는 시간적 계기성을 보여 주면서 작품에 새로운 의미를 부여해 주기도 한다. 부정적 의미를 지닌 '지난 해'에 '밤'이라는 시간이 긍정적 영향을 주어 '새해'라는 긍정항이 탄생하게 되는 것이다.

시간의 순환이라는 자연적 질서는 반복되는데, 그것은 단순한 진행적인 시간이 아니라 환상적環狀的이고 주기적인 시간이다. 마치 원처럼 처음도 없고 마지막도 없이 반복된다. 이런 연속적인 시간을 독립된 하나의 단위로 단절하여

'해[年]'라고 일컫는 사실 속에서, 어떤 시간적인 간격이 효과적으로 정지되고, 다시 다른 시간이 시작되는 것을 알 수 있다. 뿐만 아니라 지난 해와 과거가 소거된다는 사실을 증언할 수가 있다. 바로 이것이 제의적인 정화 — 개인적인 죄와 과오는 물론 공동체 전체의 그것들을 소진시키고 무효화 해버리는 — 의 의미이다. 재생은 그 단어 자체가 시사하고 있듯이 새로운 탄생이다.[3)]

살고 죽는다는 것
어렴풋이 느끼면서
피곤이 쓰러지는 밤
잠은 비몽사몽非夢似夢 헤매면서
오늘은 의문의 꿈을
미리 꾼다.

— 「꿈」에서

이 작품에서의 '밤'도 역시 계기적인 시간성의 의미만이 아닌 기호론적 층위에서의 시간성을 지니고 있다. 낮 동안의 피곤이 쓰러지면서 잠에 빠지는 밤 시간은 비몽사몽의 꿈을 통해, 새로이 깨어나는 새벽을 맞이하기 위한 통과과정이다. 밤에 꾸는 꿈을 통해서만이 활기찬 새벽을 얻을 수 있으므로 여기서의 밤은 부정항을 긍정항으로 전환시키는 매개적 기능을 하고 있다.

4) 언제(언제나, 언제인가)

'언제'는 시간 개념의 모호성을 전제로 하고 있는 만큼 다양한 의미를 내포하고 있음을 알 수 있다. 박명용의 시편에서 '언제'라는 시간은 후미에 붙는 조사의 성격에 따라 여러 형태로 사용되어 각기 다른 의미를 표출하고 있다. "언제나 나는 혼자입니다."(「위치에 대하여」), "가을비는 여전히 내린다"(「가

3) Mircea Eliade, *Cosmos and History: The Myth of Eternal Return*, from the French by William R. Trask, Princeton Univ. Press, 1971, p.54

을비」), "날마다 눈을 닦는다."(「눈을 닦으며」) 등에서는 일상으로서 늘 행하는 행위를 강조하기 위한 의도로 '언제나', '여전히', '날마다'가 쓰이고 있는데 이것은 지속적인 시간을 의미한다.

언제인가
이 세상에 뚝 떨어진
눈물 한 방울
파도 소리에 묻힌 채
살아오다가
언제부터인가
섬이 된 것을 알았고

— 「섬」에서

인용된 시편에 사용된 '언제인가', '언제부터인가는' 부정否定의 시간 '언제'라는 부사에 '~인가', '~부터인가'라는 조사가 첨가되어 어느 특정의 시점을 가리킨다. "언제인가/ 이 세상에 뚝 떨어진/ 눈물 한 방울"이 '언제부터인가' 섬이 되어서 내 가슴 속에 언제나 그리움으로 남아 있다. 여기서 섬은 시적 자아가 안주할 수 있는 내면세계의 이상향을 뜻한다고 볼 수 있다.

3. 공간

독자들이 하나의 작품을 접할 때 그들의 머리 속에는 동일한 공간적 체계가 형성된다. 즉 그 그림에서 주변의 광경은 다르게 나타나지만, 그것들이 놓여져 있는 공간적 관계의 배치는 모두 동일하다는 사실을 알 수 있다. 모든 대상물은 수직축과 수평축으로 분할되어 있고, 그것은 각기 '상 · 중 · 하', '좌 · 중 · 우'와 같이 삼원구조를 이루어 이항대립 체계에 의해 분할된다. 이러한 구조를 지닌 시각 이미지는 그 선명성이나 완연성을 고려하는 것이 아니라, 이미지의 상호 연관성과 그 관계에서 비롯되는 공간구조를 분석함이 목적이 된다.[4] 즉 자연적인 구체적 감각이나 그 심리를 공간이라는 하나의 체계로 바꾸어 놓는 일이 된다.

1) 수직적 공간

수직적 공간은 문학작품에서 하늘〔天〕·사람〔人〕·땅〔地〕의 원형적 체계로서 끊임없이 되풀이 되며 생산되고 있다. 박명용의 시에서 수직적 공간에 속하는 체계로서의 매개적 기호로 묘사되고 있는 것은 눈, 바람, 산, 새, 비, 나무, 연기, 소리 등이다.

> 간간히 흩날리는
> 첫눈 속에
> 쏟아지는 추위는
> 때도 없이
> 우리의 가슴을 더욱
> 뜨겁게만 할 뿐
> 눈은 쌓이지 않았고
> 산중의 갈퀴나무도
> 결국 타오르지 않았다.

— 「또다른 첫눈」에서

이 시에서 첫눈은 매개적 기능을 수행하고자 하나 제 역할을 다하지 못하는 무력함을 드러내고 있다. 시적 화자는 자신의 어린 시절에 그랬던 것처럼 '눈이 키만큼' 내려주기를 바라고 있지만 "요즘은 비도 눈도/ 볼 수 없다"고 한탄하고 있다. 눈이 본연의 매개적 기능을 십분 발휘할 수 있기 위해서는 '키만큼'

---

4) 이어령, 「문학작품의 공간기호론적 독해」, 『한국문학과 구조주의』, 문학과 비평사, 1988, pp.22~24 참조

쌓여야 한다. 그래서 지상의 온갖 더러움을 덮어 순백색의 정결함을 보여 이 세상이 새롭게 태어나도록 해야 한다. 부조리와 무질서의 부정적 의미를 순결한 이미지로 바꾸는 역할을 하기에는 쌓이지 않는 눈으로서는 역부족인 것이다. "간간히 흩날리는/ 첫눈"은 오히려 "우리의 가슴을 더욱/ 뜨겁게만 할 뿐"인데, 추운 겨울에 내리는 첫눈이 우리의 가슴을 뜨겁게 만든다는 전혀 상반된 이지미의 대조가 시적 감각의 선명도를 높여주고 있다.

한편, 바람의 매개적 기능을 보여주는 것으로 다음과 같은 시편들이 있다.

> 가슴을 열고 싶다.
> 얼어붙은 겨울에 훈기가 도는
> 그런 마음을 위하여,
>
> 이야기하고 싶다. 알몸으로 선 나뭇가지에
> 서걱이는 바람소리를 위하여.
>
> —「흔적을 위하여」에서

인용된 작품에 묘사된 바람은 수직적·수평적 공간 모두의 매개적 기능을 담당하고 있다. "가슴을 열고" 상대방을 대할 때 나와 너 사이를 이어주는 긍정적 역할로서의 '훈기'가 돌고 서로의 마음은 따뜻해질 수 있다. 이때 나와 너 사이에는 수직적 공간이 형성되고 나/ 훈기/ 너 라는 삼원구조가 성립된다. 또 두 번째 연에서의 바람은 "알몸으로 선 나뭇가지에 서걱이는" 행위를 통해 지상에 있는 나의 소망을 하늘에 전달하는 기능을 수행하고 있다. "얼어붙은 겨울"에 훈기를 느끼고 "삶의 몫"인 소망을 간직하고 존재의 흔적을 남기기 위해서는, "시간 속에 존재하는 우리"의 의지를 하늘에 알릴 필요가 있다. 이러한 매개 역할을 담당한 바람소리가 제 기능을 다하기 위해 알몸의 나뭇가지가 동참해야 한다. 나무가지와 바람소리는 동위소로서 서로 등가관계를 맺음으로써 전달로서의 임무를 수행하고 있다.

허허롭게 불어오는 바람
어디서 오는지 나는 몰라
아득한 들녘
가로질러 날아온 바람
무엇을 보고 왔는지 나는 몰라

— 「판문점에 가면」에서

여기서의 바람은 남과 북을 오가는 자유로운 바람을 일컫는다. 휴전선의 장벽에 가로막혀 통행의 자유를 박탈당한 채 판문점에 서 있는 시적 화자에게는 아무런 제약 없이 남한과 북한을 드나드는 바람이 무척 부러웠을 것이다. 이러한 시적 자아의 정서가 오히려 작품에서는 아이러니컬하게 "나는 몰라"라고 표현되고 있다. 즉 시적 화자의 숨겨진 참뜻은 바람이 어디서 불어오며, 무엇을 보고 왔는지 너무 잘 알고 있다는 것이다.

또 박명용의 시에서 매개적인 공간 기호체계로서의 중요 기능을 하는 기호로 '산'을 들 수 있다.

산을 오른다

(중략)

오늘도 참으로 당당한 모습을 보면서
하나의 정상
또 하나의 정상을 찾아
살아온 세월처럼
발길을 쌓는 행로行路

산을 오른다

— 「산을 오르면서」에서

인용된 시에서 시적 화자는 지표면 위에서 출발하여 하늘에 맞닿은 정상을 향해 올라가고 있다. 온갖 진애塵埃가 누적된 속세를 탈출하고자 힘든 장정의 길을 다져 나아가는 것이다. "험한 길/ 세찬 바람을/ 온 몸으로 받으며/ 오르는 까닭을/허공에 떠 있는 가슴으론/ 알 수가 없다", "발길에 밟혀/ 쓰러져 묵상默想하는 풀잎이/ 스스로의 존재를 일깨우며/ 일어서는 까닭을" 산행의 어려움을 겪어본 사람만이 알 수 있는 것이다. 이러한 인고의 과정을 거쳐 마침내 다다른 정상은 종교적인 해탈의 경지에 비유할 수도 있겠다. 그러나 시적 자아는 이에 만족하지 않고 "또 하나의 정상을 찾아" 지금까지 살아왔던 것처럼 꾸준히 행보를 계속할 것을 다짐한다. 빠르지도, 또 느리지도 않게.

한편, 이 시인의 작품에서 '새' 역시 매개적 기능을 하는 주요 기호로 등장하고 있다.

> 이른 새벽부터
> 참새 한 마리
> 창 밖에 날아와
> 지저귀는 소리
> 빗소리에 섞여
> 내 가슴에 푸르게
> 푸르게 떨어진다.
>
> (중략)
>
> 그러나
> 인기척 소리에
> 소스라쳐 빗속으로
> 아스라이 사라지는
> 너로 하여금
> 어느새 내 꿈은 깨치고

내 낡은 가슴엔
추상화 한 폭
가슴에 어린다.

—「추상화 한 폭」에서

새는 천상과 지상을 연결하는 메신저의 역할을 담당하고 있다. 새가 앉아 있음직한 하늘과 땅의 중간 공간에 위치해 있음으로 해서 새의 본분을 제대로 수행할 수 있는 여건을 만들어 주며, 새의 지저귀는 소리가 내 가슴에 푸르게 떨어짐은 위에서 아래로의 하강의 기능을 암시하고 있다. 그러므로 매개항으로서의 새의 역할은 천상의 아름다운 이미지를 시적 자아에게 전달하여 고향 같은 포근함 속에서 황홀한 꿈에 잠기게 만드는 것이다. 그러나 인기척에 놀란 새가 빗속으로 사라짐으로 하여 시적 화자의 꿈은 깨지고 다시 번민의 세계로 돌아온 시인의 가슴엔 추상화 한 폭이 어려 있다.

이 시에서 새가 시적 자아에게 끼치는 영향은 서로 상반되는 두 가지 형태로 나타난다. 즉 시적 화자의 곁에 날아온 새는 그에게 고향의 평온함과 꿈을 주지만 시적 화자의 곁에서 날아간 새는 그의 꿈을 빼앗아가 버린다. 이처럼 시적 기능에서 긍정적 작용을 하던 매개체 체계로서의 기호가 부정적 작용을 하는 것으로 전환될 때, 시의 미학적 가치가 높아지는 것이다.

다음으로 수직적 공간의 기호체계로서 매개기능을 하는 비의 역할을 살펴보기로 한다.

가을비가 내린다
엊저녁부터 내리던 비
멈추지 않고 내린다
보도 위에 떨어지는 빗방울
속절없이 내리는데
축축한 내음만이
군데군데 모여들어

가는 발길 무겁게 잡는다.

—「가을비」에서

천상의 공간에서 지상의 공간을 향해 내려오는 비는 두 공간을 맺어주는 매개적 역할을 수행하는 기호체계이다. 그런데 예시된 시편에서의 비의 매개적 기능은 부정적인 차원에서 이루어지고 있음을 알 수 있다. 즉 "보도 위에 떨어지는 빗방울/ 속절없이 내리는데/ 축축한 내음만이/ 군데군데 모여들어/ 가는 발길 무겁게 잡는다." 또 비가 내림으로 인해 "대낮에 헛꿈만 꾸고"있으며 "바닥에 투신하는 아픔"으로 시적 자아의 정서를 즐거움으로 환기시키고자 하지만 실패하고 만다. 시인의 시 중에서 이와 같이 부정적 매개 역할을 하는 비가 주요 기호체계를 이루고 있는 작품으로 「서대전역에서 · 2」등이 있다.

마지막으로, 박명용의 시에서 진애가 낀 일상에서 시적 자아는 어떤 이상향으로 이끌어 주는 매개적 역할을 담당하는 주요 기호체계로 소리를 들 수 있다.

머리 위 창가에는
… 소리
…… 소리
들려오는 소리
나를 죽음에서 꺼내 놓는다
천만다행이다

—「천만다행」에서

어디선가 아득히 들려오는
자갈 굴리는 여울소리
초저녁 낙엽지는
그 가냘픈 소리
귓전을 맴돈다.

— 「단양 · 1」에서

주위에서 들리는 소리
옛이야기
마르던 가슴에 물을 적신다.

— 「서울역에서」 중에서

예시된 작품 「천만다행」에서는 창가에서 들려오는 소리가 시적 자아를 죽음에서 꺼내놓는 기능을 하고 있다. 시적 화자는 신병의 치유를 위해 병상에 누워 있다. 그는 질병 = 죽음이라는 강박관념에 사로잡혀 있다. 이때 병상의 창가에서 어떤 구원의 소리가 들려옴으로 해서 시적 자아는 죽음의 질곡에서 탈출하게 되고 천만다행의 안도감을 느낀다. 그러므로 여기서의 소리는 긍정항의 역할을 담당하는 매개기호라고 볼 수 있다.

「단양 · 1」과 「서울역에서」에 등장하는 소리도 위의 경우처럼 긍정적 기능을 담당하고 있다. 「단양 · 1」에서는 잠시나마 일상의 번뇌를 잊기 위해 단양을 찾은 시적 화자가 거기서도 또 한 차례 실망의 괴로움을 맛본다. "오랜만에 찾은 단양 / 신단양 구단양으로 갈라섰고 / 흐르던 물줄기는 / 거대하게 침묵하는 / 검푸른 풀빛이 되어"있는 것이다. 옛날의 아름답던 단양의 풍광은 사라지고 산업화의 바람이 이미 단양에도 침투해 있음을 보고 허탈감에 빠진다. 이때 "어디선가 아득히 들려오는 / 자갈 굴리는 여울소리"와 "낙엽 지는 소리"에 시적 자아는 구단양의 정취를 다시 만끽할 수 있게 되고 단양을 떠날 때가지 구단양의 구수한 내음이 떠나지 않음을 느끼게 된다.

또 연휴 오후 서울역에서의 감상을 적은 「서울역에서」는 시적 화자가 주변에서 들리는 정담을 듣고 추억의 회상에 잠겨드는 모습을 그리고 있다. "봄비 내리는 연휴 오후"에 "뜨거운 추억으로 붐비는 서울역 대합실"에서 시적 화자는 그리움으로 젖어드는 가슴을 말리고 있다. 이때 주변에서 정다운 사람들끼리 주고받는 추억어린 옛 이야기가 마르던 가슴을 다시 젖어들게 만든다. 이는 곧 시적 자아를 과거의 아름답던 추억 속으로 빠져들게 하고 따스한 옛정을 그리워하게 만든다. 그러므로 이 작품에서의 '소리' 역시 피폐한 현실에서 마음이 풍요로웠던 과거로의 여행을 유도하는 긍정적인 기능을 수행하고 있다고 볼 수 있다.

2) 수평적 공간

수직적 공간이 상 · 중 · 하의 체계로 이루어져 있는데 비해 수평적 공간은 내 · 외 사이에 경계를 이루는 기호체계로 이루어져 있다. 이러한 수평적 기호체계가 박명용의 시에서는 다리, 길, 역, 문, 풀벌레 등으로 표현되어 있다.

> 만발한 복숭아꽃을 보며
> 가는 초행길
> 따라오던 산들도
> 멈추어 서는 외길 다리
> 낯설지만은 않다.
>
> (중략)
>
> 누구라도 그리운 날이면
> 강변 아득한 안개 속에서
> 숫자를 셈하며
> 텅 빈 얼굴을 그려보던
> 어느 시절의 영혼을
> 여기에서 만난다.
>
> —「음성가는 길」에서

수평적 공간에서 이쪽과 저쪽을 연결해 주는 통로로서의 다리의 역할은 지대하다고 할 수 있다. 그것도 외길 다리일 경우에는 더욱 그러하다. 위의 시편에서 음성은 시적 자아의 마음의 고향이면서 낙원이다. 그 이상향으로 가는 길목에 외길 다리가 놓여 있어 시적 화자를 세속에서 꺼내어 낙원으로 건네주는 역할을 해주고 있다. 마음의 낙원에서는 옛 시절의 그리운 영혼을 만날 수 있고 현실에서 잃었던 정서의 안정을 맛볼 수도 있다. 이때 현실을 벗어나 이상향에 도달하게 해주는 외길 다리의 역할은 긍정적 매개항의 기능이라고 할 수 있다. 또 다리와 등가의 관계를 이루면서 시인의 정서를 매개하는 기호체계로 역, 풀벌레 등이 있다. 먼저 역의 기호체계가 등장하는 시편을 예시하면 다음과 같다.

> 하나 둘
> 돌아오는 사람
> 돌아가는 사람
> 그 속에서 찾아보는
> 외딴섬 같은
> 그리움 하나
> 그리움 둘
>
> — 「서대전역에서 · 1」에서

수평적 매개공간 기호로서의 '역'은 이쪽과 저쪽 공간, 또는 기차의 이쪽 정거장과 저쪽 정거장 사이를 연결해 주는 매개적 공간기호이다. 돌아오는 사람과 돌아가는 사람을 교차시키는 곳이고, 전송과 귀향의 공간, 이별과 만남의 장소, 희망과 절망의 공간이다. 반가운 마음으로 오는 이를 기다리거나, 서운함을 갖고 가는 이를 보내거나 역에서의 감정은 상당히 고조되어 나타나게 되며, 이런 점이 역의 매개적 가치를 상승시킨다. 『서대전역에서 · 1』의 시적 화자는 외딴섬처럼 덩그러니 남겨진 입장에서 사랑하는 이를 떠나보내고, 가슴 속에는 벌써 그리운 감정이 하나 둘 쌓여가고 있다. 이와 같은 시적 분위기는 서대전역이 위치한 지리상의 여건에서도 기인하는데 "서울로 올라가고 / 목포로 내려가"는 중간에 있는 서대전역은 귀향보다는 어디론가 떠나는 사람이 많은 듯한 느낌을 갖게 만든다.

다음으로 박명용의 기행시 중에서 풀벌레 울음소리가 매개항의 기능을 담당하는 시로 「여정旅程에서 · 3」가 있다.

이역 땅 풀벌레 소리
이제 막 적막에서 벗어나는
무한한 아기의 꿈처럼
소중히 귀를 세우고
그 소리를 듣는다.
중국의 불벌레 소리를
대륙의 소리를

— 「여정에서 · 3」에서

시적 화자는 이역 땅 중국에서 풀벌레 소리를 듣고 한국의 풀벌레를 유추해 낸다. 그럼으로써 자연스럽게 중국과 한국은 연결되며 시적 자아는 그의 조국에 있는 듯한 착각에 빠진다. 풀벌레 소리를 통해 이쪽과 저쪽의 구분이 모호해지고 중국과 한국의 동일시를 맛보게 된다. 이때 풀벌레 소리는 시적 자아가 회귀의 감정에 몰입하게 만드는 긍정적 매개기능을 수행하게 되는 것이다.

또 그의 시편에서 수평적 매개역할을 하는 주요 기호체계로 길의 기호체계를 간과할 수 없다.

나를 되찾아
오던 길을 되돌아간다
더디게 온 나를 두고
빠른 걸음으로 떠난 자리
그 자리를 우두커니 바라보다가
내 삽십대의 걸음과
비슷하게 비교해 보다가

가고 오던 길을
오고 가 보지만
되찾은 나는 잊혀지지 않는다.

—「내가 나를 잊듯」에서

길은 만남과 이별, 그리고 그리움의 공간이다. 이 시에서 시적 화자는 본래적 자아를 찾기 위해 이제까지의 일상을 멈추고 되돌아 길을 떠난다. 그가 처음 출발했던 원점을 향해 돌아가는 것이다. "가고 오던 길을 / 오고 가 보지만"에서 가던 길과 오는 길은 서로 의미기능이 다르다. 즉 길을 사이에 두고 출발점과 도착점이 양쪽에 대립해 있을 때 가던 길에서의 출발점이 오는 길에서는 도착점이 되는 의미의 대립이 발생하게 되는 것이다. 그런데 이 시편에서는 나의 본래의 모습을 잊은 채로 무의미하게 살아온 생활을 반성하고 본래적 자아를 찾아 되돌아간 결과 나를 되찾게 되었음을 표현하고 있다. 그러므로 '길'의 매개적 기호체계를 살펴볼 때 가던 길이 부정적 기능을, 오는 길이 긍정적 기능을 하고 있음을 알 수 있다.

4. 결어

한 시인의 시적 세계를 탐구하기 위해서는 여러 측면에서의 접근방법이 가능할 수 있다. 본고에서는 박명용의 시가 내포한 의미를 탐색하기 위한 방법론으로 기호학적 입장을 선택했다. 즉 그의 작품에 표현된 시·공간의 의미를 나타내는 시어들이 과거와 미래, 상·하, 내·외의 대립적인 개념 속에서 어떤 의미기능을 수행하고 있는가를 보았다. 그 결과 다음과 같은 결론을 도출해 낼 수 있었다.

2장에서는 박명용의 시에 나타난 시간성이 현실의 부조리함에 불만을 품고 과거 유년지향의 형태로 나타나 있음을 알 수 있었다. 이러한 현상은 시에 사용된 '밤'이라는 매개 기호체계에 의해서 발생하였다.

3장에서는 박명용의 작품에 드러난 공간성의 문제를 수직적 공간과 수평적 공간으로 분리시켜 고찰해 보았다. 수직적 공간은 눈, 바람, 산, 새, 비, 소리 등 여러 매개기호에 의해 긍정적 또는 부정적으로 표현되었다. 즉 시간성의 경우와 마찬가지로 고통스러운 현실을 벗어나 이상향에 도달하기를 갈망하거나, 원초적 고향에로의 회귀를 꿈꾸는 시적 자아의 기원이 시적 주제를 이루고 있다. 또 수평적 공간에서도 다리, 역, 풀벌레, 길 등의 매개항에 의해 그 시적 공간이 의미를 나타내게 됨을 알 수 있었다. 즉 매개기호의 역할에 의해 이쪽에서 저쪽으로, 떠남에서 돌아옴으로, 출발점에서 원점으로의 회귀의식이 시 전편에 기저를 이루고 있음을 파악할 수 있었다.

이와 같은 방법론의 적용에 의해 박명용의 최근 작품을 중심으로 한 시적 정서가 어느 정도 파악되고, 그의 시적 면모 또한 대부분 밝혀졌으리라 생각한다.

(『시 · 시론』, 1994)

앵티미즘과 정서의 변화
— 박명용론

채 수 영 *

1. 들어가면서

시는 인간의 표정을 내면으로 정리하는 기능을 가지면서 고백의 형태를 위장한다. 그러나 결국에는 자기를 드러내 놓으면서 새로운 모색을 위한 방도를 찾아 나서는 인간 정신도精神圖의 일환일 때 심리적이다. 시는 아름다움이라는 지극히 애매모호한 추상 세계를 감득感得하는 상징의 숲을 만들면서 화려한 채식을 만들어야 하는 시인의 임무는 비단 명성만을 위한 것이 아닌, 카타르시스의 정화 작용 — 결국 독자와 시인 자신까지 구원의 탈출구를 마련하는 점에서 종교에 가깝다. 그러나 시는 결코 종교는 아니다. 다만 구원의 방도가 영원의 문을 열고 있다는 점에서 종교와 유사하다면 즐거움을 잉태하는 방법상에서는 시가 우월한 기능을 수행한다. 시는 때로 근엄한 정장正裝을 요구하는가 하면, 때로 누추한 진실을 꾸밈없이 보여주는 가장 인간적인 감수성을 요망하는 표정을 가질 때 인간의 마음을 사로잡는다.

시는 인간만을 위한 예술이다. 인간을 떠나서는 하등에 소용이 되지 않는다는 데서 인간적인 표정을 담아야 한다. 분노와 고뇌, 그리고 희망과 사랑의 표

* 시인 · 신흥대 문창과 교수

정, 삶에의 통증이 변용Metamorphosis의 얼굴로 나타날 때 인간의 가슴을 위무慰撫하는 역할을 다한다. 호이징하J.Huizinga의 『Homo Ludens』나 핑크Fink의 『유희에 관하여』에 나타나는 유희의 의미는 이익을 초월한 아름다움을 뜻하는 의미가 들어 있다. 예술을 통해서 인간의 생활 태도의 근본이 되는 마음가짐의 아름다움과 이어지는 것이 미적 감수성의 일환이다. 그러나 시는 인간을 아름다움으로 포장하는 데서 시의 구원적인 역할이 비로소 진가를 만들어 나간다. 여기에 예술의 역설적인 기능 ― 고통 속에서 아름다움을 나타내는 일이 주된 임무로 나타난다는 점이다. 시인에게 다가오는 고통의 신음은 오히려 시인의 손을 잡고 진리의 숲속으로 인도하는 안내자의 역할을 다한다는 뜻이다. 만약 시인이 풍족하고 넉넉한 혹은 포근하고 편안한 상황에서는 관념어의 유희에서 벗어나지 못하는 불행에 떨어진다. 시는 혹독한 시련에서, 그리고 참담한 아픔에서 아름다운 꽃을 피우는 역설의 미학, 여기에 시인의 삶은 시와 깊은 상관이 있다는 사실을 박명용의 시에서 감지하게 된다. 이제 그런 표정을 점검함으로 논지의 문을 연다.

박명용은 1976년 ≪현대문학≫을 통해서 문단에 등단한 이후 1979년 첫 시집 『알몸 서곡序曲』과 둘째 시집 『강江물은 말하지 않아도』(1981)와 『안개밭 속의 말들』(1985), 『꿈꾸는 바다』(1987), 『날마다 눈을 닦으며』(1992) 등을 상재하면서 정신적 편력을 거친다. 그의 매 시집엔 각각의 해설이란 절차가 첨부되어 있어 별도의 첨삭을 부연한다는 것은 번거로울 것 같아 최근에 나타난 정신적 추이를 점검하는 걸로 시로詩路의 길잡이를 삼으려 한다. 이는 1980년 이후 시인의 정신 갈등이 가장 깊은 상흔을 남기면서 시에 투영되었다는 사실과 일치하기 때문이다. 앞에서도 언급했지만 고난과 고통의 시대에 남기는 업적은 가장 정수精髓한 시인의 정신 소산이 되기 때문이다.

2. 정서의 얼굴 고도의식孤島意識

1) 고도의식

인간은 움직이기 때문에 추위와 더위를 감내하는 이치와 같이, 살아가기 때문에 행복과 불행 혹은 사랑과 증오의 일들을 만들어 나간다. 이는 서로의 관계를 교섭함으로 자기를 확보하기 위한 소망으로 자기의 꿈을 설정한다. 꿈의 높이가 낮으면 절망의 자리도 낮고 꿈의 별자리가 높으면 절망의 깊이와 높이는 현격하게 고통을 감수해야 한다는 것이 보편적인 특성이다. 박명용의 최근 시에서 느끼는 현상은 홀로 있다는 고도의식으로 춥다는 현상을 접하는 일이다.

> 넓고 넓은 바닷가에
> 오막살이집 한 채가
> 그리운 지금,
>
> —「넓고 넓은 바닷가에」에서

'그리운 지금'을 빼면 이 시는 인용이다. 그렇다면 시인은 왜, 인용에 자기의 마음을 담으려는 의도를 내장해야 하는가의 의문이 남는다. "넓고 넓은 바다"를 세상으로 환치하면 시인이 존재하고 있는 정신 현상은 고립이라는 위치에서 오는 느낌이다. 시인이 정착하고 싶은 공간이 보잘것 없는 "오막살이집 한 채"를 소망하는 일에 시인의 마음을 담으려는 뜻이다. 이는 그가 살아오는 과정에서 스스로 설정하고 도달하려는 의도의 좌표를 암시한다.

시는 개인의 의식을 공론화하는 데서 개인의 한계를 넘어서는 의미 만들기라는 점에서 시의 형성 과정은 개인적인 임무를 갖지만 문자로 완성된 다음에는 이미 시인의 곁을 떠나 공동의 광장으로 나가면서 시인의 것이 아닌 객관의 감수성으로 둔갑한다. 여기서 개인은 집단을 위한 방향으로 자리잡아야 하고 집단을 위한 공감의 정서를 일구어야 한다는 점에서 시 공화국은 가장 합리적인 세계를 이룩하게 된다. 보잘것 없는 "집 한 채"를 갖기 위한 박명용의 갈증은 그의 삶을 고달프게 하는, 때로 괴로운 표적이면서 희망의 높이를 상징하는 몫으로 고독의 진원지가 되고 있는 인상이다. '지금'이라는 그리움의 목소리가 낮고 그윽하다는 그의 고도의식은 갈증이면서 벗어나야 할 숙명적인 자기 멍에다.

> 가슴 한 구석에
> 진하게 박힌
> 섬 하나
> 날이 갈수록 아득하다
> 언제인가
> 이 세상에 뚝 떨어진
> 눈물 한 방울
> 파도소리에 묻힌 채
> 살아오다가
> 언제부터인가
> 섬이 된 것을 알았고
> 언제부터인가
> 내 가슴에 또렷하게
> 찍힌 것을 알았고,
> 이제는
> 소중히 키우는
> 잊은 듯, 섬 하나
> 언제나 그리움이다
>
> —「섬」 전문

인간은 어찌보면 섬이다. 육지에 다가가면 또 다시 멀어지는 거리를 남기면서 아득한 안타까움을 단축하기 위해, 얼굴을 만들고 또 다시 거리를 형성하면서 헤엄치는 인간의 운명은 고독의 키를 낮추어야 한다는 숙명을 사랑할 수밖에 없다.

> 삶은 쓸쓸한 바다 속에 있는 섬, 그 섬의 바위들은 희망이고, 나무들은 꿈이며, 꽃들은 고독이고, 시냇물은 목마름이다.
>
> 친구여, 그대의 삶은 모든 섬들과 지역들로부터 떨어져 있는 하나의 섬이다. 다른 지방으로 가기 위해 그대의 해변을 떠나는 배들이 아무리 많고, 그대의 해안에 닿는 배들이 아무리 많아도, 그대는 고독의 고통에 시달리고 행복을 열망하며 외로운 섬에 남아 있다. 그대는 그대의 동료들에게 알려지지 않고, 그들이 공감과 이해로부터 멀리 떨어져 있다.
>
> — Kahlil Gibran「of life」

떨어져 있다는 것은 아픔이자 슬픔이다. '동료'로부터 떨어져 있고 '공감과 이해'로부터 멀어져 있다는 것은 추위이자 아픔이다. 이런 아픔을 벗어나기 위해 시인은 서글픈 표정을 보내지만 이것이 결코 소리로 전달되지 않는 메아리에 이를 때, 세상은 마냥 쓸쓸해지고 고독의 키는 더욱 참담한 그리움으로 번진다. 그러나 고독과 외로움의 상황을 인식함으로부터 시인의 의식은 더욱 밝음을 향하는 촉수를 두리번거리면서 새로운 탈출로의 떠남을 열망한다. 그러나 출구가 차단되었다고 느낄 때, 절망의 키는 높은 이름으로 다가오고 섬에 다가오는 비와 바람은 성깔난 아픔의 추위를 견뎌야 한다. "가슴에 박힌 섬 하나"는 박명용의 정신이 추구하는 희망의 좌표이면서 그리움이 머무는 이름이다. 시인은 "이 세상과 뚝 떨어진" 느낌으로 추스릴 수 없는 고독을 불러들인다. 이내 스스로가 어느 날 고독한 섬이 된 것을 알았고, 이 섬은 꿈을 불러들이는 공간으로의 집을 지으려하지만 그 소망은 소중함으로 남는 시인만의 비밀한 장소라는 인상이다.

> 고향이 아닌
> 타향이라도

가고 싶은 곳이 있다

어디서 태어나고
어떤 인연이 있는지
그런 사정쯤은
몰라도 좋을
그런 곳을
고향 찾듯 갈 때면

(중략)

서러워도 좋을 뱃고동 소리
다시 듣고 싶다.

—「세월」에서

가고 싶은 시인의 소망은 "타향이라도/ 가고 싶은 곳"의 구체적 공간이 설정되어 '뱃고동'이라는 소리로의 출발을 희망한다. 이 공간에 이르기 위해 따라오는 고독의 긴 그림자를 자를 수 없어 추위에 떨고 있는 모습이 안타까움과 어울리는 인상이다.

시간은 문학에서 질서를 형성하는 차례의 역할을 한다. 세월이라는 질서를 뛰어넘을 수 없기 때문에 홀로 떨어진 거리에의 미감을 불러들이는 당근의 역할을 하면서 또 다른 공간을 향한 걸음을 계획한다. 꿈과 고향이라는 좌표를 향한 박명용의 고도의식은 자기를 찾아가려는 점에서 절실성이 있다.

2) 원점의식

인간은 어디로 가는가를 깨닫는 순간 자기 위치를 점검하는 이성과 지혜를 갖는다. 이방인이라는 생각은 곧 있어야 할 곳을 찾는 일로 시작한다. 더구나 위축된 의식에서는 세상사가 모두 서럽고 암담한 모양으로 채색될 수밖에 없다. 이런 근거는 시인이 처하고 있는 정신적 고독과 불가분의 상관을 갖고 있는 데서 새로운 모색을 뜻한다.

닻줄에 몸을 맨 채
출렁이는 빈배 한 척
파도에 격앙되고
순풍에 춤을 추는 지금,
사람은 볼 수 없다.
그러나 거기엔 초라한
내가 우뚝 서 있었다.

—「빈배 한 척」 전문

배는 여로를 갖는 데서 기능을 다한다면 정박되어 있는 배는 소임을 하지 못하는 의미를 담는다. 파도가 세상을 의미하고 배는 시인 자신을 암시한다면 파도와 배는 서로 이해되지 않는 관계로 분리되지만 대척 관계까지는 진전되지 않고 있다. 왜냐하면 배와 바다는 필연의 관계로 설정되었기에 서로를 떠나는 관계로까지는 번지지 않는다. 그러나 배가 정박되었다는 점에서 일방적 이유는 시인 자신에 있음을 암시한다. 바다를 항해하느냐 않느냐의 결정은 바다가 아니라 전적으로 배에 있기 때문이다. "사람은 볼 수 없다"라는 부재不在의 이유가 박명용의 행보를 가로막는 요인이면서 그를 고독의 함정으로 빠뜨리는 원인임을 숙지하게 한다. 이 때문에 시인은 "초라한/ 내가"의 존재를 부각하려 한다. 그것도 역설적인 '우뚝'의 미래까지 덧붙이는 야심의 내심이 잠재되어 내일의 문을 두드리는 양상이다. 이제 배는 어디로 향하려는 것인가?

온통 뜨거운 추억을
대합실에 남겨둔 채
출발점으로 나서는
머리 위로 봄비가 내린다.

—「서울역에서」에서

서울역은 떠나는 개념과 만남을 유추한다. 어디로 가는가? 시인이 빚는 시어는 구체적이고 일상적인 개념에서 결국은 추상의 세계로 길을 만든다. '추억'을 남겨두고 떠나는 시인의 행보는 '출발점으로'의 구체적인 암시가 드러나지만, 어디라는 방향은 "머리 위로 봄비가 내린다"에서 신생으로 마무리 된다. 이런 암시가 꽃이 있고, 사랑이 있는 구체성을 획득하게 되면서 시인이 가는 곳이 그만의 공간임을 추구한다.

확인하고 싶은 이 작은 공간空間에서
잔잔히 이는 충동의 눈빛들
그러나 누구 하나 흐뜨리지 않는 침묵
우리는 어딘가 몰라도 좋을
그런 길을 꿈 속같이 가고 있다.

—「우등 열차를 타고 가면서」에서

문학에서의 길은 인과 관계에서 상승 구조와 하강 구조의 암시를 갖는다. 하늘로의 길이 있고 인간의 운명이 길로 이어지면 불행이라는 길이며, 도道의 성숙된 인간으로의 길을 뜻한다면 팔도八道에서의 길은 출발과 도착의 움직임으로 상징된다. 존재와 공간의 양면적인 교차에서 길은 언제나 곧음을 강요하지만, 사랑의 지표가 있는 미래는 행복으로의 문을 열게 된다. 박명용은 '꿈 속같이'의 길을 예비해 놓고 그 길에 인생의 기쁨과 사랑이 있으리라는 낙원의 개념을 환상으로 내비친다. 꿈은 환상적이고 비현실적이지만 그것이 있을 때, 삶의 생동감을 부추긴다면 꿈은 오늘의 고달픔을 위로할 수 있는 좋은 길잡이가 된다. "박사학위를 받고 한 달만에/ 허무하게 죽었다는/ 이름도 모르던 K씨가/ 나타났다"(「꿈」 부분)는 시의 표현으로 보아 박명용의 원점은 여기에서 인생의 길이 다기한 양상으로 나타났다는 것이 간접으로 느껴지는 실상임이 분명하다.

이른바 박사 학위 중의 어려움이거나, 학위를 받고 새로이 출발하는 갈등의 이야기였다는 느낌이다.

3) 갈증

미를 창조하는 것은 부족함을 메꾸기 위해 끌려가는 방랑의 특성을 요한다. 결국 아름답다는 것은 아름다움의 반대편에 고통을 지불하고 돌려받은 보상의 일종이라면, 시인은 일상을 우울로 옷을 해입고 미감美感을 보상으로 받는 사업성의 일환인지 모른다. 그러나 헌납과 헌신을 전제로 요구함이 없는 순정한 마음이라야 투명한 미적 대상을 만날 수 있다는 점에서 상업적인 이윤 추구는 아니다. 항상 부족에 갈증을 느끼는 자세는 바로 미감을 발굴하는 요체가 된다는 뜻이다.

> 가슴에 빗방울을 담아 보아도
> 적셔지지 않는 가슴은
> 대낮에 헛꿈만 꾸고 있다.
> 무거운 기류氣流를 타고
> 내리는 가을비
> 방향을 잃고 내리다가
> 길바닥에 투신하는 아픔의 현장
> 그 보도 위에
> 가을비는 여전히 내린다
>
> — 「가을비」에서

가을은 꿈이 움추러드는 계절이다. 봄이 겉으로의 꿈을 피우는 계절이라면 여름은 정점에서 화려한 개화의 시절이 연상된다. 여기서 외향적인 본질 추구에서 가을과 겨울은 꿈의 씨앗을 안으로 다독이는 의미를 띈다. 이는 물기가 없어지는 상황을 암시한다. 가슴에 빗물이 젖어드는 것이 아니라 물기가 흘러버리는 상태를 헛꿈으로 바꾸어 생각하는 시인의 갈증은 가을비에 처연한 자기를 자각한다. 이런 현상은 모두가 시인의 심리적 관계가 건조해 있다는 것을 의미한다. 이런 갈증의 반대편은 꿈꾸는 일이 된다.

꿈
바다가 있어
섬이 그립듯
네가 있음으로 하여
가슴 속에 새를 키운다

때로는 웃음 소리
때로는 울음 소리
귀담아 들으면서

하루에도 몇 번씩
날려 보내려다
다시 잡는 너.

— 「살아가기」에서

꿈과 새는 시인의 정신좌표로 현실을 살아가는 별에의 의미를 갖는다. "하루에도 몇 번씩" 날려 보내면서 또 잡아보는 헛된 반복은 결국 잡아보려는 열망의 압축된 시인의 내적 현상이다. 이런 발상에서 박명용의 꿈은 현실에 만족을 획득하려는 삶의 현장이 된다. 아마도 80년대 타의에 의해 언론계를 떠나야 했던, 좌절이 가져다준 실의에 반작용의 운명을 대입한다면 그의 시적 변모는 80년대의 이력에서 모든 의미가 잡혀진다. 이런 발상의 또 다른 암시는 새로운 좌표를 설정한 후의 삶의 갈증은 하나의 초점을 고독으로 형성하게 된다는 인상이다.

사랑하는 사람이

목을 빼고 있는 그 곳을 향하여
새벽길을 나선 세상살이
차츰, 날은 밝아오고 있는 것일까.

— 「새벽길」에서

"사랑하는 사람"은 비유의 성城일 뿐이다. 시인이 도달하고자 하는 목표이면서 추구점에 도달하고자 하는 심리적인 기제가 응축되어 소망의 불빛으로 다가오기를 염원한다. 이런 구체성은 날이 밝아오는 새벽이라는 암시에서 그의 신념은 더욱 구체적 발길로 다가가는 갈증이자 길인 셈이다.

4) 생의 오름 길

문학에서의 이야기는 의미있는 일련의 사건이다. 시 또한 의미라는 시인의 의도와 일치할 수 있는 정서적인 복합물이라는 점에서 이미지와 이미지의 간격은 넓게 유추할 수 있어야 하고 이 때 신선한 감각을 잉태할 수 있게 된다. 인간의 정신 작용을 내면으로 다스리는 시의 경우는 소설과는 달리 보이지 않는 사건을 보이는 것으로 — 마치 리트머스 시험지에 빛을 쏘이면 실상이 나타나는 기법을 사용할 때, 선명한 정신의 통일 작용을 바라볼 수 있게 된다. 이 때 시인의 의지는 자기의 삶이라는 요인과 분리할 수 없는 통합에서 새로운 자연을 창조하게 된다. 시란 자연의 재현이라는 관점은 주로 정신적인 인간의 소산을 뜻하는 경우로 볼 때 자연은 곧 시인의 대상이면서 내면의 에너지를 충전하는 재료로서의 대상화가 될 것이다. 시인의 생활은 바로 자연을 떠나서는 그의 두뇌에 들어있는 관념어조차도 발굴할 수 없게 된다. 이것이 삶의 현장에서 받아들이는 시 창조의 진원지이자 근원을 이루는 곳이다. 살아가는 땅 위엔 오름과 내림의 두 현상, 밤과 낮과 높이와 낮음, 그리고 흑과 백의 이치가 상대적으로 마주할 때 시의 변용이 시작된다. 높이에서는 땀이 흐르고 낮음으로 가는 길엔 바람의 감촉이 있는 것과 같이 시의 표정에도 변화의 응감이 나타난다.

산허리를 휘감는 비안개
중턱에 멈추었다

눈앞에 뿌리는 가랑비
시야를 반쯤 가렸다

산길에 떨어지는 흙더미
가는 길을 막았다

미워도 미워도 가는 길
뿌연 하늘이 트인다.

—「길」에서

길은 인간의 운명을 만드는 곳으로 분기한다. 노자老子에 도道라는 말을 76회에 걸쳐 사용하였고 R. Frost도 「The Road Not Taken」이라는 시에서 갈등의 인간 운명을 노래하고 있다. 길은 평탄함에서 이미지가 형성하고 산정을 오르는 비유에서 인생의 가파른 운명의 아픔을 꺼내온다. 반면에 내리막에서는 떠나가버리는 목마른 아픔이 세월로 묻혀가는 불안에 잠긴다. 어떤 상황이든 행복은 짧고 비탄의 예감과 현실은 악착한 땀이 달라붙는다. 예의 박명용도 「길」에서도 "미워도 미워도"라는 숙명의 옷을 입고 가는 길을 재촉하는 순명의 모습이 보인다. 그러나 그의 길엔 "뿌연 하늘이 트인다"라는 마지막 시구에서 정신의 밝음을 확신하는 뜻이 기록된다. 인간이 신념의 중추를 붙잡고 있는 한 그 소망은 이루어진다.

험한 길
세찬 바람을 몸으로
온몸으로 받으며
오르는 까닭을

허공에 떠 있는 가슴으론
알 수가 없다.

—「산을 오르면서」에서

시는 의미의 숲을 어떻게 만드는가에서 이미지 만들기요, 독자는 어떻게 이미지의 숲을 해체하는가에서 문제와 답이 있다면, '험한 길'을 오르는 시 속의 의미는 오직 시인만의 해답을 제공해주는 미로의 통로가 된다면 이는 이미 시가 아니라 수수께끼가 된다. 시인은 독자에게 열쇠를 제공해 주는 친절을 베풀어야 한다. 즉 통로가 차단된 시는 이미 시가 아니고 통로를 확실하게 제시해주는 명징한 방안을 내포했을 때 시를 찾아가는 길에 재미와 여유가 있게 된다. "암벽에 한 그루 소나무/ 홀로 선 것을/ 바위 틈을 뚫고 나온/ 여린 풀이 아니면 / 그 인고忍苦를 알지 못한다"는 시인의 발상은 시와 인간의 결합이 유연한 비유로 맺어지면서 시인의 지志를 옹호하게 된다는 입장이다. 시는 인간의 정성情性을 보지保持하는 일이라면서 순수성의 감정을 얼마나 확실하게 표현할 수 있는가의 농도에서 시의 특성을 생각한 유협도 『문심조룡』에서 시는 곧 지持라는 간명한 풀이로 대신하고 있는 의도가 주로 인간의 정신에 들어 있는 고갱이의 발굴이라는 인간 중심의 사고를 대변한다. 물론 동양의 시관은 인간의 정신에 집중된다면 서양은 주로 기능적인 기교에서 인간을 설득할 수 있는가의 대상적 만족으로 시를 생각하는 차이가 있다. 즉 동양은 시와 인간이 육화되어 있어야 한다면 서양은 시가 인간을 어떻게 설득할 수 있는가의 이원적인 관점에서 다르다. 이런 입장에서 보면 박명용의 시관은 동양적인 경우에 시적인 에피그람을 만들고 있다. 이는 남의 눈을 빌려서 자기를 만드는 방도가 아니라 나를 검증하고 난 뒤에 자기를 확립해가는 바람직한 현상이다. 이런 일은 그가 문학을 시작했다가 중단하고, 다시 재출발하는 등 정신적 방황을 겪은 후 꾸준한 걸음으로 그만의 성을 구축하는 이유가 여기에 있다는 뜻이다.

산 좋아하는

산사람들을 따라 산에 올랐지
눈덮인 비탈길을
한발 한발 오르다가
개처럼 엉금엉금 기어 오르다가

(중략)

발 디딜 자리 찾다가
힘없이 제 자리에 주저앉아
나는 누구인가
나는 무엇인가
이름도 잊고
얼굴도 잊고

— 「또 한 번의 빈혈증」에서

J. 콘래드가 쓴 『어둠의 한복판』은 선악善惡의 갈등에서 선을 추구하는 소설이다. 인간은 어둠에서 외부의 조력을 직접적으로 받지 않고서도 빛을 추구하는 특성을 갖는다는 인생 해석적인 관점은 괴테의 『파우스트』 역시 동일하다. 가령 구약성서에 태초에 창조주는 공허와 암흑의 혼돈에 광명을 부여하고, 6일에 걸쳐 인간을 창조할 때까지 질서를 부여함으로 하느님이 보시기에 '아름다운' 조화의 세상을 만들었다. 이런 암시는 인간이 어둠에서 빛을 향하는 「내부의 빛」(the inner light)에 의해 인간 개개의 특성을 만들어가면서 아름다움을 구성하게 된다. "나는 누구인가"와 "나는 무엇인가"의 발문이 시인의 내면에서 나오는 절실성의 찾음에서 자기 발견의 방도 곧 내부의 빛을 불러들임으로 박명용의 인생의 방향은 종점을 향하게 된다.

5) 꿈과 사랑의 좌표

인간은 꿈꾸는 동물이고 또 시인은 꿈을 만들어 파는 어찌보면 패들러의 좌판에서 다양한 상품을 파는 사람이다. 물론 제조자이자 판매자라는 두 개의 경우를 상정한다면 그는 신명을 소비자에게 전달함으로 결국 꿈을 제공하는 사람이다. 시인이 살고 있는 현실을 재료로 하여 전혀 새로운 상품을 제조하는 연금술의 기술자이면서도 충실한 인간의 가슴으로 시를 위해 헌신하는 종교인의 겸손이 우선해야 한다. 실의와 절망에 빠진 사람에게 시는 희망과 사랑을 일렁이게 하는 힘을 만들어야 한다. 이는 시인이 체험하는 아픔의 벽을 넘어야 하는 데서 만나는 노래라는 점에서 때로는 비극적인 표정도 남는다.

빈 계절에
가냘픈 새 한 마리
살포시 날아와
자지러지면서
사루비아 꽃잎에
모닥불이 붙는다

—「새 한 마리」에서

천상을 나는 새는 인간에게 희망과 꿈을 주었다. 천상은 인간에게 구원의 의미를 생산했고 또 인간이 이르지 못하는 하늘과 땅을 이어주는 메신저로 새는 고귀한 대상물이었다. 「새 한 마리」의 박명용은 매우 고독한 인상이다.

빈 계절의 공허를 딛고 날아갈 곳을 셈하는 시인의 꿈은 "새장 속에 새가 죽음 직전처럼 푸드득거리며", "어젯밤 꿈을 이승에서 지피우는 한 마리 새"의 가슴에 꿈을 키우려는 현상으로 날아갈 곳을 셈하는 데서 안정감의 미래가 도출된다.

가슴에 별은
지워지지 않는 채
당신 곁에 머물고 있다.
머물고 있다.

—「사랑에게」에서

박명용 네 번째 시집 『꿈꾸는 바다』는 물의 이미지가 많고 이동하는 새의 이미지가 교차한다. 이는 시인이 꿈을 향한 구체적 정신의 흔적이라는 유추가 가능하다. 이런 견지에서 그의 꿈은 이동을 위한 목표에 열망을 태우는 양상이다. "가슴속 깊이 눈물 한 방울/ 또 정성껏 묻었습니다.// 아무도 모르게/ 아무도 보이지 않게"(「봄날에」 부분)와 같이 은밀하게 봄날의 눈물(씨앗)을 파묻는 고독의 행보에서 가능으로의 길을 재촉하는 인상이다. 이런 예비적인 행위에서 가슴의 별은 곧 미지의 당신에 머물려는 시인의 의도가 표면으로 나타나는 것이다. 사랑이라는 암시적인 상징물로.

6) 불확실과 확실

확실하다는 것과 불확실하다는 것은 동전의 앞과 뒤일 것이다. 왜냐하면 인간의 운명은 결코 확실한 것이 아니고 또 어둠만의 불확실도 아닌, 어둠에서 빛을 찾아나서는 행로이기 때문이다. 인간은 흔들리면서 자기를 찾아나서는 이성적인 동물일 뿐, 확신은 인간의 신념이고 불확실의 예상을 뛰어 넘으려는 때 인간의 신념이 공고화된다.

그렇다
사람은 확실성과 불확실성
그 명확한 사이에서
어느 쪽의 미련도 떨구지 못하고
고민하고 방황하면서
세상을 적당히 투벅거리며
가고 있다.

— 「알 수가 없다」에서

'그렇다'의 확신을 앞세워 독자에게 강요하는 시인의 신념을 읽을 수 있다.

일종의 아포리즘적인 강요의 의미가 시인의 삶에 대한 신념이라는 생각 때문에 독자에게 생각할 수 있는 사유의 간격을 차단하는 문제를 아예 거세함으로 박명용의 정신 추이는 '그렇다'와 대응되는 '가고 있다'에 시인의 신념이 빈틈이 없는 관념을 구성한다. 확실과 불확실은 인간의 마음 속에 들어 있는 신념의 농도일 뿐 애시당초 구분되는 요인은 아니다. 이런 신념의 그는 사는 일의 흔들림과 연결고리를 잇는다.

> 흔들리면서 사는 세상
> 흔들리지 않으려고
> 먼 바다 끝을 바라보고
> 눈을 감지만
> 마른 풀섶같이
> 흔들림이 계속되는 지금도
> 떠나지 않는 그리움
> 더욱 멀어지는 세월은
> 몇 시간을 흔들리고 있다

— 「가을 고속버스에서」에서

흔들리는 세상을 흔들리지 않으려 한다면 결국 흔들리게 된다. 이런 이치는 사는 일의 어려움을 말하는 길로 들어간다. 곧고 옳게 사는 일이 흔들림이 아니라면 고속버스 속에 들어있는 사람들은 흔들리지 않을 방도가 없다. 지구의 변화에 변화를 거부한다면 인간은 적응할 수 없는 죽음의 길을 가야 한다. 여기에 인간의 갈림길이 선택과 마주치는 방황이 있게 된다. 방황에서 현명한 선택은 인간의 지혜의 빛에 의해 어둠을 벗어나는 길이 인간의 문화요, 역사의 자랑이다. 개인의 경우도 이런 비유는 같다.

> 언제부터인가
> 강가에 가서는
> 흐르는 물을 보지 못했고

흐르는 물소리 들을 수 없었다
집에 돌아와서야
반짝이는 물살이 보였고
찰랑이는 물소리 들을 수 있었다.

―「역리현상逆理現狀」 전문

절망을 아는 것은 인간만의 특성이다. 흐르는 물과 소리를 들을 수 없었다는 것을 "집에 돌아와서야" "보였고", "들을 수 있었다". 이런 자각에서 박명용의 성취감은 길이 열린다.

3. 마무리

시는 언어의 충격에 의해 새로운 감성을 만들어 나간다. 시의 새로운 이론은 언어의 새로운 이론이 된다는 말은 현대시의 언어적인 기능과 이해를 전제로 한다. 시를 전달하는 방법이 언어의 운명에서 시인의 삶을 짊어져야 하는 시의 의미 구조는 언어의 직접적인 방도에서 삶의 개념적인 언어와는 다르다. 직접적인 언어가 생동의 언어라면 개념적인 언어는 부호의 입구를 들락거리는 일이다. 시인은 그의 삶을 리얼한 실감의 언어로 생동감을 부추길 수 있고, 주관을 벗어나 객관의 충성도에서 독자에 미감을 전달할 수 있게 된다. 박명용의 시는 언어의 객관성을 위한 헌신의 몸짓으로 시각화의 재능을 열망하는 일면 그의 생활을 구조화하면서 시 공간에 들여보내기 위해 땀을 흘린다. 고독한 삶의 표정은 참혹하거나 참담한 절실성과는 다른 열망이 들어있을 뿐만 아니라, 이런 발상에서 그의 시는 하나의 출구를 향해 집중된다. 그의 시에 갈증 현상과 원점의식, 산을 오르는 등산의식 등은 같은 생각에서 분기하는 의식현상들이다. 이는 꿈과 사랑으로 징표되는 가야 할 공간을 향해 흔들림을 감내하면서, 어둠에서 빛을 향해 '내부의 빛'을 켜려는 몸짓의 다정한 감수성이 있기 때문이다.

시인은 사상가나 철학자는 아닐지라도 그의 시에 심오한 사유가 깃들어 있을 때 감동의 누선을 자극할 수 있다면 시는 사상가나 철학자가 감당하지 못하는 영역까지 감당한다는 점에서 앞선 존재다. 이제 박명용은 인생의 맛을 독자의 식탁에 올라놓아 풍요하게 하는 것이다. 또 어떻게 변화할 수 있는가는 지켜봐야 할 앵티미즘으로의 기대 요인이다.

(『언어의 표정』, 문경, 1992)

박명용론

유 한 근 *

1.

"韓性祺씨 주변에는 有望한 젊은 詩人들이 많다는 이야기를 언젠가 나는 말한 적이 있다. 그 젊은 詩人들은 詩에 있어서만 有望한 사람들이 아니라 人間的인 유대관계에 있어서도 모두가 義로운 사람들이다. 박명용씨도 그 중의 한 사람이다." 이 말은 박명용 시인의 첫 시집 『알몸 서곡序曲』의 조연현의 서문의 것이다. 박명용은 1976년 ≪현대문학≫에 한성기의 추천으로 문단에 데뷔했으나 이미 10여년 전부터 시를 써왔다. 그렇다면, 시인으로서의 삶을 논하게 되는 박명용 시인론의 시작은 60년대 중반쯤부터 이루어져야 한다. 그러나 이 글에서는 그의 첫 시집 『알몸 서곡序曲』('79, 활문사)에서부터 제8시집 『뒤돌아 보기 · 강江』('98, 새미)까지 8권의 시집을 통해 그의 시인으로서의 삶의 변모를 살피려 한다. 작품론이 아닌 시인론이기 때문에 작품을 전혀 살펴보지 않을 수 없으나 시인으로서의 삶의 모습에 초점을 맞추려 한다.

조연현은 박명용을 '유망한 시인'이며, '의로운 사람'이라고 평한다. 그리고 제8시집의 평설을 쓴 김용직도 박명용과의 사귐이 스무해를 넘지만, 그를 "매

* 문학평론가

우 너그럽고 어진 성품을 지닌 사람"이기 때문에 주목하게 되었음을 토로한다. 같은 맥락의 인물평이다. 그러나 이 두 사람의 인물평은 단순한 덕담만은 아니다. 그를 아는 사람이면 김용직의 말처럼 "일상의 자리에서 만나면 노상 그는 두어 걸음 뒤에서 남을 따라온다. 그리고 남이 이야기를 하게 되면 대체로 그것을 경청하고 맞장구를 친다"는 그의 겸손함을 접하게 되기 때문이다.

박명용은 충북 영동에서 출생한 충청도 선비이다. 휘는 듯해도 결코 휘지 않는 대쪽 같은 시인이며 교수이다. 초지일관, 변함없는 그의 성품에 따른 자연인으로서의 삶과 시인으로서의 삶의 궤적이 어떠했는가를 그의 작품과 작품평을 통해 살펴본다.

2.

첫시집 『알몸 서곡序曲』의 발문을 쓴 최원규는 그의 시에서 "외면적 날카로운 의지의 직선은 항상 내면적 침착과 잔잔한 분위기로 새로움의 열熱을 발해 나가고 있음을 강하게 느낀다. …이 시 전편에서 주조를 이루고 있는 특징은 자신과 더불어 타인, 사물, 자연 등의 친선 속에서 벌거벗은 원형을 조형해 나가고 있다는 점이다. 시류를 보고 있는 강한 인상, 내면으로 흐르는 맑은 감정, 그리고 언어의 감성, 이 싱싱한 조화들은 그의 시 세계의 성감대 위에 예리하면서도 다감한 인간애를 느끼게 한다"고 말하고 있다.

첫시집의 표제시며 연작시인 「알몸 서곡序曲」은 '바다속' '아이' '파도' '한恨' '용왕' '천년' '하늘' 등의 시어들이 의미하는 바, 자연 혹은 원형적인 본체 속에서, '맹짜로 소리친다' '부서지고' '갈증' '탄식' '앓고 있는 방파제' '검푸른 물결' '조개' '월남전선' '저주' '괴로운 고동' '곤두박질' '가슴앓이', 그리고 '간드러진 웃음' 등의 시어들이 의미하는 바 삶의 다양하고 치열한 현장 인식을 통해서 도달하게 되는 "살아서 헐값인 세상"과 "텅빈 세상"을 그린 깨달음의 시이다. 사회학적 상상력과 예술적 상상력이 어우러진 이런 시를 쓸 수 있었던 것은 그가 전직 신문기자였다는 자연인으로서의 삶과 결코 무관하지는 않을 것이다. 그러나 첫시집에서 간과할 수 없는 점은 인간과 삶의 본체, 그리고 사회와 역사에 대해서, 시의 미학적인 구조에 대해서 그는 내적으로 극렬하게 고뇌하고 있었음을 이 시를 통해서 느끼게 된다.

첫시집 이후 3년만에 출간한 제2시집 『강江물은 말하지 않아도』('81, 대명)는 첫시집에서 보여준 치열한 갈등과 고뇌를 흐르는 강에 의탁한다. 시인은 이 시집의 '자서'에서 이렇게 말한다. "내가 태어나 지금까지 보아왔고 앞으로 살아가면서도 눈여겨 보아야 할 고향의 유유悠悠한 강을 이 세상 어느 삶의 현장이든 옮겨 놓으면서 우리의 숙명을 빨아 헹구어 보고 싶었다는 것, 이 한가닥 진실만을 말하고 싶었을 뿐이다. 고향의 강물도, 객지의 강물도 여전히 흐른다. 이 강물을 가슴에 담고 정성을 다하리라."고 '강'의 본질 해명을 선언한다. 여기에서 우리가 관심을 모아야 하는 부분은 "우리의 숙명을 빨아 헹구"고 싶다는 말이다. 강물에 빨아 헹궈야 할 '우리의 숙명'이란 무엇을 말하는가? 이에 대해 송재영은 그를 '반서정적 시인'이라 규정하면서 "연작시 『강물은 말하지 않아도』는 역사에 대한 스토아적 반문과 풍자적 언어를 주축으로 삼고 있다. 그러면서 오히려 그는 누구보다도 역사의 지속성持續性을 신뢰하고 있으며, 그 지속성은 변함없이 사랑과 평화를 향해 흐르고 있다는 것을 노래하고 있다. … 박명용에게 있어 강물은 곧 역사이다."라고 말한다. 이를 인정한다 해도 여전히 '우리의 숙명'은 풀리지 않는다.

연작시 「강물은 말하지 않아도」1에서 시인은 푸른 하늘보다도 더 맑은 강물빛을 그린다. 그리고 2에서는 말없이 흐르는 물을 평화로 인식한다. 3에서는 "살릴 것도 죽이고/ 죽일 것도 살리"는 여울물의 역동성을, 4에서는 "빙빙 웃"으며 소용돌이치는 물의 내면에는 "영원한 사랑"이 있음을, 5에서는 강 밑바닥의 여성적 감촉의 성적 충동을, 6에서는 약육강식의 물 속 세계를, 7은 물줄기의 변화를, 8은 물 속의 세계를 부조리한 인간 사회를 풍자적으로 표현한다. 9

는 수질 오염의 물 속 세계를 통해 우리 사회의 부패상을, 10에서는 수석壽石의 가치를, 11은 강물의 침묵을, 그리고 12에서는 흐르는 강물을 세월에 비유하며 살아 있음을 환기한다. 이렇듯 박명용은 시 「강물은 말하지 않아도」 연작 단시를 통해서 강물을 새롭게 인식하려 하고 있으며 강을 매개체로 하여 우리 사회 현실과 인간 본성을 성찰하고 있다. 그러나 아직도 그가 말한 '우리의 숙명'은 의문으로 남는다. 하지만 전혀 추론의 가능성이 없는 것은 아니다. 이 시집이 발간된 시기가 제5공화국이라는 역사적 사실을 환기할 때, '우리의 숙명'은 우리의 불행한 역사, 그리고 그 시대적인 폭력에 뒤틀리고 좌초한 우리의 모습이 아닐까 하는 추측이 그것이다.

제3시집 『안개밭 속의 말들』('85, 혜진서관)은 이런 선상에서 발간된다. 박명용은 이 시집의 '서' 「안개밭에 서서」에서 이렇게 토로한다. "참말을 추구하고 싶다. 그러나 나의 참말은 안개 속에 있는 또 하나의 참말에 밀려 허둥대고 있다. 그러니 남들처럼 세상을 쉽게 살지 못하고 어렵게 살고 있는 것이 아닌지 모르겠다. 내가 사랑하는 참말을 사랑하지 못하고 말없음으로 버티며 살아가는 내 모습이 아무래도 서글프기만 하다. …내가 사랑하는 참말과 세상을 떠도는 또 하나의 참말이 부딪친다. 그래서 나는 고민한다. 그러나 아무리 생각해도 그 결론은, 참말의 원형을 버리지 못하겠다는 것이다. …모두가 추구하는 그 참말이 존재하는 한 세상살이가 어렵다 해도 내 고향의 참말을 따라, 내 참말을 위해 시를 쓰고 싶다."는 진솔한 토로가 그것이다.

> —나의 치사한 꼴을 보이지 않도록 해다오
> —나의 더러운 몸을 말끔히 씻기게 해다오
> 비 한 방울 내리지 않는 가뭄에 물줄기는 끊기고
> 몇 군데 웅덩이에 웅덩이물만 남았다
> 그 변두리에 뚜렷이 드러낸 모습
> 어떤 돌은 옆으로 서 있고
> 어떤 돌은 자폭自爆인가 엎드려 있고
> 어떤 돌은 엉거주춤 앉고

어떤 돌은 손을 들고
기도하듯
제각기 다른 생각으로 무엇인가 갈구하고 있다
—내 죄가 있다면 물이 흐르는 대로 흘렀을 뿐입니다
—내 죄가 있다면 수석가의 선별대상이 되었던 것밖에 없습니다

—「돌」 전문

이 시는 제3시집 『안개 밭 속의 말들』에 실린 시이다. 이 시의 시적 화자는 '돌'이다. 물 흐르는 대로 몸을 맡긴 돌이다. 시인 자신이다. '어떤 돌'은 시인 자신일 수도 있고 타인일 수도 있다. 제3시집에서 김시태는 「우리 시대의 삶과 시인의 눈」이라는 발문에서 이 시에 대하여 이렇게 말한다. "이 시는 아직도 돌(즉 자연)과 대화를 나눌 수 있는 소박한 인간의 가면을 쓰고 시인이 문명 상태에 있어서의 자연의 참담한 모습을 드러내 보인 것"이라고 말하고 있다. 여기에서 '문명 상태'란 산업화 사회를 의미할 것이다. 그러니까 이 말은 산업화 사회로 이행되면서 잃어버리게 된 인간의 자연과의 화해 정신을 환기해주고 있다는 의미일 것이다. 그러나 이 시는 앞서 인용한 시인 자신의 말과 연결시켜 그 의미 해석을 확대해 나가도 좋을 것이다. '돌'을 시인 자신으로 보았을 때 '돌'의 속성인 침묵과 비역동성, 그리고 서정적 자아가 사회의 폭력성으로 인해 상처받고 있는 모습을 그린 시라고 확대 해석해 보는 것이 그것이다. 김시태의 말대로 "창조적 자아와 사회적 자아가 때로는 마찰하고 미묘한 긴장 상태를 조성하는 경우"는 많다. 시인에게 있어 사회는 먹고 살아야 하는 생존 구조일 수도 있고, 정치 사회의 총체적인 구조일 수도 있다. 그러나 시인의 말을 참조하면, "참말이 존재하지 않는 사회"를 그는 외적인 폭력으로 보고 있다고 이해해야 할 것이다. 따라서 시인이 추구하려는 '고향의 참말'은 '원형의 말' 또는 '참 나의 말'일 것이다. 문예사회학자 부르디외는 문화의 장을 권력의 장 속에서 이해하고자 했다. 그에 따르면, "권력의 장이란 상이한 장들(특히 경제 혹은 문화의 장)에서 지배적 위치를 정하기 위한 필요한 자본을 소유하기 위해

행위자들 혹은 제도들간에 공통적으로 갖고 있는 힘 관계의 공간"(현택수의 「문학 예술의 사회적 생산」에서)이라고 말했다. 산업 사회에 있어서 이러한 권력의 장에 좌초한 참말을 잃은 소외인의 모습과 절규를 이 시는 말한 것으로 이해된다.

박명용의 제4시집 『꿈꾸는 바다』('87, 홍익출판사)는 2년만에 출간된다. 출간의 변을 시인은 「나의 시, 나의 삶」에서 "쉽게 쉽게 살지 못하고 어렵게 살고 있는 자책에 어려운 마음을 헹구어 보지만 가슴앓이는 더해가고 자꾸만 흐려져가는 내 눈은 아무래도 세상 탓만은 아닌, 내 스스로가 순수하지 못했기 때문이 아닌가 하는 자조적 의문만 남게 한다."고 말한다. 그리고 자신의 시를 '고통의 언어'라고 표현한다. 제3시집의 연장선에 시집 『꿈꾸는 바다』가 놓여 있음을 알 수 있는 시인의 말이다. 다만 다른 점이 있다면 외부의 폭력보다는 자신의 내면적 자아에 있음을 인식하고 시선을 돌렸다는 점일 것이다. 박이도는 이 시집의 평에서 간명하게 그의 시를 요약한다. "박명용의 시들은 그 내용이나 접근 방법으로 볼 때 두 부류로 나눌 수 있다. 처절하리만큼 끈질기게 이어지는 삶의 심상을 추구해가는 것이 그 하나이고 사랑의 원형을 형상짓기 위한 노력이 또 다른 차원이다. 앞의 것은 삶의 허무와 불안을 스스로 극복해가는 모습이 담겨져 있다. 그리고 후자의 경우엔 자신의 유년과 순수한 애정을 가시적인 패턴으로 추출, 그 의의를 살려준다"고.

> 내가
> 나날이 작아진다
> 나이가 들수록
> 작아지는 내가
> 내 눈에 희미하게
> 보이는데
> 나이가 들수록
> 크게 볼 수 있는
> 또 하나의

눈이 있어
날마다 눈을 닦는다

— 「눈을 닦으며」 전문

이 시는 제5시집 『날마다 눈을 닦으며』('92, 아름다운 세상)에 수록된 시이다. 시인은 이 시집의 자서 「몇마디」에서 "날이 무디어가는 내 가슴에 새로운 바람을 넣기 위해 또 하나의 자아가 날마다 눈을 닦으며 회귀의식回歸意識을 일깨우면서 오늘의 삶 그 자체를 응시하고 내일의 꿈을 상상한다는 것은 결국 갈등의 흔적이 아닌가 하는 여정旅程에서의 떠나지 않는 생각이다. 그래서 나는 의식의 안주에 맞서 새로운 그 어떤 모색을 위해 가슴을 연 채 역마직성驛馬直星의 영혼처럼 떠들면서 눈을 닦고 있는지도 모른다."고 위의 시를 스스로 설명하기도 한다. 5년만에 내놓는 시집을 전환의 계기로 삼으려 하는 것이다. 이를 뒷받침하는 글이 홍문표의 「존재 인식의 시학적 미학」이다. 홍문표는 이 글에서 "박 시인의 시 세계는 과거 지향으로부터 출발하여 미래 지향화하는 시법을 채택하고 있다. 그리고 이때의 과거 지향은 유년과 고향으로 구체화 되는데, 이는 현재의 상실감으로부터 드러나는 자기 모순을 극복하기 위함이다. 박 시인에 있어 자기 모순의 극복은 새로움을 모색하기 위한 발상이며 미지에 대한 꿈과 희망, 그리고 진실에 근거를 두고 있다고 하겠다."라고 간명하게 요약한다.

박명용은 제6시집 『나는 마침표를 찍고 싶지 않다』('95, 글벗사)를 내면서 "지난 몇 해 동안 내게 있어 유별한 산도, 바다도 있었고 꿈과 상실이 엉기는 사계절의 변화도 있었다. 그럴 때마다 자신이 자아로부터 상실되지 않도록 고뇌했던 것이 이 시집의 세계요, 눈이라는 점에서 여기에 실린 것들은 분명 자화상이라 해도 좋을 것이다."고 토로한다. 여기서 시인이 말한 '자화상'이란 삶의 궤적, 일상적 체험의 궤적을 의미할 것이다. 이 시집에서 김완하도 "그의 이번 시집에서 '푸르름을 꿈꾸는 생명의 언어'로 드러나고 있다."고 말하면서 "박명용 시인의 시적 미덕은 무엇보다도 그의 시가 삶의 체험에 기초한다는 점이다. 그러므로 그의 시는 진실성을 통해서 독자들에게 폭넓은 친화감을 베풀고, 시를 읽는 사람들에게 정서적 공감대를 형성시켜, 강한 전달력을 확보하고 있다."고 말하고 있다. 그렇다면 박명용은 제5시집에서 보여주었던 시 세계의 전환 의지를 잊고 있는 것일까?

석간 신문 위에
분노가 와르르 쏟아진다
열살 가장 소녀의
마른 눈물
신문 귀퉁이에 말라붙고
낯익은 얼굴들
부르기 좋은 억億 억億
활자도 유난히 커
보기도 좋은데
차마
입에 담기조차 서러운
칼국수 집 여인의
으드득 이가는 소리
부엌칼이
활자 위에서 춤을 춘다
그래도 사랑하는 내 조국
만만세 부르며
나서는 보도엔
추억같은 햇살이
신비하게 깔려 있었다

—「다시 보는 세상」 전문

이 시가 갖는 의미는 박명용 시인의 눈이 자신의 면모에서 사회로 옮겨졌다는 점과 사회를 따뜻한 눈으로 바라보고 있다는 점이다. 이는 어쩌면 자기 존재에 대한 성찰 후 얻게 되는 여유일 수도 있다. 안개발과도 같은 사회 정국 속에서 날마다 눈을 닦으며 진실의 말을 찾아 헤매던 시인의 세상 바라보기라고 해야 할 것이다.

제7시집 『바람과 날개』에서 정순진도 같은 맥락에서 그의 시를 말한다. "박명용 시인의 이번 시집은 다른 시집보다도 두루 겹친 세상사를 보는 눈이 따사로워져 여유가 느껴진다. 그런 여유는 나와 세상을 들여다 볼 수 있는 응시의 힘과 민감하게 느끼고 배려하는 사랑의 힘, 자연의 변화에서 생명의 이법을 깨닫는 통찰력이 녹아서 만들어내는 것"이라는 내용이 그것이다. 그러나 박명용 시인은 시 「가을 바다」에서 보여주고 있는 바 '텅빈 무서움'을 새로운 하나의 돋보기로 보기 시작한다. "칼날을 보면/ 온몸에 무서움이 돋는다/ 집더미 같은 파도소리에 앙상한 가슴/ 아프게 시려오고/ 거침없는 바람/ 내 나이를 탐색하자/ 바다는 지난 해 가을 보다/ 더욱 더 무섭다/ 이빨을 드러낸 바다/ 텅빈 무서움"(「가을 바다」 전문)에서처럼 나이를 의식하게 되고, 깊고 어두운 허무를 인식하게 된다. 그리고 "침묵성과 비역동성의 돌"을 객관화시켜 바라보게 되고, 끝내는 "힘껏 뽑"아 버린다. "시냇물도 보지 못하고/ 바다를 닮았다는/ 호화로운 위선/ 그 속에서 나도 모르게 자란 돌"을 뽑아버린다(「돌」에서).

제8시집 『뒤돌아 보기 · 강江』('98, 새미)은 박명용의 초기 시의 모티프였던 '강'을 되돌아보는 시이다. 강을 평화, 사랑, 여성, 침묵, 세월, 그리고 때로는 청결 등과 사회 흐름의 역동성, 그리고 혼탁함, 나아가서는 고향의 원천으로, 역사로 인식했던 '강'을 이 시집에서 다시 환기한다.

> 강물은 피다
> 핏물은 하얀 물살이다
> 아득히 먼 곳에서 흘러와
> 완벽하게 몸에 스며들어
> 마침내 핏줄을 세우고
> 살을 붙이고
> 뼈를 만들고
> 너를 사랑할 수 있고

내가 고독할 수 있다는 생각까지
생생하게 만들어 내는
온순한 인간의 역사다
강물은 피다
핏물은 몸이다

―「강의 피」 전문

이 시는 강이 우리 생명의 원천임을 환기해주고 있는 시이다. 우리 몸의 피처럼 곳곳을 돌아다니며 살아 있음을 느끼게 해주는 강, 사랑의 원형이며 지성과 고독한 삶의 원형이며 역사인 강을 그린 시이다. 외로움이며 생명이며 눈물 방울이고 자갈이기도 한 물새(「어떤 물새 · 강江」부분)가 생존하는 터전이며, 밤이면 사랑하는 밀어에 시인까지도 몸을 타게 하는 강(「사랑을 한다 · 강江」 부분), 속살을 내보이는 바람과 몸을 섞어 우주를 잉태하는 강(「바람 · 강江」 부분)이 박명용 시인이 되돌아본 강이다. 인간과 삶의 본체, 그 핵에 가까이 다가선 작품이다.

3.

박명용 시인으로서의 삶 반세기를, 시집을 통해 살펴보았다. 여덟 권의 시집을 읽으며 시인이 찾으려 했던 것들, 예컨대 '고향의 말' '우리의 숙명' 그리고 존재의 원형 등 그것들의 모습과 존재는 의혹으로 남는다. 그래서 시인 자신도 시 「알 수 없음에 대하여」에서 "너는 언제나/ 알 수 없는 부호의 존재다/ …/ 창백한 의문의 표시다/ 헷갈리는 세상에/ 너는 고뇌다."라고 토로하는 지도 모른다. 하지만 박명용 시인은 알고 있는 것 같다. 시인으로서 자신의 삶이 어떠할 것이라는 사실을. 「속성」이 나지막한 소리로 그 비밀을 알려준다. "몸을 잔뜩 낮추고/ 아래로만 흐른다 강은/ 언제나 일어서지 않고/ 위로 흐르지 않는다 강은/ 가볍게 몸을 내리고/ 아래만 내려다 보는 강은/ 언제나 넉넉하게/ 물로만 흐르다가/ 안개를 피워 올려/ 산자락까지 사랑한다/ 그렇게 굽히다가 마지막엔/ 높낮이 없는 바다에 이르러/ 드디어 썩지 않는 생살로/ 영원을 산다."에서의 강처럼 시인으로서, 교수로서 살 것임을 들려준다.

시인으로서의 삶과 자연인으로서의 삶의 궤적이 다른 시인도 이 세상에는 흔하다. 하지만, 박명용의 시는 직설적이지 않고 절제된 시어와 은유 구조로 자신을 표출해 내고 있다. 그는 시인과 자연인의 삶이 일치하는 시를 쓴다. 자연인으로서의 삶의 모습을 시로서 정직하게 형상화 하는 시인이다. 자연에 대한 겸허함과 인간에 대한 예의를 시의 미학보다 우선으로 하는 시인, 세상을 바라보는 관조의 눈이 유난히 따뜻한 시인, 자신의 내면을 애써 숨기거나 기만하지 않는 시인이 박명용 시인이다. '참말 되돌아보기'를 불교적인 인식론으로 시도할지, 아니면 고향이라는 원체험 공간 속으로 되돌아가 탐색할지 지켜볼 일이다.

(≪시문학≫, 2000. 5)

박명용론

송 백 헌 *

1.

엄밀히 말해서 시와 시인은 구분되어야 하지만 그럼에도 불구하고 우리는 시를 통해서 그 시인의 성격과 삶의 궤적을 엿볼 때가 자주 있다. 그것은 아마도 시가 곧 삶의 한 부분을 이루고 있기 때문일 것이다. 남다른 감성을 지니고 몸소 현장 체험에서 얻은 고뇌와 갈등을 시로써 형상화한 시인의 경우 그러한 경향이 두드러지게 나타나기 마련인데, 여기서 논급하려는 박명용은 바로 이러한 경우에 해당한다.

박명용은 1960년대 중반 이후 30여 년간 꾸준히 작품 활동을 하면서 이미 8권의 시집을 펴냈고, 지난해에는 갑년을 맞아 자신의 시작과정을 일별할 수 있는 시선집 『존재의 끈』을 상재한 바 있는 한국문단에서 중요한 위치를 점하고 있는 중견시인이다. 그의 시작 과정을 30여 년 동안 가까이서 지켜보아온 나는 그의 외모에서 풍기는 강한 의지, 그러면서도 그 내면에 깔려있는 잔잔하면서 따뜻한 정감과 조그마한 것도 그냥 지나치지 못하는 꼼꼼한 성격이 그의 시에 그대로 드러남을 느껴왔다.

그는 시선집 『존재의 끈』 말미 '시인의 변'에서 자신의 시가 3단계로 변모의

---

* 문학평론가 · 충남대 국문과 교수

과정을 거쳐왔다고 자술하고 있다. 즉 그는 60년대 중반부터 70년대까지는 사라져가는 것들에 대한 의식으로 시를 썼고, 80년대부터는 무지의 완력에 따르는 강력한 힘 앞에 직면한 언어의 혼란을 극복하려 했고, 80년대 후반부터는 스스로를 뒤돌아보면서 존재의 가치와 행방을 찾아 시를 썼다고 말하고 있다.

이러한 그의 시적 변모과정도 바로 시인 자신의 지난 30여년을 살아온 삶과 매듭이 일치하고 있는데, 그의 시작 첫 단계에 해당하는 젊은 시절은 가장 민활하게 활동하던 신문 기자 시절이었다. 그의 지성적 눈에 비친 우리 생활주변은 기존의 질서와 전통이 도시문명의 등장과 함께 소멸되고 깨어져가고 있었다. 이러한 현실을 직시한 그의 시는 사라져가는 것에 대한 연민의 정을 표현하고 있다.

2단계에 해당하는 80년대는 완력으로 상징되는 신군부가 등장하는 시기이다. 그는 힘의 무지에 따라 기자직에서 해직된다. 그것은 그에 있어 엄청난 충격으로 다가와 극도의 정신적 혼란을 겪게 된다. 그러한 혼란은 언어적 혼란으로 전이됨으로써 시인에게 더욱 큰 고통을 안겨준다. 그 당시 박명용은 이 언어의 혼란을 겪으면서도 의식을 잃지 않으려고 몸부림쳤던 바, 이러한 몸짓이 2단계에 잘 반영되어 있다.

80년대 후반부터 현재에 이르는 3단계는 학위를 취득하고 교수직을 얻는 등 다시 정신적 안정기에 접어든다. 정신적 안정뿐 아니라 문학적으로도 원숙기에 접어듦으로써 지나온 자신의 인생을 조용히 돌아볼 여유를 갖게 된다.

2.

앞서 언급했듯이 박명용은 사라져 가는 것에 대한 체념을 자기 시의 출발점으로 삼고 있다. 시집 『알몸 서곡』으로 대표되는 이 시기에 그는 신문기자의 신분으로 곳곳을 누비고 다니면서 사회의 명암을 직접 목격하고 체험하기도

다. 당시 우리나라는 군사정권의 주도 아래 고속경제 성장만이 우리 겨레가 살 길이라는 구호를 내세우며 경제재건에 진력한다. 그 결과 우리가 만족에 가까울 만큼 물질적 풍요의 기틀은 마련했지만, 반면에 상대적인 박탈감이나 가진 자와 없는 자 간의 위화감 조성이라는 예기치 못한 결과를 초래하기도 했다. 이러한 사회의 지각변동은 우리네 생활공동체에 새로운 균열을 가져왔으며, 주변이 점차 삭막하게 변해갔다.

남다른 감수성을 지닌 그가 이때 특별히 관심을 모은 것은 이 지각변동과정에서 사라져가고 있는 모든 것에 대한 안타까움이었다.

폭설로 뒤덮은
계곡에서
팔월보다 더 뜨거운 언어로
하늘을 노래한 그는
이미
성장한 별리別離였고…

도시의 증오憎惡스런 대기大氣는
침울한 현실로 가득했으니
친구여
그를 다시 눈뜨게 하지 말라.

슬픈 자문자답自問自答은
금강에서
모래알로 시나 쓰고

— 「설야雪夜」에서

논두렁 막걸리 맛도 잊어버린
목척시장 물가도 잊어버린
못난 사랑도 잊어버린,
하늘이 한 번쯤 터져

갈라진 세상에 홍수가 지고
메마른 인심에 홍수가 지고
금강도 한강도 영산강도
모두가
풍성한 이웃으로 돌아가
우리들의 가슴을 적실
거짓 일기예보라도 그리운
그리운

—「일기예보」 전문

그 안타까움은 이처럼 경제발전으로 말미암은 도시화·공업화의 거센 파고로 농촌을 비롯한 전통사회의 공통화기반이 붕괴되면서 나타나는 끈끈한 정서의 아쉬움으로 혹은 개발 열풍이 몰고 온 부작용으로서의 상실감에서 오는 아쉬움 등으로 나타난다.

활처럼 휜
한 아름 물줄기 속에서
뒹굴던 돌은
두고두고 심천深川을 잊지 못한다
도시로 흘러와 꿈꾸는 고향
수석가의 뜰에 응결된 외로움
물새의 이야기를 잊지 못한다.

—「깊은 내」에서

많은 사람이 알고 있다시피 시인 박명용의 고향은 금강이 맑게 흐르는 충북 영동군 심천면 지프내(깊은내) 강가다. 이 시는 그가 나고 자라면서 유년시절을 보낸 그 고향 지프내의 맑은 물속에서 뒹굴고 있어야 할 돌이 도시로 흘러와 수석가의 뜰에 놓여지고 만 안타까운 모습을 시로 형상화한 것이다. 이처럼 있어야 할 자리가 아닌 낯설고 어색한 자리에 놓여 있을 때 그것은 본질의 상실이다.

이같이 사라져가는 것에 대한 연민의 정은 결국 도덕적 · 윤리적으로 마비상태에 도달한 현실에 대한 강한 거부감으로 이어진다. 따라서 그의 연작시 「알몸 서곡」은 허울의 껍데기를 알몸으로 추상하며 새로운 세계로 극복하고자하는 일련의 의지를 준비하는 몸짓으로도 풀이된다.

3.

80년대에 들어서면서 박명용은 감내하기 어려운 엄청난 시련과 좌절을 겪어야만 했다. 군사 쿠데타로 정권을 장악한 신군부 세력들은 언론 장악의 첫 단계로 정화라는 미명 아래 대량학살을 자행하여 그 당시 그들에 의해 이유 없이 희생된 언론인들은 그 수를 헤아리기 어려울 만큼 많았다. 어느 날 갑자기 해직된 그들의 상처는 거의 치유되기 어려울 정도의 고통으로 남았다. 이러한 상처는 정신적인 혼란을 유발했고 특히 시를 쓰는 시인들에게는 언어적 혼란으로까지 이어졌다. 하지만 시적 정서와 의지로 굳게 다져진 박명용의 경우, 이것이 시적 각성의 또 다른 계기로 작용하기 시작했던 것이다. 그리하여, 초기 시에서 사라져가는 것들에 대한 안타까운 연민의 정을 가락에 담아 노래했다면 이 시기에 와서는 역사적 현실에 집중적인 관심을 보이기 시작한다.

81년에 펴낸 그의 두 번째 시집 『강물은 말하지 않아도』는 이 같은 그의 시각을 역사적 시추에시션에 맞추어 쓴 3권의 시집 중 첫 번째 시집에 해당하는 것이다. 이 시집 중 같은 제목 『강물은 말하지 않아도』 12편의 연작시에서 그는 이미 역사에 대한 스토아적 반문을 던지고 있다.

박명용에 있어서 강물은 역사이다. 그 강물은 사랑과 평화를 지향하면서도 현대의 온갖 공해로 인하여 오염되고 훼손당하는 상황에 있다. 이것은 공업만능주의를 앞세우는 우리 시대의 피할 수 없는 현상이다. 이 연작시 전편을 통하여 시인은 강물이 사람들에 의하여 어떻게 더럽혀지고 이용당하는가를 매우 신랄하게 고발하고 있다. 이러한 고발은 분명 인류의 양심에 속하는 문제라고도 할 수 있다. 박명용은 "사랑의 역사가/ 쌓였다가 무너지는"(「강물은 말하지 않아도(5)」에서) 강물을 보고, 안타까운 강물의 현실에서 역사의 보편적 권리에 대하여 다각적인 성찰을 반복한다는 것은 결코 놀라운 일이 아닌 것이다.

이 세상에서 자란 놈은
새끼도 기형, 어미도 기형
햇살조차 얼굴을 돌리는
이 폐수廢水

— 「강물은 말하지 않아도(9)」에서

공업용수와 화학물질의 폐품들이 신이 창조한 자연생물을 기형화시키고 마침내는 그 존재마저 위태롭게 하고 있는 현대의 이 심각한 위기는 다시 말할 필요도 없는 것이지만 그러나 박명용은 그가 어렸을 적 고기잡고 헤엄치던 고향의 냇물이 변모된 것에 대하여 분노를 되씹고 있다. 그뿐만 아니라 인간의 터무니없는 야심, 그 물질적 현실주의는 자연의 경관마저 헤쳐 놓고 말았다. 그래서 그는 "몇 십 년 전 물줄기는 오른쪽이었다/ 오늘의 구비는 왼쪽이다"라고 당황하고 만다. 물줄기의 흐름이 바뀌었다는 것, 그것은 박명용에게 있어 역사의 역류현상으로 받아들여지고 있는데, 이 심각한 고뇌 앞에서 그는 자신의 현실과 대비시켜 방황하고 마는 것이다.

이처럼 왜곡된 현실에 대한 그의 역사인식은 냉혹한 비판의 뜻이 담긴 글로 표현되고 있다. 따라서 거기에 동원된 레토릭은 때로는 시니컬하게, 때로는 풍자적으로 현실을 고발하고 있다.

울안에 갇힌 곰을 보러 갔더니
곰은 "너희들 보는 재미에 갇혔다"는 듯

줄줄이 밀려드는 인간들을 감상하고 있었다

인간이 곰을 구경하는지
인간이 곰의 구경거리인지
하느님
이 세상 울은 어딥니까

—「구경거리」 전문

이 「구경거리」에서 보듯이 현실적 상황이 도착된 상태에서는 울안에 갇힌 곰이 인간의 구경거리인지 아니면 인간이 곰의 구경거리인지 분간하기 어려운 지경에 이르고 그러한 상황에서는 울이라는 개념은 어떤 의미도 갖지 못하는 것이다. 이 어처구니 없는 상황이 어찌 동물원에서만의 일이겠는가.

텔레비전에 출연한
신인가수에 대하여
우리는
아무 것도 아는 것이 없다
알고 있다면
지금
음성이 고르지 못하고
거북스러운 몸짓을
처음 나온
흑백 카메라가
억지로 초점을 맞추고 있다는 것뿐

—「신인가수」에서

여기에 등장하는 신인가수는 누구인가를 굳이 말해 무엇하랴. 모든 것이 힘에 의해서 왜곡되고 조작되는 당시의 상황에서 마치 연예가가 스타의 이미지를 조작해내듯이 그 무렵 모든 방송이나 언론기관은 한결같이 새로운 스타 한 사람을 만들기에 여념이 없었다. 이런 인위적으로 조작된 언론보도가 어찌 국민들의 감동을 받겠는가. 감동은커녕 오히려 비웃음을 자아냈던 것이 당시의 상황이었던 것이다. 9시의 고정 탤런트라든가 하는 힘 있는 사람을 부각시키기 위하여, 혹은 정권유지 차원에서 동원된 종잡을 수 없는 검열 등 모든 것들은 기자출신인 그의 눈에는 강물처럼 도도히 흐르는 역사의 흐름을 거꾸로 돌리려는 무모한 시도로 밖에는 보이지 않은 것이다.

국민학교 3학년짜리
큰 아이가
올 들어 몇 번째
검붉은 코피를 쏟았다

그때마다
두려움이 가득한 그의 눈은
허공에 박혔고
바깥은 며칠 째 봄 날씨가 아니었다.

그러나 그맘 때면
있어야 할 혈농
그것이라지만
이웃 아이들과
나의 아이는
그것을 왜 모르는가

나의 가느다란 혈구라도
이제
쏟아야 할 것은 한 움큼 쏟고
흘려야 할 것은 급류를 타고
그리하여
새로운 혈구로
너도 영글고

세상도 영글고

—「1980년」 전문

이 시는 그가 고심 끝에 완성했지만 당시 문예지 담당 검열관에 의해 게재불가의 판정을 받은 작품으로 오랜 동안 세상에 발표하지 못했다가 6, 7년이 지나서야 발표했던 작품이다. 그는 이 시절 마땅히 아픔을 아픔이라고 표현할 수 없는 현실, 슬픔을 슬픔이라고 표현할 수 없는 현실에 최소한 표현의 자유조차 누릴 수 없는 그 현실 속에서 느껴지는 서글픔의 일을 이처럼 표현한 것이리라.

4.

80년대 초에 신군부의 완력 앞에서 속절없이 밀려나 방황하기 시작한 그가 다시 자신의 정위치로 되돌아오기 시작한 것은 80년대 중반부터였다. 그것은 개인적으로 볼 때 해직된 그가 그 기간에 학위과정을 거치면서 꾸준한 시작과 함께 심도 있는 자기 성찰의 기회를 가졌고 또한 다시 직장을 그것도 자신의 창작활동과 관련된 교수직을 갖게 됨으로써 정신적 방황으로부터 자신을 조용히 성찰할 수 있는 자리로 돌아갈 수 있었기 때문이다.

그 뿐만 아니고 사회적 흐름으로 볼 때도 80년대 후반, 90년대 초반에는 우리나라에도 자유화·민주화의 물결이 닥쳐옴에 따라 그의 주된 관심사였던 사회현실에 대한 더 이상의 성찰보다는 스스로를 되돌아보는, 즉 자아와 세계의 존재에 대한 근원적인 문제며 관심을 모으기 시작한 것이다. 하지만 이러한 그의 변화는 비단 위와 같은 원인에서만이 아니라 이미 자신의 나이가 이순을 바라보는 성숙한 연륜에 이르러 지각 있는 지성인이라면 자신의 존재에 대하여 성찰을 할 시기라는 점과도 무관하지 않을 것이다.

하지만 그 자신도 피력하고 있는 바처럼 규명할 수도, 규명되지도 않는 이 존재의 가치와 행방을 규명하고 탐구한다는 것은 누구에게나 결코 쉽게 이루어지는 작업은 아닌 것이다. 그것은 김유중이 시선집『존재의 끈』「고독한 추적자」에서 밝히고 있듯이 일상의 익숙한 사고와 행동의 틀로부터 일찌감치 탈피하는 것을 전제로 하기 때문이다. 일상 속에 매몰된 자아와 세계의 참모습을 발굴해 내기란 참으로 어려운 일인 것이다. 새로운 시각으로 삶을 들여다보았을 때 우리의 삶은 의문투성이다. 그가 존재탐구의 초기 단계부터 이러한 의문을 표출한 것은 그러기에 어쩌면 당연한 수순인지 모른다.

앞으로 얼마나 더 벗어야
내가 모르는 내 마음을 알 수 있는
내가 되어 가볍게
바람 앞에 설 수 있을까

—「체중」에서

이러한 그의 자기 탐구에 대한 의문은 인간 실존에의 갈등에서 출발되는 것이지만 박명용의 경우, 단순히 자기 탐구의 영역에 머무르지 않고 사물탐구라는 영역까지 확대되어 간다. 그 같은 전환은 자기존재라는 갇혀 있는 경계를 벗어나 새로운 지평을 열어감을 의미한다. 그가 돌을 제재로 한 시를 많이 발표함도 이러한 사실과 관련이 된다.

(1)
사람의 가슴이
바다 같기야 할까마는
시냇물도 보지 못하고
바다를 닮았다는
호화로운 위선
그 속에서 나도 모르게 자란 돌
불어온 겨울 바람에
더욱 차다.

(중략)

어느 날
내 얄은 속을
알아버린 너는
바람에 흔들리는가 싶더니
드디어
나를 흔든다.

—「단단한 돌」에서

(2)
돌은 평생을
다듬으면서 산다
파도가 칠 때마다
일제히
제 몸을 굴리며
아픈 줄도 모른 채
온 몸을 다듬고
하얀 햇살 아래
더욱 검게 윤을 내는
돌의 운명

(중략)

반복되는 고통에
제 몸을 깎는 소리까지
다듬는 굳은 정절
그리운 사람이여
돌 하나
주머니에 넣고 싶구나

—「보길도 · 4」에서

(1)에서의 돌은 나(자기)도 모르게 자기 속에서 자란 위선의 돌인 것이다. 그러면서 그 돌은 그 위선을 내적으로 고발하는 고통의 돌로서 나를 흔들어대는 타자인 것이다. 따라서 여기에 등장하는 돌은 객관적 현실성과는 무관한 다만 자기 존재 속의 한 양심일 뿐이다.

(2)에서의 돌은 3인칭 객관적 존재인 것이다. 얼핏 보아 그 돌은 작자 자신의 분신으로서 돌로 느낄 수 있을지 모르나 그것이 그처럼 보여지는 것은 이 시의 마지막 부분인 "그리운 사람이여/ 돌 하나/ 주머니에 넣고 싶구나"라는 구절 때문이지만, 그 정서는 전체의 흐름으로 보아 어디까지 돌과 작자를 동일한 반열에 놓고 볼 수는 없는 것이다. 결국 여기서의 돌은 객관적 실체로서 평생을 묵묵히 아픈 줄도 모르고 제 몸을 다듬고 굴리며 하얀 햇살 아래 더욱 검게 윤을 내는 돌 스스로의 운명을 묘사한 것이다.

그의 존재에 대한 탐색은 이처럼 단순한 돌이나 섬, 자기 생활 주변의 사물뿐 아니라 때로는 바람과 날개일 수도 있고 '이상기온'일 수도 있으며 '고향역' '평화' '운명'이자 '존재' 그 자체이기도 한 것이다.

꽃도 피지 않고
책상 위에 놓여있는
난 한 포기에서
허옇게 마른 줄기 하나
흔들리지도 않았다.
새치를 만지듯
몇 번이고 만지다가
꺾어지지 않는 것을
억지로 뜯어낸 후
날짜를 잊고 있다가
또 줄기 하나
어느날
뼈로 단단히 서 있어
이번에는 가위로

싹뚝 잘라 창밖에 던지자
무심히 떨어지는
소리
유난히 크게 떨고 있었다.

—「존재」 전문

이 시에서는 허옇게 말라버린 난의 줄기를 잘라내는 일을 소재로 하여 존재에 대한 인간들의 편견을 묘사하고 있다. 시인 자신은 어느 날 말라버린 난의 줄기를 자르는 일은 시인 자신의 판단에 따라 자르는 행위이지 난초 자체와는 아무런 의미도 없는 것일 뿐 아니라 해묵은 난초에 있어 마른 줄기는 지극히 자연스런 상태인 것임을 깨닫는다. 따라서 마른 줄기를 자른다는 행위는 그 난초를 바라보는 인간의 판단에 지나지 않는 것이다. 마른 난의 줄기를 우리가 잘라냈을 때, 그것은 난이라는 생명과 뿌리로부터 완전히 떨어짐으로써 난초라고 하는 그 존재로부터 소멸되어 버리는 것이다. 이처럼 우리의 사고와 연관되는 그 존재에 대한 인식조차도 지극히 불안전하다고 생각하는 데서 박명용의 존재추구의 시작업은 시작되는 것이다. 그의 존재론적 추구에는 시의 기본 요소인 서정성과 비판성을 등한히 하지 않고 있다. 그래서 그의 시적 성과는 그것의 상보적인 연관성이 맞닿는 지점에서 이루어진 것이다.

5.

지금까지 필자는 박명용의 시적 변모과정에 대하여 그의 삶의 궤적을 더듬으면서 고찰했다. 그 결과 그의 시는 매우 다양하고 이질적인 모습으로 나타나 있지만 지금까지 언급해 왔듯이 초기에는 사라져가는 것에 대한 안타까움을 노래하고, 80년대 초반부터는 강력한 힘 앞에 직면한 언어 논란의 극복에 힘을 기울였으며, 80년대 후반 이후에는 존재론적 탐구에 초점을 두는 등 3단계의 변모과정을 거치면서 현재에 이른 것으로 판단된다.

하지만 이것은 어디까지나 외형적인 변모일 뿐 그의 시들은 내용면에서 접근해 볼 때 변하지 않는 두 개의 확고한 축을 이루고 있음을 알 수 있다. 그 하나는 지극히 처절하리만큼 끈질기게 이어지는 삶의 실상을 추구하려는 자세요, 다른 하나는 사랑의 원형을 형상 짓기 위한 노력의 자세가 바로 그것이다. 전자가 삶의 허무와 불안을 스스로 극복하기 위한 노력이라면 후자는 자신의 유년과 순수한 애정을 가시적인 패턴으로 추출하여 그 의미를 찾겠다는 몸짓으로 풀이된다. 사실 박명용에게 있어 그가 보고 자란 유년기의 고향 심천은 그의 시를 떠받쳐 주는 가장 튼튼한 주춧돌의 구실을 해주고 있다. 그가 유년기에 고향의 강가에서 꿈꾸었던 꿈의 서정성이 지성으로 무장된 뒷날에도 오래도록 언제나 그의 시적 저변에 잔잔하게 깔려 있음을 그의 시를 주의 깊게 살펴보면 누구나 쉽게 발견할 수 있을 것이다. 그의 시에 있어서는 서정성은 누구나 쉽게 인식하는 그러한 소박한 서정성이 아니다. 그의 시에 나타나는 서정성이란 오히려 반서정적인 그러한 성격을 띠고 있기도 하다. 그와 같은 반서정적 성격의 서정성은 그가 최대한으로 자신의 미묘한 속마음을 감추고자 하는 지적 조작에서 우러나왔기 때문이다. 그를 가리켜 지성과 감성을 통합하려는 시인이라 주위에서 일컬음은 바로 여기에 기인하는 것이다.

(『우리문학과 그 현장』, 국학자료원, 2001)

박명용의 시세계

김 태 진 *

1.

사람이 사는 동안 자주 마주치는 감정은 고독이라는 이름의 외로움일 것이다. 이는 그 정도만 다소 다를 뿐, 자신이 혼자임을 깨달은 결과의 산물이다. 그렇다. 인간은 언제나 혼자이다. 이것은 거역할 수 없는 숙명 같기도 하다. 자, 보라. 인간은 태어날 때도 혼자이고 죽을 때도 혼자이다. 이렇게 인생의 시작과 끝이 고독으로 점철될진대, 그 중간과정인 삶이 고독하다고 굳이 외쳐대는 것이 당연하잖은가. 이 당연한 고독을 말한다는 것, 이것은 우리 존재의 본질을 지적하는 것이기에 나름대로 의미가 있을 것이다. 그러나 그 외쳐댐은 무슨 소용이 있겠는가. 그것은 그 고독을 구원할 그 무엇도 존재하지 않기 때문이다.

그래서 때로는 고독을 외쳐대는 시인들을 보면 웃음이 나오기도 한다. 이 우스움은 인간이란 고독하게 살고 고독하게 죽는 존재라는 것을 깨달은 필자 나름의 표정이기도 하다. 따라서 막연하게 삶 자체가 고독하다고 외치는 시인을 나는 시간을 낭비하는 문학가라고 말해 주고 싶은 때도 있었던 것이다.

그런데 잘 생각해 보면 이 고독도 두 가지의 부류가 있다. 하나는 위에서 언

* 문학평론가 · 홍익대 교수

급한 바와 같이 생득적인 고독이요, 다른 하나는 후천적인 고독이다. 후천적인 고독이란 사람이 사는 과정에서 무엇인가를 잃었다는 인식에서 오는 외로움이다. 물론 그 잃음의 대상은 자신의 직, 간접 체험상에서 얻었던 유, 무형의 것들이다. 이를 테면 유년기, 소년기, 고향, 나이, 사랑 등이 그러한 것에 속한다.

이러한 대상들에 대한 잃음은 우리가 어쩔 수 없는 세월의 흐름 속에서 이루어지는 것이기에, 그냥 묻어 두어야 할 것이기도 하다. 그러나 바쁜 현재와 희망의 미래를 보면서 헐떡거리며 가는 현대인의 삶 속에서 과거의 자신의 것을 우리는 한번쯤 되돌아 볼 줄도 알아야 한다. 그것은 현재의 삶에서 벗어나기 위한 것이기도 하지만, 과거의 잃어버린 것을 쳐다봄으로써 자신을 다시 찾는 계기가 되기 때문이다. 그래서 우리는 고개를 돌려 우리의 등 뒤로 찍힌 세월의 편력을 쳐다볼 필요가 있는 것이다.

이러한 필요성에 접근하여 박명용 시인의 시를 보기로 한다. 그의 시의식의 출발은 외로움이다. 그것은 그가 언제나 혼자라는 인식에서 오는 것이지만, 결코 그것은 생득적이 고독이 아닌, 후천적인 고독인 것이다.

2.

거듭 말하는 것이지만은, 고독이란 자신이 혼자라는 인식에서부터 시작된다. 이러한 인식은 정신적인 깨달음이기에 더욱 의미가 있다.

> 왼쪽 길을 가면서
> 오른쪽으로 걸어오는
> 사람들을 보면
> 언제나 나는 혼자입니다.
> 오른쪽으로 가는 나를
> 왼쪽에서 걸어오며 바라보는
> 사람들의 눈에도

언제나 그들은 혼자입니다.
이런 길을 가고 있는
무심한 우리들은
그래서 언제나 혼자입니다.

—「위치에 대하여」 전문

이 시는 화자가 자신이 혼자라는 인식을 통해, 자신뿐이 아니라 다른 사람도 혼자일 것이라고 상상을 해보며 그 고독감을 짙게 드러내고 있는 작품이다. 이 혼자라는 의미는, 두말할 필요도 없이, 고독과 직결되는 것이다. 그 고독은 혼자이어서 느낄 수 있는 것이기에, 이 세상에서 느낄 수 있는 감정 중 가장 처절한 것일 수도 있다. 이 처절함은 인간으로서는 불가항력적인 것이기에 더욱 애처로운 것이 된다. 그렇다면, 이 시의 화자는 자신의 존재에 철저히 매달려야 한다. 그것은 그 고독을 풀어 나갈 수 있는 존재는 자기뿐이기 때문이다. 그러기에 자기가 혼자라는 인식에서의 시적 몸부림은 자신의 외로움을 철저히 인식하고 있다는 증거가 되기도 한다.

그런데 이 시는 또 하나의 고독을 말해주고 있다. 그것은 다른 사람의 고독을 화자가 들여다보고 있는 데에서 발견된다. 이 같은 화자의 모습은, 피할 수 없는 인간의 고독을 철저히 인식하는 흔적이 된다. 왜냐하면 혼자가 아닌, 우리의 고독을 이야기하고 있기 때문이다. 이는 어찌보면, 화자의 개인적 고독에서의 탈출을 의미하는 것처럼 보이기도 한다. 그러나 그것은 오산이다. 왜냐하면, 그의 다른 시들을 보면 고독의 흔적이 계속 보이기 때문이다. 그렇다면 이것은 마음의 여유에서 오는 끌어들임이라고 볼 수 있다. 즉 혼자 외로운 중에서도 다른 사람의 외로움을 동시에 끌어안는 화자의 심리적 여유가 이러한 결과를 가져왔다고 볼 수 있는 것이다. 이렇게 다른 인물을 끌어안는 여유 속에서 시인의 잃어버린 대상의 더듬기는 시작되고 있는 것이다.

이제 시인이 찾고 있는 과거의 대상들을 살펴보기로 하자.

유년의 고향역
빗속에 젖고 있다
떠나갈 사람 서성이고
기다리는 사람 그리운
여기

— 「서대전역 · 2」에서

위의 시에는 박 시인이 더듬어 보고 있는 대상들이 모두 나타나 있다. '유년'이 그렇고, '고향'이 그렇고, '그리운 사람'이 그렇고, '세월'이 그것이다. 이러한 것들은 그가 과거에 경험했던 대상들이다. 그러나 세월이 흐른 지금, 이러한 대상들은 현실에 존재하지 않는다. 그래서 그는 고독한 것이다. 그런데 이러한 고독의 대상들은 그가 쉽게 버리지 못하는 것들이 되고 있다.

흙물이 고인
보도 위에 가슴을 감추고
누워있는
우리들의 사랑
소슬 바람이 불어도
추운 바람이 불어도
천박하게
나뒹굴고 있는
계절의 끝자락에서
너를 바라보고

— 「살아가기」에서

꿈

바다가 있어
섬이 그립듯
네가 있음으로 하여

가슴 속에 새를 키운다.

때로는 웃음소리
때로는 울음소리
귀담아 들으면서

하루에도 몇 번씩
날려 보내려다
다시 잡는 너.

— 「살아가기」에서

위의 시들은 '사랑'과 '꿈'에 대하여 화자가 애착을 보여주는 경우이다. 계속 바라보는 것으로서의 사랑과 다시 잡는 것으로서의 꿈에 대한 표현은 시인의 더듬어 보는 대상들이 시인에게는 쉽게 버릴 수 없는 것임을 암시해 준다. 이러한 애착심은 결코 눈물짓기 위한 대상을 머물게 함이 아니다. 그것은 현재에서 과거의 것을 더듬어 보는 마음의 여유라고 해야 한다. 이 여유는 그 대상에서 어느 정도 심리적 거리를 유지하고 있기 때문이다. 이 심리적 거리는 세상을 둘러보는 한 마리의 새에서도 발견된다.

나는 누구인가
나는 무엇인가
이름도 잊고
얼굴도 잊고
혈관마저 굳어진
박제剝製된 짐승이 되었었지
문득 솟아나는
옛 이야기에 눈 떠
몸 보다 무거운 발길
내딛는 부끄러움
오를수록 더욱 부끄러웠지

가까스로 정상에 올라선 순간
빈혈이 흐르는 소리
감미롭게 들으면서
나는 새 한 마리 되어
어지러운 세상을 둘러 보았지

—「또 한 번의 빈혈증」에서

위의 시에서는 아무래도 화자의 '부끄러움'에 초점을 맞추어 해석이 이루어져야 할 것이다. 그것은 과거의 이야기를 떠올리면서 느끼는 부끄러움이기 때문이다. 즉 과거의 대상들에 대한 부끄러움으로 생각할 수 있는데, 이는 과거의 대상들이 단지 부끄러운 감정만을 느낄 수 있는 것들이라는 것을 반증해 준다. 다시 말하자면, 화자가 과거의 것에 대해 특별한 어떤 의미를 두고 있다는 것은 아니라는 것이다. 만일 의미를 두고 있다면 그것은 부끄러움 이상의 차원으로 그 감정이나 이미지가 드러나야 할 것이다. 그러나 이 시에서는 단지 '부끄러움'만 드러난 것으로 보아 시인의 의지 투영은 과거보다는 현재의 현실 쪽에 있다고 볼 수 있다. 그러기에 현재는 '어지러운 세상'으로 표현되고 있다. 이 어지러운 세상은 화자가 투쟁해야할 대상이 된다. 그런데 이 어지러운 세상에서 화자는 또 새가 되고 있다. 이 새는 공중에서 지상을 내려다 볼 수 있는 존재로서, 현실에 대하여 다소간의 심리적 여유를 지닐 수 있는 존재이다. 그러기에 시인의 과거에 대한 더듬기는 현재에서 한 숨을 돌리어 자신의 옛 흔적을 쳐다보는 느긋한 마음의 산물이라고 할 수 있다.

그런데 단순한 느긋함은 유희라는 이유만으로도 비판을 받아 마땅하다. 그것은 여유없는 사람들에 대한 결례이기 때문이다. 그러나 그의 시는 단순한 유희만은 아니다. 여유 속에서도 유심히 들여다보는 다른 측면이 있다.

주머니를 뒤져
가진 것 찾아도
내 것이 아니다.

손목시계를 귀에 대면
침묵을 깨며
세월가는 소리
심장이 뛴다.
가느다란 한 줄기 빛 찾아
답답한 옷 훌훌 벗고
보이지 않는 주위를
빠르게 둘러보지만
나의 알몸은 어디 있는지
찾을 수 없다

—「칠흑 속에 갇혀 보면」에서

이 시에서 화자는 두 가지 체험을 이야기하고 있다. 그것은 주머니를 뒤져보아도 자기의 것이 없다는 것과 주위를 둘러보아도 자신의 알몸은 없다는 것이다. 그러나 이는 자신의 실체가 무엇인지 알지 못하다는 의미가 절대 아니다. 오히려 자신의 실체는 알고 있지만, 그 실체가 미지의 힘에 의해 소멸되어 갔다는 의미라고 할 수 있다. 그러기에 시인에게는 항상 거역할 수 없는 시간에 대한 인식이 있다. 그것은 주로 '세월'이라는 이름으로 시 속에 등장한다. 이 시에서도 시계의 소리가 세월가는 소리로 화자에게 들린다. 이것은 시간의 흐름 속에 묻혀버린 자신의 실체를 은연중에 암시하는 것이다. 이러한 시인의 목소리는 그가 과거를 다루는 데에 있어서 단지 느긋한 유희용, 즉 단순한 더듬기가 아니라는 것을 보여 준다. 그래서 그의 시는 자신을 찾기 위한 노력이라고도 볼 수 있다. 자기의 존재를 잃지 않으려는 강인한 의지— 우리가 유심히 지켜봐야할 정신이다.

3.

그의 시는 과거의 경험적 대상에 대한 훑어보기가 강하다. 그러나 그 더듬어 봄에는 현재라는 시간의 틀이 따라 다닌다. 이 현재라는 틀은 그를 붙들고 있는 존재의 본질이 된다. 이러한 확고한 틀 속에서 그는 과거의 대상들을 더듬어 보고 있다. 그러기에 그의 더듬어 봄은 추상적인 것이라고 할 수 있다. 그러나 그의 더듬어 봄은 괜히 시간보내기의 행위가 아니다. 왜냐하면 그는 세월가는 것을 아쉽게 생각하며 그 더듬어 봄 속에서 진정한 자기의 실체를 추적하고 있기 때문이다. 그렇다면 그의 시는 현재의 자기를 되돌아보고 지나간 시간 속에 묻혀버린 자기를 찾는 시인의 심리를 드러내는 표현체라고 할 수 있다. 그러기에 그의 추상적인 듯한 과거의 들여다보기는 오히려 자신을 찾기 위한 구체적이고도 처절한 노력이라고 할 수 있다. 우리는 이러한 노력 속에서 그가 지닌 진실의 목소리를 들을 줄 알아야 한다. 그리고 해석할 줄 알아야 한다. 그리고 의미화할 줄 알아야 한다. 이것이 박 시인을 정당하게 꿰뚫어보는 방법이다.

(『더듬이의 언어』, 보고사, 1996)

생명력을 구가하는 사계절의 산

— 박명용의 근작시에 부치는 글

이 승 하*

1. 나무에게서 사는 법을 배운다

우리의 일상적 삶을 제어하는 것은 무엇일까. 한 세기 전만 해도 의식주였다. 재력가가 아닌 한 날만 새면 입고 먹고 거주하는 문제를 해결하기 위해 나서야만 했다. 그러나 21세기의 초인 지금 우리는 어떤 세상에서 살고 있는가. 인터넷과 휴대폰이 우리의 일상적 삶을 좌지우지한다. 인터넷은 화려한 영상문화를 선도하고 있고 세계를 일일생활권으로 만들었다. 휴대폰은 전화기와 카메라와 오락기의 기능을 다한다. 엄청난 정보의 홍수 속에서 가상현실의 미인과 환상세계의 영웅이 초스피드로 만나 사랑할 수 있는 세계—그 세계에서 시인은 무엇을 하고 있을까. 물론 시를 쓰고 있다. 시인은 유치찬란한 영상매체와 최첨단 기기를 사용한 광포한 정보전과 속도전, 컴퓨터가 가능케 한 삭막한 가상과 허망한 환상의 세계를 거부한다. 시인은 언제나, 그 시대의 반항아이기 때문이다. 절대다수의 사람들이 '빨리빨리'를 외칠 때 천천히 걷는 사람, 바로 그이가 시인이다. 도심의 대형 전광판에서 광고가 대량소비를 유도할 때 밤의 뒷골목에서 소주를 마시며 시니컬하게 웃는 사람, 바로 그이가 시인이다. 자본주의의 도

* 시인 · 중앙대 문창과 교수

도한 물살에 휩쓸리지 않고 정신의 탑을 세우려 하는 사람, 바로 그이가 시인이다. 박명용의 시를 읽으며 나는, 시인의 꼿꼿한 자세를 배운다. 그런데 시인 박명용은 나무에게서 사는 법을 배운다고 한다.

노랗게 물들었다가
언젠가, 알게 모르게
낙엽 되는 것을 알면서도
혼자 끝까지 생을 다하는
저 아름다운 집념
외롭지 않고
슬프지 않고
비바람에도 끄떡없네
마지막까지 자신을 보여주는
싱싱한 버팀의 몸짓
참으로 대견하네

— 「집념」에서

은행나무를 보고 시인은 명상에 잠긴다. 그 푸르던 잎들이 노랗게 물들고, 결국은 하나 남김없이 다 떨어질 것을 알고 있음에도 나무는 "혼자 끝까지 생을 다하는/ 저 아름다운 집념"을 갖고 있다. 집념이 있기에 외롭지도 슬프지도 않고 비바람에도 끄떡없다. 나무는 또한 "허튼 거드름도 피우지 않고/ 초라함도 보이지 않고/ 어설픈 꾸밈도/ 어떤 거짓도 하지 않고/ 제 높이만큼만" 자리를 지킨다(「나무를 보면」). 시인이 보건대 나무만큼 세상에 대해 겸손하고 스스로 겸허한 것도 없다. 시인의 나무 예찬은 일종의 행복론에서도 계속된다.

한 치의 어긋남도 없이
그렇게 뻗고
무성하게 자란 심성

자식도 올바르게
키우지 못하면서
우주의 신을 가꾼다는
씁쓸한 웃음 속에
나무는 그에 있어 꿈이고
신앙이다

거짓 없는 나무를 닮으려는가
그는 행복이다

—「행복」에서

이 시를 통해 시인은 나무를 꿈과 신앙, 행복의 상징으로 삼는다. 다시 말해 나무를 성화聖化시킴과 아울러 승화昇華시킨다. 나무에 대한 예찬은 "우주의 신"이란 표현으로까지 이어진다. "거짓 없는 나무"란 바로 시인의 나무 관觀이다. 나무만 그러한가. 풀꽃 하나도 자신의 생을 최선을 다해 살아가는 집념의 생명체이다. 아니, 그 정도가 아니다. 바람에 흔들리는 풀꽃은 신의 몸짓이다.

그것은
인기척도, 그림자도 하나 없는
세상 속 세상을
아름답게 보고 싶어하는
신의 몸짓이다
아니, 허물어지고 있는 우주를
제 몸만큼 지키고 싶어하는
바람의 마음이다
영원히 간직하고 싶은
봄날의 풀꽃
몇 송이

—「풀꽃」에서

시인은 바람에 흔들리는 풀꽃을 보고 신의 몸짓을 알아차리고 허물어지고 있는 우주의 의미를 깨닫는다. 시인은 그런 뜻에서 과학적 세계 인식을 거부하고 불교적 세계 인식으로 나아가는 자이다. 우주를 형성하고 있는 삼라만상 중의 어느 것 하나도 의미 없는 것, 가치 없는 것은 없다. 생명의 존귀함과 존재의 값어치를 헤아릴 줄 아는 자, 그가 바로 시인이 아니랴. 박명용은 자신을 시인이라 칭하지 않고 봄 산을 시인이라고 한다.

봄 산,
날마다 시를 쓰고 있다

짙푸른 정신으로
나무 같은 시, 바람 같은 시
쓰고 다듬어
세상을 감동시키는
시의 주인

거기,
시 쓰는 사람
진정 따로 있구나

—「시 쓰는 사람」 전문

세상을 감동시키는 시의 주인은 나무 같은 시, 바람 같은 시를 쓰고 다듬는 '짙푸른 정신'의 산이다. 시인은 그런 봄 산을 본받고자 한다. 박명용은 날마다 바뀌어지는 봄 산, 일신우일신하는 봄 산, 온갖 생명체를 품은 봄 산…… 그런 봄 산 같은 시인이 되고자 한다. 시인이라면 누구나 좋은 시를 쓰고자 하는 마음을 갖는 법이다. 박명용은 좋은 시를 "바위를 쩌억 가르고/ 보란 듯 핀 진달래 몇 송이"(「좋은 시」)라고 한다. 좋은 시란 이처럼 강인한 생명력을 필요로 한다. 봄 산은 생명을 지닌 풀꽃과 온갖 나무, 거기다 온갖 곤충과 짐승의 거처이니 봄 산이야말로 시인 그 자체가 아니겠는가.

2. 사계절의 자연을 노래한다

박명용의 근작시에는 계절 감각이 선연하게 드러나 있다. 봄 · 여름 · 가을 · 겨울 네 계절의 심상은 조금씩 다르다. 생명체들이 생명력을 한껏 구가하는 봄날, 시인은 그와 반대로 자신의 나이를 의식하고는 아찔함과 어지러움을 느낀다.

새 한 마리
내 눈을 스치듯 날아간다

아찔하다

정신이 드는가 싶더니
이번엔 가슴이 찌르르하다
그리고
몸이 허공으로 붕 뜬다

어지럽다

나이란 이런 것인가
계절이란 이런 것인가

처음 겪는 일인 듯
어느 봄날의
신비

— 「봄 일기」 전문

시인은 가슴이 찌르르하고 몸이 허공으로 붕 뜨는 느낌을 "어느 봄날의/ 신비"로 표현하였다. 이 시에서 가장 눈길을 끄는 시어는 '나이'이다. 계절이 바뀌어 만물이 소생하는 봄날, 시인은 오히려 자신의 나이를 의식하고서 어찔함과 어지러움을 느꼈던가 보다. "아무리 꺼도/ 식을 줄 모르는 신경성(의사의 진단)" 때문에 "나를 해체해보는"(「신경성」) 것도 봄날 오후이다. 봄은 한마디로 사람을 싱숭생숭하게 한다.

여름을 나타내는 것은 칡덩굴이다. 시인은 칡덩굴을 다음과 같이 생동감 있게 묘사한 뒤에 "산을 오르며/ 다시 생각해보는/ 생生의 견인불발堅忍不拔"이라고 했다.

> 널찍한 바위 가슴에
> 온몸을 바싹 엎드려
> 박박 기어오르고
> 어린 나무의 허리까지
> 칭칭 감으며
> 한사코 제 몸을 늘리고 있는
> 저 질긴 고집
> 자주색 향기
> 온통 계곡을 진동시킨다
> 푸른 잎 거느린 몸
> 땅바닥을 기면서도
> 허공을 치솟으면서도
> 힘차게 쭉쭉 뻗는 푸르름
>
> — 「칡덩굴」에서

칡덩굴 또한 굳게 참고 견디어 마음을 빼앗기지 않는, 강인한 생명력을 지닌 존재이다. 시인은 물론 칡덩굴의 그런 집념과 고집을 배우고 싶어한다. 칡덩굴의 생리도 시인에게는 본받을 만한 것이기에 이렇게 힘차게 그려본 것이다. 여름이 욕망을 한껏 발산하여 생명력을 구가하게끔 하는 계절인 반면 가을은 욕망을 버리게 하는 계절이다.

여름 내내 불어오던 바람도 허리를 굽힌다

내 거친 호흡증세 속으로 흘러드는 계곡 물

참으로 정갈하다 가슴이 시리게 보인다

욕망을 벗어버린 늦가을 계곡을 보니

비로소 나를 알겠다

—「이유」에서

시인은 단풍이 다 떨어진 늦가을 계곡에 가서 무엇을 본 것인가. 정갈한 계곡 물을 보았다. 그 물이야말로 "욕망을 벗어버린" 존재이기에 시인은 그 물을 통해 나를 알겠다는 일종의 깨달음을 말로 표현한다. 내가 그만큼 깨끗하다는 것이 아니다. 욕망을 버린다면 저 물처럼 깨끗해질 수 있다는 말이다. 가을 시편을 몇 편 더 보자.

늦가을, 바람에 흔들리는 상수리나무가 내는 소리는 독경이다. 산정의 상수리나무는 "하늘의 발밑에 깔려/ 한 점 바람에도 서걱이는 소리로/ 목숨의 진리를 보여준다"(「늦가을 소리」). 마지막 홍시 한 알은 한 세상 부끄럽게 산 내게 사는 법을 가르쳐준다(「홍시」). 시인은 가을을 단 두 행으로 표현하기도 한다.

물기 내린 가을에도 숲과 나무는 임신을 하나 보다
저 요란한 월경

—「가을」 전문

가을 산은 온통 울긋불긋한 단풍의 물결이다. 노랑과 빨강 사이에도 수십 가지 색깔이 있는데 가을 산은 그 색깔들의 일제 파노라마이다. 바람이라도 불면 낙엽이 우수수 떨어진다. 밤송이도 떨어지고 도토리도 떨어진다. 새들이 떼지어 날고 짐승들은 겨울잠을 준비한다. 지금까지 필자가 한 말은 산문이다. 이 산문을 시인은 딱 2행으로 줄였다.

자, 이제 겨울이다. 겨울잠을 자는 짐승은 땅 속에다 거처를 마련하지만 대부분의 곤충은 겨울을 앞두고 죽어버린다. 조락의 계절인 동시에 상실의 계절이다. 이 계절의 첫눈을 시인은 다음과 같이 묘사하였다.

때아닌 부나비 떼가 천지를 뒤덮는다
세상 열기에 사라지는 것 순간이다
오, 저 포근한 상실

—「첫눈」 전문

첫눈은 세상의 열기를 한순간에 사라지게 하지만 그래서 오히려 "포근한 상실"을 가능케 한다. 그럼 이 겨울에 풀잎은 어떻게 되는 것일까. 봄날의 풀꽃이 겨울에는 완전히 시야에서 사라지고 마는가. 그렇지 않다. 산비탈에서 언 땅을 뚫고 나온다.

산비탈
언 땅을 뚫고 나온
파란 풀잎
색깔을 자랑하고 있는 게
아닐 거야
외유내강外柔內剛 근성을 시험하고 있는 게
아닐 거야

(중략)

불현듯 얄미운 생각이 들어

눈, 딱 감고
발로 문지르는 순간
유난히 몸을 부르르 떠는 풀잎에
돌아서고 마는
어느 겨울 오후의
역설

— 「겨울 풀잎」에서

시인이 보건대 겨울 풀잎은 색깔을 자랑하지도 않고 외유내강의 근성을 시험하려 들지도 않는다. 펄펄 끓는 힘 자랑을 하거나 볼을 가르는 찬바람을 비웃는 것도 아니다. 살아 있음을 증명하려고 언 땅을 뚫고 나온 것일 뿐이다. 그 풀잎을 발로 문지르자 풀잎은 몸을 부르르 떤다. 시인은 이 세상의 모든 생명이 다 제 나름으로 참으로 존귀한 것임을 불현듯이 깨닫는다. 그것을 "어느 겨울 오후의/ 역설"이라고 말하며 시를 끝맺는다. 영국의 낭만파 시인 P. B. 셸리는 "겨울이 오면 봄 또한 멀지 않으리"라고 노래했지만 한국의 시인은 이렇게 말한다. "겨울의 고통을 모르면/ 봄도, 여름도, 가을도 아무 의미 없음을"(「오리엔테이션」). 겨울 풀잎의 고통을 보듬을 줄 아는 시인이 박명용이다.

3. 시인의 길

시력詩歷이 어언 30년에 이르고 있는 박명용 시인의 근작시를 이상과 같이 주마간산격으로 읽었다. 산정의 상수리나무 같은 시인의 높은 뜻을 내 어찌 헤아릴 수 있으랴. 다음과 같은 시를 읽으며 나는, 한겨울 새벽에 찬물로 머리를 감는 듯한 기분에 사로잡힌다.

엄지가 벌겋게 달아올랐네. 오랜만에 그것도 낯선 만년필로 꾹꾹 눌러 밤늦도록 원고를 썼네. 엄지 끝이 슬슬 쓰려왔네. 맨손을 허공에 흔들었네. 어린 시절을 불러 침까지 발랐네. 내 몸 일부의 반항은 더욱 냉혹했네. 손가락 끝엔 건드리면 터질 것 같은 자두알까지 열렸네. 만년필을 제쳐놓고 손때 묻은 볼펜을 잡았네. 이 역시 거부반응을 일으켜 도저히 글씨가 되지 않았네…… 원고지를 거칠게 밀쳐놓고 벌렁 눕고 말았네.

— 「낯선 만년필로 글을 쓰다가」에서

밤늦도록 엄지가 벌겋게 달아오를 정도로 원고를 쓰는 사람, 바로 시인 박명용이다. 이 행위에 대해서는 별다른 물질적인 보상이 주어지지 않는다. 오히려 명예가 아니라 멍에이다. 세상은 하루가 다르게 바뀌고 자본의 논리로 모든 것이 돌아가고 있지만 시인은 이와 같이 무상의 창작행위를 하며 한밤중에 깨어 있는 사람이다. 시인은 바람의 무게를 느끼고 마음의 물을 마시는 사람이다. 최첨단 기기가 우리의 일거수일투족을 제어하는 현대적 삶의 양식과 걸맞지 않은 사람이 바로 시인이다. 하지만 초스피드를 외칠수록 천천히 걷는 사람도 있어야 하지 않겠는가. 키보드와 마우스 대신 만년필로 글을 쓰는 이도 있어야 하지 않겠는가. 사물의 신비를 캐는 사람이 어찌 과학자들뿐이랴. 어떤 물질이 어떤 원소로 되어 있는가를 밝혀내는 사람이 과학자라면 그 물질의 존재 의의를 밝히는 사람이 시인이다. 시인이 없다면 세상은 얼마나 삭막할 것인가. 비움의 원리를 설하는 다음과 같은 시구 앞에서 경건한 마음으로 옷깃을 여민다.

쉴새없이 나무와 풀을 흔들고
때로는 바위와 산까지 움직이는
저 맑고 깨끗한
바람의 힘
맥빠진 바람이라고 말하지 마라
채울수록 무겁고
무거워질수록 무뎌지는 몸
이것이 비움의 원리인 것을

내, 이순耳順 넘어
부끄럽다

— 「바람의 무게」에서

이순을 넘기신 박명용 시인과 함께 나도 시인의 길을 걸어가고 싶다. 저 맑고 깨끗한 바람의 힘을 믿고서 마음에 가득 찬 욕망을 비우고 또 비워낸다면 그 언젠가 좋은 시 한 편 거둘 수도 있으리.

(≪시문학≫, 2004. 4)

절대정신, 그 아름답고 찬란한 불꽃

— 박명용의 시세계

반 경 환 *

아르튀르 랭보는 "오 계절이여 오 성곽이여!/ 흠 없는 영혼이 어디 있겠는가!"라는 시구를 남겼고, 폴 발레리는 "바람이 분다/ 이제는 살려고 애써야 한다"라는 시구를 남겼다. 소크라테스는 "너 자신을 알라"라는 말을 남겼고, 데카르트는 "나는 생각한다, 고로 존재한다"라는 말을 남겼다. 아르튀르 랭보, 폴 발레리, 소크라테스, 데카르트는 모두가 제일급의 예술가(사상가)들이고, 그들은 모두가 다같이 잠언적이고 경구적인 문체를 통하여, 우리 인간들의 최고급의 인식의 제전을 펼쳐보였던 것이다. 그렇다면 제일급의 예술가의 전제조건은 무엇이란 말인가? 그것은 두 말할 것도 없이 그가 그의 인식의 제전에서 펼쳐보인 잠언적이고 경구적인 문체에 달려 있다고 해도 과언이 아니다. '잠언箴言'이란 간결한 문체 속에 최고급의 지혜가 담겨 있다는 것을 뜻하고, '경구警句'란 도덕적으로나 예술적으로 진리가 되는 멋진 말을 뜻한다. 잠언과 경구란, 갑자기 한 시대, 한 문화 전체가 압축되어 그 비밀의 핵심을 드러낸 말들이면서도, 돌부처의 내장 속을 뚫고 들어가 만인들의 심금을 울릴 수 있는 말들을 뜻하기도 한다. 사상과 이론은 이 세상의 진리의 표현이며, 우리 인간들을 지상낙원으로 인도해주는 표지이다. 사상과 이론은 모든 학문과 예술의 꽃이며, 그 결정체

* 문학평론가

이다. 따라서 모든 사상과 이론은 잠언적이고 경구적인 문체로 그 축대를 쌓아야만 하고, 또한 그 잠언적이고 경구적인 문체를 타고 올라가, 마치 어느 여름날의 능소화처럼, 그 아름답고 환한 꽃을 피우지 않으면 안 된다. 사상과 이론은 예술(시)의 뼈대이며, 예술은 그 사상과 이론의 꽃이다. 따라서 제일급의 사상가는 제일급의 시인이고, 제일급의 시인은 제일급의 사상가가 된다. 그들은 모두가 다같이 잠언적이고 경구적인 문체를 통하여, 최고급의 사상의 신전을 건축해놓았다고 할 수가 있는 것이다.

박명용 시인은 1940년 충북 영동에서 출생하여 건국대학교와 홍익대학교 대학원을 졸업하고, 1976년에 ≪현대문학≫으로 등단한 중진 시인이다. 그는 『알몸 서곡序曲』, 『강물은 말하지 않아도』, 『안개밭 속의 말들』, 『꿈꾸는 바다』, 『날마다 눈을 닦으며』, 『나는 마침표를 찍고 싶지 않다』, 『바람과 날개』, 『뒤돌아 보기, 강江』 등의 시집을 출간했고, 그밖에도 『한국 현대시의 해석과 감상』 등의 수많은 시론집과 연구서를 출간한 시인이다. 나는 박명용 시인의 시선집 『존재의 끈』과 최근의 시들을 읽으면서, 사상과 예술의 상관 관계를 잠시 고찰해보지 않을 수가 없었다. 왜냐하면 그의 좋은 시들은 사상의 측면에서 헤겔의 절대정신에 맞닿아 있고, 예술의 측면에서는 그 절대정신을 꽃 피우고 있었기 때문이다. 사상은 시의 뼈대이고, 시는 사상의 꽃이다. 사상은 시의 내용이고, 시는 사상의 형식이다. 시와 사상은 둘이 아니라 하나이며, 그것은 잠언적이고 경구적인 문체로 최고급의 지혜를 활짝 꽃 피우고 있다고 하지 않을 수가 없다.

> 봄 바다는
> 유난히 반짝인다
>
> 사금파리로 날끼을
> 얇게 세워
>
> 거침없이 달려오다가
> 제 힘에 스스로

쓰러지는가 싶더니
다시 일어나
달려오기를 반복하는
미친 듯한 파도
세상을 향하는
은빛 칼질이다
스스로 부스러지려는
자결의 몸부림이다

봄 바다는
권태를 끊는
기호다

—「보길도 2」 전문

헤겔은 의식이 존재를 결정한다고 말한 바가 있고, 마르크스는 존재가 의식을 결정한다고 말한 바가 있다. 헤겔은 오직 절대정신을 통하여 인간의 자기 소외를 극복할 수 있다고 역설한 바가 있고, 마르크스는 오직 물질을 통하여 인간의 자기 소외를 극복할 수 있다고 역설한 바가 있다. 그렇다면, 과연 존재가 의식을 결정하는가, 아니면 의식이 존재를 결정하는가? 헤겔과 마르크스는 영원히 화해할 수 없는 사제지간이기는 하지만, 그러나 그들의 '유심론'과 '유물론'은 마치 동전의 양면과도 같은 관계에 지나지 않는다. 대통령, 국회의원, 장관, 검찰총장, 대학교수 등의 지위가 그 의식을 결정할 때도 있지만, 그러나 그 반면에, 대통령, 장관, 검찰총장, 대학교수 등의 지위를 마치 헌신짝처럼 내다 버림으로써 그 의식이 존재를 결정할 때도 있다. 어느 철학자의 말대로 '최종심급'이란 고독의 순간은 결코 오지 않으며, 모든 것은 중층 결정되게 되어 있는 것인지도 모른다. 박명용 시인은 고결하고 위대한 장인정신을 지니고 있다는 점에서 헤겔의 후예이며, 그는 그 절대정신을 통하여, 그의 존재론을 완성해놓고 있다. 그의 절대정신은 "사금파리로 날을" 세운 파도이며, 칠전팔기七顚

八起의 역전의 용사처럼, 그 패배를 결코 허락하지 않는 파도이다. 그 절대 정신은 "세상을 향하는/ 은빛 칼질"이며, "스스로 부스러지려는/ 자결의 몸부림"이다. "세상"이라는 적과의 싸움은 어렵고도 힘든 싸움이며, 그 싸움은 '만인대 일인의 싸움'처럼 가장 처절하고 비참하게 패배를 할 수밖에 없는 싸움이다. '민인대 일인의 싸움'은 최종적인 패배를 기록할 수밖에 없는 싸움이기는 하지만, 그러나 그 어떤 승리보다도 더욱 더 아름답고 찬란한 패배일 수밖에 없는 것이다. "세상을 향하는/ 은빛 칼질이다"라는 잠언적이고 경구적인 문체와, 또 그리고 "스스로 부스러지려는/ 자결의 몸부림이다"라는 잠언적이고 경구적인 문체에서, 우리는 그의 절대정신을 엿보게 된다. '자결의 정신'은 절대정신이며, 그 절대정신은 모든 "권태를 끊는 기호"이다. 박명용 시인의 절대정신은

숯은 태초부터
신열이 숙명이다

흙이나 또는 바위틈에서 솟는
지열地熱을 받아 자란
굵직한 참나무
바람 없는 굴속에서
훨훨 불타고
숯이 된 후에도 창고에 갇혀
열을 식히며
내일을 기다리는 운명
간혹 무너지며 내는
투명한 쇳소리

뜨거움의 증거다

—「숯 1」 전문

라는 '숯'의 소산이며, 다른 한편 그 절대정신은

낫은 뜨겁게 달구어져야
비로소 단단한 낫날이 된다
벌건 불 속에서
전신을 불태울 때마다
조금씩 제 몸으로 다듬어져
드디어 생명을 얻게 되는
몸
그러고 보니
인간도 어머니의 뱃속에서 오랜 시간
울렁이며 달구어지다가
뜨거운 자궁을 통해 태어난
육신이 아니던가
아, 애초부터 거룩했던
저 뜨거움
세상의 길이 되는

—「대장간에서」 전문

이라는 '벌건 불'의 소산이다.

불은 만물의 근원이며, 생명 그 자체이다. 불(에너지)은 그 형체만 바꿀 뿐, 결코 소멸되지 않으며, 또, 무無에서 생겨날 수도 없다. 우리는 불에 의해서 탄생하고, 그 불에 의해서 영원불멸의 삶을 살아간다. 참나무는 지열地熱을 받으며 자라나고, 숯은 이글이글 타오르는 불 속에서 태어난다. 또한 숯은 자기 자신을 불 태우며, 그 뜨거운 열을 모든 인간들에게 선사하고, 그리고 그 나머지의 에너지는 우주 속의 공기로 그 형체를 바꾸게 된다. 낫도 뜨거운 불 속에서 태어나고, 우리 인간들도 뜨거운 자궁 속에서 태어난다. 불은 만물의 근원이며, 생명 그 자체이다. 우리 인간들의 삶의 의지도 불(열정) 속에서 꽃 피어나고, 우리 인간들은 그 열정의 에너지로 이 세상의 삶을 살아가게 된다.

바람의 몸

무수한 날개를 퍼덕이며
어디인가
날마다 갈 곳 있듯
소리를 내고

사람도, 나무도
돌도
땅에 박힌 뿌리를 까맣게 잊은 채
끝없이 불뚝불뚝 일어서고

오늘도 끈질기게 흔들거리고 있는
창을 가로지른

팽팽한 선線 하나

—「끝없이」 전문

'투쟁은 만물의 아버지이다'라고 역설했던 헤라클레이토스는 배화교도拜火教徒(火性論者)이며, 우리는 모두가 다같이 배화교도에 지나지 않는다. 물도 불이다. 물은 불에 의해서 고체가 되고 액체가 되고 기체가 된다. 물을 탄생시키고 물을 살아 움직이게 하는 것은 다만, 불(에너지)일 뿐이다. 바람도 불이다. 바람을 탄생시키고 바람을 살아 움직이게 하는 것 역시도 다만 불일 뿐이다. 물, 바람, 사람, 나무, 바위, 동물의 근원도 불이며, 그 모든 것은 불의 또다른 모습에 지나지 않는다. 불은 열정이며, 그 열정은 마치 '시퍼런 낫날'이나 '미친 파도'처럼, 어떠한 싸움도 마다하지를 않는다. 절대정신은 불꽃이며, 가장 아름답고 찬란한 불꽃이다. 절대정신은 바람이며, 오늘도 '끝없이' 자기 자신의 존재를 높이높이 끌어 올린다. "무수한 날개를 퍼덕이며/ 어디인가/ 날마다 갈 곳 있듯 소리를 내고"가 그것이 아니라면 무엇이고, 또한 "사람도, 나무도/ 돌도/ 땅에 박힌 뿌리를/ 까맣게 잊은 채/ 끝없이 불뚝불뚝 일어서고// 오늘도 끈질기게 흔들거리고 있는/ 창을 가로지른// 팽팽한 선線 하나"가 그것이 아니라면 무엇이겠는가?

절대정신은 박명용 시인의 고귀하고 위대한 장인정신을 뜻하고, 언제나 노년을 모르는 청년의 그것을 뜻한다. "섬이 꼼짝 않고/ 있다는 건/ 존재하고 있다는 증거다"(「보길도 1」), "봄 바다는/ 권태를 끊는/ 기호다"(「보길도 2」), "동백꽃 눈물은/ 비에도 뜨겁다"(「보길도 3」), "반복되는 고통에/ 제 몸 깎는 소리까지/ 다듬는 굳은 정절"(「보길도 4」), "봄날 햇살에/ 눈 부신 몸/ 더욱 빛나네"(「사리舍利」), "속내장까지/ 내보이던 바다"(「쓰러지는 바다」), "오늘도 끈질기게 흔들거리고 있는/ 창을 가로지른// 팽팽한 선線 하나"(「끝없이」), "낫은 뜨겁게 달구어져야/ 비로소 단단한 낫날이 된다(「대장간에서」)의 잠언적이고 경구적인 시구들은 그가 제일급의 시인임을 뜻하고, 또한 그가 언제나 노년을 모르는 청춘을 살아가고 있음을 뜻한다. 절대정신은 그의 존재론이며, 그는 그 존재론을 통하여, 잠언적이고 경구적인 시구들을 탄생시키고 있다고 하지 않을 수가 없다. 절대정신은 존재보다 앞서고, 그의 존재는 절대정신에 의해서 자라난다. 나는, 지금, 이 순간에도 이 잠언적이고 경구적인 문체들에 의하여 우리 한국어의 영역과 세계의 영역이 무한대로 넓어져 가고 있다고 믿어 의심하지 않는다.

> 나는 아프다
>
> 부석사를 올랐더니 더 아프다
>
> 서산 앞바다에 떠 있던
>
> 전설의 바위 하나
>
> 행방이 묘연하여 찾았더니

벌써 내 가슴에 들어와

가부좌 틀고 앉아 있다

썰물이 되자 내 몸의 섬이 되는,

더 아프다

—「부석사」 전문

사르트르의 말에 의하면 인간의 실존이 존재의 본질에 앞선다. 인간의 존재의 근거는 무이지만, 그러나 인간은 자기 자신의 삶을 향유할 수 있는 자유와 그 책임이 있다. 비존재가 존재를 지배하고 미래가 현재를 지배하는 역도인과성逆倒因果性의 세계는 실존주의의 첫 번째 원칙이라고 할 수가 있다. 인간은 미래의 인간이며, 자기 스스로를 완성해나가야 할 존재에 지나지 않는다. 하지만 그 인간은 본질이 없는 존재이며, 따라서 숙명적으로 그 본질을 찾아 나서야만 하는 존재이다. 박명용 시인의 「부석사」는 자기 자신의 본질을 찾아나선 자의 시이며, 매우 아름답고 뛰어난 시이다. 자기 자신의 본질을 찾아나선 자는 떠돌이—나그네가 아닌 비밀한 의식을 행하고 있는 고행자이며, 전지전능하고 완전한 인간, 즉 우리 인간들의 미래의 이상형이라고 하지 않을 수가 없다. 그는 "서산 앞바다에 떠 있던/ 전설의 바위"를 잃어버리고 온몸으로 신열을 앓는다. 그 전설의 바위는 그의 존재의 본질이며, 어느 덧 그는 자기 자신을 잃어버린 것이다. 따라서 그는 아플 수밖에 없는 것이다. 그 아픔은 고행자의 아픔이며, 미래의 인간을 낳는 산고의 아픔일 수밖에 없다. "서산 앞바다에 떠 있던/ 전설의 바위 하나/ 행방이 묘연하여 찾았더니"는 그 고행의 시간을 말해주고, "벌써 내 가슴에 들어와/ 가부좌 틀고 앉아 있다"라는 시구는 어느 덧 그의 법력의 크기가 득도의 경지에 올라와 있다는 것을 뜻한다. 제1행의 "나는 아프다"는 그 오랜 기간 동안의 가슴앓이를 말하고, 제2행의 "부석사에 올랐더니 더 아프다"

는 일반대중들의 염원에 반응하지 못하는 세속종교의 안타까움을 말하고, 그리고 마지막 행의 "더 아프다"는 "벌써 내 가슴에 들어와/ 가부좌 틀고 앉아 있다"는 새로운 부처(존재의 본질)를 탄생시킨 자의 산고의 아픔을 뜻한다. 세 번씩이나 점층적으로 반복되는 '아프다'라는 말은 그러나 이처럼 다양한 울림과 함께 천양지차가 있는 것이다. 요컨대 가장 정교하고 세련된 언어와 함께 인간존재의 본질을 창출해내고 있는 「부석사」는 한국시문학사 속의 걸작품이라고 해도 과언이 아니다.

숯은
몸바칠 준비를 철저히 한다
동아줄로 묶였다가
다시 새끼줄에 몇 개씩 묶이는
숯 뭉치
마지막 생명을 불살라
차가운 세상
뜨겁게 달구려는가
성숙한 몸으로
세상을 기다린다
제 몸 불태워
생生의 극치를 이루려는
숯은
세계의 종교다

—「숯 2」 전문

밀교적인 차원에서 고행자는 구도자이며, 그 고행을 끝낸 자는 '인간이라는 종의 건강'과 '지상낙원'을 건설하기 위하여 열반의 길(득도의 길)을 선택하게 된다. '숯'은 상징적인 차원에서 고행을 끝낸 자의 객관적인 상관물이며 그 이타적인 사랑의 실천을 뜻한다. 박명용 시인은 비밀한 의식을 수행하고 있는 밀교도—그가 「부석사」에서 창출해낸 부처는 새로운 부처이지, 대중불교의 부처가 아니다—이며, 자기 자신의 존재의 본질을 획득한 끝에 열반의 길을 선택하게 된다. 도를 터득한 자는 그 도가 지시하는 사회적인 책임을 완수해야만 한다. "숯은/ 몸바칠 준비를 철저히 한다", "마지막 생명을 불살라/ 차거운 세상/ 뜨겁게 달구려는가", "제 몸 불태워/ 생의 극치를 이루려는/ 숯은/ 세계의 종교다"라는 시구들이 바로 그것을 증명해준다. 자기 자신의 본질을 되찾고 전지전능한 힘으로 이 세상을 구원하는 것, 바로 이것이 모든 문화적 영웅들의 사회적인 책임인 것이다.

> 재떨이 한 개
> 단단하게 빛나네
> 하루에 몇 번씩
> 온몸을 오르내리는
> 둥근 사리
> 봄날 햇살에
> 눈부신 몸
> 더욱 빛나네
> 흐린 정신 속으로
> 떨어지는 나의
> 재떨이
>
> —「사리舍利」 전문

박명용 시인의 「숯 2」가 그 이타적인 사랑으로 이 세상을 불 밝히는 세계의 종교를 안출해냈다면, 그의 「사리」는 그 세계의 종교를 안출해낸 자의 법력의 크기를 말해주고 있다고 하지 않을 수가 없다. '재떨이'는 단순히 담배재를 떠는 도구에 불과하지만, 그러나 그것은 시인의 절대정신에 의하여 문화적인 상징으로 변용된다. 기호는 물질을 지시하고, 상징은 인간의 의식(정신)을 나타낸다. 모든 더러운 것들을 다 받아들이고도 단단히 빛나며, "하루에 몇 번씩/ 온몸을 오르내리는/ 둥근 사리", 모든 것이 가고 모든 것이 되돌아오는 봄날에 더욱 더 눈부시게 빛나는 '사리'는 상징의 차원에서 시인의 법력의 크기를 말한다. 그 '사리'는 우리 인간들의 흐린 정신을 일깨워주고 새로운 인간을 탄생시킨다. 이제 그는 바르게 보고, 바르게 사유하고, 바른 말과 함께 바른 일에 종사하게 된다. 또한 그는 티없이 맑고 순수하게 생명을 유지하고, 바른 신념과 바른 자리에서 도를 닦으며, 사바세계의 정토(지상낙원)를 구축하게 된다.

> 공자께서 말씀하시기를, "나는 십오 세가 되어 학문에 뜻을 두었고, 삼십 세가 되어서 모든 기초를 세우고, 사십 세가 되어서 사물의 이치에 대하여 의문나는 점이 없었고, 오십 세가 되어서 천명을 알았고, 육십 세가 되자 남의 말을 순순히 받아 들일 수 있었고, 칠십 세에 가서는 뜻대로 행하여도 도에 어긋나지 않았느니라.(子曰—吾十有五而志于學, 三十而立, 四十而不惑, 五十而知天命, 六十而耳順, 七十而從心所欲, 不踰矩)"

나는 공자의 이 글을 읽을 때마다 때로는 울고 싶은 마음을 어쩌지 못한다. 왜냐하면 이처럼 아름답고 낙천적인 공자의 삶의 찬가가 우리 한국인들에게는 허무주의자의 그것으로만 변주되고 있기 때문이다. 우리 한국인들에게는 '四十而不惑'도 허무하고, '五十而知天命'도 허무하다. 또한 '六十而耳順'도 허무하고, '七十而從心所欲, 不踰矩'도 허무하다. 왜 우리 한국인들에게는 '모든 사물의 이치를 다 알 수 있는 마흔 살'이 허무한 것이고, 왜 우리 한국인들에게는 '천명을 아는 즐거움'이 허무한 것일까? 또한 왜 우리 한국인들에게는 '모든 말을 다 받아 들일 수 있는 관용의 즐거움'이 허무한 것이고, 왜 우리 한국인들에게는 자유 자재롭게 그 '모든 것을 다 행할 수 있는 도의 경지'가 허무한 것일까? 그것은 인생이 짧고 예술은 길기 때문일까? 하지만 우리 한국인들은 인생이 예술이라는 사실을 이해하지 못하고, 또 죽음이 삶의 완성이라는 사실도 이해하지 못한다. 삶은 죽음의 완성이며, 죽음은 삶의 완성이다. 요컨대 인생이 예술이라고 할 때, 죽음은 무한한 가능성이며, 삶의 완성으로써 언제, 어느 때나 열려 있는 것이다.

박명용 시인 역시도 한국적인 풍토에서 허무주의라는 몹쓸 병―「초라함에 대하여」를 비롯한 최근의 몇몇 시들이 바로 그렇다―을 앓고 있기는 하지만, 그러나 그는 근본적으로 그 허무주의를 극복하고 구도자의 길, 즉, 문화적 영웅의 길을 걸어가게 될 것이다. 왜냐하면 그는 「부석사」에서처럼, '존재의 본질'을 되찾아 자아의 정체성을 확립해냈기 때문이다. 이제 그의 절대정신의 세계에서는 「숯 · 2」와 「사리」에서처럼, 그의 본질이 실존에 앞서게 된다. 그는 삶을 죽음의 완성으로 생각하고, 또 죽음을 삶의 완성으로 생각한다. 따라서 그의 삶은 고행자의 삶이 아닌 아름다운 삶이며, 예술적인 삶이 된다. 그 예술적인 삶은 이타적인 삶이며, 도의 실천의 삶이다. 바로 이 지점에서 그의 절대정신은 시의 종교를 탄생시키게 된다. 가장 아름답고 찬란한 삶은 순교자의 삶이며, 그 순교자의 삶은 반드시 새로운 종교를 안출해내게 된다.

그리스의 현자 손론은 "나는 배우면서 늙어간다"라고 말한 바가 있지만, 나는 그 말을 다음과 같이 변주시켜 놓은 바가 있다. "나는 배우면서 더욱 더 젊어져 간다"라고 나는 박명용 시인에게 나의 낙천주의 사상과 함께, 공자님의 위 말씀을 다시 상기시켜 주고 싶다.

나는 박명용 시인의 절대정신이 서산의 붉디 붉은 해처럼, 그 잠언적이고 도경구적인 문체로 더욱 더 장엄하게 타오기를 바랄 뿐이다.

고대 오후의 행복처럼. 아니, 머나 먼 미래의 행복처럼.

(≪시와 사람≫, 2005. 여름)

단절의 세계에서 존재의 끈 찾기
— 박명용의 전기 시를 중심으로

김 석 환 *

1. 머리에

박명용(1940~)은 충북 영동에서 태어나 1976년 ≪현대문학≫지 추천을 받아 등단한 이후 30여년 동안 끊임없이 시작 활동을 하였다. 그리하여 첫 시집 『알몸 서곡序曲』을 비롯한 11권의 시집을 출간하였다. 언론계를 거쳐 뒤늦게 대학원 석사와 박사 과정을 마치고 대전대학교 문예창작학과 교수로서 시 창작을 지도하며 『한국 프로레타리아 문학연구』 외에 시 비평서와 이론서를 10여권 발간하였다. 그러한 문학적 업적을 인정받아 '제 26회 충남도문화상', '제 35회 한국문학상', '제 7회 한국비평문학상', '한성기문학상', '천상병시문학상' 등을 수상하였다.

그 문단 경력이 말해 주듯 그는 이순의 중반을 넘긴 현재까지 시에 대한 열정을 불태우며 우리 시단에 큰 족적을 남겼다. 그에 대한 평가는 그동안 여러 방면에서 이루어져 왔는데 본고 역시 시인의 시세계를 한층 더 깊이 천착하기 위한 시론으로서 대부분 전기 시가 수록된 시선집 『존재의 끈』을 중심으로 살피고자 한다. 이 시선집은 회갑을 기념하여 그 동안 발간한 시집 중에서 대표작들을 선택하여 묶은 시집으로 그의 시세계를 일관성 있게 살피는 데 편리하리라 믿는다.

---

* 시인 · 명지대 문창과 교수

그의 시세계에 일관적으로 흐르는 시정신을 알아보기 위해서는 시선집의 제목 '존재의 끈'에 관심을 둘 필요가 있다. 어떤 존재는 시간과 공간의 좌표에서 다른 대상과 유기적 관계, 즉 끈에 의하여 규명되는 것이다. 그런데 그의 시 전체를 관통하는 주요한 관심은 존재의 참된 의미에 대한 탐색이다. 따라서 본고는 시인이 어떤 대상과 어떻게 존재의 끈을 잇고 있는가를 중심적으로 살피고자 한다. 그것은 곧 자아의 존재를 확인하고 완성하는 방식이라 믿기 때문이다.

2. 단절, 존재의 불안

박명용은 자신의 존재에 대한 불확실성과 그것으로부터 비롯되는 불안감과 인식하면서부터 어떤 대상과 관계의 끈을 잇고자 한다.

인터체인지를 지나
흰 표지판이 날개를 잃은 여기는 안개지역
버스는 시속 50km
그 날 새벽 같이
너와 나의 가슴을 일깨운 입구에는
새 한 마리 허허로운 기폭旗幅에

흩어지고
흐린 의식이 띄엄띄엄 솟아나는 이랑에서
나를 잃어버린
어스름 옷자락이
잘려진 논뚝을 쓸어안는다
싱그러운 선이 눈을 벗을 때
버스는 시속 80km
나를 회복한
이웃의 동작이
해맑은 강물 위로 내려앉는다
다음
안개지역 상념이

차창에 쌓이다

—「안개지역 · 1」 전문

화자인 '나'는 인터체인지를 벗어나 안개지역인 고속도로를 시속 50km에서 80km로 속도를 더하며 달리는 버스 안에서 상념에 잠겨 있다. 그런데 이 시 전체의 분위기를 지배하는 안개는 화자를 외부와 단절시킴으로써 자신의 존재를 확인할 수 없게 한다. "허허로운 기폭"과 그곳에 흩어지는 "새 한 마리"는 자신의 존재를 확인할 수 없는 불안감에 사로잡힌 화자와 등가물이다. 그리고 "흐린 의식", "나를 잃어버린 옷자락", "안개지역 상념"은 그러한 화자의 내면을 더욱 선명하게 드러내고 있다.

이러한 시적 상황은 물질문명이 가속적으로 발전함에 따라 서로 경쟁하며 맹목적으로 달려가느라 자신의 존재를 확인하지 못하는 현대인들의 실상을 암시한다. 그리고 그러한 혼돈 속에서 겪어야 하는 고독감과 불안감을 잘 형상화하고 있다. 박 시인은 위험하게 달리는 현대인의 행렬 속에서 '안개지역 상념'을 구체적인 이미지들로 보여주고 있다.

다음 시 역시 화자가 달리는 차안에 앉아 자신의 존재를 확인하고 있다.

차창에 틈이라도 없으면
나를 잃은 환자가 되고 만다

무료도 아닌 승차인데
한 뼘 길이의 창도 열리지 않는
기우뚱한 뒷자석에서
여유를 가누지 못하고
땀으로 흐르는 건
분명
오늘의 숨소리가 크기 때문이다

—「뒷자석」 1, 2연

화자는 차 뒷자석에 앉아서 자신을 생각하며 차창 밖에 있는 풍경을 묘사하고 있다. 그런데 뒷자석은 '기우뚱한' 상태이며 한 뼘 길이의 창은 고장이 나서 열리지 않는다. 창의 기능은 차의 내부와 외부를 소통시키고 관계를 이어 주는 매개적 기능을 하는데 그것이 열리지 않으니 그 기능이 마비되어 있다. 따라서 화자는 외부와 관계를 맺지 소통이 불가능하다. 그러한 소통과 관계의 단절 때문에 화자는 "나를 잃은 화자", 즉 자신의 존재를 상실하고 확인할 수 없는 상태가 된 것이다. "기우뚱한 뒷자석"과 "여유를 가누지 못하고"는 바로 화자의 존재에 대한 불안감을 잘 암시한다.

그러나 화자는 "오늘의 숨소리"를 들으며 아직 살아 있는 자신의 존재를 확인하고 있다. 그리고 중국집 이층에 있는 "중년 여인의 허탈한 얼굴"이 창 틈 사이로 펼쳐 오는 것을 확인한다. 창이 열리지 않지만 그 작은 틈으로 보이는 여인의 얼굴을 바라보는 것은 외부와 관계를 맺음으로써 자신의 존재를 확인하려는 화자의 노력을 단적으로 암시한다. 이러한 시적 상황 역시 외부와 단절되어 자아를 상실하고 존재에 대한 불안감을 갖고 살아가는 현대인들의 실상을 암시하고 있는 것이다.

그는 현대인으로 하여금 자아 상실과 존재의 불안을 느끼게 하는 세계와의 단절 양상을 매우 다양하게 표현한다. 다음 시에서는 인정이 넘치던 과거와 각박한 현재와의 단절을 보여준다.

> 논두렁 막걸리 맛도 잊어버린
> 목척시장 물가도 잊어버린
> 못난 사랑도 잊어버린,
> 하늘이 한 번쯤 터져
> 갈라진 세상에 홍수가 지고
> 메마른 인심에 홍수가 지고
> 금강도 한강도 영산강도
> 모두가
> 풍성한 이웃으로 돌아가

우리들의 가슴을 적실
거짓 일기예보라도 그리운
그리운.

—「일기예보」 전문

"논두렁 막걸리 맛, 목척시장 물가, 못난 사랑"은 모두 "풍성한 이웃"이 되어 살던 과거의 문화적 요소들이다. 그러나 우리들은 현재 그것들을 잊어버린 채 "갈라진 세상"에서 "메마른 인심"을 갖고 살고 있다. "금강, 한강, 영산강"은 삶의 현장 또는 세월의 흐름을 상징하는 구체적 공간으로서 그 강들이 더 이상 흐르지 않아 메마르고 갈라진 것은 과거와 현재의 단절을 암시한다. 시인은 그러한 강을 보면서 "하늘이 한 번쯤 터져" 홍수가 지기를 바라고 있다. 특히 '거짓 일기 예보라도 그리운' 심정은 과거에 풍성하던 인간적 문화의 흐름이 단절되어 각박해진 현실에 대한 아픔을 역설적으로 보여준다. 그 그리움은 과거와 현재의 단절 때문에 느끼는 소외감과 존재의 불안이 주는 고통으로부터 벗어나기 위한 것이다. 싸르트르의 말을 빌면 인간은 사물, 즉 즉자와 달리 의식을 가진 대자로서 어떤 대상을 의식하고 관계를 맺음으로써 자신이 살아 있음을 확인하는 결핍된 존재이기 때문이다.

한편 "아무리 채워도/ 메워도/ 넘치지 않는 방은/ 늘 텅 빈 사각"(「언제나 이렇게」 3연)은 그러한 시인의 내면을 상징하는 공간이다. 인간은 자신의 내면을 어떤 의식으로 채우고 메움으로써 '존재의 유'가 되려고 한다. 그런데 그 방이 늘 비어 있다는 것은 어떤 대상과 관계가 단절되어 소외와 불안을 갖고 있음을 암시한다. 한편 그는 그 소외감과 존재의 불안으로부터 벗어나기 위해 "몸이 저리도록/ 무작정/ 떠나간 친구만을 찾고"(「환절기」 3연), "고향 떠난 돌은/ 두고 두고 심천을 잊지 못한다"(「깊은 내」 끝 부분)고 고백하기도 한다.

그런데 과학문명이 발달하고 물신주의가 팽배해진 삶의 현실은 시인을 비롯한 현대인들에게 존재에 대한 불안감을 더욱 심화시키고 있다.

훗날
신인 가수가 이름을 날릴 때
오늘의 능숙한 무용수는
세상을 거꾸로 살고 있겠지
이모저모
화면을 기웃거려도
누구를 눈여겨 보아야 하며
누구에게 박수를 보내야 하는지
도대체 알 수가 없다

— 「신인가수」 끝 부분

이 시는 텔레비전을 보며 낯선 신인가수와 그 뒤편에 있는 낯익은 합창단과 무용수들의 대립적인 상황을 묘사하고 있다. 텔레비전은 현대를 상징하는 대표적인 문명의 이기요 대중전달매체로서 현대인들이 세상을 내다보고 이웃을 만나는 창문과 같은 구실을 한다. 그런데 "우리는/ 아무 것도 아는 것이 없"는 신인가수에게 "처음 나온 흑백 카메라가/ 억지로 초점을 맞추고" 있다. 그와는 대조적으로 뒤편의 낯익은 화면, 즉 합창단과 무용수의 모습은 초점이 흐려 아무것도 알 수가 없다. 따라서 그 텔레비전을 보고 있는 '우리'는 그 화면을 통하여 어느 것도 정확히 알지 못하고 보지 못하는 것이다. 즉 현대인들이 세상을 보고 이웃을 만나는 창구인 텔레비전은 그 기능을 상실하고 오히려 세상과 우리들을 단절시키는 벽이 되고 만다. 그리하여 시청자들은 누구를 눈여겨 보아야 하는지, 누구에게 박수를 보내야 하는지 모르는 혼란에 빠지게 된다. 그런데 오늘 현대인들의 실상은 많은 시간을 안방에 앉아 실체와 사실을 제대로 보여주지 못하는 텔레비전을 시청하고 있다. 그리하여 오히려 세상 또는 이웃으로부터 단절되고 소외된 채 살아 갈 뿐만 아니라 자신의 존재를 스스로 불안하게 만드는 것이다.

이렇게 진실한 관계를 맺지 못하고 존재의 불안을 느끼게 하는 모순된 현대의 대표적인 주거공간은 아파트이다. 그런데 그는 「나의 아파트는」에서 고층 아파트가 우거진 도시의 "깊은 밤은/ 깊은 밤이 아니"요, "잠은 잠이 아니다"고 한다. 그리고 "고층 아파트 난간에서/ 잎새처럼 흔들릴 뿐/ 좌표가 없다"고 자신의 존재와 그 위치를 확인할 수 없는 고통을 고백하고 있다. 그렇게 좌표를 찾을 수 없는 까닭은 "조화의 행색이 오히려 의젓하게 어울리는 세상" (「조화를 보며」)의 모순 때문인지도 모른다. 그런 세상에서 박 시인은 "도대체 나는 나를 모른다"고 자신의 존재를 정확히 확인할 수 없음을 고백한다.

그러한 자신의 존재에 대한 불확실성 불안감이 주는 고통으로부터 벗어나기 위하여 시인은 단절의 벽을 허물고자 한다.

> 쇠붙이가 쇠붙이에 닿을까
> 망가진 망치 자루에 붕대를 감아
> 전율을 묶고
> 닫힌 대문 앞에 우뚝 선다면
> 우리의 가슴엔 무엇이 닿을 것인가.
>
> 이 세상
> 물 속 깊이 가라앉은
> 망치를 찾는다
>
> —「나의 망치는」 3, 4연

화자는 1연에서 "망치를 보면/ 휘둘러보고 싶은 충동을 억제 못한다"고 하는데 그러한 충동은 파괴를 위한 것이 아니다. 2연에서 보면 그것은 벌어진 행간과 빗나간 창문을 바로 잡고 얼어붙은 얼음을 모조리 헐어버리기 위한 시도이다. 즉 부서진 집을 개축하고 얼음이 암시하는 단절의 벽을 허물기 위한 새로운 창조의 망치질을 하는 것이다. 그러나 그러한 충동을 갖고 닫힌 대문 앞에 서지만 "쇠붙이가 쇠붙이에 닿을까, 가슴엔 무엇이 닿을까"라며 잠시 망설인다. 대문은 그것이 열려 있을 때는 관계를 이어주고 소통을 가능하게 하는 통로이지만 그것이 닫히면 벽이나 다름없이 관계를 단절시키는 매개적 기호이다. 그런데 얼음과 쇠붙이는 견고하고 생명이 없는 물질로서 '닫힌 대문'과 등가치이다. 그리고 화자는 망가진 망치 자루에 붕대를 감고, 물 속 깊이 가라앉은 망치를 찾는데 이는 단절의 벽이 오래 되었고 단단함을 암시한다. 뿐만 아니라 그것을 허물려는 시도를 빈번히 하다가 실패했음을 알게 한다.

한편 이 '닫힌 대문'과 같이 관계를 단절시키는 매개적 기호들은 박 시인의 시에서 빈번히 등장한다. 앞의 「뒷자석」에 나오는 차창 역시 그 변이태이다. 그리고 「구경거리」에서 화자는 울안에 갇힌 곰을 보러 갔다가 인간이 곰의 구경거리인지를 스스로에게 물어보는데 그 '울' 역시 같은 기능을 한다.

3. 물과 빛을 찾아

단절의 벽을 허물려는 것은 새로운 세계를 지향하고 자신의 존재를 확인하고자 하는 노력이다. 시인이 단절의 벽을 허물고 지향하며 소통을 이루고 싶은 대상은 늘 자신의 존재를 확인하기 어려운 현실보다 새롭고 가치 있는 세계인데 흔히 물이 있는 곳이다.

> 물 속에 모래를 밟고 선다
> 뚝살 박힌 발바닥에 여인의 손길이 닿는다.
> 남근이 서서히 일어선다
> 슬금슬금 무너져 내린다
> 사랑의 역사가
> 쌓였다가 무너지는
> 강바닥에서 중심을 잃는다
>
> —「강물은 말하지 않아도 · 5」 전문

위의 시는 물 속에 서 있는 화자가 체험한 관능적인 순간을 구체적으로 묘사하며 그것을 통하여 자연과 하나로 융합하는 순간의 희열을 극적으로 보여준다. 화자는 물살의 흐름을 여인의 손길과 동일시하며 성적인 욕망을 느낀다. 남근이 일어섰다가 무너져 내리는 사랑의 역사가 끝나면서 중심을 잃는다. 그래서 물이 대신하는 자연과 하나가 되는, 즉 물아일체 또는 물심일여의 순간에 맛보는 황홀감을 극적으로 보여 주고 있다.

과학문명이 고도로 발달한 현대에 두드러지게 나타나는 단절의 양상 중 하나는 자연과 인간의 단절이다. 서양에서부터 발달하기 시작한 현대 과학은 동양의 전통적 자연관을 무너뜨려 자연을 유기적 관계를 맺으면서 공존해야 할 대상이라기보다 물질적인 존재요 연구 대상으로 본다. 그 대가로 인간은 자연으로부터 단절된 채 각종 자연 재해와 공해를 입고 있다. 그런데 위의 시는 그런 단절이 해체되고 자연과 일심동체가 되는 순간을 성적인 결합에 비유함으로써 물은 여성을 상징하는 원형적 이미지로서 생명성과 신비성을 갖고 자연과 하나가 되려는 시인의 욕망을 암시한다.

「낚시 · 강江」에서는 물 속에 서서 낚시질을 하는 사람을 묘사한다. 그리고 "그가 낚아 온 것은/ 물고기가 아니라/ 너절한 세상을 기피하는/ 투명한 바람"이라고 하여 강은 "너절한 세상"과 대립되는 "투명한 바람"을 낚을 수 있는 곳임을 알게 한다. 한편 그의 시에서 그 바람은 공간을 자유롭게 이동을 하면서 단절된 관계를 이어주는 매개적 기호로서 빈번히 쓰이고 있다. 또한 「바람 · 강」에서는 바람은 "투명한 노래로 흐르는 강물을 쓰다듬고 있었다"고 하는데 바람과 강은 위의 시에서와 유사한 의미작용을 한다. 그리하여 자신의 존재를 불안하게 만드는 속세와 대립되는 투명한 세계를 상징하며 그것에 대한 시인의 지향성을 암시한다.

다음 시에서는 바다 낚시를 하는 과정을 통하여 그곳에 내재된 신비함을 보여 주고 있는데 바다 역시 물로 채워진 공간이다.

> 허허로운 바다에 나가
> 20g짜리 삶의 추를 잔잔한 바다에 푼다
> 연명의 추를 조심스럽게 푼다

추와 바닥의 차이를 조심스럽게 예감하며
저울질로 도킹을 시도한다.

—「바다 낚시」 앞 부분

화자는 바닷물 속으로 삶의 추를 풀어 넣고 바닥에 있을 미지의 어떤 것과 도킹을 시도한다. 바닷물은 그 깊이와 불투명성 때문에 바닥을 가리는 벽이 될 수밖에 없는데 그 단절의 벽을 통과할 수 있는 것은 추를 매단 낚시줄이다. 그러나 바다 속 깊이에 해류가 흐르고 있어 추는 발 밑에서 솟아오르지 않고 "엉뚱한 거리에서 비스듬히 모습을 드러낸다." 해류 역시 바닷물이 갖고 있는 벽의 기능을 강화시켜 도킹은 더욱 어려워진다. 즉 바다 물 속의 바닥과 화자의 단절은 더욱 심화된다. 특히 이 시 끝에서 "세상 밖으로 나서는 발길에 추가 달려 있다"고 하여 바다 낚시는 삶의 현실과 은유적 관계를 맺는다. 따라서 바다 물 밖이 삶의 현장이라면 물 속의 바닥은 그와 대립되는 미지의 것이 내재된 신비하고 이상적인 공간이다. 그리고 화자가 낚시질을 하는 것은 결국 그 미지의 것과 도킹, 즉 관계를 맺어 존재의 불안으로부터 벗어나기 위한 행위이다.

바다는 그의 시 곳곳에서 어떤 신비함이 내재된 이상적인 존재로서 그리움의 대상이 된다.

낮과 밤의 어지러운 혼숙
누군가
인도를 열심히 뛰고
그 어깨 위로 퍼지는
새벽 바다

싱싱한 파도 소리

—「새벽」 4,5연

위의 시에서 새벽은 밤과 낮이 교차하고 공존하는 경계의 시간으로서 "밤을 샌 포장마차의/ 거나한 음성이/ 아직까지 백열등을 흔들"고 있는 밤의 끝이다. 그리고 "질주하는 자동차에/ 힘없이 깔린/ 고양이 한 마리의/ 단순한 비명"이 들리는 죽음의 시간이다. 또한 그와는 대조적으로 그런 밤으로부터 벗어나 "인도를 열심히 뛰어가고"있는 새로운 출발의 시간이다. "그 어깨 위로 펴지는 새벽 바다"는 밤의 혼돈과 죽음에 대립되는 새로움과 희망의 상징이며 "싱싱한 파도소리"는 그러한 바다의 의미를 더욱 선명히 드러내고 강조한다. 바다가 그런 의미를 내포하는 것은 앞의 시에서처럼 깊이와 불투명성으로 바닥에 많은 비밀을 감추고 있기 때문이다.

다음 시에서는 보길도 해변에서 바닷물에 깎이는 돌을 묘사하고 있다.

누구를 사랑하고 싶은 것일까
구르고 구르면서
파란 물 토해내며
마음 다듬는
애달픈 생애를
바다는 알고 있는 것일까

—「보길도 · 4」 중간 일부

시의 첫 부분에서 "돌은 평생을 다듬으며 산다"고 하는데 그 돌을 다듬어 주는 것은 바닷물이다. 그 돌이 '애달픈 생애'를 보내는 까닭은 "누구를 사랑하고 싶은"것 때문이라는 것이다. 돌이 "파란 물을 토해내고 있다"는 것과 "바다는 알고 있는 것일까"라는 물음은 사랑의 대상인 그 '누구'가 바로 바다라는 것을 짐작하게 한다. 결국 돌은 파란 바닷물을 먹었다 토해내고, 바다는 돌을 다듬어 주고 다시 떠나가기를 반복하며 사랑을 나누는 것이다. 여기에서 돌은 바다가 상징하는 어떤 대상을 사랑하는 화자의 객관적 상관물로서 이상적인 세계와 관계를 맺으며 자신의 존재를 완성하고자 하는 시인의 내면을 암시한다. 한편 「세상」에서는 가파른 세상과 같은 산과 달리 바다는 "층계 없는 세상"과 같아서 좋아한다고 말한다.

강물의 투명성과 바닷물 깊이에 내재된 신비성을 지향하고 관계를 맺음으로써 자신의 존재를 완성코자 하는 박 시인은 또한 빛을 지향한다. 빛은 물질적 속성상 투명하여 빛이 통과할 수 있는 강물과 유사성이 있기 때문일 것이다.

창을 내는 일은
사금파리의 빛남을
보는 일이다
날아다니는 새의 생명을
보는 일이다

—「창」 끝 일부

창을 낸다는 것은 곧 벽을 허물고 소통의 통로를 만들어 단절된 어떤 대상과 관계를 맺는다는 것이다. 그런데 박 시인은 그 창을 내는 것을 "사금파리의 빛남"과 "새의 생명"을 보는 일이라고 한다. 사금파리는 깨진 사기그릇 조각으로 실용적으로는 아무 가치가 없지만 그 '빛남'이 있으니 박 시인은 빛남, 즉 밝음을 추구하고 관계를 맺고자 함을 알 수 있다. 그리고 날아다니는 새의 생명을 보는 것은 시인이 닫힌 곳으로부터 벗어나 새가 상징하는 자유와 생명을 지향하려는 것을 암시한다. 결국 박 시인은 어둡고 단절된 세계로부터 벗어나 밝게 빛나며 자유와 생명이 있는 대상과 관계를 맺어 자신의 존재를 완성하려는 것을 알 수 있다.

한편 「무기」에서 빛의 힘과 의미를 잘 보여 주고 있다. 이 시에서 햇빛은 아파트를 기울게 하여 그 사이에 끼어 있는 구름을 제거하고, 나무들을 눈감게 하며, 다시 아파트를 일으켜 세우는 힘을 갖고 있다. 즉 햇빛은 자신을 차단시키는 벽인 구름을 뚫고 도시에 새로운 생명을 넣어 주는 생명의 근원이요 "천지의 무기"라는 것이다. 그리고 밝은 생명의 빛을 지향하는 박 시인은 「풍경·1」에서 "산 10번지 가건물"의 지붕에 아카시아꽃이 떨어지고 "밤이 되자/ 문 닫힌 방에는/ 늦도록 하얀 불이 켜져 있"는 것을 본다. 즉 그는 아카시아꽃과 하얀 불을 동일시하고 있는데, 그 두 가지 모두 밝은 빛을 발산하고 있기 때문일 것이다. 한편 「고향역에서」는 대합실 "창을 뚫고 들어 온 햇살"은 아름다운 옛 추억을 떠올리게 하고 "지난 밤의 꿈을/ 슬며시 들춰내"는 매개적 기능을 한다. 그렇게 아름다운 고향의 추억을 떠올릴 수 있는 것은 시인의 위치가 어느 곳으로든지 떠나고 되돌아 올 수 있는 대합실이요, 창을 통해 들어온 햇살이 어둔 현실을 지우고 그 속에 묻힌 과거를 보여 주는 힘이 있기 때문이다.

4. 맺으며

박명용은 단절의 벽이 높고 견고해진 현실 속에서 늘 불확실한 자신의 존재를 감지하며 불안감을 갖게 된다. 그리고 그것이 주는 고통으로부터 벗어나기 위해서 단절의 벽을 허물고 새로운 세계로 벗어나거나 관계의 끈을 이으려 노력한다. 그러한 노력은 곧 자신의 존재를 확인하고 새롭고 완전하게 구축하기 위한 것이다. 그런데 그가 지향하고 소통하려는 대상은 단절이 심화되어 혼란스런 현실보다 더 투명하고 밝은 세계이다. 투명한 물과 밝은 빛은 그러한 세계를 대신하는 기호로 흔히 등장하는데 그는 그러한 세계를 지향하고 관계를 맺음으로써 존재의 불안으로부터 벗어나고 있다.

그렇게 존재의 불확실성을 확인하고, 그것이 주는 고통으로부터 벗어나 새로운 대상과 관계를 맺는 과정은 결국 의식을 갖고 있는 대자요 결핍된 존재인 인간이 운명적으로 겪어야 하는 것인지도 모른다. 그러나 과학문명이 발전되고 그에 편승하여 물신주의가 팽배해진 현대 사회의 혼란은 그러한 불안과 고통을 더 가중시키고 있다. 이러한 시대에 단절의 벽을 허물어 존재의 끈을 잇고 유지하려는 고통이 일관적으로 스며 있는 그의 시는 현대를 사는 우리들에게 많은 것을 암시한다. 즉 과학 문명이 가져다 준 물질적 풍요와 편리함만을 추구할 게 아니라 단절의 벽을 허물고 관계의 끈을 굳게 이을 때 참된 인간으로서 존재를 완성할 수 있다는 것이다. 그리고 소외와 고독 대신 사랑과 평화가 넘치는 인간적 문화를 창조할 수 있음을 일러 준다.

다음의 「돌에 관한 명상」은 『낯선 만년필로 글을 쓰다가』(모아드림, 2004)에 실린 것으로서 어떻게 존재의 끈을 이으며 인간적 문화를 창조할 수 있는가를 잘 보여 준다. 모두가 덩치만을 키워 자신의 존재를 드러내려 하고 속이야 어떠하든지 덩치 큰 것을 찾기 위해 무한 경쟁을 하는 이 시대에 "큼직한 돌덩이 사이사이에 박힌/ 살결 고운 잔돌"이 되라 한다. 그 잔돌은 당당해 보이는 큼직한 돌에 눌리고 가려져 잘 보이지 않으나 밀알, 부처님 미소 같은 얼굴들, 어머니의 둥근 젖무덤 등과 동일시되고 있다. 그러기에 박명용은 보길도 바닷가의 잔돌처럼 평생 동안 자신을 다듬어 왔는지도 모른다.

잔돌이 정다운 건
해남 대둔사 성보박물관 앞뜰
석축을 보면 안다
큼직한 돌덩이 사이사이에 박힌
살결 고운 잔돌들
보아라
당당한 덩치에 눌린 것이 아니라
힘으로 세우지 못한
허허로운 공간에 밀알이 된
저 부처님 미소 같은 얼굴들
그렇다
어머니의 둥근 젖무덤이
사람의 젖무덤을 만들었듯
저 우유빛 잔돌들이
경내를 감싸고 있는 것
이제야 알 것 같다
오랜 세월 계곡을 굴러
갈고 다듬어진 잔돌들
내 마음 구석구석 박힌다

—「돌에 관한 명상」 전문

(≪조선문학≫, 2005. 8)

제 2 부

시집 해설

서序

조 연 현*

한성기씨의 주변에는 유망한 젊은 시인들이 많다는 이야기를 언젠가 나는 말한 적이 있다. 그 젊은 시인들은 시에 있어서만 유망한 사람들이 아니라 인간적인 유대관계에 있어서도 모두가 의로운 사람들이다. 박명용씨도 그 중의 한사람이다.

박명용씨가 한성기씨의 추천으로 ≪현대문학≫지를 통하여 시단에 등장한 것은 1976년이었다. 그러니까 시단 연조는 짧은 편이지만 박명용씨의 시력은 이보다 훨씬 길다. 시단에 등장하기 17, 8년 전부터 그는 시업詩業을 계속해 왔었으니까 그의 시의 이력은 20년이 넘는 셈이다. 적당한 시기에 그는 자신을 정리해 보는 최초의 시집을 갖는다고나 할까.

이 시집은 기발표된 또는 미발표된 그의 많은 시편 중에서 40여 편을 선한 것이라 한다. 그의 작품은 주로 자연을 제재로 한 것이 많은 편이 아닌가 싶은데 점차로 현실과 자연과의 조화를 다루는 쪽으로 기울어져 가는 느낌을 주는 것은 어쩌면 신문기자라는 오랜 그의 직업에서 연유된 것이 아닌가 싶기도 하다.

시의 길은 결국은 살아가는 인간의 길이다. 그의 시가 보다 더 성숙되었을

* 문학평론가

때 인간으로서 그의 성장은 보다 더 확실한 것이 될 것이며, 그의 인간적인 성숙은 결국은 그의 시의 성공으로서 증명될 것이다. 그러한 이 시인의 장래를 이 시집이 암시해 주고 있는 것이 즐겁다.

1978년 8월

(시집 『알몸 서곡序曲』, 활문사, 1979)

알몸으로 승화된 시정신

최 원 규*

어느날 뜻밖에 노장시인 한성기 선생과 박명용 형이 나의 집을 찾아주었다.

시를 사랑하는 이름의 공통적 순수와 고집 안에 응결된 삶의 불꽃을 눈빛에 담으며 우리 셋이는 이내 교외의 한적한 호숫가에 자리를 옮겨잡고 비내리는 풍경을 바라보며 오후 한 때를 보냈다.

박명용 시인의 외면적 날카로운 의지의 직선은 항상 내면적 침착과 잔잔한 분위기로 새로움의 열을 발해 나가고 있음을 강하게 느낀다.

만일 그가 시를 쓰는 사람이 아니었더라면 그는 오히려 더 세련된 삶의 앞날을 이룩하였을 것이 아닐지…… 그런 엉뚱한 생각까지 해본다.

모든 것이 착각된 지대에 몸담고 있는 사람은 자기 삶의 근원적인 토대에 대하여 한 치의 주위도 기울이지 않는다. 다만 직장, 결혼, 승진, 바캉스 등등 극히 일상적 생활에만 몰두할 뿐 결코 자기 자신의 '존재와 전체의 근원적인 진리'에 대한 의문을 갖지 않는다. 왜냐하면 자신의 삶이 그를 둘러싼 세계와 만족한 관계를 유지하고 있다는 황홀한 착각 속에 깊이 빠져 있기 때문이다.

그의 시공간의 특이성은 이러한 어려운 의문 속을 통과하여 마치 프리즘을

* 시인 · 충남대 국문과 교수

통한 무지개처럼 영롱하게 빛나고 있다.

친구여
버릴 때가 되었다
순수한 소곡小曲이라도
이유있는 독백이라도
소용없는,
떠난자를 위하여
침묵으로 잠 들게 하라.

폭설이 뒤덮은
계곡에서
팔월보다 더 뜨거운 언어로
하늘을 노래한 그는
이미
성장한 별리別離였고…

도시의 증오스런 대기는
침울한 현실로 가득했으니
친구여
그를 다시 눈뜨게 하지 말라.

슬픈 자문자답은
금강에서
모래알로 시나 쓰고.

—「설야雪夜」 전문

이 시행 속에 숨어 있는 현실에의 극기를 조용히 가슴에 담으면서 착각이 아닌 정확한 통찰로 응시하는 이 시인의 면모를 우리는 엿볼 수 있다. 허울의 껍데기를 알몸으로 추상하고 무수한 현실의 진통을 선명하게 들려주는 그의 음성은 시가 승화시킨 의지의 아름다움으로 표현되고 있다.

오늘날 메카니즘의 위협과 휴머니티의 상실에서 오는 위기의 시대에 있어서 시의 존재는 바로 이러한 밀접한 시정신과 신선한 감수성의 발로로 표현된다. 시에 있어서 가치있고 풍요한 것이 무엇인가라는 질문에 직면할 때 그는 서슴없이 이렇게 명쾌한 대답을 들려주고 있다.

아무렇게나 꽃밭 변두리에 꽂아논
오동나무 한 그루
몇 해 지나자 내 키 세배는 자랐다.
이제는 텅빈 속을 으젓히 감추고
말〔言〕 잃은 내게
떨어진 잎이나 줏으란다.

—「만추晩秋」 전문

시는 기술이 아니고 영감임을 재삼 느끼게 할 때 다감한 진동의 여운은 다양한 시세계를 펼쳐 보여주고 있다. 차분히 가라앉은 무색의 물빛속에 열광과 황홀과 환상을 투시해 나가는 역량은 우리의 주목을 끌기에 족하다. 막연하게 부딪는 현실이 아니라 엄연하고 확실한 감동에 의한 창조요 표현인 것이다.

시의 고행은 어떤 소재를 선택하는 자유이며 그 자유를 또 누구도 침해할 수 없다는 상식에서 개척된 자기영토를 확고히 하는 데 있다.

이 고행을 감내하면서 땀흘리고 애쓰면서 다져온 박명용의 시영역은 거치른 자갈밭이 있기도 하며 맑은 샘물이 솟는 꽃밭이 존재하기도 한다. 이것이야말로 모든 시인에게 있어서 소망스러운 바램이며 모색이요 탐구요 늘 새로운 창조와 발견이다.

용왕님을 저주한 날
무수히 번쩍이던 장도粧刀는
자기를 자르고
분신된 그는

울음이 되어
울음이 되어

―「알몸 서곡序曲 6」에서

영원에 밀착된 현존재의 심해를 헤엄쳐 가는 강한 의지가 여기에 응결되어 있다.

시인의 가슴은 보일러처럼 끓어도 좋으나 시인의 머리는 화부火夫의 기술을 지녀야 한다는 의미를 기억할 때 저주, 장도, 분신, 울음의 이미지는 이 시인의 고독과 희망을 수식하고, 질서와 정돈으로 만나고 있어 인간의 삶과 자연으로의 근원을 터득한 참 모습을 드러내 주기도 한다.

인터체인지를 지나
흰 표지판 날개를 잃은 여기는 「안개지역」
버스는 시속 50km
그 날 새벽같이
너와 나의 가슴을 일깨운 입구에는
새 한 마리 허허로운 깃폭에
흩어지고
흐린 의식이 띄엄띄엄 솟아나는 이랑에서
나를 잃어버린
아스름 옷자락이
잘려진 논둑을 쓸어 안는다.
싱그러운 선이 눈을 벗을 때
버스는 시속 80km
나를 회복한
이웃들의 동작이
해맑은 강물위로 내려 앉는다.
다음
안개지역의 상념이
차창에 쌓이다.

―「안개지역 1」 전문

여기서 「안개지역」은 불투명한 존재에의 집약이고 삶의 현장과 시간의 현상이 점차 명료하게 그 본질을 드러내 주는 공간이다. 흐린 의식과 공간의 허무와 속도의 질량이 변형되어 가면서 나타나는 시각과 사고, 그리고 충동의 세계, 이것이야말로 잘 조화된 그의 실체관의 소산이기도 하다. 어둠에서의 점화자로써 차고 뜨거운 호흡을 지닌 이 시인의 부단한 움직임은 우리에게 긴장과 열기를 전달해 준다.

옷에 몸을 맞추어야 한다는
그 이치의 환한 대낮 양복점에서
내 벙어리 되어 진종일 마네킹처럼
있어야지.
있어야지.

— 「이변異變」에서

챙겨도 챙겨도
객지의 낮달
낮달은 그림자도 없는 것

— 「낮달」에서

부서질 연륜은 부서지고
진실만이 남아
파도와 한을 푼다

— 「알몸 서곡序曲 2」에서

반짝이는 황금이 있다
녹슬지 않은 기백이 있다

— 「알몸 서곡序曲 10」에서

하늘 높고

바람 불고
비 내리는 날

아파서 미열인가
미열이 습관인가

— 「미열」에서

여기에서 우리가 공통적으로 느끼는 것은 그의 시가 갖는 강렬한 톤이 부담스러운 의상을 팽개치고 철저히 벌거벗고자 하는 빛의 지향, 그리고 새로운 세계로의 다짐과 신념의 흔적이다. 매일 밤마다 영시로 돌아가는 시계는 다음의 새로운 시간을 위하여 움직이는 것처럼 이 시인의 주위에서 끊임없이 생성하고 변화하고 호흡하며 사고하는 사물과 자연이야말로 '안개' '동토' '해빙'을 딛고 '알몸'으로의 나상裸象을 표출해 내고자 하는 것이다.

시의 역할은 있는 그대로의 모습을 또는 사물의 실상을 정직하게 파악하고 표현하는 일이라고 생각할 때 박명용의 시에 대한 투시력은 참으로 정직한 것임을 알 수 있다. 그렇기 때문에 그의 이러한 시편들은 신선감을 불어넣어 주기에 족한 것들이라 하겠다.

타인같은 하루를 잠자리가 보채면
나는 또 다시
널찍한 천정에 조각난 무늬판을 고친다.

목숨이듯
느껴보지 못하는 체온을 닮아
늪과
허공을 실없이 헤매는 영혼
입구와
출구를 가고오는 바람은
끝내

미열을 덤으로 얻는 나날.

1단도
중간도, 더구나 톱기사도 아닌
그저
외박하고 귀가하여
마누라를 칭찬해 보는 배반이다.
채워도 채워도
끈적이는 공간은 언제쯤 찰까.

—「편집」 전문

위의 시에서 유감없이 나타나고 있는 그의 체취의 특징을 살펴볼 때 바탕을 이루고 있는 것은 외로운 삶과 그것을 초월하고자 하는 끈질긴 집착이다. '미열', '목숨', '체온', '영혼', '외박' 등이 암시하고 있는 이미지들은 인간의 근원적 삶을 터득한 시인의 참 모습을 드러내 준다. 차단된 듯한 삶의 현장에서 시간과 존재를 극복하는 명징한 실체로서 수 많은 대상들을 얼마든지 수용할 수 있는 깊은 포용력을 그의 시 도처에서 발견할 수 있다.「편집」 둘째 연에서 보여주고 있듯이 "목숨이듯/ 느껴보지 못하는 체온을 닮아/ 늪과/ 허공을 실없이 헤매는 영혼"이라는 진술에 주의를 기울일 때 이 자유롭고 풍요한 활력에 겸허한 시의 정열과 노력을 쏟고 있는 그의 시 의식이 얼마나 진지한가를 알 수 있다.

이 점은 다음 시구에서도 쉽게 확인할 수 있다.

차라리
나그네이어라
알몸이어라
반기는 것
오직
옛

바람뿐

—「오직 바람」에서

모든 행위와 가식을 벗어나서 자신이 새롭게 본 세계와 그것의 의미를 전달하려고 한다는 것은 진실을 형상화하는 능력을 확인시키기에 충분한 것이다. 일상적인 삶 뒤에 감추어져 있는 진실, 거기에 어떠한 형태를 부여하려는 노력이 없다면 어떻게 될 것인가.

형태에 대한 집착이 없는 한, 시는 상투적인 것에 머물고 상투적인 발상이나 상투적인 형식에의 집착은 지나친 단순화와 획일성을 초래하게 된다. 박명용이 보여주는 부단한 진실의 탐색과 정직 추구는 이 어려움을 놀라웁게 극복하고 있음을 본다. 그가 '나그네'와 '알몸'으로써 이 세상에 존재하는 사물들을 꿰뚫고자 하는 노력의 진면목은 이렇듯 너무나 자명하다.

인간이 그 자신을 에뜨랑제로서 생각하고 체험한다는 사실은 특히 합리와 기능, 능률과 실질만이 강조되고 존중되는 현대사회에 있어서 매우 큰 문제라 아니할 수 없다. 그것은 인간이 그 스스로의 삶을 주관하고 결정하는 주체로서가 아니라 다른 것에 의해 조작되는 객체로서의 삶을 지속하는 데서 오는 필연적인 결과라고 할 수 있는데 박명용의 시는 바로 이러한 바탕 위에서 폭넓게 이해될 수 있을 것이다.

그의 작품은 현실의 거친 구비를 돌아 부드러운 마음 밑바닥으로 흘러드는 여유와 휴식을 지니고 있다. 그의 시가 살아 움직이는 듯한 몸짓을 보이면서 인간적인 아픔을 전달하려는 투철한 의식은 이러한 내용을 잘 뒷받침 해주고 있다.

이 시집의 총체적 분위기를 대변해 주고 있는 작품으로 「알몸 서곡序曲」, 「햇살」 등이 있다.

사납게 부서지는 세상
한폭처럼

무심한 구름
멀리서 가슴 쓰리다가
외롭게 쓰러지는
허망한
바닷새

—「알몸 서곡序曲 9」에서

붓처럼 살아온 칠순 노인이
먹 향기에 취하여 하루를 졸고 있다.
차고 맑은 대죽살에
의지처럼 매달린 해서楷書 한 폭이
느긋한 햇살에 주름살로 묻어나고
전라도가 고향인 몇 개의 붓자루와
충청도가 객지인 몇 장의 화선지는
오늘도 간선도로에서
세월의 진실을 외롭게 지키고 있다.

—「햇살」 전문

정신과 육체로 체험한 것들이 조용한 관조의 생명력과 만나면서 삶과 영혼의 열기를 지펴내고 있다. 이 튼튼한 시정신의 발로야말로 그가 지니고 있는 날카로운 현실감각과 올바른 시에의 사고가 일치하고 있음을 믿음직스럽게 보여주는 일면이라 하겠다.

사물에 대한 인식의 반응을 공감의 영역으로 조화시켜 나가고 있는 일련의 이미지들은 그의 시의 가능성을 기대케 해주는 데 조금도 손색이 없다. 특히 그는 세상을 억제된 욕구를 통해서가 아니라 있는 그대로를 바라보면서 어둠을 벗고 '알몸'을 드러내려 몸부림친다. 그의 욕구나 의문은 "잔잔한 내부에서/ 싱싱하게 앓고 있는/ 당신이 하늘에 있다."(「알몸 서곡序曲 10」)에서처럼 그대로 발로되면서 실체 저쪽에 있는 새로움을 향한 극복의 신념을 보인다.

그는 객관적인 눈으로 자신의 주위를 돌아다 보고 점검하면서 일상적인 삶을 미화없이 표현하고 찬미하며 앓고 있는 동시에 그것을 보다 큰 우주의 움직임에 연결시켜 알맹이를 잉태하고 있기 때문에 "떠난자를 위하여/ 침묵으로 잠들게 하라"(「설야雪夜」에서)고 노래하고 있는 것이다. 「뒷좌석」, 「모발지대」, 「일기예보」 등에서처럼 그의 시의 대다수가 의도하고 있는 삶과 사물의 움직임, 그것의 전체적인 조감에 이르려는 함축된 노력이라 하겠다. 이러한 자기 통찰의 눈을 가진 것은 그가 오랫동안 몸담고 있는 직업의식에서 소산된 것인지도 모른다. 그의 시에 일관되어 있는 것은 무엇보다도 '한의 감정'으로 표현한 세계와 그리고 사물에 합일하려는 의지이다.

그의 시는 고고한 취미를 뽐내는 자기탐닉이 아니라 세상에 대하여 투명하게 살고자 하는 자세를 극명하게 보여준다.

겨울과 하늘 사이
쌓인 눈더미 속에서
터질듯
피어 오르는
하얀 소망을 보았다

날개 끝에 매달려
가도가도
미소로 번지는
이 공간
어디쯤일까

소망이 반사된 창가에
가득한 정적
그 틈 사이로 보이는
절름발이의 세계

겨울은 분명 겨울인데
전신이 녹는 소리

우주가 녹는 소리

우리들의 귀착점은
거기 있었다

—「해빙기」 전문

그는 인간과 자연과의 사이에서 이루어지는 침묵의 교훈을 은근히 제시해 준다. 그리고 크고 작건 전체적으로 사물과 자연의 모습을 정직하게 보여주어 삶을 고양시킨다.「해빙기」는 현대시가 갖출 만한 다양한 요소들을 갖추고 있으면서도 난해하지 않고 평이한 표현 위에 번뜩이는 특이한 구성을 보이면서 시의 긴장과 밀도를 보여 공감력을 얻고 있다. 이 시는 한 마디로 일상적인 서정의 세계에 접목되어 있으면서 어떤 강렬한 현실을 지향하고 있는 것이다.

이 시집 전편에서 주조를 이루고 있는 특징은 자신과 더불어 타인, 사물, 자연 등의 친선속에서 벌거벗은 원형을 조형해 나가고 있다는 점이다. 시류를 보고 있는 강한 인상, 내면으로 흐르는 맑은 감정, 그리고 언어의 감성, 이 싱싱한 것들의 조화는 그의 시세계의 성감대위에서 예리하면서도 다감한 인간애를 느끼게 한다.

이제 그의 평이한 진술을 뛰어넘은 성과 속에 또 다른 새 차원의 시세계를 크게 기대하면서 그가 시집출간에 나의 둔탁한 목소리를 첨가하게 해준 우의를 기쁘게 생각한다.

(시집『알몸 서곡序曲』, 활문사, 1979)

반서정주의와 숨은 언어

— 『강물은 말하지 않아도』에 대하여

송 재 영*

많은 사람들이 아직까지도 시의 본질과 속성은 리리시즘이라는 통념을 버리지 못하고 있는 듯하다. 물론 이러한 통념은 전혀 맹목적인 것이 아니고 그 나름대로 충분히 인정될 만한 기준을 확보하고 있다. 특수한 유파의 시—이를테면 이데올로기적인 시나 쉬르적인 시와 같이 적어도 직접적으로 리리시즘이 노출되는 것을 꺼려하는 시—를 제외하고서는 모든 시가 다소간 리리시즘을 수용하고 있다. 이렇게 본다면 어떤 점에 있어 시에 따라 정도의 차이는 있을지언정 동서 모든 시인들의 작품에 있어 서정적 요소를 배제한다는 것은 상상하기 어려운 일이다.

반서정적인 시인이 존재할 수 있을까? 물론 존재할 수 있다. 서구 시문학사를 훑어보더라도 낭만시의 지나친 감정 노출에 반기를 들고 이른바 순수객관의 시를 표방하고 나온 고답파高踏派 시인이 있다. 실제 작품이야 어떻든 이들은 확실히 반서정적 시인들이다. 이들에게 있어서는 물론 리리시즘을 반박할만한 근거가 마련되어 있었다. 그런데 만약 우리 시대에 있어서도, 그것도 더구나 정서가 너무나 고갈되었다고 믿어지는 한국에 있어서 반서정적 시인이 있다면 대체 우리는 이 시인을 어떻게 바라보아야 할 것인가?

---

*문학평론가 · 충남대 불문과 교수

박명용 — 그는 확실히 반서정적 시인이다. 그의 반서정주의는 최대한대로 자신의 미묘한 속마음을 감추고자 하는 지적 조작에서 우러나온다. 나는 방금 '미묘한 속마음'이라고 말했지만 사실 그의 속마음은 단순히 미묘한 상태에서 끝나는 것이 아니라 때로는 격정적인 회오리를 보여주는 것이라고 할 수 있다. 그런데도 이 시인은 겉으로 그의 내면세계가 직접적으로 표출되는 것을 조심스럽게 억제하고 있다. 그렇기 때문에 그의 시는 표면상으로 볼 때 매우 사실적인 건조성을 띄우고 있으며, 이런 점에서 반서정시라고 감히 부를 수 있는 것이다.

지나치게 편리한 논법이라고만 생각지 말자. 박명용의 시를 이해한다는 것은 그러므로 그의 반서정주의의 정체를 이해한다는 것과 동의이어同義異語가 된다는 것은 당연하다.

물빛이 돌 지난 애기처럼 맑다.
한 놈 두 놈
드디어 떼를 이루는 피라미 새끼들.
동공을 고정시킨다.
그러나
쓸만한 놈은 영영 보이지 않는다.
푸른 하늘이 너무 푸르다.
푸른 하늘이 너무 부끄럽다.

이상은 연작시 「강물은 말하지 않아도」 중의 첫째 작품이다. 보다시피 이 작품은 물빛의 객관적 묘사로 일관하고 있다. 물론 이 시적 묘사에는 시인의 관조적 태도가 개입되어 있는 것이 사실이지만, 그 태도도 특별한 감정을 유발해 주지 않는다. 맑은 물, 그 속에 떼지어 노는 피라미 새끼, 그러나 아무리 눈여겨 보아도 '쓸만한 놈은' 하나 보이지 않는다. 단지 하늘만이 푸르게 비치고, 문득 그 하늘이 부끄럽게 느껴진다. 이 시에서 느낄 수 있는 전체적 분위기는 이렇듯 조용하고 냉담한 시점뿐이다. 오직 마지막에 가서 '부끄럽다'라는 한 마디가 시인 자신의 주관적 감정을 표출하고 있으며, 이것으로 말미암아 우리는 시인의 수치감이 어디에서 연유하는가를 생각하게 된다.

「강물은 말하지 않아도」에 포함된 12편의 작품은 그 시적 표현양식에 있어서 거개가 위에 인용한 시와 비슷하다. 전 작품을 통하여 한결같이 일관되고 있는 시인의 객관적 정신만이 드러날 뿐, 일체의 감정적 진술은 배제돼 있다. 그런데 작품 전체를 통독하고 나면 시인의 이 비감동적 자세가 사실은 사화산死火山의 침묵과도 같다는 것을 깨닫게 되는 것이다.

박명용은 아무런 말이 없는 강물에 대해서, 바꾸어 말하자면 굳히 말할 필요가 없는 사상에 대해서 그러나 자신의 언어로 그것을 말하고자 하는 의식의 불꽃을 피우고 있는 시인이다. 침묵만이 미덕은 아니다. 그러나 우리의 언어는 항시 좌절을 반복하는 운명에 속해 있다. 그렇기 때문에 박명용은 우리의 언어에 절망할 수밖에 없었을 것이며, 마침내는 언어의 이차적 속성이라 할 수 있는 수사학적 비유를 완전히 배격하는 결과에 이르렀을 것이다.

연작시 「강물은 말하지 않아도」는 역사에 대한 스토아적 반문과 풍자적 언어로 주축을 삼고 있다. 그러면서 오히려 그는 누구보다도 역사의 지속성을 신뢰하고 있으며, 그 지속성은 변함없이 사랑과 평화를 향해 흐르고 있다는 것을 노래하고 있다.

(1)
귀를 떼고
입도 막고
길게 엎드려 묵묵히 흐른다.
그래서 평화의 뱃길이다.
그래서 고기도 허공을 뛴다.

— 「강물은 말하지 않아도(2)」에서

(2)

내면을 숨기고
빙빙 웃음이 돈다.
그 웃음, 물속 깊이에는
영원한 사랑이 있다.

— 「강물은 말하지 않아도(4)」에서

(1)은 물론 격변하는 시대와는 무관하게 영원한 평화와 사랑으로 존재하는 자연, 즉 강물의 유연함을 말해주고 있다. 좀 더 세심하게 읽는다면 "귀를 떼고/ 입도 막고"라는 구절에서 의식적으로 한 시대를 외면하고 있는 강물의 흐름을 발견할 수 있다. 말하자면 이제 강물은 (1)에서와 같이 독립적으로 평화를 유지할 수 없는 지경이 된 셈이다. 강물은 이미 많은 상처를 받은 것이다. 그럼에도 강물은 그 내면을 숨기고 '영원한 사랑'과 합류할 의지를 잃지 않고 있다.

박명용에게 있어 강물은 곧 역사이다. 그것은 사랑과 평화를 지향하면서도 현대의 온갖 공해로 인하여 오염되고 훼손당하는 상황에 있다. 이것은 공업만능주의를 앞세우는 우리 시대의 피할 수 없는 현상이다. 이 연작시 전편을 통하여 시인은 강물이 사람들에 의하여 어떻게 더럽혀지고 이용당하는가를 매우 신랄하게 고발하고 있다. 이러한 고발은 분명 인류의 양심에 속하는 문제라고도 할 수 있다. "사랑의 역사가/ 쌓였다가 무너지는"(「강물은 말하지 않아도(5)」) 안타까운 강물의 현실에서 그가 역사의 보편적 원리에 대하여 다각적인 성찰을 반복한다는 것은 결코 놀라운 일이 아닐 것이다.

이 세상에서 자란 놈은
새끼도 기형, 어미도 기형
햇살조차 얼굴을 돌리는
이 폐수

— 「강물은 말하지 않아도(9)」에서

화학물질의 폐품과 공업용수가 신이 창조한 자연생물을 기형화시키고 마침내는 그 존재마저 위태롭게 하고 있는 현대의 이 심각한 위기는 다시 말할 필요도 없는 것이지만, 그러나 이 시인은 그가 어렸을 적 고기잡고 헤엄치던 고향의 냇물이 변모된 것에 대하여 조용한 분노를 되씹고 있다. 어디 그 뿐인가. 인간의 터무니없는 야심, 그 물리적 현실주의는 자연의 경관마저 헤쳐놓고 말았다. 그래서 시인은 "몇 십년 전 물줄기는 오른쪽이었다./ 오늘의 구비는 왼쪽이었다."라고 당황하고 만다. 물줄기의 흐름이 바뀌었다는 것－박명용에게 있어 이것은 역사의 역류현상으로 받아들여지고 있는데, 이 심각한 고뇌 앞에서 그는 실향자처럼 방황하고 마는 것이다.

그러나 역사가 끊임없이 그 순환법칙을 지속하고 있듯이 강물은 마르지 않고 흐르며, 또 거꾸로 표현한다면 냇물이 흐르듯이 인류의 역사는 간단없이 형성되고 있다. 인류의 역사가 온갖 수난을 감수하면서도 중단될 수 없듯이 강물 역시 갖가지 공해에도 불구하고 역사와 더불어 흐르리라는 신념이 있기 때문에 이 시인은 절망 가운데서도 관조의 자세를 잃지 않는다.

> 강물은 말하지 않는다.
> 거슬리는 물살
> 들리는 여울소리
> 갓 시집온 새댁처럼
> 세상 이야기를 온몸에 받으면서
> 그저
> 물 속 깊이 흐를 뿐
>
> —「강물은 말하지 않아도(11)」에서

인용된 구절에는 박명용의 작품으로서는 서정적 분위기가 이례적으로 농후하게 흐르고 있는데, 이것은 시인이 비교적 안정된 관조의 자세를 취함으로써 우러나온 정서의 바탕으로 보여진다. 이러한 경향은 이 연작시의 뒷부분에서 특히 특징적으로 드러나고 있는데, 가령 마지막 작품에서 "강물은 흐르고/ 그 위에 나이도 흐른다."라는 시행에서 이러한 면이 두드러지게 인정된다. 특히 이 시행은 아폴리네르의 유명한 '미라보 다리'를 연상케 함으로써 지난 시대에 대한 향연鄕戀을 일깨워주기도 한다.

누구나 지나온 역사와 시대에 대하여 추억과 향수를 갖게 마련이며, 또한 마찬가지로 앞으로 닥쳐올 역사와 시대에 대해서도 비록 불확실한 상태에서나마 신념과 의지를 갖고 있다. 이 점에서 이 시인도 결코 예외는 아니다. 그는 간고한 시대에 삶을 걸고 있는 시인답게 끊임없이 오늘에 절망하면서 한편으로는 그것을 초극하려는 의지를 잃지 않고 조용히 역사를 관조하며 — 때로는 그 역사의 침묵마저 관조함으로써 시의 역사를 찾고 있다.

여태까지 나는 「강물은 말하지 않아도」에 관하여 집중적으로 이야기했는데, 그것은 이 연작시가 일관된 구조의 조명으로 그의 시세계를 선명하게 투사하고 있기 때문이다. 그렇다고 해서 박명용의 여타 시작품들이 이 연작시와는 아주 무관한 세계에 속하는 것이라거나 또는 그 수준에 있어 이것에 미치지 못하기 때문은 아니다. 사실은 어떤 점에 있어서는 이와 정반대의 작품이 많다는 것이 솔직한 고백이 될 것이다. 이러한 면은 사물의 존재에 관한 그의 명상에서 그대로 드러나고 있다.

이 시인은 존재의 모순을 깨닫고 슬퍼하며, 때로는 그 존재의 본질적 상태에의 환원을 꿈꾼다. 이것은 인류의 근원적 파토스라고 할 수 있는데, 문명의 발전은 이 파토스를 더욱 촉발시키고 있는 것이다. 다음에 인용하는 시만 보더라도 우리는 이 시인이 「강물은 말하지 않아도」에서도 그러했듯이 여전히 이 파토스의 실체를 추구하고 있는 것을 볼 수 있다.

> 활처럼 휜
> 한아름 물줄기 속에서
> 딩굴던 돌은
> 두고두고 심천을 잊지 못한다.

도시로 흘러와 꿈꾸는 고향
수석가壽石家의 뜰에 응결된 외로움
물새의 이야기를 잊지 못한다.
여울소리 닮아
오랜 세월
다듬고 빗다가
억지로 밀려온 침묵

—「깊은 내」에서

이른바 수석이라는 이름으로 도시인의 장식용구가 돼버린 돌멩이는 이미 그것의 실존적 의미를 박탈당하고 만 것이다. 이것은 존재의 모순이라고 아니할 수 없으며 자연원리에 대한 거역이기도 하다. 이렇게 볼 때 박명용의 시에서 드러나는 자연의 문제는 반드시 자연친화적 성격을 띤 것이라고 할 수 없다. 거기에는 물론 자연에 대한 원초적 향수가 흐르고 있기는 하지만, 그러나 보다 존재의 본질론에 더 가깝다고 할 수 있을 것이다. 달리 말하면 그가 자연을 그리워한다면, 그것은 거기엔 모든 사물이 반드시 있을 자리에 위치하고 있기 때문이다. 미묘한 논리가 성행하는 현실에 비해서 자연에는 논리의 절대성이 작용한다는 것을 알고 있기 때문에 이 시인은 자연을 동경하고 있는 것이다. 「신도내新都內」라는 시에서 볼 수 있듯이 그는 이 '이성계의 도읍지'가 아직도 그 역사적 질서의 흔적을 그대로 간직하고 있기 때문에 "이래서도 좋고/ 저래서도 좋다"라는 감정에 빠져들 수 있다. 이것은 반드시 회고적 취미의 일단이라고 할 수 없는 것이며, 사물의 질서를 존중하는 심정의 일단이라고 보는 편이 옳으리라.

박명용에게 있어 또 하나의 중요한 시적 주제는, 이미 앞에서도 잠깐 비쳤듯이, 언어에 대한 운명적인 절망감이다. 사실 그의 시를 통독해 보면 언어에 대한 고백이 자주 되풀이되는 것을 볼 수 있다. 내가 보기에 언어에 대한 그의 절망감은 세 가지 면에서 추출될 수 있을 듯하다. 첫째는 그의 내부에서 심한 진통을 겪으면서도 외부로 표현되지 않는 숨은 언어 때문이며, 둘째는 그 숨은 언어가 외부에서 들려오기를 기다려봐도 영영 들려오지 않기 때문이다. 그리고 마지막으로는 이 숨은 언어가 시인 자신이나 제3자에 의해서 표출되지 않는 상황에서 마침내는 완전히 잊혀지고 말기 때문이다.

다음에 구체적으로 이 세 가지 테마를 예시하겠다.

(1)
마디마디 아프디 아픈 언어
새소리 들린다
오랫만에 지껄임
들리다 말다
이제는 또렷이 들리는 소리
나무처럼 앙상했던
그 음성

—「어느 계절」에서

(2)
잊어버린 언어에
어둠이 끼고
그 어둠 속을 엿보면서
엿보면서
내가 나를 미워하고 있음은.

—「내가 나를 미워하고 있음은」에서

(3)
뿌연 동해의 빗속에서
말을 잊었고
식장산 중턱에서
말을 잊었고

—「굿」에서

(1)의 첫 행 "마디마디 아프디 아픈 언어"라는 표현에서 우리는 시인의 언어가 내면적 진통을 겪고 있음을 쉽게 간파할 수 있다. 관절이 마디마디 쑤씨듯이 언어는 시인의 의식 내부에서 구체적인 의미로 형성되는 과정에 있어 음절 하나하나 심한 진통을 체험하고 있다는 것이다. 그러나 언제 분만될지 모르는 운명이기 때문에 이 진통은 더욱 괴로울 수밖에 없다. 다음 행에 가서 "새소리 들린다/ 오랫만에 지껄임"이라고 하는 것은 시인의 환청작용을 의미할 뿐이다. 실제로 새소리가 들린다 하더라도 그것은 이 시의 문맥에서는 별로 중요하지 않다. 왜냐하면 시인이 갈구하는 것은 정연한 논리를 갖춘 사람의 목소리이기 때문이다. 여기서 말하는 새소리는 바로 이 사람의 목소리를 대신해 주는 환각 현상이라고 할 수 있다. 나머지 (2)와 (3)에 가서 시인은 그가 드디어 소중한 언어를 기억에서 잃고 말았다고 고백한다. '동해의 빗속에서', 즉 밖에 나가서나 혹은 '식장산 중턱에서', 즉 시인이 사는 동네에서도 그가 잊어버린 언어를 기억해 낼 수 없다는 것은 시인으로서는 최대의 비극일지 모른다. 그러나 역설적으로 그의 시는 여기서 출발하고 있으며, 그는 마침내 한 자의 단어도 적히지 않은 '백지시白紙詩'를 시도하기에 이르는 것이다.

마지막으로 언어에 대한 그의 파라독스를 이해하기 위해 다음 시를 음미해 보는 것은 매우 유익한 일이 될 것이다.

> 히죽히죽 웃고 있음.
> 어떻게 사느냐고
> 물어봐도
> 이렇게 사느냐고
> 짚어봐도
> 외진 웃음뿐
> 응어리를 풀지 않음.
> 나는
> 그 앞에서

물음도 없는 웃음을
히죽거리고 있음.

—「동행」 전문

이미 앞에서 적었듯이 박명용은 확실히 반서정적인 시를 쓰고 있다. 이러한 그의 시학은 자칫 시를 개념화시킬 위험을 내포하고 있음에도 불구하고 그는 고집스럽게 그것을 밀어가고 있다. 어떠한 시에서나 흔히 보게 되는 이미지의 전개나 다양한 비유가 그의 이번 시집에서는 쉽게 눈에 띄지 않는다. 아주 소수의 작품을 제외하고서는 주관적 감정의 노출이 억제돼 있는 그의 시에서 이러한 현상은 어쩌면 당연한 것이라고도 할 수 있다. 그러나 그렇다고 해서 그는 정서가 메마른 시인이라고 할 수 있을까. 아니다. 그는 현대 시인에게 정서보다도 더 절실하고 중요한 시적 명제가 있음을 강조하고 있을 뿐이다.

많은 시인들이 유보사항으로 돌리고 있는 현실의 모순에 대해서 반문하고 질의하는 것이 그에게는 더 근본적인 것으로 인식되고 있는 것이다. 우리의 언어는 어느 시대에 있어서나 이율배반적이란 사실을 그는 잘 알고 있다. 그래서 그는 그 언어를 때로는 직설법으로 기술하기를 주저하지 않으며 또 때로는 그것을 의식 깊숙히 저장해 두기도 하는 것이다.

박명용의 반서정적인 언어—그것은 미묘한 파라독스의 철학이다.

(시집 『강물은 말하지 않아도』, 대명, 1981)

현실인식과 진실성의 조화

— 『강江물은 말하지 않아도』의 시세계

조 남 익*

연작시 「강江물은 말하지 않아도」를 중심으로 39편이 수록된 박명용의 이번 시집은 시인의 현실인식이 크게 조응되고 시적 테마가 철저히 진실성을 추구하고 있는 시세계라는 점에서 크게 주목된다. 그의 시신詩神의 고향은 지금까지 많이 볼 수 있었던 자연이나 서정적인 인생론과는 궤를 달리하고 있으며 현대의 지성이 앓는 고뇌가 번득이고 있다. 이런 점에서 그는 우리 주변의 누구보다도 현대적이고 젊은 시인이라고 할 수 있을 것이다.

때문에 그의 시에 나오는 자연이나 사물은 한낱 차용되어온 대상에 불과하게 되고 전통적인 심미의식이나 서정적인 뉘앙스는 차단되고 있다. 이것은 그의 시세계의 큰 특징으로 보이는데, 그는 오로지 과일을 따듯 현실인식에서 영속적인 진실성을 찾는 데 시정신을 두고 있다.

> 몇십 년 전 물줄기는 오른쪽이었다.
> 오늘의 구비는 왼쪽이다.
> 누가 둑을 쌓아 향방을 바꾸었다.
> 또 누가 둑을 쌓을 것이 분명하다.
>
> — 「강江물은 말하지 않아도 · 7」 전문

---

* 시인

아무렇게나 뽑아본 연작시 「강江물은 말하지 않아도 · 7」의 전문이다. 이 시의 '물줄기 · 오른쪽 · 왼쪽 · 둑' 이런 낱말은 그 사물 자체가 아님은 누구나 알 수 있을 것이다. 불과 4행의 이 시는 변천하는 역사의 조류가 간결하게 터치되어 공감을 주고 시인의 비판의식은 나타나지 않는다. 그러나 역사와 미래를 내다보는 시적 관조는 투명하게 빛난다.

시의 본질은 그것이 현실의 일부도 아니며 그 묘사도 아니라 그것만으로 독립된 완전하고도 자율적인 세계에 놓인다. 연작시 「강江물은 말하지 않아도 · 7」의 12편은 박명용 시세계의 독자성이 잘 드러난 작품이라 할 것이다. 그것은 그의 시정신을 대표해 주고 있을 뿐만 아니라 작시상으로도 성공하고 있는 예에 속할 것이다. 신념도 미덕도 없이 개미사회처럼 되어가는 현대사회의 심층에 깊숙이 들어와 있는 시인이 우리 주변엔 많지 않다.

이 땅의 저항문학은 환영받지 못하고 있다. 박명용이 저항문학의 차원에 있는 것은 아니지만, 그의 시에는 현대인의 병리적 징후에 대하여 새로운 새벽을 갈망하는 몸부림과 탄원이 깃들어 있다. 그러나 그는 부질없이 호소하거나 광기를 드러내지 않으며 바위처럼 무거운 자세를 견지한다. 그의 시에는 '아!' 또는 '이어' 등 감탄사나 호격조사가 거의 사용되지 않는다.

새벽 1시면 기적소리에 세상이 운다.
새벽 2시면 개짖는 소리에 창이 운다.
새벽 3시면 어린애 우는 소리에 내가 운다.
끝없는 길을 밟다가
문득
뒤돌아 보는 지금,
내가 가야 할 곳은 어딘가
내가 서야 할 곳은 어딘가
오늘은.

—「향방」 전문

새벽부터 세상은 깨어나 울고 있지만 현대인의 방황은 아직도 묘연하다. 시인으로서의 소명감에 투철한 사회의식은 나와 시대의 출구를 갈망한다. 문학의 사회적 책무가 정신문화의 소중한 영역으로 존중되는 이유가 여기에 있다.

현대시는 숙명적으로 현대의 지적 진화를 수용해 온 시사를 가지고 있다. 따라서 현대시는 현대의 지성을 만족시켜야 할 고도로 조직된 형식과 세련미가 갈수록 요구되고 있는 것이다.

(<대전일보> 1981. 12. 9)

충청시단

송 백 헌*

박명용의 시집 『강물은 말하지 않아도』에서 특히 눈에 띄는 것은 시집의 제목으로 삼은 연작시 「강물은 말하지 않아도」이다. 모두 12편으로 이루어진 그것들에 대해 중요한 특징을 한 가지 잡는다면 바로 시인의 역사를 보는 눈의 탄탄함이다. 두말할 것도 없이 강물로 상징된 역사는 강물만큼이나 끝없이 흐르는 것이다. 그런데, 그 역사는 관찰의 대상이 아니라 스스로 의미를 가지는 주체이다. 만들어지는 것이 아니라 스스로 주는 것이며 창조하는 것이다. 박명용이 포착한 역사란 그렇기 때문에 살아 있는 가치로서 생성된다. 그러나 살아 있음은 그 자체로 끝나지 않는다. 온갖 비밀스러움과 넓음과 시간의 무게를 그 속에 품고 있다. 눈으로 확인하기 힘든 다양성을 역사는 간직하고 있다.

시인의 어조는 그러나 결코 과장되거나 화려하지 않다. 오히려 차갑다 싶을 정도로 건조한 냉정함마저 풍긴다. 이것이 바로 박명용의 인식의 중량을 느끼게 하는 요소다.

'역사를 보는 눈의 탄탄함'은 역사를 보는 비판적인 안목에서도 잘 드러난다. 다음 시를 보자.

* 문학평론가 · 충남대 국문과 교수

물빛이 돌 지난 애기처럼 맑다.
한 놈 두 놈
드디어 떼를 이루는 피라미 새끼들.
동공瞳孔을 고정시킨다.
그러나
쓸만한 놈은 영영 보이지 않는다.
푸른 하늘이 너무 푸르다.
푸른 하늘이 너무 부끄럽다.

—「강물은 말하지 않아도 · 1」 전문

이것은 「강물은 말하지 않아도」의 첫 번째 시 전문이다. 여기서 우리가 제일 먼저 접하게 되는 것은 역사의 투명함이다. 역사는 거울과 같다. 인간의 온갖 영광과 오욕을 비추는 존재성인 것이다. 그러나 그것은 뒷면을 가진 반쪼가리 거울은 아니다. 그렇기 때문에 거울보다는 '맑은' 물의 이미지로서 역사는 제시된다. 숨길 수 없고 숨겨서도 안 되는 진실과 정직을 역사는 내면양심으로 가진다. 그 속에서 악과 부정과 파탄은 서슴없이 발각된다. '피라미 새끼들'로 비하된 인간의 생태가 '떼를 이루'어 오물거린다. 그런데, 중요한 문제는 그 중에 "쓸만한 놈은 영영 보이지 않는다"는 것이다. 역사 속에 흡입된 인간들의 쓸모없음(모순)을 비판한 것은 차라리 건전한 양심에 의한 자기고발이라고 보아야 한다. "너무 푸른" 하늘 아래 "너무 부끄럽다"는 표현이 그것을 잘 대변해 준다. 왜냐하면 부끄러움은 자기발견의 단계이기 때문이다. 그리고 이것은 자기개선의 적극적인 행동양식으로 직결될 수 있는 관계이기도 하다.

박명용은 역사를 비판하긴 하지만 결코 역사를 부정하진 않는다. 역사는 좀 더 아름답고 사랑으로 가득 찬 경지에서 끝없이 생성되어야 함을 잘 알고 있기 때문이다.

(『진실과 허구』, 민음사, 1989)

우리 시대의 삶과 시인의 눈

—『안개밭 속의 말들』

김 시 태*

박명용은 솔직한 시인이다. 나는 이 시인을 대할 때마다 그런 인상을 강하게 받는다. 그 이유를 명확하게 지적하기란 어렵겠지만……. 이 글을 쓰기 위해 그의 제3시집 원고를 접하게 된 지금 이 시간에도 그의 이러한 일면을 그대로 확인하고 있는 듯하다. 어느 시작품을 골라 읽어 보아도 그의 투박한 목소리가 생생하게 담겨 있기 때문이다.

시와 시인은 어떤 점에서 구분되어야 하겠지만, 또 다른 점에서 본다면 구분될 수 없을 만큼 깊은 관련을 맺고 있다. 박명용의 경우, 특히 그러할 것으로 여겨진다. 그의 시는 곧 그의 삶의 한 부분을 이루고 있기 때문에, 그의 인간적 · 문학적 개성을 더욱 직접적으로 느끼게 하고 있는 것일까. 그의 시작품 속에는 그의 삶 자체가 아주 두드러지게 잘 나타나 있을 뿐만 아니라, 삶의 여러 문제들을 끊임없이 투시하는 시인으로서의 앵글이 일관성 있게 작용하고 있다.

그는 우리가 일상생활에서 사용하는 언어들을 전혀 다듬지 않고 그대로 시에 도입한다. 그러기에 그의 시는 얼핏 보기에 매끄럽지 않은 인상을 주기가 쉽다. 그러나 그의 시를 좀더 자세히 읽어 본 독자라면 그것이 바로 이 시인의 개성을 반영하는 것임을 깨닫게 된다. 시장에서 구입한 죽은 고기가 아니라, 바

* 문학평론가 · 한양대 국문과 교수

다에서 직접 낚아 올린 산 고기를 지체 없이 초간장에 찍어 먹는 듯한 싱싱함을 그의 시어詩語 속에서 맛보게 되는데, 이런 싱싱함이야말로 시가 무엇이고 또 어떤 기능을 가져야 하는가에 대한 그의 기본적인 관점을 우선 일차적으로 드러내고 있는 듯하다.

> 햇빛이 궁한 지하다방에
> 그림자마저 사라지면
> 번개처럼 알몸이 되는구나.
>
> 흐흐흐
> 근친상간을 해대고
> 히히히
> 둥근 달이 솟고
> 봉우리가 터지고
> 사방에서 알몸이 되는구나.

— 「정전停電」에서

아무렇게나 골라 본 이 작품 속에는 일상의 생활어가 전혀 가공되거나 취사선택됨이 없이 그대로 도입되고 있다. 예컨대, 제1행에 사용된 '궁한'이란 에피세트는 비교적 지식수준이 낮은 하층 계급의 사람들이 성적 불만을 느낄 때 곧잘 쓰는 낱말인데, 이 시인은 이와 같은 비속어들을 거리낌 없이 툭툭 던지고 있다. "둥근 달이 솟고/ 봉우리가 터지고"라는 표현들도 강렬한 성적 욕구를 표상하는 은어들임에 주목할 필요가 있다.

그런데, 중요한 것은 이러한 언어 사용 방법이 사물을 보고 해석하는 이 시인의 인식 태도와 일치하고 있다는 점이다. 즉, 사물의 표피를 덮고 있는 일체의 낡은 관념들을 벗겨 내고 그 실상을 있는 그대로 드러내 보여 주려는 의지를 지니고 있는데, 그의 언어는 이와 같은 자신의 의지를 반영한 것이라고 하겠다. 이 점을 좀더 선명히 파악해 두기 위해 위의 작품을 다시 한번 읽어보기로 하자.

지하다방은 햇빛이 들지 않는 곳이다. 햇빛을 등지고 사는 사람들의 생활공간이다. 그럼으로, 햇빛 대신에 불을 밝혀 주는 전등마저 나가고 나면 이 곳은 곧 어둠의 상태에 놓이고 만다. 햇빛이 비치는 바깥세상과는 달리, 지하다방은 언제나 어둠의 상태에 떨어질 가능성을 내포하고 있다. 햇빛을 대신해서 불을 밝혀 주는 전등은 햇빛과 같이 확실한 가치를 지닌 것이 아니기 때문이다. 제1연에서는 이와 같이 불안한 상태에 놓인 현대인의 생활환경과 그 타락상을 암시하고 있고, 제2연에서는 그 타락상을 구체적으로 제시하고 있다.

이 시의 논리를 빌면, "햇빛이 궁한 지하다방"(도시인의 생활공간)은 어둠이 지배하고 있으며, 그러기 때문에 거기서는 이성이니 윤리니 하는 것을 찾아볼 수 없다. 말하자면, 도덕적 감각이 완전히 마비되어 버린 것이다. "흐흐흐/ 근친상간을 해대고/ 히히히/ 둥근 달이 솟고/ 봉우리가 터지고"에서 보는 바와 같이, 인간은 인간의 탈을 쓴 짐승에 지나지 않는다. "번개처럼 알몸"이니 "사방에서 알몸"이니 하는 표현들은 그 타락상이 극도에 달해서 죄악을 죄악으로 느낄 수도 없는 도덕적 제로 상태를 지적한 것이라 하겠다.

시인은 이어서 다음과 같이 노래하고 있다.

> 양복떼기도 별 것 아니라고
> 의젓함도 별 것 아니라고
> 소리, 소리치는
> 그 음성도 별 것 아니구나.
>
> 껌벅이다 껌벅이다
> 눈을 뜨면
> 알몸을 숨겨야 하는
> 이 허구의 대낮
>
> 또다시 어둠 아닌 어둠이

시작되어야만 하는가.

— 「정전停電」에서

이렇게 되면 인간은 한낱 허수아비에 불과하다. 양복을 걸치고 의젓함을 가장하는 자들이나, 그 위선적 속물근성을 비난하는 자들이나, 모두들 타락한 삶을 영위하고 있을 뿐이다. 그들은 알몸을 숨길 뿐이지, 그 알몸의 정체를 직시하고 고통을 감수할 수 있는 도덕적 · 윤리적 기초를 상실해버렸기 때문이다.

이 시는 결국 사물의 껍데기를 덮고 있는 어둠의 베일들을 벗겨 내고 그 실상을 적나라하게 밝히려는 데에 주안점을 두고 있는 듯하다. 우리는 여기서 이 시인의 진솔성이, 세계에 대한 진지한 탐구 의식과 결합되고 있음을 발견하게 된다.

과거의 시인들은 행복했다. 그들은 자신의 개인적 기분이나 감정을 표백하는 것으로 만족했고, 그 밖의 아무런 사회적 책임도 느낄 필요가 없었다. 그러나 오늘의 시인들은 전혀 사정이 달라졌다. 시대의 여건이 시인으로 하여금 자신의 개인적인 문제 이외에도 더 넓은 세계의 경험 속으로 나아가게 하고 있으며, 이러한 시대의 압력이 오늘의 시의 체질을 과거의 그것과는 전혀 다른 그 무엇으로 바꾸어 놓고 있다고 할까. 이런 점을 고려할 때, 지금 우리가 몸 담고 있는 이 시대는 순수한 의미에서 서정시의 본질을 변모시키고 있다고 하겠다. 날로 가중되는 사회 구조의 복잡성은 그 속에 사는 시인의 의식 구조를 복잡 다양하게 만들고 있으며, 이 시대의 시 또한 이러한 외적 상황의 변화에 힘입어 복잡한 정서의 표현으로 나아가게 됨은 오히려 자연스런 현상이라고 지적된다.

박명용의 작품들에서도 현대 시인들이 일반적으로 겪고 있는 그러한 고뇌와 갈등을 읽을 수 있다. 그는 주로 메마르고 딱딱한 도시 생활의 구석구석을 관찰하고 있으며, 설사 아름다운 자연의 일부를 오브제로 선택할 경우라 하더라도 의식적·비판적인 지성의 힘을 빌어 그 속에 깃들고 있는 현대인의 복잡한 정신 내부를 탐색하고 있다. 그러므로 과거의 순수 서정시에 익숙한 독자들이 보기에는 못마땅한 점이 있을지 모르지만, 그의 시는 곧 우리 시대의 문학이 가야 할 길을 확실히 모색하는 한 시인의 고독한 목소리를 담고 있는 것으로 주목된다.

다음의 시는 이렇듯 참담한 세계에 대한 시인의 암울한 시작과 그 위상을 보여 준 것으로 주목된다.

> 도시재개발지역내
> 귀신이 출타한
> 맞춤집 진열장 한복판에
> 한 해가 넘도록
> 가봉된 채 걸려 있는 가난한
> 자주색 양복 상의 하나
> 오늘도 얼굴은 보이지 않고
> 알 듯도 모를 듯도 한 소리
> 어쩌자는 침묵의 목소리만
> 내 귀에 흘러들어
> 하찮은 생각들을 흔들어대고 있다.
> 무거운 기분으로 지나쳐
> 이만큼에서 옆눈질해 본 진열장
> 거기엔 긴 겨울이 다 녹도록
> 얼굴을 감춘 내 허깨비
> 허깨비 하나
> 소리를 안으로 사그라뜨리며
> 망연하게 걸려 있었다.
>
> —「자화상自畵像」 전문

이 시의 화자는 삭막한 도시 재개발 지구의 어느 양복점을 스쳐 지나가다가 그 진열장에 걸린 양복 상의 하나를 발견하고, 그 속에서 자신의 초췌한 모습을 성찰하고 있다. 긴 겨울이 지나가도록 주인을 찾지 못한 채 무기력하게 놓인 이 "가난한 양복 상의"는 설 자리를 잃고 방황하는 현대인의 정신적 위상을 함축적으로 제시하는 데 이바지하고 있다. 껍데기만 있고 얼굴이 없는 이 허깨비의 초상은 현대 시인들이 즐겨 노래하는 텅 빈 인간의 속성을 지닌 것으로서 박명용의 경우, 도덕적·윤리적 마비 상태에 도달한 알몸 인간과 같은 계열에 속하는 것이다. 어쩌면 우리는 모두 관념의 물결에 허덕이며("하찮은 생각들을 흔들어대고 있다") 자기의 본래의 모습을 상실해 버린 일종의 허깨비들에 지나지 않을 것이다. 아마도 이 허깨비 의식이야말로 그의 시의 주제를 이루는 기본 모티프가 되고 있는 듯하다.

그의 시에는 반복적으로 자주 등장하는 몇 개의 이미지군이 살고 있다. 다음에서 '가화假花'의 예를 찾아보기로 하자.

(1)
향기는 없으나
조화는 아름답다.
눈 내리는 창가에서 본
조화는 더욱 매혹적이다.
그러나 보면 볼수록
알량한 마음이고
감정은 더욱 무뎌져
이 세상을 허구로 살고 있다는
강박관념이 종잇장 같은 심장을
매섭게 억누르고 있다.

— 「조화가 있는 겨울 창가에서」에서

(2)
계절도 잊고
생기 있게 생색을 내고 있는

조화 튤립 한 뭉치가
움추린 추위 속에 생화보다
의젓하게 푸르다.

—「푸르름을 위하여」에서

이 시의 화자는 조화의 세계에 살고 있다. 그것은 거짓된 세계요, 참된 가치가 은폐되어 있는 곳이다. 그럼으로, 그는 세계를 아름답게 받아들이고자 하나 실패하고 만다. 조화는 겉으로 볼 때 아름답지만 향기(즉 생명)가 없기 때문이다. 조화와 눈의 이미지를 대비시킨 다음과 같은 구절은 자아의 진실을 추구하는 이 시인의 고독한 몸부림에 값한다. “향기는 없으나/ 조화는 아름답다./ 고관대작의 방에도/ 변두리 복덕방에도 그리고/ 이 세상 어디고 널려 있다./ 오나가나 조화가 있는 이 땅에/ 오늘만은 하얀 진실이/ 소복이 내리고 있다.”(「조화가 있는 겨울 창가에서」의 끝 부분) 아름답지만 향기가 없는 조화의 상태는 죽음의 상태다. 모든 사람이 그러한 죽음의 상태에 매몰되어 있을 때 시인은 “하얀 진실”을 부여함으로써 참된 자아의 삶에 도달하려는 꿈을 키우고 있다.

(2)에서도 조화와 생화가 전도된 세계의 혼란상을 묘사하고 있는데, 이 시에 나타난 겨울 인식은 이미 계절 감각을 상실한 조화의 상황을 극복하는 계기가 되고 있다.

이 시인은 도시의 이미지들과 함께 전원의 이미지들도 많이 사용하고 있다. 그러나 그가 다루는 전원의 이미지들은 대체로 타락한 문명에 의해 파괴되어 가는 자연 질서를 드러내기 위해 선택된 것들이다.

—나의 치사한 꼴을 보이지 않도록 해 다오
—나의 더러운 몸을 말끔히 씻기게 해 다오
비 한 방울 내리지 않는 가뭄에 물줄기는 끊기고
몇 군데 웅덩이에 웅덩이물만 남았다
그 변두리에 뚜렷이 드러낸 모습
어떤 돌은 옆으로 서 있고

어떤 돌은 자폭인가 엎드려 있고
어떤 돌은 엉거주춤 앉고
어떤 돌은 손을 들고
기도하듯
제각기 다른 생각으로 무엇인가 갈구하고 있다.
—내 죄가 있다면 물이 흐르는 대로 흘렀을 뿐입니다
—내 죄가 있다면 수석가의 선별대상이 되었던 것밖에 없습니다

— 「돌」 전문

이 시의 화자가 전하는 바에 따르면 자연은 온전한 상태에 놓여 있지 않다. 수석가가 이리저리 뒤지다가 아무렇게나 내버리고 간 돌들의 수난은 바로 그러한 자연의 붕괴상을 암시하고 있다. "물이 흐르는 대로 흘렀을 뿐"이라는 돌들의 독백은 우리의 고전적 사고를 함축하고 있는 것인데 시인은 이러한 패러디의 사용을 통해 이미 우리 시대에 고전적 사고가 무너지고 가치관이 전도되었음("내 죄가 있다면 수석가의 선별대상이 되었던 것밖에 없습니다")을 말하고 있다. 이 시는 아직도 돌(즉 자연)과 대화를 나눌 수 있는 소박한 인간의 가면을 쓰고 시인이 문명 상태에 있어서의 자연의 참담한 모습을 드러내 보인 것이라 하겠다. 다음과 같은 시작품에서 보면 이러한 시인의 고뇌와 갈등이 자기 성찰의 양식으로 나타나기도 한다.

남한강 상류에서
꼭 그 여인의 유방을 닮은
볼록한 돌 한 개를 주웠다
귀가 길
수백 번은 더
쓰다듬기도 하고
굴리기도 하고
몇 날을 두고
애지중지하던 돌

잔정이 가고
손때가 묻고
그래서
내 것이라고 생각했지만
어느 날 그도
인생처럼 가고 말았다
아무도 만져지지 않던
그 신비의 가슴 속에
언제까지 비밀처럼
숨겨 둬야 하는 것을……

—「분실」 전문

이 시작품의 논리를 빌면, 오늘날 문명 상태에 갇힌 현대인들은 자연을 그 자체대로 두고 관조할 줄 모르고 자기의 소유물로 만들려는 턱없는 이기심 때문에 그 질서를 파괴하는 결과를 가져오고 있다. 이런 점에서 볼 때, 이 시작품은 다분히 문명 비평의 성격을 띠고 있다. 즉, 인간은 원래 자연의 한 부분으로서 자연과 함께 공존하고 있었지만, 자연으로부터 분리되자 의식적으로 자연을 추구할 뿐 아니라 자연을 인간화하려고 노력하고 있다. 이것은 자연을 의곡시킴과 동시에 오랫동안 그 속에서 조화를 유지해 온 인간의 의식 구조를 분열시키는 것이 된다. 제목이 암시하는 바와 같이, 이 작품은 남한강 상류에서 주운 그 티 없는 돌처럼 맑고 깨끗한 마음의 고향을 소중히 간직하지 못하고 잃어버린 것에 대한 아쉬움을 노래한 것으로 이해된다.

박명용은 세계와 인간의 삶을 조용히 들여다볼 수 있는 건강한 비판 정신을 내부에 구축하고 있다. 그러기에 그의 시는 소박한 감정 토로에 머물지 않고, 지성에 의해 감성을 통합하려는 의지를 보이고 있다. 여기에, 이 시인의 강점이 있다. 그의 시세계에 접할 때, 우리는 창조적 자아와 사회적 자아가 때로는 마찰하고 미묘한 긴장 상태를 조성하는 경우를 보게 된다. 그러나 그의 내부에 치열하게 불꽃을 튕기고 있는 이러한 정신적 긴장 상태야말로 앞으로 그의 시

의 언어 공간을 더욱더 확대하고 심화할 수 있는 유익한 발판이 되리라고 본다

(시집 『안개밭 속의 말들』, 혜진서관, 1985)

다층적 의미 실험구조

— 시집 『안개밭 속의 말들』에 대하여

윤 석 산*

시인들은 자기 시가 모든 독자들에게 잘 공감되기를 희구한다. 그리고 가치 있는 작품으로 기억되기를 바란다. 하지만, 그런 시는 드물다. 전혀 전달이 되지 않거나, 초급 독자들에게는 그런대로 읽혀도 고급 독자들에게는 무의미한 것들이 대부분이다.

그것은 시의 구조를 너무 단순하게 조직한 데 원인이 있다. 한 층 한 층, 독자의 능력에 따라서 벗길 수 있는 구조를 지녔더라면 모든 단계의 독자들이 고루 만족할 수 있을 뿐만 아니라, 계층간에 자율적인 의미망이 형성되어 두고두고 읽고 싶은 작품이 될 것이다.

그런데, 이번에 상재한 박명용의 시집 『안개밭 속의 말들』(혜진시선 · 2)은 이런 구조를 지니고 있다. 가령, 이 시집의 첫머리에 실린 「안개 속을 지나면서」를 보아도 알 수 있다.

> 흐르는 물은 물빛을 알 수 있고
> 흐르는 물에선 물소리를 들을 수 있다.
>
> 경부 고속도로 신탄진 부근에 이르면

* 시인 · 제주대 국어교육과 교수

흐르던 물이 거대한 힘에 갇혀
마음도 형색도 역사도
도시 아무것도 보여주지 않는다.
(중략)

언제부터인가, 이 부근에는
꿉꿉한 습기와 날지 못하는 수분이
맞부딪히는 소리, 새벽마다 아득히 들려와
돌보다 더 무거운 안개가 세상을 덮고 있다.

한 치의 형태와 스치는 숨소리도
가늠하기 어려운 지척의 미로迷路
풀렸던 눈빛을 다시 세우고
하던 말을 멈추어야 하는 「안개지역」을
일주일에 한두 번씩 오르내리면서
흐르는 강을 조금씩 머리에 담는다.
(후략)

이 작품은, 제1계층으로는 안개낀 신탄진 부근의 고속도로 풍경이 떠오른다. 이 지역을 통과하는 시인의 시간적 공간적 체험이 잘 드러난데다가, 큰물이 고인 지역에는 안개가 끼기 마련이라는 독자의 경험이 밑받침해주기 때문이다. 그리고, 그 다음 계층으로 문명에 대한 비판이 떠오른다. 안개가 발생하는 이유가 자연을 훼손한 데 있다는 것을 짐작한 독자는 제4연과 5연을 읽는 도중에 더 이상 산업화라는 이름으로 자연이 훼손돼서는 안되겠다는 생각에 이르기 때문이다.

하지만, 이 시에 담긴 모든 진술을 비롯하여 조사적措辭的 요소까지 고려할 수 있는 고급 독자라면, 제3, 제4, 제5의 계층을 계속 형성할 수 있다.

가령 사회적 현실에 관심을 가진 독자라면 자연스럽게 흘러야 할 물과 거대한 힘에 갇혀 썩어가는 물의 대비를 통하여 이 시대의 정체성을 떠올리고, 이를 바탕으로 정치, 경제, 사회, 문화 등의 제반 비판으로 이어질 것이며, 전통적 가치관을 지닌 독자는 "흐르는 물은 물빛이 맑게 보이고/ 흐르는 물에선 물소리가 시원하게 트이고"라는 마지막 연을 염두에 두면서 동양적인 인생관 내지 자연관을 맛볼 수 있을 것이다.

물론, 모든 시인들은 의식적이라고는 할 수 없지만, 이와 같은 다층적 구조를 획득하려고 노력한다. 그럼에도 불구하고 대부분의 작품들이 단순성을 벗어나지 못하는 것은 사물의 이면까지 파고드는 인식의 눈과, 이렇게 파지한 대상들에 의미를 부여할 수 있는 정신적 성숙이 뒤따르지 못하기 때문이다.

더욱이 문제가 되는 것은 계층간의 질서 문제다. 한 계층에서 형성된 장경場景은 자체 안의 자율성을 지녀야 하는 동시에 전후 계층과 유기적인 관계를 맺어야 된다. 그러지 않으면 오히려 더 큰 혼란과 무의미로 추락하고 만다.

유기적인 관계란 유사성만을 강조하는 것은 아니다. 오히려 전계층前階層에서의 진리가 후계층後階層에서 비진리로 전환하고, 다시 다음 계층에서 발전된다든가, 객관적 사실이 제시되었으면 주관적 정서가 제시되는 상반성도 중요하다. 이런 반전에서 시적 긴장이 발생할 뿐만 아니라, 시인의 전면모가 드러난다. 그런데, 그의 시에는 이런 반전성까지 포함하고 있어, 시를 읽는 재미를 더해주고 있다.

이 시집에 수록된 작품은 인용한 작품만이 이런 구조를 지닌 게 아니다. 「흔들림의 습관」, 「정전停電」, 「조화造花가 있는 겨울 창가에서」, 「구경거리」 등을 비롯하여 수록된 작품 63편 모두가 이런 구조를 지니고 있다. 그래서, 모든 독자들에게 시를 읽는 재미를 준다.

(≪현대시학≫, 1985. 7)

건강한 삶의 희구의식

—『안개밭 속의 말들』

이 장 희*

박명용 시인이『안개밭 속의 말들』을 상재했다. 그 동안 굵은 목소리로 현대 물질문명과 인간성 상실에 대해 가차없는 비판과 질타를 가해왔던 이 시인은 이 시집에서도 더욱 굵고 강한 톤으로 현대의 물질문명을 비판하며 진실되고 건강한 삶에의 희원을 갈구하고 있다.

이 중량이 실린 육성은 지성과 감성을 교묘하게 조화시킨 바탕 위에 든든하게 자리잡고 있으며 모순과 비리로 점철되어 있는 사회와 병든 물질문명에 강한 충격을 주는 역할을 충분히 해 준 셈이다.

주지하는 바와 같이 그는 순수한 성격으로 자신의 주장에 대한 신뢰의 확신만 있다면 주저하지 않는 시인이다. 그의 이러한 특성은 이번 시집에서도 유감없이 발휘되어 그의 시를 이해하는 여러가지 관건의 구실을 해주고 있다.

이 시집에 나타난 그의 시세계는 대체로 다음과 같은 네 유형으로 대별하여 볼 수 있다.

첫째, 앞에서 언급한 바와 같이 많은 시인 비평가들에 의해 지적된 현실 사회와 물질문명에 대한 비판이다.

---

* 시인

향기는 없으나
조화는 아름답다
고관대작의 방에도
변두리 복덕방에도 그리고
이 세상 어디고 널려있다.

—「조화造花가 있는 겨울 창가에서」에서

입도 얼고 귀도 얼고
마음도 얼고
지혜도 얼고
꽁꽁 얼어 말 못하는 생화 옆에서
의젓하다 못해
꽃까지 활짝 피운
튤립뭉치
차라리 눈감고 사랑이라 하자.

—「푸르름을 위하여」에서

동백잎도 아닌
찔레꽃도 아닌
조화의 행색이 오히려
의젓하게 어울리는 세상이다.

—「조화造花를 보며」에서

생화보다는 조화가 어울리는 세상, 진실보다는 허위가 잘 통하는 세상이다. 순수한 자연의 생물이 파괴되고 기형화되고 마침내는 존재가치마저 상실된 현실의 모순, 진위가 뒤바뀐 현실에 시인은 허탈해 하고 있다.

두 번째는 가난한 자 혹은 버림받은 자 등 하류층 또는 서민층에 대한 따뜻한 마음과 연민의 시선이다.

성묘 길 오르면서

뒤돌아본 그 녀석
마른 풀섶에 분노를 푸는가
그 녀석답게 쪼그리고 앉아 우두둑 우두둑
세월만 뜯고 있었다.

—「성묘길」에서

누구의 발부리에나 툭툭 채이는
돌뿐인 돌 중에서
손에 닿는대로 몇 개를 집었더니
그게 바로
누님의 아픔이고
형수의 침묵이네.

—「금강」에서

그 욕지거리는 분명
허공을 향한 분노의 소리였지만
목을 넘어 오지 못하고 안으로 사그라지는
힘없는 자의 몸부림
바로 지난 날의 바람이었다.

—「강남 터미널에서」에서

묵묵히 고향을 지키면서 생업에 전념하는 농민들, 정직하고 순박하게 살아 왔고 그리하여 고향을 등질 수 없었던 가난한 사람들, 상처받고 버림받은 백지의 아픔으로 인고하는 이웃들, 숱한 시련을 감수해내야 했던 청상 과부의 형수, 강남을 휘몰아치는 한강의 매운 바람에 얼어붙고 마는 소시민. 사회의 사양 속에서 잊혀져가는 사람들을 아프게 소생시키는 모습에서 이 시인의 따뜻한 몸짓을 읽을 수 있다.

다음은 시적인 대상 내지는 안목의 확대다.

힘없이 지나던

바람 몇 점
흙먼지를 날리다 말고 내게 다가와
여지없이 드러내는 속살
차창을 흔들던
아이의 피마른 침묵이
선하게 떠 오르는
지금
창밖엔 눈물 같은 흰눈이
쏟아지고 있다.

—「조간신문을 보며 다시 마라케시를 생각한다」에서

위와 같은 작품에서 그는 범세계적인 시적 영역을 구축하면서 시적 시야를 아프리카의 헐벗은 난민의 아이에게 돌리고 있다. 광활한 사막, 흙먼지뿐이고 태양만이 이글거리는 사하라의 한 구석에서 느끼는 인류애, 그것은 잡다한 현실 속에서 이해에 얽힌 관계 추구와는 다른 숭고한 인간 생존의 문제를 다루는 또 하나의 의미 확산이라 할 수 있다.

마지막으로 지적할 수 있는 것이 인생에 대한 달관이다.

푸른 새소리 귓전에 닿고
풀잎소리 푸르게 들리는 봄날이
잿빛으로 채색되어
하늘 가득히 번지고 있다.

—「춘사부椿事賦」에서

바람은 바람으로 지나쳐도
그것은 사랑이었다.

—「한식」에서

생성生成의 일순에 만족하다가
언젠가 죽음의 문턱에 이르면

우리는 꿈의 고향에서
이 가을 구름조각처럼
정말로 떠다니게 되는 것일까

—「계절」에서

푸른 봄날에 들뜨지 않고 어쩌면 슬픔까지도 수용하여 소화시키고 승화시키는 사랑의 자세, 그것은 곧 절망을 넘어선 승화의 미의식이라 할 수 있다.

이상과 같이 유형의 분류를 시도해 보았지만 이것으로 그의 시세계를 속단하는 것은 금물이다. 어쩌면 이렇게 분류하는 것 자체가 아무런 의미가 없는 것처럼 보인다. 엄밀히 말한다면 건강한 인생에 대한 강한 삶의 표출이란 점에서 문명 비판이나 소외자에 대한 연민은 서로 종합될 수 있기 때문이다. 우리가 그의 건강한 삶의 의지를 그의 언어를 통하여 접하면서 더욱 절실하게 느낄 수 있는 까닭은 무엇인가? 지성과 감성을 조화시키면서 엮어내는 투박한 언어의 진솔함이 그의 승화된 미의식의 세계가 아닐런지.

(≪현대시학≫, 1984. 8)

삶의 허구와 그 극복

—『꿈꾸는 바다』의 시세계

박 이 도*

1.

인간의 삶 자체가 하나의 허구성을 띤다. 인위적인 의도성이 숙명처럼 파탄을 일으키고 자연의 섭리가 돌연변이의 예외성을 빚는다. 박명용의 제4시집『꿈꾸는 바다』를 읽으면서 이와 같은 문제를 새삼스레 떠올린다. 그것은 그의 시편들이 소외와 절망에 처한 오늘의 인간상, 즉 주변에 머무는 인생으로서의 삶을 대상으로 대응의지를 펴고 서정적으로 굴절시켜 드러내고 있기 때문이다. 결국 인간 개개인의 삶은 스스로의 체험과 경험에 따라, 자기 가치관의 토대하에 장르적인 형상화를 구체화시켜 놓은 것이 된다.

인간을 체험의 존재로 인식할 때 모든 예술은 상당한 부분을 이에 의존할 수밖에 없다. 이를 어떻게 받아들였으며 다음 이를 어떤 양식으로 표상하는가의 차이가 있을 뿐이다. 쉴러가 "모든 예술은 자체의 규율을 스스로 설정하는 특성"이 있다고 말한 것은 단지 장르적인 특성만을 뜻하는 것은 아닐 것이다. 인간 개개인의 삶의 가치관과 양식이 다르듯 작품 하나하나가

* 시인 · 경희대 국문과 교수

자기 나름의 특유한 틀에 의해 생존의 의의를 나타내는 인간 경륜의 요소가 동시에 포함되어 있는 것이다. 즉 각기 다른 체험의 세계와 이를 미학의 차원으로 받아들이는 태도 등에 의해 개성적일 수밖에 없다.

박명용의 시들은 그 내용이나 접근방법으로 볼 때 두 부류로 나눌 수 있다. 처절하리만큼 끈질기게 이어지는 삶의 실상을 추구해 가는 것이 그 하나이고 사랑의 원형을 형상짓기 위한 노력이 또 다른 차원이다. 앞의 것은 삶의 허무와 불안을 스스로 극복해 가는 모습이 담겨져 있다. 그리고 후자의 경우엔 자신의 유년과 순수한 애정을 가식적인 패턴으로 추출, 그 의의를 살려 준다.

갑자기 시야가 흐려져
돋보기를 써 보았더니
오후처럼 어설픈 세상 바라보기
그대의 마음속에 죄인이 되었나
그대의 눈속에 병자가 되었나.
(중략)

행여, 고향 뒷산 뻐꾸기가
구슬피 소리내며 날으는 것
눈에 보일까 귀에 들릴까
두리번거려 보는 이 대낮
나는 어쩌라고 중심을 잃고 있는가.
(후략)

— 「안경쓰기 연습」에서

일찍 찾아드는 산그림자
거기 점처럼 작아진 아이
꿈을 줍고, 별을 줍고
살아가는 연습을 하고 있다.

— 「연습」 마지막 연

「안경쓰기 연습」과 「연습」은 다같이 자신을 확인하려는 집념에서 쓰여진 작품이다. 오늘과 같이 집단주의적인 상황 속에서 기계적인 일상의 반복에서 일어나는 갈등, 이것은 결국 자기의 위치, 자기의 비중 등을 상대적으로 비교할 수밖에 없는 회의에 빠지게 한다.

과연 오늘의 내 정체는 어떤 것인가? 어제의 나와 오늘의 내가 어떻게 달라졌으며 내가 살고 있는 집단 속에서 나 자신의 모습은 어떻게 바뀌어 가는지에 대해 비상한 관심이 쏠릴 수밖에 없다. "돋보기를 써 보았더니/ 오후처럼 어설픈 세상"을 확인한다. 여기서 보여 주는 어설픈 세상이란 바로 시적 화자의 내면의 심정을 상대역으로 제시하고 있는 것이다. 고로 다음의 "그대……"는 돋보기를 쓰고 바라보는 자신, 거울 속으로 들여다보는 자신의 모습이 되는 것이다. 그렇게 바라보는 자신의 모습은 유년의 시점, 고향의 정서 즉 자기 자신의 원형에 해당하는 회상의 양식으로 의식을 살려낸다. 유년시절의 고향의 추억에 대해 "나는 어쩌자고 중심을 잃고 있는가"하고 반문하고 있다. 이 반문은 이 시가 쓰여질 수밖에 없는 강렬한 원인이 되었을 것이다. 즉 자신을 확인해 보려는 현대인의 현상이 작용했을 것이기 때문이다.

또 「연습」의 마지막 연을 인용했으나 이 작품은 첫 연의 "어린아이 하나/ 모래 성/ 쌓기를 계속하고 있다"에서부터 "모래집 만들기……"와 "모래 섬 쌓기……", "모래 사람 만들기……" 등을 계속하므로 삶의 허무감을 유도해 내고 있다. 연후에 "……점처럼 작아진 아이/ 꿈을 줍고, 별을 줍고/ 살아가는 연습……"을 함으로써 자신의 삶에 대한 현실인 허무감을 긍정적으로 전환하고 극복한다. 이는 「안경쓰기 연습」에서 자신의 주체적 의식을 확인해 보려는 의지가 있었다면 「연습」에서는 삶을 새로이 바라보려는 희망과 긍정의 의지가 담겨있다. 그러므로 이 두 편의 작품은 허무 의지의 무드에 그치지 않고 극복을 지향하는 데까지 이른다.

당신과 당신들의 무릎 꿇음

그리고 봉헌의 기도
존재의 무섭고 긴 아픔이
조용히 눈을 감아
당신의 생애가 다시 시작되는
이 순백한 오후의 햇살이여.

―「원점」 뒷부분

박명용의 경우도 죽음에 대한 경건과 순응적 자세는 예외일 수는 없다. 인간의 피할 수 없는 한계인 죽음을 매우 지적인 포용력으로 다스린다. 종교적인 신앙시의 숙연한 맛이 떠오른다. 읽는 이의 잡다한 감정을 한순간에 겸허한 자세, 스스로를 깊이 생각하게 하는 숙연한 분위기로 만든다.

한 인간의 죽음은 결코 육신이 사라지는 것만으로 그치지 않고 그 영혼이 새로이 출발하게 되는 원점으로 본 인식법은 진지한 삶의 연륜에서만 얻어질 수 있는 귀중한 발견인 것이다. 동시에 삶의 의의와 가치를 구체적으로 확신하게 되는 계기가 되기도 한다.

살충제를 뿜어도
제 자리를 찾았고
두 번째 뿜었더니
남의 자리에 앉았다가
세 번만에 하얀 머리를 박아
네 번째야 바닥에 몸을 던져
파르르 떠는 모습
차라리 어둠이라면
좋았을 목숨인 것을.

어느새 죽음 직전에 떨고 있는 내가
그처럼 질긴 목숨인 것을
미처 몰랐다.

―「목숨」에서

"목숨이 그렇게 질긴 줄은/ 미처 몰랐다"로 시작되는 「목숨」은 미물에 속하는 다른 생명의 끈질긴 모습을 보면서 스스로의 생명의 질긴 점을 의식하는 과정을 보여 준다. 흔히 주변 사람들의 죽음을 보고, 우리는 새삼 경악을 금치 못할 때가 많다. 언젠가는 죽음의 상식을 지녔음에도 실제 주검을 목도했을 때, 우리는 하나의 사실을 구체적으로 확인하고 새로이 인식하게 된다. 이 작품에서는 모기나 하루살이 같은 미물의 죽음을 단지 미물의 죽음으로 보지 않고 인간 생명의 현상으로 비유함으로써 작자의 의도가 선명히 드러난다. 제목과 함께 작품의 주제가 단일한 개념으로 제시되고 있다. 이런 작품은 하나의 사실을 사실적으로 환기시켜 주는 역할을 하게 된다.

"차라리 어둠이라면/ 좋았을 목숨인 것을"이라고 하여 죽음에 대한 두려움과 경계심을 나타낸다. 그 앞부분의 사실적인 전개를 여기서 암전暗轉시키는 표현을 씀으로써 알레고리적인 수법으로 매듭짓는다. 인간은 죽는다는 사실, 그래서 가련하고, 도피할 수 없는 한계상황하의 운명을 거듭 확인해 보는 것이다. 마지막 연인 "어느새……" 이하의 대목이 그 같은 사실을 말해 주고 있다.

하늘에서 밤비 내릴 때
몸에 닿지 않아도
가슴에 몇 동이는 담는다.

낮엔 풀지 못하다가
어둑해지면서 서서히
통곡으로 변하는 세상
눈물은 눈물끼리
소리는 소리끼리
뒤엉기고 있는 변두리에
억척스럽게 비가 내린다.

— 「밤비」 1, 2연

엄청나게 큰 고통의 내력이 담겨져 있다. 진한 통한의 대체물이 밤비로 등장한 것이다. 여기서 이 진한 통한의 내용이 어떤 것인지를 분별해 보려고 한다면 그것은 무의미한 일이다. 어떤 내용인가가 중요한 것이 아니라 삶의 찌꺼기처럼 우리들의 의식 속에 침잠되어 있는 한과 같은 비극적인 자아의식이 얼마나 강렬하게 그리고 격정적으로 나타나는가를 그대로 감수하면 된다.

가령, "어둑해지면서 서서히/ 통곡으로 변하는 세상"을 실제로 체험한 물난리를 떠올릴 수도 있다. 그러나 그보다는 시인의 의식 속에 잠재되어 있는 통한의 깊이를 밤비로 변주시켜 개개인이 지닐 수 있는 일반적인 내면의식의 표상으로 보는 것이 더 나을 것이다. 변두리 인생, 즉 소시민의 애환을 진하게 보여 줌으로써 밤비에 대한 이미지를 하나 더 보태게 되는 것이다.

제1연의 3행으로 비약되는 변두리 인생의 슬픔은 과연, 독자 스스로의 몫으로 친다면 얼마나 될까. 또 "눈물은 눈물끼리/ 소리는 소리끼리"의 감당할 수 없는 아우성, 마치 통곡의 소리와도 같은 강렬한 느낌은 이 시각 살아 있는 것처럼 읽히게 된다. 시행의 전개가 내밀한 구문으로 긴장감을 유지해 주고 있어 상상력의 확대에 기여하고 있다. 박명용이 하나의 대상을 자신이 의도한 시적 분위기로 끌어들이는 데 성공한 작품이다. 일단 시인이 사물을 관찰하고 그것을 자신이 의도한 방향으로 유도한다는 것은 사물에 대한 깊은 애착과 객관적인 인식이 전제되지 않으면 안 된다. 그러한 차원에서 시인의 인식과 일체감을 형성할 때 심적 에스프리가 진실성을 얻게 되는 것이다.

우리들의 슬픔도, 기쁨도
실날 같은 사랑도, 두터운 미움도
서로 손잡고 있을까
폭풍우, 눈바람도
표백된 실바람, 녹아질 이슬도
서로가 웃고
황홀한 사람, 초라한 사람
슬픈 마음, 풍요한 가슴이

서로 마주하고 있을까

—「하오의 꿈」에서

이 작품은 현실을 꿈이라는 차원으로 풀어간다. 현실이 아닌 미지의 세계에 대한 기대심리가 응집되어 있다. 그는 잡다한 현실의 어려운 삶을 시적인 방법으로 극복하고 있다. 가령, "서로 손잡고 있을까", "서로 마주하고 있을까"라는 구절은 이 작품 전편에 흐르는 의도를 규명하기에 충분하다. 이는 의문형으로 맺지만 문맥에 숨겨진 의미는 간절한 원망으로 다가온다. 마치 삶의 희비가 모자이크처럼 엇물려 살아난다.

2.

한데 어우러져 기쁘고
하나가 되어 꿈꾸는
늘 푸른 바다 저편에
바위섬 하나
내 유년처럼 서러운
네가 있다.

—「꿈꾸는 바다 (1)」 전문

전설처럼 아득하게만 보이는 바다 한가운데의 바위섬, 그것은 항상 밀리고 부서지며 쉴 줄 모르는 바닷물의 동적 이미지와 상반되는 정적 이미지로 부각된다. 오랫동안 변함없이 서 있는 바위섬, 그를 두고 떠올릴 수 있었던 것은 자신의 모습이었다. 흘러간 세월에의 향수, 더욱이 유년시절의 추억은 슬픔이나 그리움처럼 애절하게 솟아오른다.

6행의 시가 하나의 구문으로 짜여졌다. 간략하게 단순구조의 묘를 살려 강력한 상징성을 얻어낸다. 과연 "내 유년처럼 서러운" 바위섬 하나의 의미는 어떤 것일까. 언제나 같은 자세, 같은 위치에서 그 아우성의 바다를 압도하는 듯한 바위섬의 의지, 혹은 비애 등이 화자의 주체와 일치되는 시적 성취를 이루고 있다. 하나의 우화寓話를 연상하듯 윤리적 각성을 일깨워주기도 한다. 즉 바위섬이 인간으로 인식될 때, 그에게 가해지는 외로움 등 온갖 시련에 대한 일종의 연민의 정이 발생한다는 뜻이다.

박명용은 바위섬을 의인화한 것 외에도 새로 의인화시킨 작품의 한 구절을 보면 다음과 같다.

햇살은 사정없이 내리고
마음은 푸르른 바람인데
쇠창살에 매인 소망
죽음을 맞이하듯 파르르 떨고 있다.

—「새」에서

여기서도 「꿈꾸는 바다 (1)」와 같이 새를 통해 인간의 왜소하고, 단절된 의식을 보여 준다. 이처럼 그의 시편들은 도처에서 삶의 소외된 의식, 변두리 인생의 어려움 따위를 추적해 가며 한편으로는 이를 서정적 차원으로 돌려, 자신의 존재에 대한 성찰을 거듭해 보인다.

일반적으로 시를 체험과 경험의 산출이라고 생각하는 것과 같은 차원에서 시는 꿈과 희망을 바라는 자기 위안과 미래에의 기대감을 고양시키는 것으로 보아야 한다. 그런 뜻에서 앞에 인용한 두 편의 시들은 관습이나 언어 및 자신의 윤리나 지성의 복합적인 기반을 토대로 인생의 의의를 구축해 낸다. 진정, 시에서 무엇을 느끼고 얻을 수 있는가의 문제를 생각케 하는 시편들이다.

말하지 않아도
귀는 듣는다
말하지 않아도
눈은 본다

(중략)

그대여
차라리 땅에 쓰러져
차라리 풀잎으로 살자
이 세월을

—「풀잎의 노래」에서

어둠은 어둠이지
별이 있다고 어둠이 아닐 수 없고
달이 떴다고 환한 세상일 수는 없다.
빛을 가두고
아무것도 보이지 않는 어둠 속에서
집집마다 문을 두드려

밖은 수많은 별이 뜨고
창녀의 탯줄 같은 달이 솟아
진한 어둠이 아니라고
높이는 목청이다가
소근대는 그대의 말이다가
흔들고 흔드는 어깨.
(후략)

—「대낮일 수는 없다」에서

인용한 시들은 일종의 '자기표상'의 시들이다. 무엇인가 부족하고 외로운 삶이 자신의 전부요, 현실이라는 긍정의 자세에서 모든 대상을 수용한다. 현실을 생각할수록, 희미해지는 운명, 불확실한 미래, 모두가 불안정한 상황을 숙명처럼 수용하고 있는 것이다.

"말하지 않아도" 다 헤아려 알 수 있는 세상, 그것을 "차라리……/ ……풀잎으로 살자"(「풀잎의 노래」)는 체념과 냉소적인 결구는 시적 자아의 진의를 엿보게 해준다. 또 "어둠은 어둠이지/ 별이 있다고 어둠이 아닐 수 없고" (「대낮일 수는 없다」)라는 언어운용의 해학적 요소는 이 시가 지니는 애수감 등을 한층 북돋워 준다. 즉 어둠을 바라보거나, 혹은 의식 속의 어둠을 재생시키는 과정에서 새로이 떠오르는 이미져리Imagery는 감상자의 인식을 다양하게 수용할 수 있는 것이 된다.

지금까지 인용한 시편들은 모두 박명용의 시가 공통적으로 지니고 있는 특성을 형성한다. 즉 삶의 소외를 다양하게 인식하며 그 극복을 꾀한다. 소외감의 인식은 자연의 의인화로 상대하며 그 속에서 허무주의적 극복을 꾀하고 있다.

다음, 사랑의 실체를 규명하고 가시화해 보다 구체적인 접근으로 형상화시킨 일련의 작품이 있다.

가슴의 별이 밤마다
초롱초롱 떠
하늘을 헤매이다가
당신의 방 앞에서
그림자로 서성인다.

— 「사랑에게」 첫 연

사랑은 간절한 그리움을 나타내는 뜻이 있다. 여기서는 '사랑'을 가시화하고 있다. 제2연에 "해지면 어김없이 들려오는/ 아득한 소리"나 제3연의 "운명처럼 어쩔 수 없이/ 밤새 내리는 그리움" 등이 그런 것이다. 이같이 하나의 관념적 대상을 눈으로 보듯 구체화시킬 때 읽는 이에게는 또 하나의 명상적 효용을 제공한다.

이 같은 효용의 의의가 강한 시편들은 다음에서도 볼 수 있다.

말이 없음으로 하여
그녀를 사랑하는
꿈만 꾸는가

말이 있음으로 하여
그녀를 사랑하는 새벽
겨울안개는 포근했네.
(후략)

—「말이 있음으로 하여」에서

하나,
오장육부도 가진 것 없다.

둘,
누더기 옷도 걸치지 않았다.

셋,
영혼도 한라바람에 말랐다.

넷,
누군가 그 옆에 누워 뼛속을 뜯고 있다.

—「제주시초濟州詩抄 (4)」 전문

「말이 있음으로 하여」에서는 사랑, 즉 꿈속에 오랫동안 자리잡고 있던 그리움이 안개를 헤치며 서서히 드러내는 모습을 새삼 떠올리지 않을 수 없다. 그리고 사랑이 무엇인가, 진실이 무엇인가를 깊이 느끼게 한다.

또한 「제주시초濟州詩抄 (4)」에서는 탐라의 신비, 삼성혈의 휑한 무덤 속을 영상화시켜 인생과 죽음을 자못 심각하게 생각케 하는 명상적 효용의 의의를 부여하고 있다.

(시집 『꿈꾸는 바다』, 홍익출판사, 1987)

박명용의 실존주의

—『꿈꾸는 바다』의 삶의 명제

리 헌 석*

자신의 존재를 문제삼음으로써 참다운 자신을 찾아 내려고 노력하는 비합리적, 주체적인 인간의 존재상태를 실존이라 할 때 박명용이 그의 시에 드러낸 바도 실존주의에 바탕을 두고 있음이 확연하다.

그의 작품에서 그는, 그의 실체에 대한 물음과 대답을 동시에 제시하고 있으며 과거의 실체와 현재의 실체, 상황과 주체의 관계에서 자화상의 진면목을 보여주고 있다. 또한 인간 삶의 과정에 대해서도 실존의 의미를 부여하는데, 싸르트르가 실존주의의 기초로 삼았던 "존재는 본질에 앞선다"는 실존명제에도 부합하는 문학적 현상이라고 할 수 있다.

박명용의 시에서 보여주는 삶의 실상은 세트로서의 배경과 포커스로서의 주체가 등장한다. 이러한 주체는 본질에 앞서는 현실적 존재이나 그것은 객관적 대상적 존재는 아니다. 실존으로서의 인간은 객관적 대상으로는 파악할 수 없는 주체이며, 계속적으로 자신을 초월하면서 만들어 나가는 자유로운 존재이다. 이렇듯이 박명용이 만든 실존의 주체는 현상으로서의 배경보다 높은 가치를 부여받고 있다.

---

* 문학평론가

텅빈 바닷가에
파도 밀려오는데
어린아이 하나
모래 성 쌓기를 계속하고 있다.

중심 잃은 배 한 척
세월처럼 흔들리는데
어린아이 하나
모래집 만들기를 계속하고 있다.

태풍 같은 바람에
초가을 한기는 온몸을 덮치는데
어린아이 하나
모래 섬 쌓기를 계속하고 있다.

버려진 앞섬이
침묵처럼 엎드려 있는데
어린아이 하나
모래 사람 만들기를 계속하고 있다.

— 「연습」에서

이 작품에서 시인은 시지프스 신화와 순환적 자연을 융합한 듯한 인상을 주고 있다. 춘하추동의 배경과 이와는 무관하게 반복적 작업을 행하는 시적 주체가 그러하며 마지막 연의 관점이 삶의 총체적 축도가 아닌가 싶다. 그렇다면 이 작품이 박명용 시인의 시적 원형질을 규명할 수 있는가의 명제가 도출될 수도 있으나 필자의 주관에는 적절하다고 본다.

1연에서 보여주는 그의 시적 에스프리는 "봄은, 종잡을 수 없는 눈발이/ 허공에서 더러 흩어지고/ 바람난 바람이 사랑처럼/ 슬며시 오는가 싶더니/ 영하의 기온까지/ 온갖 구색은 다 갖추어 오고 있다."(「친구의 봄」)와 맥을 같이 한다. 즉, 파도가 밀려오듯이 인간의 도정에 눈발이라든가, 바람난 바람이라든가, 영하의 기온 등 생명의 약동에 방해요소가 많지만, 그의 시적 주체는 본질에 앞선 존재의 의미를 천착하게 한다.

2연 역시 "내, 너 위해 바람이 되고/ 우리 너 위해 빗물이 되는/ 순수한 가슴이 여기 있어/ 머지않아 사그라질/ 너의 전율."(「그대를 위한 염원에서」)은 세월처럼 흔들림을 말한 것이며 "청명한 날/ 천둥은 멈추어질까."의 시적 상황은 바로 "중심 잃은 배 한 척"의 이미지와 상통한다. 즉 상황의 급박함에도 그의 시적 주체는 자신의 존재를 근원적으로 깊이 모색하는 것이다.

3연의 에스프리는 "옛 바람이 그리워/ 서러운 마음끼리 등을 맞대고 나누는/ 우리들의 구멍뚫린 이야기를/ 아프게 가르는 소리/ 흰 꽃이 피고/ 불꽃이 일어난 지금까지/ 어딜 가고 있는지"(「변두리에서 · 2」) 초가을 한기가 온몸을 덮치고 있다. 이러한 비유는 가을이 풍요와 은혜의 계절로 인식되기보다는 아픔과 갈등의 시기로 시인은 인식하고 있으며 그 저변에서 이 시의 주안점을 찾아야 할 것이다.

4연의 "침묵"은 "말이 없음으로 하여/ 그녀를 사랑하는/ 꿈만 꾸다가/ 말이 있음으로 하여/ 그녀를 사랑하는 새벽/ 겨울 안개는 포근했네."(「말이 있음으로 하여」)의 "말이 없음"과 같은 발상이다. 말이 없는 침묵에서보다 말이 있는 사랑이 추운 겨울을 포근하게 했다는 것이다.

이처럼 박명용 시인의 시적 주체는 순환적 삶의 모형을 제시하고 있는데, 5연의 "작아진 아이"는 시인의 의식 속에서 재인식된 존재의 실체이며, 그렇더라도 주체는 계속 반복적 삶을 영위하게 된다. 그런 삶에서 행복의 실존을 찾게 된다. "당신과 당신들의 무릎 꿇음/ 그리고 봉헌의 기도/ 존재의 무섭고 긴 아픔이/ 조용히 눈을 감아/ 당신의 생애가 다시 시작되는/ 이 순박한 오후의 햇살이여."(「원점으로」)는 인간적 존재와 그 상대적인 신의 존재에 대한 그의 시각을 보여주는 것이다. 인간은 초월적인 것에 관계되는 현실의 세계에서 초월자인 신의 세계로 도피하는 것이 아니고, 반대로 한층 깊이 관계하며 현실을 단순한 대상적인 객체로 인식하는 것이 아니라, 실천적으로 수용하는 것을 의미한다.

그는 인간의 존재를 상황으로서의 환경이나 대상에 관계하지 않고 실존 그 자체로 인식하고 있으며 이는 초월자와의 접촉으로 실존의 귀결점을 제시하는 것이다. 따라서 그의 상황적 존재는 자유로우며, 자유롭다는 것은 인간의 형이상학적 조건이며, 이는 존재의 의미이기도 한 것이다.

(≪현대시학≫, 1987. 12)

존재인식의 시학적 미학
—『날마다 눈을 닦으며』

홍 문 표*

1. 자기 탐구의 시법

사실 시를 써온 세월은 많은 데도 시를 쓸 때마다 왜 시를 쓰는가 라는 질문을 하게 된다. 시를 쓸 때는 누구나 시가 무엇이며 어떻게 쓴 것이라는 시인 나름대로의 시에 대한 의미나 장르인식을 기초로 하여 쓰는 것이지만 그래도 시를 쓸 때면 시가 무엇일까 라는 원초적인 질문으로 고민하다가 붓을 들게 된다. 물론 삶의 모든 행위를 유용함에서 해석하려는 실용주의자들이라면 시를 쓰는 데 고민할 필요가 없다. 이미 세워 놓은 관념의 깃발이 있기 때문에 그 깃발의 방향으로 열심히 따라 가기만 하면 되기 때문이다. 그러나 순수 예술, 예술의 독자성을 인정하는 참된 시인들에게 있어서는 스스로 예술적인 깃발을 만들거나 깃발과는 무관한 상상의 세계를 창조해야 하기 때문에 처음부터 신중한 고민을 해야 하는 것이다. 그런데 세상에 떠들썩하게 내놓는 깃발이란, 집단적 이상이거나 시대적인 리얼리티의 문제가 대부분이다. 집단적 이익이나 시대적 유용함이란 다수의 독선으로 강요된 윤리다. 합리적인 논리로 보면 당연히 한 사람보다 여러 사람을 위한 논리가 가치가 있고, 내일이나 어제의 문제보다 오늘

* 문학평론가 · 명지대 문창과 교수

의 문제가 보다 현실성을 지니고 있는 것이 사실이다.

그러나, 그것은 우주나 인생이나 역사를 산술적인 단순논리로 해석하려는 단세포적 발상이다. 성서에 보면 어느 부자에게 오늘밤 네 목숨을 거둬간다면 네 재산은 뉘 것이 되겠느냐 하는 질문에 부자는 근심하며 절망한다는 대목이 있다. 사실 우리가 사랑하고 연민하는 진리니, 가치니, 진실이니 하는 의미들이 '나'라고 하는 사고의 주체, 판단의 주체가 생략된 상태에서 무슨 의미가 있다는 말인가. 내 영혼이나 '나'라고 하는 주체적 존재의 부재 상태에서 다수와 집단과 역사와 사회가 무슨 가치가 있으며 의미가 있다는 것인가. 내 영혼, 내 존재가 주체적으로 드러나고 자아가 확실한 우주적 좌표를 지니고 있고서야 우주가 있고 역사가 있고 진실이 있는 것이다. 우리들의 슬픈 비극은 바로 이러한 문제가 불분명한 상태에서 맹목적으로 누군가 세워놓은 깃발에 추종하거나 추종을 집단적으로 강요하는 데 있다. 오늘의 합리주의, 오늘의 과학주의가 모두 집단적 깃발이다. 따라서 이러한 깃발들의 유혹에 개인이나 자아가 상실되고 유형화 될 수밖에 없는 것이다.

그렇다면 시인의 사명이란 무엇이며 시의 존재 이유는 무엇인가. 그 질문에 대한 해답은 분명해지는 것이다. 먼저 자기를 정확하게 탐구하는 일이다. 자기의 우주적 인식, 자신의 역사적 좌표를 확인하고서야 성실한 주체적 생존을 시도할 수 있는 것이다. 여기서 주체적 생존이라는 개념을 중히 해야 한다. 그것은 사회적, 집단적, 역사적 논리에 따른 타율적 당위에 봉사하는 것이 아니라 주체적으로 창조하고 결단하는 삶의 자유가 확보되었을 때 시도될 수 있는 영역이기 때문이다. 시적인 삶의 출발이 이러한 주체적 삶의 인식, 자기 탐구의 방식으로 시도되었다면 그것은 가장 겸손한 시법의 몸짓이라고 할 수 있다.

박명용 시인이 내놓은 이번 시집에서 특히 두드러지는 시법이 바로 자기 탐구의 성실성이다.

몇 겹의 겨울 옷을 한 겹 벗고

두세 겹 벗고 알몸을 드러내도
줄지 않는 체중이다
둑길에 나서 수작을 거는 바람에게
가진 것 모두 내주고
돌아선 내가 다시 돌아서
슬며시 들여다 본 가슴 속엔
겨울옷보다 더 두터운 마음
그 무거운 가슴이
나도 모르게 버티고 있었다
앞으로 얼마나 더 벗어야
내가 모르는 내 마음을 알 수 있는
내가 되어 가볍게
바람 앞에 설 수 있을까
계절이 강물 속에 잠긴다

—「체중」 전문

첫 장에 제시된 「체중」에서부터 그의 시는 자기 탐구의 적극적인 작업으로 시작된다. 몇 겹의 옷을 벗고 알몸을 드러내도 줄지 않는 체중의 확인에서 그는 곤혹스런 표정을 보인다. 사실 우리들의 자아란 현실이라는 시간과 공간, 그리고 진정 내가 아닌 타자의 것들로 하여 두꺼운 갑옷 속에 유폐되어 있다. 그래서 하이데거는 존재의 생존을 존재 망각의 과정이라고 하였다. 삶이란 자아를 실현하는 창조적 과정이 아니라 오히려 진정한 자아를 상실해 가는 과정이다. 우리들의 의식과 우리들의 행동은 이미 제도화되면서 유일무이한 영혼은 그의 얼굴을 잃어버리고 마는 것이다. 따라서, 양심적인 시인이라면 이 두터운 타자들의 옷을 벗을 수 있어야 한다. 시를 쓴다는 것은 바로 때 묻은 옷을 벗는 '옷 벗기의 노력'이라고 할 수 있는 것이다. 그런데 이 작품에서 시인은 바람에게 가진 것 모두 내어 주고 알몸이 되었는데도 체중은 그대로라는 것이다. 그래서 다시 확인해 보니 문제는 가슴 속에 축적된 두터운 마음 때문이라고 했다. 결국 체중의 요인은 두터운 마음에 있었던 것이다. 닫혀진 자아란 결국 자기 상실의 삶이거나 타에 의해서 습관적으로 살 수밖에 없다.

길을 가다가
나를 잊는다.
술친구를 만나거나
그녀를 만나
나를 잊는다면 좋겠지만
무심히 내가 나를 잊듯
목적지를 잊고 가다가
부딪치는 바람으로 하여
나를 되찾아
오던 길을 되돌아 간다.

—「내가 나를 잊듯」에서

한 발 앞도
한 치 옆도
가늠할 수 없고
시계마저 멈춘 시간
질주할 수도
정지할 수도 없는
엉거주춤한 위치에서
차선을 잃은 지 오래다.
그래도
쉬지 않고 가야 하는 길
멀쩡한 대낮에
더듬어 사는 세상처럼
오늘도 습관으로
빗속을 더듬어 가고 있다.

—「고속도로를 가면서」에서

두어 평 칠흑이 된

상자 속에 갇혔다.
가슴이 부풀어 오르고
숨이 찬다.
몸무게와 신장을
가늠해 보고
손을 맞잡아 보지만
모두가 낯설고
주머니를 뒤져
가진 것 찾아도
내 것이 아니다.

—「칠흑 속에 갇혀보면」에서

인용한 위 세 작품에도 한결같이 상실된 자아, 유폐된 자기 인식이 철저하게 나타나 있다. 특히「내가 나를 잊듯」에서는 일상적인 삶 속에서 나를 잊는 것이 아니라 무심히 나를 잊는다는 것이며 나를 잊는 것은 어쩔 수 없는 운명 같은 인식이라는 것이다.「고속도로를 가면서」에서는 절박한 생의 실존성의 인식이다. 진퇴유곡의 자아를 인식하면서 습관적으로 더듬어 가야 하는 위선적인 삶을 지적하고 있는 것이다.「칠흑 속에 갇혀보면」에서도 자기 부재에 대한 인식은 마찬가지다. 이처럼 그의 시정신은 자기 탐구에 대한 진지한 천착의 자세로 시작하고 있음을 보게 된다. 사실 시인에게 있어서 최대의 관심은 삶에 대한 진지한 인식에 있다. 일찍이 플라톤은 철학만이 진리에 도달할 수 있는 유일한 통로라고 생각하였다. 진리는 지상이라는 무질서한 현상 저 편의 피안에 있을 뿐만 아니라 그것은 도덕적인 선과 철학적 지혜만이 발견할 수 있는 고상한 영역이라고 생각하였다. 그런데 시는 자연을 모방하거나 부도덕하게 정서를 희롱한다. 따라서, 근엄한 철인들의 공화국에서는 시인은 추방해야 한다는 독선을 보이기도 하였다. 오늘의 시대에도 더러는 시인은 언어의 마술사나 사물을 미화하는 분장사 정도로 오해하는 무지가 있다. 그러나 아리스토텔레스가 분명히 지적했듯이 진리란 플라톤이 말하는 것처럼 지상의 저편에 있는 존재가 아니라 지상의 현실에 있는 것이며, 또한 철학만이 진리니, 진실이니, 본질이니 하는 가치를 추구하는 것이 아니라 시인도 진실을 추구하는 존재라는 사실이다. 진실에 대한 관심은 철학자나 사상가의 대의명분이 아니라 철인이건, 시인이건 인간이면 누구나 추구해야하는 일반적이고 근원적인 명제라는 사실이다. 따라서, 여기 박명용의 작품에서 자기 존재에 대한 진지한 탐구의 모습은 가장 성실한 시인의 자세라고 할 수 있는 것이다.

지금까지 그의 시정신은 자기 탐구의 시법으로 출발하고 있음을 보아왔다. 그 탐구의 노력은 두꺼운 옷을 벗기는 작업이었으며 마침내 그것은 두꺼운 마음의 중량으로 확인되었다. 뿐만 아니라, 유폐된 영혼의 실존이 습관이라는 관성으로 겨우 지탱되는 존재임을 발견하면서 마침내 자기 존재의 외로움을 느끼게 된다.

왼쪽 길을 가면서
오른쪽으로 걸어오는
사람들을 보면
언제나 나는 혼자입니다.
오른쪽으로 가는 나를
왼쪽에서 걸어오며 바라보는
사람의 눈에도
언제나 그들은 혼자입니다.
이런 길을 가고 있는
무심한 우리들은
그래서 언제나 혼자입니다.

—「위치에 대하여」 전문

제목부터 공간적 위치에 대한 자아의 관심을 보이고 있는데 그것은 나를 포함한 모든 인간 존재들의 외로운 실존을 확인하는 대목이 된다. 인간들마다 두터운 마음의 벽이 있고, 존재와 존재 사이에도 건널 수 없는 심연들이 가로 놓여 있기에 외로울 수밖에 없는 것이다. 키에르케골은 현대인들의 최대 불행은 고독이며 그것은 마침내 죽음에 이르는 병이라고 하였다. 인간들은 분명 획일적인 인습, 이념, 사고에 길들여져 있음에도 불구하고 서로가 소통할 수 없는 문화적 이질성을 지니고 있다. 그러나 정말 인간이 고독한 이유는 내가 너의 실존에 대하여, 또는 상실된 영혼의 회복을 위하여 그리고 고독한 운명에 대하여 단 한 가지도 해결해 줄 수 없다는 절망감에서 더욱 고독을 느낀다고 하였다. 그의 고독이 정말 근원적인 인간 실존에 대한 허무의식이냐 하는 문제는 더욱 검토해볼 필요가 있지만, 고독에 대한 그의 인식이 자기 탐구의 가장 밑바닥에서 감지하는 시적인 조명임에는 틀림없는 사실이라고 할 수 있다.

그러나 그의 시적인 경향을 반드시 철학적인 니힐리스트라고 단정할 수는 없다. 그는 철저히 자기 탐구를 통하여 고독한 존재를 인식하면서도 마침내 시적인 구원의 가능성을 보여주고 있기 때문이다.

> 내가
> 나날이 작아진다
> 나이가 들수록
> 작아지는 내가
> 내 눈에 희미하게
> 보이는데
> 나이가 들수록
> 크게 볼 수 있는
> 또 하나의
> 눈이 있어
> 날마다 눈을 닦는다

—「눈을 닦으며」 전문

그는 비록 작아지는 존재, 희미하게 보이는 시력으로 존재의 퇴화를 실감하면서도 나이가 들수록 크게 볼 수 있는 또 하나의 눈이 오버랩되고 있는 것이다. 존재의 퇴화와 확대하는 이율배반적 시력의 정체란 무엇일까. 그것은 나이라는 시간성의 축적을 말할 수도 있고, 지적인 성숙을 지적할 수도 있지만 차라리 시적인 시력이라고 하는 것이 적절할 것 같다. 이성적인 존재의 왜소와 퇴락을 인지하지만 시적인 시력으로 그 한계를 초월할 수 있는 가능성을 지닌다. 사실 로고스의 논리로는 지상적 구원이 불가능하다. 그렇다고 종교적인 천상의 논리를 시도할 수 없는 상황에서는 차라리 시적인 구원을 강하게 긍정해보는 것이 당연한 귀결일 것이다.

흘러가던 세월을
풍성한 가슴으로 바라보던
그 시절이
오늘은 내 발치에서
힘없이 떠나가는데

서러워도 좋을 뱃고동 소리
다시 듣고 있다.

—「세월」에서

이 계절
발 밑에 뒹구는 낙엽 위에
한 마리 새라도 없다면
얼마나 쓸쓸하고
허무한 세월이리.

—「가을, 대전에 와서」에서

박 시인의 이번 시집 제1부에서는 자기 탐구의 성실성에서 마침내 허무를 의식하지만 그것을 데카당스의 좌절로 마감하지 않고 시적인 구원을 긍정하면서 서정적 자아의 세계로 변모시키고 있다. 인용한 시 「세월」은 분명 상실되어 가는 과거의 시간에 아쉬운 감정을 보이면서도 마침내 "서러워도 좋을 뱃고동/

다시 듣고 있다."로 반전한다. 그 점은 「가을, 대전에 와서」에서도 쓸쓸한 가을 허무한 세월로 철저화 되지 않고 한 마리 새를 등장시킴으로 낙엽 위에 다가오는 소망이나 가능성을 예견하게 한다. 결국 그의 시법은 절박한 자아의 실존을 인식하면서도 그것을 철학적인 논리로 처방하지 않고 시적인 서정을 통하여 구제하려는 긍정성을 보이고 있는 것이다.

2. 서정적 구원의 시법

왜 시를 읽는가 라는 소박한 질문에 대하여 카타르시스라는 말로 대답할 수도 있고, 더러는 상상적 즐거움이라고 할 수도 있다. 그러나 좀더 진지하게 말한다면 현존하는 자아를 인식하고 거기서 벗어나려는 끝없는 자유의 노력이라고 해야 할 것이다. 누구나 현존하는 삶에 대한 불만을 갖기 마련이다. 앞서 살펴 본 바와 같이 그것은 참된 자아가 상실되어 있다는 인식이나, 관념의 두꺼운 외투로 덮혀 있다는 인식 때문이기도 하지만 근원적으로는 인간이란 애당초 결핍에서 방황해야 하는 존재이기 때문일 것이다. 차라리 목석으로 존재할 수 있었으면 결핍이니 아쉬움이니 그리움이니 하는 감정에 발목이 잡혀 일생을 방황하지 않을 것이다. 문제는 인간이란 의식하는 존재라는 사실에 다행스러움도 있지만 동시에 한계 상황적 존재라는 사실에 절망해야 하는 비극적 존재이기도 한 것이다. 이렇게 스스로를 의식하는 존재를 싸르트르는 대자적 존재라고 하였고, 스스로를 의식하지 못하는 의식이 없는 존재를 즉자적 존재라고 하였다. 즉자적 존재란 산이나 바위덩어리와 같이 전혀 스스로를 의식하지 못한다. 그러나 그들은 영원한 시간과 공간을 소유하고 있다. 반면 대자적 존재인 인간은, 자신은 물론 사물에 대하여도 그 존재성을 인지하고 그것을 가치적으로 분별하기도 하는 영성을 지니고 있다. 말하자면 사물과 우주를 의식하고 판단하는 주체적 존재인 것이다. 그 점에도 불구하고 대자적 존재인 인간이란 극히 유한하고 오히려 의식성으로 말미암아 늘 결핍, 불만, 불안을 느끼고 있는 것이다. 여기서 인간이 느끼는 결핍과 불안의 가장 근원적인 성격은 무엇일까. 그것은 첫째로 시간성의 문제다. 우리들의 시간은 영원하지 못하다. 시간의 영원성에 관한 한 길가에 버려진 돌멩이만도 못한 존재다. 그처럼 우리는 유한한 시간 속에 있다. 뿐만 아니라 더욱 고통스러운 것은 시간의 가변성에 관한 것이다. 어제의 시간과 오늘의 시간이 다르다. 우리는 순간순간 변화하는 시간의 변덕 속에 존재하고 있는 것이다. 어제의 시간과 오늘의 시간이 다르다면 어제의 나와 오늘의 내가 다르다는 말인데, 그렇다면 진짜 내 얼굴은 어제의 것일까, 오늘의 것일까, 아니면 내일의 것일까. 말하자면, 참된 자아의 실체는 현재의 시간에 있을 것인가, 과거의 시간에 있는 것일까, 아니면 미래에 있을 것인가. 다만 확실하게 말할 수 있는 것은 현재의 시간에 있는 나는 결코 진정한 자아가 아니라는 사실이다. 따라서 현재의 시간은 부정되어야 한다. 그러나 물리적인 지상적 시간의 논리로는 현재의 시간을 벗어날 수가 없다. 인간이란 언제나 현재라는 시간에서만 존재할 수밖에 없는 것이다. 따라서, 현재를 벗어나는 방법은 물리적인 시간성을 벗어나야만 가능한 것이다. 그것이 바로 종교적인 초월의 시간, 원시적인 신화의 시간, 그리고 상상의 시적인 시간이 되는 것이다. 종교에서 볼 때 지상의 시간이란 유한하고 부조리한 세속의 시간으로 되어 있다. 지상의 세속적인 시간에서는 구원이 불가능하다. 그래서 종교는 성스러운 초월적 시간을 제시한다. 성스러운 초월적 시간은 영원한 시간, 거룩한 시간이며 절망이 없는 시간이다.

그렇다면 시적인 시간은 어떻게 설정되어야 할까. 만일 현재의 시간이 부정될 수 밖에 없다면 시적인 상상의 시간은 현재가 아닌 과거나 미래의 시간을 상정할 수밖에 없다. 현재의 시간에서 자아의 부재와, 자아의 상실과, 유폐된 자아를 인식하고 있다면, 진정한 자아는 현재의 시간이 아닌 시간에 있어야만 하는 것이다. 그래서 시인들은 참된 자아가 있을 만한 세계를 상상하거나 동경하기 마련이며 그것의 구체적인 시간은 현재가 아닌 과거나 미래가 되는 것이다.

그렇다면 현재의 시간에서 자아의 부재를 인정하는 이 시인의 시적인 시간은 언제가 될까. 그의 몇몇 작품을 통하여 살펴볼 수가 있다.

> 기차를 타고 가다가
> 어디인가
> 산 모퉁이에 이르면
> 시계가 거꾸로 들고
> 그 너머로
> 유년이 보인다
> 그러다가 순간으로
> 나타나는 넓은 시야
> 벌거벗은 채
> 뭉클한 흙내음을 맡으며
> 싱싱한 모습으로
> 숨쉬고 있는
> 꿈의 얼굴들
> 조그만 손을 흔든다
> 시계가 거꾸로
> 돌아가고 있는 지금
> 따뜻한 우주의
> 내음이여

—「따뜻한 우주」 전문

인용한 시를 보면 그의 시적 시간은 과거로 회귀하는 시간이다. 시계가 거꾸로 돌아가는 시간이다. 그가 동경하고 상상하는 시적인 시간은 현재가 아니라 과거에 있다. 그것은 참된 자아의 소재가 과거에 있고 현재에는 부재하거나 현재라는 시간으로 은폐된 자아는 과거에 있기 때문이다. 과거의 시간 중에서도 특히 유년의 시간이 그에게 있어서는 시적인 서정적 자아가 되고 있다. 시계가 거꾸로 돌고 그 너머로 유년이 보인다고 하였다. 그리고 유년의 시간에서 꿈의 얼굴들을 보고 그릴 때 따뜻한 우주의 내음을 맡게 된다는 것이다. 이러한 시간적 과거는 다음의 인용에서도 볼 수 있다.

새벽을
어제 저녁으로
되돌려 놓고
싶다

—「거꾸로 살기」에서

때로는
흔들리면서 꼼짝않고
꼼짝하지 않으면서 흔들리는
그 나무 위에서
유년처럼 나부끼는 잎
가슴에 달아 본다.

—「느티나무를 생각한다」에서

유년의 고향역
빗속에 젖고 있다
떠나갈 사람 서성이고
기다리는 사람 그리운
여기
서대전 역에 비는 내린다

—「서대전 역에서 · 2」에서

「거꾸로 살기」는 가역적 시간의 환상이다. 현재의 시간, 현재의 위치에 대한 불만이 과거로 회귀하게 하고 있는데, 그것은 새벽에서 어제 저녁꿈으로의 환원이기도 하다. 다른 두 작품 역시 유년에 대한 상상이다. 유년의 시간은 원초적인 시간이며 현실적인 시간을 초월한 신화적 시간이다. 부재한 현실의 자아를 유년의 시간으로 동일시하고 있는 시인의 상상은 결국, 신화적인 초월의 시간과 순수한 의식의 평화를 지향한다고 할 수 있다.

그런데 존재들의 시간이란 반드시 공간이 동반한다. 공간이 없는 시간이란 무의미한 것이다. 따라서, 시간은 공간성을 동시에 확보해야 하는 것이다. 그렇다면 그의 유년의 시간은 거기에 걸맞는 공간이 요구된다. 그가 추구하는 공간의 실체는 무엇일까. 그것은 「서대전역에서 · 2」에서도 언급된 것처럼 '고향'이라는 공간이다. 유년이라는 시간은 고향이라는 공간과 더불어 서정적 자아의 존재성을 확보하고 있는 것이다.

다시 못 듣고
다시 못 볼 줄 알았던
고향같은 내 음성
이렇게 들으면서
새삼스럽게 꿈꾸는데

— 「추상화 한 폭」에서

나는 비로소
느긋한 고향꿈을 꾸고 있다.

— 「목포」에서

이제는
소중히 키우는
잊은 듯, 섬 하나
언제나 고향이다.

— 「섬」에서

그가 간절히 소망하는 시적인 자아는 역시 유년의 고향이다. 인간이라면 누구나 고향에 대한 향수를 지니기 마련이다. 어린 시절 꿈을 키워준 세계이기 때문이다. 그러나 그의 고향에 대한 관심은 그러한 일상적 감상을 넘어서 '고향'이라는 공간을 통하여 시적인 자아의 실체를 발견하려는 데 보다 큰 의미가 있다. 「추상화 한 폭」에서는 다시 못 보고 못 들을 줄 알았던 고향 같은 음성에 놀라고 있다. 그리고는 고향 같은 음성에 고향의 꿈을 꾼다. 「목포」에서도 고향의 꿈을 꾸고 있는 것이다. 그렇다면 고향은 유년의 시간과 합일되는 공간일 뿐만 아니라, 꿈으로 상징되는 공간일 수 있고, 비로소 느긋하게 느낄 수 있는 가장 편안한 곳이기도 하다.

그의 상상적 시간과 공간이 유년의 고향에 있다면 그것은 부정적인 현재의 시간과 공간에 대응하는 초월적 선택이며 동시에 시인의 정신적 지향점이기도 하다. 그렇다면 그의 시에서 지향하고 있는 유년이나 고향은 결코 과거로의 퇴행이 아니라 순수한 자아의 추구, 꿈과 안정이 있는 세계를 갈망하는 의미로 해석될 수가 있는 것이다.

그의 또 다른 시법은 '바람'과 '가슴'이라는 이미지를 통한 시적 형상화다. 바람은 고정적인 사물이 아니라 유동적이며 중개적인 기능을 지니는 사물이다. 바람은 지상과 천상의 소통이며 인간의 영혼이나 정신의 흐름이기도 하고 천상의 의지이기도 하다. 또한 시인의 상상적 휴지일 수도 있고, 시간과 공간의 리듬일 수 있고 모든 존재들의 호흡일 수 있다. 한편, 가슴은 마음이나 심정의 근원으로서 서정시의 고향이라고 할 수 있다. 그렇다면 앞서 그가 시도한 유년의 시간과 고향의 공간과도 대응되는 이미지라고 할 수 있다. 그런가 하면 바람은 허무한 외부적 공간일 수 있고, 가슴은 시적 자아의 내부적 공간이라고 할 수도 있는 것이다.

> 둑길에 나서 수작을 거는 바람에게
> 가진 것 모두 내주고
>
> —「체중」에서

> 목적지를 잊고 가다가
> 부딪치는 바람으로 하여

나를 되찾아
오던 길을 되돌아 간다.

— 「내가 나를 잊듯」에서

날아간 새
다시 볼 수 없는 밤
바람은 숨 죽이고

— 「문門」에서

문득
어젯밤 대청봉에 내렸다는
눈이 보이고,

바람만 바삐 분다.

— 「바람」에서

오늘 같은 날이면
팔구년 전 유달산 중턱에서
한 가슴 껴안았던
사랑같은 바람이고 싶고

— 「유달산 바람」에서

몇 편의 작품에서 뽑은 구절이지만 바람에 대한 용법은 다양하게 전개되고 있다. 「체중」에서의 바람은 외적인 공간이지만 그것은 자아와 전혀 무관한 것이 아니라 수작을 걸어오고 있는 바람이라는 점에서, 그리고 가진 것을 모두 내어 줄 수 있는 대상이라는 점에서 결코 단순한 자연 현상이 아니라 세속적인 현재의 시간이나 공간이 될 수 있음을 보여주고 있다. 그러나 「내가 나를 잊듯」에서의 바람은 오히려 현재의 나를 깨우치는 바람이다. 나를 부딪치는 바람으로 하여 나를 되찾게 된다면 그것은 현재의 시간이나 공간이 아니라 시적 서정의 지의 지향성이라고 볼 수 있는 것이다. 한편, 「문門」에서의 바람은 밤이라는 시간의 간극을 감각화시키는 매개체의 역할이고 「바람」에서는 자연의 존재성에 대한 인식이다. 그리고 「유달산 바람」에서는 가슴과 바람이 상관성을 지니고 있는데 한 가슴 껴안았던 사랑 같은 바람의 소망을 기대한다면 가슴은 현실적인 자아요, 사랑 같은 바람은 서정적 자아라고 할 수 있는 것이다. 가슴에 대한 시적 서정도 다양한 모습을 보이고 있다.

바다에서 돌아온 날 밤
빈 상자만 떠다니는 가슴 속은
더욱 외로웠다

— 「원점에서」에서

돌아서면
그대처럼 사라질 내음
순간만이라도 빈 가슴에 가득
담아두고 싶다.

— 「순간만이라도」에서

인용한 시에서의 가슴은 외로운 가슴, 빈 가슴으로 요약된다. 그렇다면 그의 가슴은 현존하는 자아다. 비록 가슴이 마음의 고향이고, 욕망의 근원이고, 의식의 중심체라고 하지만 그것은 외롭고 텅 빈 공간이기도 하다. 따라서, 텅 빈 공간은 무엇인가로 채워져야 한다. 그것이 그의 시적 세계일 것이다. 그것이 때로는 사랑이니, 그리움이니 하는 정서일 경우도 있고, 유년의 시간이거나 공간일 수도 있는 것이다.

시를 극적 순간의 구조물이라고 한다면 이번 시집의 내용만으로 한 시인의 전부를 말할 수는 없는 일이다. 다만, 이번 시집이 표상하고 있는 공통점을 정리해 본다면 우선 자아 탐구의 작업에 성실성을 보이고 있으며 그것은 현존하는 자아의 부정으로 압축된다고 할 수 있다. 따라서, 현존하는 자아의 부정은 현재의 시간과 공간에 대한 부정이다. 그렇다면 그가 추구할 수 있는 시적 서정의 이상적인 자아는 현재가 아닌 과거나 미래를 설정할 수 있는데 그는 과거의 시간을 선택하고 있으며 그것은 특히 유년의 시간으로 구체화되고 있는 것이다.

또한 시적 공간의 경우는 유년의 시간에 대응되는 고향을 설정하고 있음을 볼 수 있는데 이것은 유년의 시간과 공간은 결코 자아의 퇴행이 아니라 순수와 안정이라는 초월적 구원 즉, 미래에 대한 꿈의 실현이라는 사실에 있다. 그의 시에는 바람과 가슴 등의 시어가 주류를 이루고 있는데 바람의 경우는 시적 자아의 매개체로, 가슴은 부정적인 현재의 자아 또는 의식의 실체로 파악하고 있음을 보게 되는 것이다.

결국, 그의 시세계는 과거지향으로부터 출발하여 미래지향화하는 시법을 채택하고 있다. 그리고 이 때의 과거지향은 유년과 고향으로 구체화되는데, 이는 현재의 상실감으로부터 드러나는 자기모순을 극복하기 위함이다. 그에 있어 자기모순의 극복은 새로움을 모색하기 위한 발상이며 미지에 대한 꿈과 희망, 그리고 진실에 근거를 두고 있다고 하겠다. 따라서 독자는 시적 화자의 상실감과 유년 회귀의 지향성을 통해 공감의 영역을 획득하고, 나아가 그 무엇인가 충족된 보상을 구하게 된다. 그리하여 우리는 박명용의 시 세계가 지니는 넓이와 깊이를 이성으로 확대시켜 볼 수 있는 것이다.

(시집 『날마다 눈을 닦으며』, 아름다운 세상, 1992)

마음의 눈으로 바라보는 세상

—『날마다 눈을 닦으며』

서 정 학*

박명용 시인이 『꿈꾸는 바다』 이후 5년만에 내놓은 시집이다.

시의 진정한 힘은 이념과 관습의 낡은 틀안에 갇혀 경직화되는 인간의 정신에 새로운 생명감을 부여하는 데 있을 것이다. 이원론적 사고에 다원론적인 사고방식을 물신화, 도구화의 풍조에 인간옹호의 정신을 불어넣는 것이다. 그러나 이러한 힘은 논리로써 설득함에 의하거나 합리로써 추론함에 의해 이루어지는 것이 아니다. 시인의 감성으로 체득된 주관적이고 개성적인 서정의 세계를 사람들에게 일깨움으로써 가능할 것이다. 경직된 사유의 방식을 보다 유연하고 조화롭게 이끌어나갈 수 있는 힘은 주장과 논리의 세계에서 나오는 것은 결코 아니다.

그의 시가 어떠한 의미나 힘을 지닌다면 그것은 바로 서정의 힘이며 의미다. 『날마다 눈을 닦으며』에 수록된 시들을 살펴보면, 그가 추구하는 일상성에 함몰된 본래적 자아에 대한 열망이나 순수 내지는 진실된 삶에 대한 그리움은 논리의 힘을 빌어 다가오는 것이 아니라 서정의 세계를 통하여 그것의 의미가 나타난다.

나이가 들수록

---

* 시인 · 두원공대 교수

작아지는 내가
내 눈에 희미하게
보이는데
나이가 들수록
크게 볼 수 있는
또 하나의
눈이 있어
날마다 눈을 닦는다

— 「눈을 닦으며」에서

세상의 한정된 인연같은 것
결국 나는 제자리로 돌아온 나를
다시 만나고 말았다
머언 먼
바다 끝이 조금씩 보였지만
그것은 분명히 빈 상자였을 뿐

— 「원점에서」에서

위의 작품에서 보듯 일상적 삶 속에서 소외되고 왜소화되는 그의 시적 자아가 지향하고 있는 곳은 '먼 바다'로 표상되는 현실과 유리된 낭만적 공간이 아닌 듯싶다. 그곳에서 발견한 것은 "알 수 없는 음성"과 "들을 수 없는 소리"뿐이다. 그가 이 시집에서 지향하고 있는 것은 현실적인 삶 속에 존재하지 않는 이상향의 공간이 아니라 그가 살아가고 있는 삶의 세계를 진실되게 응시할 수 있는 시선인 듯하다. 그리고 그러한 시선을 "날마다 눈을 닦는" 자기성찰의 행위를 통해 획득하고자 한다.

간결하고 절제된 묘사를 통해 이루어지고 있는 이 시집에서 그는 시적 대상 그 자체보다는 그것을 바라보는 자신의 태도에 더욱 관심이 있는 듯하다. 즉 물성物性보다는 자신의 심성心性 안에 내재된 삶의 진실에 접할 수 있기를 꿈꾸고 있는 것이다. 닫힌 세계 속의 자아에 대한 인식(「칠흑 속에 갇혀

보면」)이나 허위의 일상적 삶에서 바로보기(「체중」)를 가능케 하는 것은 그가 서문에서 밝히듯 "의식의 안주에 맞서 새로운 그 어떤 모색을 위해 가슴을 연 채 역마직성驛馬直星의 영혼처럼 떠돌면서 눈을 닦고 있는지도 모른다"에서처럼 결코 경직되지 않으려는 자기성찰이 있기 때문에 가능한 것이다. 이번 시집에 게재된 60여편의 시들은 이러한 면에서 그에게는 남다른 시편들일 것이다. 그리고 이러한 시편 속에 깃들여 있는, 일상적 자아의 거짓됨에서 벗어나 순수와 진실된 삶에 닿아가고자 하는 열망은 그의 다른 어떤 시들에게 보이던 세계와는 다른 맥락을 지니고 있다.

(≪시와 비평≫, 1992. 6)

푸르름을 꿈꾸는 생명의 언어

—『나는 마침표를 찍고 싶지 않다』

김 완 하*

1.

말라르메는 '백지의 공포'라는 말로 고통스러운 시인의 삶을 고백하고 있다. 이때 공포의 대상인 '백지'란 시인들이 붓을 들어 한 자 한 자 칸을 메워 나갈 종이에 해당되지만, 그것은 또한 시인들이 짊지고 살아가야 할 삶의 여백을 의미한다. 결국 시인들에게는 그들이 살아갈 시간의 '백지'와 시가 쓰여질 '백지' 사이의 변증법적 관계가 설정되는 것이다. 그렇기 때문에 시인들은 삶의 고통과 창조의 고통을 동시에 짊지고 살아가게 된다.

그러나 그러한 일은 시인들에게 역설로 작용한다. 바로 그 고통을 시인들은 기쁨이자, 영광으로 받아들여야 하는 것이다. 시인들은 오히려 불행한 현실 위에서 그것을 딛고, 더욱 빛나는 언어의 광휘를 보여주어야 하기 때문이다.

그 결과 시인들은 혼미한 삶, 전망이 부재하는 시대, 가치가 상실된 세계 속에서도 꿈을 꿀 수 있는 것이다. 그러므로 바흐찐은 이미 서정시를 쇠퇴해버린 장르라고 단언한 바 있으나, 시인들이 컴퓨터의 칩(chip) 속에 들어앉는 일이 있

* 시인

을지라도 그들이 영원히 꿈을 잃지 않는 한, 시는 살아날 것이라고 확신한다.

삶의 가치 척도가 이미 양과 속도의 개념으로 전환되어버린 현대 산업사회 속에서도 시인들은 시 한 줄을 갈고 닦기 위해서 몇 날 밤을 지새운다. 그들은 대량 복제의 규격화된 사회에서도 내밀한 공간에 촛불을 밝히고, 시 쓰는 일을 계속한다. 여기서 우리는 '백지의 공포'와 싸우는 시인들의 참된 의미를 깨닫게 된다. 시 데이 루이스도 참된 시인이라면 그들은 자만에 빠지지 않고, 어디까지나 보다 더 좋은 시를 쓰기 위해 노력한다고 했다. 그러나 시인들은 결코 자신만의 문제로 그 일에 몰두하는 것은 아니다. 시인은 자신과의 싸움을 통해서 세계와의 싸움을 보여주기 때문이다. 그리하여 시인들은 한 시대의 빛과 어둠을 인식하며, 그것을 넘어서 새로운 세계로 도약하는 꿈과 의지를 펼치는 것이다.

결국 시인들은 전망 부재의 시대, 꿈이 상실된 세계 속에서도 새로운 미학적 가치를 추구하여 꿈의 세계를 펼쳐 보여준다. 시인들은 이미 낡아버려 상투화·자동화·일상화된 자아와 세계 사이에 시적 창조 에너지를 주입시켜, 낡고 분열된 세계를 새롭게 만들어 가치를 정립시킨다. 그들은 언어를 갈고 닦아 모순된 상황을 해체시키고, 새로운 이미지의 공간을 창조해낸다. 그것은 현실에 발을 딛고 사는 인간들의 생명을 지켜내는 일이면서, 그 생명이 생명답게 발휘될 수 있도록 꿈의 세계를 그려 보여주는 일이라 하겠다.

이러한 인식 위에서 펼쳐진 것이 시인 박명용의 이번 시집이다. 그는 감성과 이성의 적절한 상호삼투를 통해서 인간 삶의 공간을 따스하게 감싸안고 있다. 그것이 크게는 애정과 사랑이라는 면으로 분출되지만, 그의 시에는 예리한 비판 정신이 내면에 살아 숨쉬고 있다.

따라서, 그의 시는 단순한 서정이나 순간적 감정의 발로가 아님을 알 수 있다. 이번 시집에는 확장된 시인의 생체험의 깊이와 넓이가 함께 하고 있다. 그래서 우리가 그의 시에 애정을 갖고 다가서려는 순간, 그의 자상한 웃음과 넉넉한 가슴 속으로 깊숙이 빠져들게 된다. 그렇다. 시인의 가슴에 더 깊게 빠져

드는 일, 그것은 얼마나 기쁘고도 소중한 체험인가!

2.

박명용 시인은 1976년 ≪현대문학≫에 「안개지역」, 「햇살」, 「모발지대」 등이 추천되어 문단에 데뷔한 이후, 『알몸 서곡序曲』(1979), 『강江물은 말하지 않아도』(1982), 『안개밭 속의 말들』(1985), 『꿈꾸는 바다』(1987), 『날마다 눈을 닦으며』(1992) 등 여러 권의 시집을 내어 주목을 받은 바 있다. 그러므로 그의 시력詩歷은 서두름 없이 꾸준한 축적으로 이루어져 왔다고 판단된다. 그러면서도 그가 추고하고자 하는 문제에 신중한 자세로 한발씩 더 깊게 다가서 온 것이 그의 시적 편력이다.

요컨대, 그것은 앞서 거론한 바 있는, 두 가지 '백지의 공포' 사이의 변증법을 착실하게 수행해 온 것에 다름아니라 하겠다.

박명용 시인의 시적 미덕은 무엇보다도 그의 시가 삶의 체험에 기초하고 있다는 점이다. 그렇기 때문에, 그의 시는 진실성을 지니며, 독자들에게 폭넓은 친화감을 획득하여 강한 전달력을 확보하게 된다.

그러나 이러한 점의 심층을 살펴보면, 시인의 세계 인식의 넉넉하고도 당당한 자세를 발견할 수 있다. 그것은 그가 대립과 거부, 부정과 배타적이지 않은 화해와 수용, 인내와 사랑이라는 기본적 심성 속에서 세계와 조화롭게 관계를 맺고 있기 때문이다. 더 나아가서 그의 시는 정제된 언어와 직관으로 나타난다. 확실히 이 점에서 그는 감성과 이성의 조화로운 시적 성취를 보여준다. 요즈음 시에 두드러지는 잡다함이나 수다스러움, 표나게 드러나는 의식, 생경한 언어의 파괴나 실험성에서 멀찌감치 벗어나 가장 시의 본령에, 정통적인 기법으로 다가서는 것이 그의 시세계이다. 그러므로 그는 유난한 자존심의 시인이라고 할 수 있다. 바로 이러한 강한 장인 의식은 우리에게 그의 시에 대한 무한한 신뢰감과 애정으로 공감대를 형성해준다.

박명용 시인은 흐린 의식과 공간의 허무와 속도의 질량이 변형되어가면서 나타나는 시각과 사고와 충동의 세계로써, 어둠에서의 점화자點火者로서 차고 뜨거운 호흡을 지니고 있다. (최원규)

일반적으로 시인들은 존재의 모순을 깨닫고 슬퍼하며, 때로는 그 존재의 본질적 상태로의 환원을 꿈꾸는데, 박명용 시인은 바로 이러한 인류의 근원적 파토스의 실체를 추구한다. (송재영)

박명용은 세계와 인간의 삶을 조용히 들여다 볼 수 있는 건강한 비판 정신을 내부에 구축하고 있다. 그러기에 그의 시는 소박한 감정 토로에 머물지 않고, 지성에 의해 감성을 통합하려는 의지를 보인다. 우리는 그의 시에서 창조적 자아와 사회적 자아가 때로는 마찰하고, 묘한 긴장 상태를 조성하는 경우를 보게 된다. (김시태)

그의 시에 나타난 갈증 현상과 원점 의식, 산을 오르는 등산 의식 등은 같은 생각에서 분기하는 의식 현상들이다. 박명용은 꿈과 사랑으로 징표되는 가야 할 공간을 향해 흔들림을 감내하면서, 어둠에서 빛을 향해 내부의 빛을 켜려는 좌표로 살고 있는 내성적인 생활인이자 다정한 감수성의 시인이다. (채수영)

박 시인의 시는 과거 지향으로부터 출발하여 미래 지향의 시법을 택한다. 이때의 과거 지향은 유년과 고향으로 구체화되는데, 이는 현재의 상실감으로부터 드러나는 자기모순을 극복하기 위함이다. (홍문표)

이상은 그동안 그의 시집에 따른 시세계의 특성에 대한 평자들의 지적이다. 이렇게 볼 때, 그의 시는 서정성을 바탕으로 역사성과 존재론적 성찰에 뿌리를 내리고 있음을 알 수 있다. 그의 이번 시집에서는 또 다른 새로운 변화를 발견할 수 있다.

이번 시집에는 유난히 '꿈'이라는 시어가 많이 등장하는데, 우리는 이 점에 주목하게 된다.

하느님
이제 우리들의
꿈은 무엇입니까

— 「눈은 세상을 잠재우고」

돌아오는 꿈 사그라뜨리는
두려운 바람 때문이네

— 「여백의 그림자」

그대의 꿈은 이루어질 것인가

— 「미숙한 여름을 위하여」

파란 하늘 닮아가는
꿈꾸는 나날

— 「하늘」

환한 미소에
살포시
자라나는 꿈

— 「꽃과 꿈」

모두가 아파서 좋았던
그 새벽의 서러운 꿈

— 「0시 50분」

오늘의 세상이다
미래의 꿈이다

— 「산정에서」

유년의 산 더욱 푸르러
잊었던 꿈 서리는 여기

—「심천에서」

물이 흘러도 꿈이 없다

—「갑천에서」

꿈이 익은 물 위에 서서

—「다시 갑천에서」

아름다운 꿈을 빚고 있다

—「영원한 꽃을 위하여」

이웃의 다정함이구나
충청인의 꿈이구나

—「큰 뜻을 밝히기 위함이리」

울창한 숲
큰 꿈을 이루기 위해

— 더욱 우람한 나무를 위하여」

이상 대략적으로 추출해 본 시행에서도 두드러지듯이, 그는 다양한 '꿈'의 이미지를 시에 끌어들인다. 그만큼 그는 '꿈'에 대한 집착을 버리지 않는데, 이는 시인이 가장 중요한 사명임을 알 수 있다. 시인이 '꿈'을 부정하는 것조차도 역설적으로 '꿈'을 지향하는 것이다. 그렇다. '꿈'을 지니며 살아가는 일은 인간이 생명을 지니고 살아가는 것과 같다. 인간이 '꿈'을 잃어버릴 때 그 삶은 얼마나 공허할 것인가! 아울러 그의 시에 나타나는 '꿈'은 '푸르다'는 형용사나 그것에 연루되는 다양한 이미지로 형상화되어 나타난다.

허물어지지 않는 짙푸른 산맥은

맥박이 바다가 되어 출렁인다

—「짙푸른 산맥을 보면」

대명천지에 푸르게 빛나는 잎새에서

—「숨결소리」

곡선과 직선 저 너머
형체는 푸르다

—「곡선과 직선」

푸른 나무 위에 살수차가 지나가고

—「계족산溪足山 중턱에서」

실날의 물줄기가
왜 그리 푸르고 깊었는지

—「미숙한 여름을 위하여」

파란 하늘 닮아가는

—「하늘」

진한 푸르름
바다처럼 번지고

—「서로 가슴에게」

푸르디 푸른 우리들의 물기를
위하여

—「푸르름을 위하여」

나무들은 푸른 기운을
속으로 다지고 있다

—「산정山頂에서」

유년의 산 더욱 푸르러

—「심천에서」

산은 언제나
푸른 바람을 맞으며

—「산은 언제나 청청하게」

시린 물에서 탄생되는
내 푸른 고향

—「다시 갑천에서」

늘푸른 맑은 하늘

—「영원한 꽃을 위하여」

푸른 가슴들이 파도를 친다

—「더욱 우람한 나무를 위하여」

그의 시에서 '푸르름'은 자연 이미지를 중심으로 드러난다. 그리하여 그것들은 강한 생명력과 역동성, 영원성과 이상을 지향하는 의식 세계를 드러내준다. 그가 지향하는 둘째는 시간적으로 대개 유년의 공간으로 나타난다. 한 인간이 지니는 이미지는 유년기의 체험을 중심으로 형성되는데, 이 점은 박명용 시인의 경우에도 확인되고 있다. 그것은 시간적으로 소급해 그 공간 속에서 발휘되는 생명의 토대에 서고자 하는 의식인 것이다.

그의 시집 전반에 드러나는 '꿈'과 '푸르다'의 양상은 현저한데, 이 두 가지 사실은 무엇을 의미하는가? 바로, 이것이 그의 이번 시집에서 우리가 놓쳐서는 안 될 대목이다. 그가 추구하는 '꿈'은 '푸르다'를 동반하는 다양한 이미지들과 동전의 양면을 이루고 있다.

이렇게 볼 때, '꿈'과 '푸르름'은 곧, 그 내면에 '생명'이라는 가치를 뿌리로 삼는다. 그래서 그의 시는 '푸르름을 꿈꾸는 생명의 언어'인 것이다.

3.

왜 박명용 시인은 지속적으로 '꿈'을 꾸며, '푸르름'을 추구하고 있는가? 여기에는 어떤 상실감이 그 원인으로 자리한다. 그리고 그 상실감은 과거와 현재의 시간 대립 속에서 두드러진다. 그리하여 그는 과거의 어떤 가치가 상실되거나 소멸된 오늘 속에서 그 가치의 새로운 복원이나 추구를 꿈꾸는 것이다. 그가 '꿈'을 꾸게 되는 외적 요인은 현실로부터 발생된다. 그것은 어떤 상실감인데, 그러한 상실감의 층위는 크게 두 가지로 살펴볼 수 있다.

그 하나는 역사나 사회 문화적 흐름에서의 상실이며, 또 하나는 개인사적인 면을 중심으로 하는 가치의 상실이다.

그 결과는 자아와 세계, 개인과 사회의 조화로운 공간 상실로 드러난다.

이러한 점으로 볼 때, 그는 시간에 대해서는 철저히 대립적 위치에 서 있다. 이 점에서 인간은 역사적 질곡에서 벗어나 그들이 원래 가졌던 낙원에로의 복귀를 지향하는 신화적 상상력을 꾀하게 된다. 즉, 인간은 구체적 시간의 질곡에서 벗어나 신화적 시간에 안주하려는 의식을 원형적으로 지니고 있는 것이다. 그것은 참담한 역사적 현실에서 연유한다. 소멸이나 상실 속에서 창조를 지향하는 그의 시세계는 세 가지 면으로 대별해 볼 수 있다.

첫째는 사회 현실에 대한 비판적 형상화이며, 둘째는 서정시로서의 표출이고, 셋째는 존재론적 인식의 접근으로 드러난다.

그의 시세계에는 현실에 대한 비판적 사고가 두드러진다. 이러한 점은 그가 경험적 진실성에 대한 시적 추구에 관심을 두고 있음을 의미한다. 시세계는 시적 상상력에 의해서 축조된다고 해도, 그 기반으로서의 일상적 삶과 그 현실적 조건이 항시 문제될 수밖에 없기 때문이다. 따라서 시적 대상으로서의 사회 현실은 결코 외면하거나 회피할 수 없는 국면이다. 또한 상상력과 감수성을 통해서 창조적 세계를 지향해가는 시인들도 사회 전체와의 관련을 맺고 있는, 한 인간으로서 살아가며 인식할 때 건강한 사고가 싹틀 수 있는 것이다.

① 언제나 이때가 되면
자유가 만개했다
바람이 부는 날이면
그 자유는
가건물 지붕 위로
쓰러질 듯
벼랑 끝에 우뚝 선
변소까지 찾아들어
나부꼈지만 그들은
언제나 이때가 되면
말이 없었고
그리고 무심히 바라볼
뿐이었다
그들에겐 이 봄이 오직
계절의 역사일 뿐인가

—「풍경 · 2」 전문

② 석간 신문 위에
분노가 와르르 쏟아진다
열 살 가장 소녀의
마른 눈물
신문 귀퉁이에 말라붙고
낯익은 얼굴들
부르기 좋은 억億 억億
활자도 유난히 커

보기도 좋은데
차마
입에 담기조차 서러운
칼국수집 여인의
으드득 이가는 소리
부엌칼이
활자 위에서 춤을 춘다
그래도 사랑하는 내 조국
만만세 부르며
나서는 보도엔
추억같은 햇살이
신비하게 깔려 있었다

—「다시 보는 세상」 전문

③ 날이 갈수록
재주가 승천하고
해가 밝을수록
음모가 난무하는
이 시대에
우리는 어디론가 가고 있다
그 길이
어느 곳을 향하거나
그 길이 어디인 줄
눈짓으로 짐작하면서
어제도 오늘도
아무 거리낌 없이
가고 있는 것은
그 길이 유일한
우리의 통로이기 때문인가
(중략)
이런 세상 속에서
우리는 하나의 동행자가 되어

날마다 어디론가
가고 있다

—「이런 세상」에서

이상의 시편들은 역사나 사회, 현대의 문화적 흐름을 비판적으로 형상화하고 있다.

루시앙 골드만에 의하면, 개인과 사회의 관계는 상동적으로 파악된다. 그러므로 사회의 모순과 부조리는 한 인간과 절대적으로 무관한 것이 아니다. 사회로부터 개인은 전적으로 자유로울 수 없기 때문이다. 한 인간의 존재는 곧 바로 사회적이다. 그러기에 개인의 자유나 가치가 바로 서기 위해서도 사회의 모순과 갈등 구조는 파악되고 바판되어야 하는 것이다. 그가 시에서 현실에 대한 비판적 시야를 견지하고 있는 것도 이러한 의미와 연관된다.

위 시 ①에서는 역사적 측면에서 비판적으로 접근한다. 역사란 한 시대의 공간에서 살아가는 생명체가 펼친 삶의 총체일 것이다. 그러나 역사는 헤게모니를 쥐고 있는 계층에 의해서 대다수의 의지는 무시되어 왔다. 인류의 역사란 바로 이러한 갈등의 연속이며, 길항작용이었던 것이다. 더욱이 한국 현대사는 곧 여기에 해당되며, 지난 80년대는 그 절정에 달하기도 하였다. 이 시는 계절로서의 봄과 역사로서의 봄을 동심원으로 하여, 그 둘 사이의 일치하지 않는 대립관계를 드러낸다. "그들에겐 이 봄이 오직/ 계절의 역사일 뿐인가"라는 마지막 부분에서는 그동안 파행의 역사가 몰고 왔던 80년대를 중심으로 거기에서 파생된 사회적 모순까지를 간파하고 있다. 그 점은 다른 시에서 '일제히 머리 굽히게 하며/ 마치 80년대 반란의 바람처럼/ 마구잡이로 밀고 온다'(「짙푸른 산맥을 보면」)고 직접적으로 드러내기도 했다.

그렇지만 그의 시는 분노나 부정을 겉으로 폭발시키지 않는다. 그는 모순된 세계의 실상을 파악할 때, 예리한 아이러니를 통해서 접근한다. 궁극적으로 문학에서의 부정이나 비판은 긍정과 사랑을 지향한다. 이러한 점에 문학의 역설적 의미가 가로놓여있는 것이다.

위 시 ②는 우리 사회에 팽배해있는 물질 만능 풍조가 인간의 삶을 얼마나 무모하게 이끌어가고 있는지를 잘 보여준다. 이 시에는 '억대의 돈을 횡령하거나 불로소득으로 돈을 벌어들인 사건을 다룬 신문기사'와 '열 살 가장 소녀의 마른 눈물'과 '칼국수집 여인의 으드득 이가는 소리'를 대치시킨다. 돈은 노동의 댓가로 정당하게 쌓여야 한다. 그러나 우리 사회에서는 서민들이 일생동안 모아도 만져볼 수 없는 돈을, 가진 자들은 한순간에 손에 넣기도 하고 소비하기도 한다. 더욱이 그것은 권력과 결탁되어 한 사회의 가치관과 도덕성까지 뒤흔들어놓기도 한다.

시인은 그러한 분노나 서민들의 고통을 '칼국수집 여인의 부엌칼이 활자 위에서 춤을 춘다'고 하였다. 그리고 신문지상에 오르내리는 돈 액수에 위축됨에도 "사랑하는 내 조국 만만세 부르며/ 나서는 보도엔/ 추억 같은 햇살이/ 신비하게 깔려 있었다"고 가느다란 희망을 역설적으로 표현하였다.

이러한 아이러니는 모순된 상황의 대립된 두 관점을 통합하려는 사고에서 발휘된다. 이로써 위 시는 분노보다 더 큰 전달력을 얻게 되는 것이다.

위 시 ③에서도 현대 사회의 문화적 흐름에 대하여 비판하고 있다. 현대 사회에서는 이미 인간들이 주체할 수 없는 양상으로 다양한 모순이 발생하고 있다. 후기 산업사회의 분업화・전문화는 인간들을 스스로 기능주의로 빠지게 하였다. 현대 사회의 메카니즘에 의해서 총체성은 상실되고 인간들은 그저 연명해갈 뿐이다. 따라서 현대인들은 획일화된 길을 따라 갈 수밖에 없다. 그 길은 산업사회가 낳은 모순으로 가득 차 있는 것이다. 어떻게 보면 이러한 길에 우리는 모두가 "동행자가 되어/ 날마다 어디론가/ 가고 있"는 것에 불과하다. 각자가 추구하는 삶이나 가치가 거세된 공간에서 자기 의지와 무관하게 흘러가는 시간, 그래서 우리는 모두 '어디론가 가고 있'는 것이다. 그러나 그것이 어디인지 알 수 없다는 데에서 현대인의 상실감과 비극이 더 크다고 하겠다.

한편, 그의 시는 예리한 서정성의 시적 공간을 펼쳐 보여주고 있다. 여기에서도 상실된 세계의 인식이 드러나고 있는 것이다.

① 백목련 꽃송이
담 위에 무더기로 떨어져
봄이 가고 있음을 안다
누님의 서예전에서 보았던
'花半開 酒微醉'
초서 글씨가
꽃무더기 속에서 비틀거리는데
20대 사랑같던
얼마 전 꽃봉오리
어느덧 무너지고 있다
바람에 날리고 있다

—「무너지는 봄」 전문

② 소중히 간직했던
새 한 마리
훌쩍 날아간 후
겨울 나무는
더욱 흔들렸네
별을 안고
떠나간 새
되돌아오지 않음을
두 눈으로 확인할 때
텅 빈 가슴에 파도처럼 밀려오는
슬퍼지고 싶은 그리움
새는 섬이 되고 말았네
차마 환하게 웃을 수 없는
침묵의 사연
그것은 날아간 새
돌아오는 꿈 사그라뜨리는
두려운 바람 때문이네

이제 섬이 되어
가슴 속에서 파닥이는
한 마리 새
꿈 속에서 키우고 있네

—「여백의 그림자」 전문

③ 병실 침대에 누워
창 밖에 하얀 꽃을 보다가
생각나지 않던 그녀에게
미완의 편지를 쓴다
20여 년 전 추억을
쓰고 지우기 몇 차례
봉투에 넣었다가 다시 꺼내
지우고 또 써 보아도
마지막 한 줄의 텅 빈 자리
차마 채우지 못한다
그녀의 창백한 얼굴
그 얼굴이 너무 희다
어느 사이
간호사의 음성이
잠 속에서 나를 꺼낸다
아직도 창 밖엔
하얀 꽃이 순정처럼 피어있는데

—「미완의 꿈」 전문

위에 인용한 시편에서 살필 수 있듯이, 그의 시에서는 대개 시간의 진행이 상실의 원인으로 자리한다.

가령 그것들은 "맑은 하늘에 비친 물빛도/ 푸른 빛이 아니고/ 꿈이 어리던 강변도/ 옛날의 터전이 아니다."(「갑천甲川에서」) 등으로 나타난다. 그러므로 그가 자연 속에 깊이 심취하는 것도 바로, 자연의 순환성에 의해서 상실감을 회복하고자 노력하고 있는 것이다.

다시 말하면, 자연의 '발생-성장-소멸'이라는 반복적 싸이클에 의해서 인간 삶의 일회성을 극복하려는 원형적 사고와 맥락을 같이 한다. 이로써 물리적 시간의 일회성을 극복하고 자연의 순환성으로 돌아가, 그 내면에 살아 숨쉬는 영원한 생명의 힘에 안기려는 것이다.

시 ①은 간결하고도 선명한 이미지로 형상화되었다. 이 시에는 세 가지의 시간적 사실이 결합되어 있다. 첫째는 "백목련 꽃송이/ 담 위에 무더기로 떨어지"고 있는 봄으로서, 현재의 시간이다. 그리고 여기에서 "누님의 서예전에서 보았던/ 花半開 酒微醉" 라는 글씨를 연상한다. 그리고 지는 꽃송이를 보고, 그 꽃이 벙글던 "20대 사랑같던/ 얼마 전 꽃봉오리"를 되새긴다.

이러한 세 가지 시간에 연루되어 있는 사건들은 모두 "백목련 꽃송이"라는 시적 상관물에 매개되면서, '무너지는 봄'이라는 소멸과 상실감을 나타낸다. '꽃'은 식물의 가장 아름다운 부분이며, 생명의 절정을 상징한다. '꽃'은 피고 지는 데에 따라 서로 대립되는 감정을 유발시킨다. 활짝 피어 있는 꽃송이로부터는 가능성이나 희망 등의 생명 이미지를 느끼지만, 떨어지는 꽃잎은 쇠약과 생명의 상실, 소멸 등의 덧없음을 떠올린다. 바로 이러한 두 대립적 정서 사이에 시간이 개입된다. 박명용 시인은 꽃이 지는 것을 통해서 '무너지는 봄'을 인식하고, 거기서 인간 삶의 유한성을 자각하며, 생의 의미를 깨닫고 있는 것이다.

시 ②에서는 '새'와 '겨울 나무'의 이미지를 통해서, 인간의 만남과 이별의 의미를 묻고 있다. '나무'는 움직일 수 없지만 '새'보다는 오래 산다. '새'는 이 나무에서 저 나무로 날아다니지만 그 생명은 유한하다. 화자는 '겨울 나무'와 자신을 동일시하여 '새'를 그리워한다. 한순간 나뭇가지에 앉았다가 떠난 '새', 그리하여 나뭇가지가 흔들리고, 다시는 그 '새'가 돌아오지 않는다는 사실을 확인한 뒤에 그리움은 자라 섬이 된다. 결국 '겨울나무'는 그 그리움을 승화시켜서 "가슴 속에 파닥이는/ 한 마리 새"를 꿈속에서 키우게 된다.

인간은 다른 생명체와 더불어 살아갈 수밖에 없다. 생명체의 시간은 만남과 이별이라는 사건으로 지속된다. 따라서 인간은 이별이 주는 상실감에 머물기보다는 또다른 만남의 생성 공간으로 나아가게 된다. 그것은 이별에 의해 야기되는 그리움이 새로운 만남을 받아들일 수 있는 넉넉한 기다림으로 열리기 때문이다. '새' 한 마리가 드리우고 떠난 '여백의 그림자'는 미래를 지향하는 시인이 앞으로 받아들일 삶에 대한 의지인 것이다.

위 시 ③에서 화자가 "병실 침대에 누워" 있었던 체험을 통해서 생명의 소중함과 함께 작은 사물에까지 가닿는 연민의 정이 표출되어 있다. 병을 앓다 회복되는 환자는 작은 사물에도 관심과 애정을 갖는다. 그것은 죽음에 다다르기 전에 새롭게 깨어남으로써 자각하게 되는 생명의 기쁨이 보다 섬세한 심성으로 드러나기 때문이다. 그러므로 이 시인도 "20여 년 전 추억"의 "생각나지 않던 그녀"를 떠올리고 "미완의 편지를 쓴다". 물론 여기서 그가 쓰는 편지가 미완일 수밖에 없는 한계가 있으나, 그것은 지난 시간이 아쉬움을 스스로 소화할 수 있는 유일한 방안이 되고 있는 것이다. 그래서 마지막 연에서는 "아직도 창밖엔/ 하얀 꽃이 순정처럼 피어있는데"라고 토로한다. 이제 박명용 시인은 과거라는 소멸과 상실의 공간 속에 아쉬움이나 상처로 머물던 사실들에까지 손길을 뻗치는 것이다. 그것은 바로 생명에 대한 가치와 소중함을 스스로 인식한 체험으로 가능했던 것이다. 이제 시간이란 단순히 생명체의 빛을 약화시키고, 이별로 머물게 하지 않는다. 이 시의 제목이 「미완未完의 꿈」 일진대, 계속해서 그는 꿈을 꾸게 될 것이다. 끊임없이 꿈을 꿀 수 있는 가능성, 그것은 바로 생명력과 맞닿아 있기 때문이다. 우리가 생명의 소중함을 확인할 때, 우리를 한 순간이나마 스쳐갔던 어떤 것에도 연민의 정을 느끼는 자세, 거기서 꿈은 솟아나는 것이다.

이렇게 볼 때, 그에게 있어 '시간'은 부정적으로 인식될 수밖에 없다. 물론 이때의 시간이란 물리적 현상이 아니라, 인간 사회의 삶의 과정을 의미하는 것이다. 그러므로 그의 의식은 과거, 즉 유년의 고향 위에서 영원히 떠나지 않는다. 그는 유년기 고향, 즉 자연의 체험을 상상력의 원동력으로 삼는다.

그러나 그것은 단지 '여기'와 '오늘'에 대립되어 있는 '저기'와 '어제'에 대한 단순한 동경이 아니다. 거기에는 생명이라는 영원한 가치가 있기 때문이다.

더 나아가서, 그의 시는 존재론적 깊이와 형이상학적 관조력을 보여준다. 시는 언어의 감성적 표현으로 드러나지만, 항시 그 내면의 사상적 깊이가 문제된다. 시는 삶에 대한 깨달음에 즐거움을 주어야 하기 때문이다. 궁극적으로 시를 쓰고 읽는 일은 곧 우리 삶의 보이지 않는 가치의 세계에 조심스럽게 발을 내딛는 일이 되는 까닭이다.

① 살다가 보면
아는 것도 모르게 되고
모르는 것도 알게 되는
곡선과 직선의 정체
하루에도 몇 번씩
나타났다 사라진다
천 길 깊숙한 곳에서
아무도 모르게 가면을 쓰고
곡선을 바로잡아 보기도 하고
직선을 휘어보기도 하다가
드디어 헛웃음을 지으며
변하는 세상을 본다
살다가 보면
가까운 거리에서도 볼 수 없고
먼 곳에서도 들을 수 있는
우리들의 넓고 좁은 세상

—「곡선과 직선」에서

② 꽃도 피지 않고
책상 위에 놓여있는
蘭 한 포기에서
허옇게 마른 줄기 하나

흔들리지도 않았다
새치를 만지듯
몇 번이고 만지다가
꺾어지지 않는 것을
억지로 뜯어낸 후
날짜를 잊고 있다가
또하나의 줄기 하나
뼈처럼 웃고 있어
이번에는 가위로
싹뚝 잘라 창 밖에 던지자
무심히 떨어지는
가슴 조각 한 점
오직 창 밖엔
존재의 그림자만이
희미해가고 있었다

—「존재」 전문

③ 대합실에서 서서 보면
오는 사람 없고
떠나는 사람만 있다
한 무리가 웅성이다가
시간을 다투어
개찰구를 빠져나가면
갑자기 대합실은
텅 빈 공간이 되어
출입문 틈 사이로 들어온 바람뿐
(중략)
우리가 개찰구를 향해
발걸음을 옮길 때면
우리를 바라볼 그들 역시
잠시 웅성이다가
대합실이 되고 그러다가

또다시 떠나갈 것이다
가슴에 대합실을 가득 안고
살아가야 할 사람
어느덧 한 무리에 섞여
이 겨울의 대합실을
나서고 있다

—「대합실에서」 일부

박명용 시인은 존재론적인 성찰 속에서 인간의 정체성이나 자아의 심층을 드러내고 있다. 그것은 인간 삶의 진실과 허상, 우리 삶의 이율 배반성, 삶의 아이러니 속성 등으로 전개된다.

시 ①에서는 시인이 '곡선과 직선의 정체'를 인식하고 있다. '곡선'이란 어느 면에서 관용과 넉넉함, '직선'이란 냉철과 합리성 등으로 해석해 볼 수 있다. 이 두 면은 파토스와 로고스로서 우리의 삶에 동시에 필요한 것이다. 이 둘을 통합하는 것이 가장 소중한 가치로 드러난다. 그러나 '곡선'은 '곡선'대로 '직선'은 '직선'대로 의미와 성격을 지니지만, 우리 삶 속에서 그것들 사이의 치환과 혼선, 굴절 등이 일어난다. 이것은 현대 산업사회의 속성으로 드러나는 포스트모더니즘의 한 징후로 해석될 수 있으리라.

시 ②는 난잎을 잘라내는 일을 소재로, 존재에 대한 인간들의 편견을 형상화 화였다.

화자는 난초잎이 시들어서 그것을 잘라낸다. 그러나 난잎을 자르는 일은 사실 그 난초에게는 어떠한 의미도 없다. 그것은 화자 스스로의 판단에 해당하는 일이기 때문이다. 뿐만 아니라, 마른 잎이란 난초에게는 지극히 자연스러운 상태이다. 잎을 자르는 행위는 다만 그것을 바라보는 인간의 판단에 지나지 않는다. 그렇듯이 존재라는 객관적 사실조차도 인간의 생각 속에서 왜곡되고 있는 것이다. 마른 난잎을 하나 잘라냈을 때, 그것은 생명과 뿌리에서 완전히 이탈함으로써 존재로부터 소멸되어버리는 것이다.

그렇다면, 우리의 사고와 연관되는 존재의 인식조차도 얼마나 불완전한 것인가!

시 ③은 '대합실'을 소재로 하여, 인간 삶의 떠남과 돌아옴의 의미를 묻고 있다. 사람들이 떠나기 위해 '대합실'에 가득 차 있으나, 그것은 비어있는 것과 같다. 돌아오는 사람들도 저편의 '대합실'로부터 떠나온 사람이고, 그들에게 이쪽의 '대합실'이란 목적지가 아니다. 결국 '대합실'은 우리 인간 삶의 순간성을 상징적으로 보여준다. 열심히 살고 있으나 상대적으로 그 시간은 소멸되어버리는, 그리하여 다시 새로운 시간으로 지향해가듯이, 우리는 '대합실'로부터 자꾸 다른 '대합실'로 옮겨가는 과정으로 삶을 이어간다.

그렇다면, 우리는 시인의 말처럼 "잠시 웅성이다가/ 대합실이 되고 그러다가 또다시 떠나갈 것이다." 결국, 우리들은 "가슴에 대합실을 가득 안고/ 살아가야 할 사람"들인 것이다. 도대체 인간들이 편안히 안주할 수 있는 곳이란 어디인가? 인간들은 가슴 속에 '대합실'을 깊이 끌어안고 살아가는 일밖에는 없다. 그렇다. 철저한 운명애의 현장, 삶을 수용하는 곳이 '대합실'인 것이다.

이상 살핀 바와 같이, 박명용의 시에는 현실 비판적 요소와 짙은 서정성의 요소, 또 존재론적 요소 등 세 가지 면이 긴밀하게 뒤얽혀 있다. 참된 서정시의 필요조건을 서정성, 사상성과 시대성이라고 할 때, 그의 시는 그러한 요소들이 상호 침투적으로 연결되어 감동이 깊이와 언어의 빛을 뿌리고 있다.

마지막으로, 그의 시 한 편을 살펴보자.

누군들 저 굵고 우람한
나무의 뿌리를 볼 수 있으랴
세월이 엉겨붙은 밑동 속에
펄펄 끓고 있는 핏물
누구도 보지 못하고 더구나
지난날 당한 고통 몰라도
대명천지에 푸르게 빛나는 잎새에서
할아버지의 생생한

숨결소리가 생시로 들린다

—「숨결소리」 전문

위 시는 "굵고 우람한 나무의 뿌리"를 통해서, 인간사의 다층적인 문제를 형상화한다. 일반적으로 '나무'는 그 수직적 특성으로 인하여 공기의 상징적 음역의 일부를 만드는 반면에, 그 뿌리내림으로 땅의 몸짓인 생생한 변천까지 요약하고 있다. '나무'는 지속과 비옥의 상징이며, 계절의 변화에도 버티면서 오랜 세월을 보낸다. '나무'는 견고한 자애로움을 지니기 때문에 안정과 영원성을 부여하며, 삶과 변신의 상징으로 인해 우주의 축소판으로 여겨진다. '나무'는 뿌리를 현실 깊이 내리고 줄기를 하늘, 즉 이상 세계로 뻗어 올린다. 여기에서 이상과 현실 사이의 갈등을 통합한 것이 '나무'이다. 따라서 인간이 '나무'에 대해서 갖는 신뢰감도 이러한 속성에서 기인한다.

위 시에는 '나무'의 상징성이 역사성과 결부되어 있다. "세월이 엉겨 붙은"이 그것이며, 역사의 시련과 고통은 "펄펄 끓고 있는 핏물", "지난날 당한 고통"으로 드러난다. 그러나 '나무'는 "대명천지에 푸르게 빛나는 잎새"를 지님으로써 강한 생명력을 발산하고 있다. 그것은 이어서 "할아버지의 생생한 숨결소리"로 비유되었다.

요컨대 '나무'는 인간 삶의 뿌리이자, 전통으로서의 가치가 결합되어 있는 것이다. 바로 위 시는 한 나무가 보여주는 강한 생명력의 아름다움과 역사의 시련이 펼쳐져 온 시간성, 인간 삶의 존재론적 인식 등이 어우러진 한 편의 빼어난 시이다. 그만큼 그의 시는 현실 극복의지와 강한 생명력이 그 바탕을 이루고 있는 것이다. 궁극적으로 그가 추구하고자 하는 것을 '푸르름'이며, 그 '푸르름'을 꿈꾸는 것이다. 그리하여 그것은 강한 생명의 언어로 표출되고 있다.

4.

박명용 시인의 시적 미덕은 무엇보다도 그의 시가 삶의 체험에 기초한다는 점이다. 그러므로 그의 시는 진실성을 통해서 독자들에게 폭넓은 친화감을 베풀고, 시를 읽는 사람들에게 정서적 공감대를 형성시켜, 강한 전달력을 확보하고 있다. 그것은 그의 시가 시인의 세계에 대한 넉넉하고도 당당한 자세를 배경으로 하고 있기 때문이다. 그는 대립과 거부, 부정과 배타적이지 않은 화해와 수용, 인내와 사랑이라는 기본적 심성으로 세계와 조화롭게 관계를 맺고 있다. 또한 그의 시는 수다스러움과는 달리 정제된 언어와 직관으로 표출된다. 이 점은 그의 시가 감성과 이성의 조화로운 성취를 이루었기 때문이다.

그의 시는 서정성의 함몰, 표나는 의식, 생경한 언어의 파괴와 실험성을 벗어나 가장 정통적 기법으로 시의 본령에 다가서 있다. 그러므로 박명용 시인은 '자존심의 시인'이라 할 수 있다. 그의 이러한 장인 의식은 그의 시를 우리에게 무한한 신뢰감을 애정의 공감대로 다가오게 한다.

그의 시에는 사회 현실에 대한 비판적 형상화, 서정성의 추구, 존재론적 성찰 등 세 가지 측면이 공존하여 나타난다. 그리고 이것들은 상호 삼투적으로 결합되어 있기 때문에, 그의 시를 대할 때마다 삶에 대한 깨달음의 즐거움과 순수한 서정과 꿈, 형이상학적 깊이 등 폭넓은 의미 공간을 전달해준다.

이러한 점은 그의 이번 시집에서 '푸르름을 꿈꾸는 생명의 언어'로 드러나고 있다. 현대의 순수성 상실과 생명의 소멸 공간 속에서도 시인은 그것을 딛고 꿈을 꾼다. 아니, 오히려 그 상실감이나 소멸로 인해서 꿈을 꾸게 되는 것이다. 그렇다. 시인이 비극적 현실 위에 우뚝 서서 펼쳐 보여주는 역설적 의미, 그것은 바로 말라르메가 말한 '백지의 공포'를 향해 나아가는 장렬한 싸움인 것이다. 그러므로 시는 영원히 살아남아 질푸르게 솟아날 것을 확신한다. 바로 여기에 시인 박명용의 시집 『나는 마침표를 찍고 싶지가 않다』가 자리하는 것이다.

(시집 『나는 마침표를 찍고 싶지 않다』, 글벗사, 1995)

쉼표로 껴안은 삶과 꿈

—『나는 마침표를 찍고 싶지 않다』

정 순 진*

『나는 마침표를 찍고 싶지 않다』는 박명용 시인이 여섯 번째로 낸 시집이다. 이 시인은 서두르지 않으면서도 꾸준히 시를 쓰고 있는데 그 객관적 결과물이 대체로 삼 년에 한 번 정도씩 간행한 시집이라고 할 수 있다.

이 시집에 실린 예순 편의 시들은 대체로 일상적인 삶의 한가운데서 자아와 사회를 되돌아보고 느낀 감각과 성찰의 형상화이다. 변화의 속도 자체가 가속화되는 시대에 살고 있는 우리들은 너 나 할 것 없이 모두 앞만 보며 달려가기에 정신이 없다. 그러나 그런 소용돌이에서도 뒤를 돌아보면서 반성적 사유를 촉발하고, 주변을 돌아보며 다양한 삶의 아름다움을 인식하면서 우리들이 선택한 삶의 방향성에 끊임없이 의문을 제기하는 사람들이 있으니 그들이 바로 시인이다.

자신이 몸 담고 사는 현실이 더 이상 바랄 것 없는 이상세계라고 생각하는 사람은 어느 때나 드물지만 특히 현대, 한국사회를 살아가는 지식인의 경우 더 더욱 찾아보기가 어렵다.

이 시집에서도 현실 혹은 세상은 부정적으로 인식되고 있으니 시집 어디를 펼쳐도 그런 표현을 쉽게 만날 수 있다.

---

* 문학평론가

못된 세상을 닮아가는가
못된 마음을 닮아가는가

—「이율배반」에서

날이 갈수록
재주가 승천하고
해가 밝을수록 음모가 난무하는
이 시대에

—「이런 세상」에서

석간 신문 위에
분노가 와르르 쏟아진다

—「다시 보는 세상」에서

훨훨 불타
그리하여
소멸되어라
이 땅 위의 허깨비여

—「불타오르거라」에서

발치에 보이는 저 세상엔
범벅이 된 탁류가
철철 넘쳐흐르고 있었다

—「홍수」에서

헷갈리는 세상에
나는 눈을 뜨고 있구나

—「이상스러운 나라의 언어」에서

시집 열 장을 넘기기 전에 만난 표현만도 이 정도여서 다 열거하려면 끝도 없지만 굳이 열거할 필요도 없다.

우리가 시집에서 눈여겨 보아야 할 것은 어떤 삶의 조건을 꿈꾸며 그것을 어떻게 형상화시키는가, 바로 그것이다.

「여백의 그림자」, 「하늘」, 「푸르름을 위하여」, 「꽃과 꿈」, 「서로 가슴에게」, 「도시의 눈」, 「은총」, 「세상」 등 많은 시에 시인의 꿈이 담겨있지만 시집의 표제가 된 「나는 마침표를 찍고 싶지 않다」에 포괄적으로 드러나 있다.

> 글에는 쉼표가 있어 좋다
> 글을 쓰다가 막히면 찍고
> 또 쓰다가 힘들면 찍고
> 말이 헤푸면 찍고
> 그리고 한 숨 돌린다는 것은
> 얼마나 다행한 일인가
>
> — 「나는 마침표를 찍고 싶지 않다」에서

시의 전반부인 이 부분을 읽으면서 우리는 시인이 에돌아 말하고자 하는 것이 무엇인지 짐작할 수 있다. 글에서의 쉼표처럼 한숨 돌리는 여유를 획득하기, 그것이 현재 우리들의 삶에 가장 모자라는 부분인 것이다. 마침표로 끝나는 것이 아니라 쉼표로 시간을 두고 생각하기, 막히고 힘든 것 풀어가기, 헤픈 것 절제하기, 미움이나 절망까지 포용하기, 자유롭게 행동하기이다. 글의 쉼표와 삶의 쉼표를 짝지어가며 쉽고 친근하게 쓰고 있지만 삶의 마침표를 거부하는 시인의 의지가 단호하게 나타나 있다.

또 "수평선 아득히/ 층계없는 세상"(「세상」)처럼 바다의 심상으로 제시하는 평등한 세상 역시 시인이 꿈꾸는 세상이다. 이런 세상으로의 지향은 「눈」의 심상으로 형상화되어 있다. "나의 검은 욕망과/ 너의 핏발서린 눈빛을/ 하나로 덮어/ 하나같이 사랑을 만드는 지금/ 세상은 평화다"(「도시의 눈」)에 보이는 것처럼 너와 내가 하나가 되어 우리가 되는 세상을 꿈꾸는 시인의 지향이 은유로 펼쳐진다.

이런 매개의 참신함이 시가 주는 매력의 하나이다. 세상을 보는 시인의 예리한 눈 못지않게 독자는 그것을 끌어안는 넓은 가슴을 요구한다. 과거와 현재, 미래까지 보듬어 안는 그런 의식을 보여주는 시가 「숨결 소리」이다.

"푸르게 빛나는 잎새"에서 "할아버지의 숨결"을 들을 수 있는 사람만이 전통 속에서 새로운 미래를 변용, 창조해 낼 수 있다. "푸르게 빛나는 잎새"인 신세대들이 잊지 말아야 할 것은 세월의 엉김 속에서도 "펄펄 끓고 있는 핏물"이 있다는 사실 아니겠는가.

연배로 보아 이제는 나무의 뿌리에 해당될 법한 시인이 은유에 바탕한 시정으로 피의 뜨거움과 생시로 듣는 할아버지의 숨결이 따로 떨어져 있는 것이 아니라 쉼표로 연결되어 있음을 암시하는 시집, 그것이 『나는 마침표를 찍고 싶지 않다』이다.

(<대전일보>, 1995. 11. 15)

몸으로 느끼는 삶, 혹은 여유
—『바람과 날개』를 중심으로

정순진*

1. 들어가는 말

최근 들어 많은 사람들은 근대가 문자의 시대였다면 탈근대사회는 탈문자화 시대임을 거론하면서 문학의 위기를 말하고 있다. 확실히 언어로 이루어진 문학은 탈근대사회의 특징인 영상매체나 사이버문학의 직접성과는 비교할 수 없을 만큼 추상적이라 할 수 있다. 그러나 바로 그러한 특성 때문에 문학은 직접적인 체험의 소용돌이를 구조화 할 수 있게 되는 것이다. 문학은 아주 개인적이고 구체적인 체험에서 출발하지만 사람들의 보편적인 체험으로 확산되고 시대의 다양한 문제와 만나며 마침내 시대를 초월하게 되는 것이다. 그런 점에서 문학의 위기를 말하는 지금 이 시점이야말로 인간다운 삶의 위기를 치유하고 위무하는 진정한 문학의 출현이 기다려지는 때라고 하지 않을 수 없다.

한 편의 시를 읽는다는 것은 그 시에 담긴 언어의 의미만을 추적하는 것은 아니다. 폴 발레리가 말하듯 한 편의 시의 가치는 말소리와 말뜻의 분리할 수 없음에 있지 않은가. 소리와 의미가 어우러져 내는 울림 속에서 예리한 통찰력과 참신한 비유의 결합 향유하기, 익숙한 삶의 단면에서도 저마다 다르게 해석

* 문학평론가 · 대전대 문창과 교수

하는 삶의 의미 견주어 보기, 일상적인 행위마저 낯설게 인식되는 시의 의장을 통해 자신의 삶 들여다보기, 그리고 시인이 낳은 언어에서 끊임없이 나오는 사랑의 숨결을 공유함으로써 삶의 탄력 회복하기, 이 모두가 시를 읽으면서 느끼는 행복이다.

자, 이제 시읽기에 들어가기에 앞서 박명용 시인에 대한 예비지식을 점검하자. 그는 1976년 ≪현대문학≫을 통해 등단한 뒤 『알몸 서곡序曲』(1979), 『강물은 말하지 않아도』(1982), 『안개밭 속의 말들』(1985), 『날마다 눈을 닦으며』(1992), 『나는 마침표를 찍고 싶지 않다』(1995) 등의 시집을 상재한 중견시인이다. 그는 자신의 일상체험에서 생생한 생의 기미를 포착하여 시로 형상화시키는 장점을 지니고 있다. 때문에 독자로서는 놓치고 지나갔던 삶의 편린에서 반짝이는 삶의 지혜나 탄력있는 말의 운용이나 아름다운 이미지를 보고 거기에서 스스로의 삶을 불러내 곱씹어 볼 수 있는 기회를 가질 수 있게 된다.

2. 나를 들여다보면 : 몸의 시학

사람이 한평생 살면서 제일 관심있는 것은 무엇일까? 물론 사람마다 다르겠지만 끝없는 관심의 대상은 자기 자신이 아닌가 싶다. 청소년기에는 물론 개인적 자아를 확립하고 사회적 자아를 발견하기 위해 고민과 방황을 거듭하지만 그 시기가 지났다고 해서 자신에 대한 탐색이 끝나는 것은 아니다. 사람은 삶의 굴곡에 설 때나 세상을 보는 시야가 달라질 때마다 스스로를 들여다볼 수밖에 없게 된다. 특히 중년 이후 "도대체 나는 어떤 존재인가?", "어떻게 사는 것이 올바른가?"라는 질문에 휩싸이게 될 때가 바로 중년의 위기라고 하는 자아정체감의 회의기이다. 시인 역시 여기에서 자유로울 수 없다. 아니, 섬세한 영혼을 가진 시인이라면 더욱 민감하고 치열하게 "나는 누구인가?"라고 자문할 수밖에 없다.

나는 나를 모른다
가장 잘 아는 나도
나를 모른다
내 귀로 듣는 내 목소리도
내가 아니고
거울에 비쳐본 얼굴도
항상 새로운 남이고
알몸으로 우뚝 서도
처음인 듯 자꾸 보고
술 취한 언어이다가도
불쑥 정색으로 일어서고
안다는 강의는 늘어놓으면서도 모른다
나는 나를 알기 위해
망치로 때려보고
나에게 조용히 다가서
침묵을 일깨워
보기도 하지만
도대체 나는 나를 모른다
나를 알 수 있는 날〔日〕을
알 수 없다
눈을 감고 기다린다
그러나 꼭 기다리지 않는다
그것은 나를 잘 아는 나도
나를 모르기 때문이다

—「내가 아닌 또 하나의 나」 전문

그 질문의 대답은 '모른다'이다. 「내가 아닌 또 하나의 나」는 곰곰이 자아를 들여다보는 과정과 자신을 확인하려는 노력의 과정을 세세하게 그려놓고 있다. 자타가 모두 자기는 자기가 제일 잘 안다고 하지만 시는 이 일상적인 상식을 거부하는 것에서 시작한다. 어느 날 문득 생각해보니 "나도 나를 모른다." 자신을 확인하려는 노력은 4행부터 13행까지의 10행이 서로 짝을 이루어가며 다섯 번에 걸쳐 진행된다. '목소리', '얼굴', '알몸', '언어', '강의'의 확인 작업결과는 '모른다'이지만 같은 말을 반복하는 단조로움에서 벗어나기 위해 시인은 '아니다', '새롭다', '처음이다'라는 같은 계열의 말을 차례로 선택하고 다음에는 반대상황을 제시(술취한 언어가 정색이 되는) 하고 마지막에 '모른다'고 결론을 내린다.

자신을 확인하는 작업은 '목소리', '얼굴', '알몸' 등 몸에서 시작한다. 내 몸이 내 몸이 아닌 것이야말로 내가 내가 아닌 가장 직접적이고 구체적인 증거인 것이다. 그리고 '언어'와 '강의'는 화자가 시인이고 교수임을 드러낸다. 언어로 자신의 정체성을 확인하는 자, 그가 바로 시인이기 때문이다. 그런데 그 언어가 언제나 정색이다가 불쑥 술취한 언어가 되는 것이 아니라 술취한 언어이다가 정색이 된다는 것에서 시인이 시의 언어를 어떻게 바라보는가를 추측해 볼 수 있다. 시인은 정색으로 말하는 자가 아니다. 직언이 논리와 학문의 세계에 속한 말이라면 시인의 말은 취해 있다. 취하는 것이 어디 술뿐이던가. 취한 자 그가 시인이니 그는 짐짓 에둘러 말하거나 변죽만 올리거나 시치미를 뗀다. 시와 강의는 같은 언어를 사용해도 용법이 다르다. 강의는 언어의 지시적 기능과 메타언어적 기능을 주로 활용해야 하는 어법이다. 그러기에 강의는 아는 사람만 할 수 있는 것이다. 그런데도 화자는 "안다는 강의는 늘어놓으면서도 모른다"는 것이다. 나의 모든 것을 확인해 봐도 내가 내가 아닌 상황.

이 상황을 극복하기 위해 화자는 두 가지 행위를 한다. 하나는 망치로 때려 보기, 다른 하나는 침묵에 침묵으로 다가서 침묵을 일깨우기. 그러나 도대체 나를 알 수 없다는 것만을 다시 확인할 뿐이다. 여기에서 화자는 자신을 알 수 없다는 것만 확인하는 것이 아니라 언제인가는 나를 잘 알 수 있으리라는 기대나 희망도 품을 수 없다는 것을 알게 된다.("나를 알 수 있는 날日을 알 수 없다") 나 자신도 모르는데 내가 나를 알 시간이 언제인지를 아는 것은 더더욱 불가능하기 때문이다.

그러나 화자가 자신도 자신을 모르는 이 상황에서 벗어나는 것은 모르는 것을 알려고 함으로써가 아니다. 그는 자신을 알 수 있는 날을 기다리지만 꼭 기다리지는 않는다. 나도 나를 모르는 세상에서는 어느 것도 기약할 수 없음을 체득했기 때문이다. '안다 / 모른다'의 이분법에서 해방되는 '또 하나의' 개안을 보여주는 이 시는 중년 이후에 얻을 수 있는 삶의 지혜가 무엇인지 제시해준다.

이 시집에는 어떤 사물과 만나든 그것이 결국 자신을 비춰보는 거울이 되는, 즉 자아탐구의 시가 여러 편 있다.

1)
늙은 소나무 껍질은
기억처럼 솟아나는
삶의 마디를
꿈처럼 드러내는데

아무렇게나 떠돌다가
무거운 짐 짊어지고
문득 찾아온 부끄러움
더 이상 지체하지 못하고
겨울나무 초입의
솔밭 사이를
황급히 빠져나온다

— 「송호松湖에서」에서

2)
암벽에서 흘러나온 온천수에
몸을 던져
웃음도 울음도 없는 세상을
뼈마디까지 씻어보는 나는

언제까지 몸무게를 달며
살아야만 되는가
알몸으로 서서 창밖의 푸른 숲을
온몸에 둘러본다

— 「대둔산大屯山 사우나탕에서」에서

3)
내 나이를 탐색하자
바다는 지난 해 가을보다
더욱 더 무섭다
이빨 드러낸 바다
텅 빈 무서움

— 「가을바다」에서

4)
그는 변함이 없다
고개를 떨구고
넓은 길에선 저만큼 비켜서고
논둑에서는 곡예사가 되어
길을 터주던
어딘가 모자라다고 하던 옛친구
지금도
멀리서부터 길을 비워주며
서둘지 않는 발길
그때 그 모습이다
말없이 지나치는
그의 어깨에
내 허상
맥없이 비틀거린다

— 「그때 그 진실」 전문

작품 1)은 고향 근처의 영동 양산 송호리에서 소나무를 보면서 그 껍질을 삶의 마디로 인식하며 거기에 스스로를 비춰본 체험을 시화한 것이다. 고향에 와서 스스로의 삶을 돌이켜보면서 "아무렇게나 떠돌다가 / 무거운 짐 짊어지고 / 문득 찾아온 부끄러움"을 고백하고 있다. 부끄러움은 마음이 순결한 사람만이 느낄 수 있는 감정이다. 세파에 시달려 뻔뻔해질대로 뻔뻔해진 사람들은 부끄러움조차 잃어버리고 마는 법이다. 자신의 행위를 부끄러움으로 인지하는 것은 가치의식을 전제하는 것이므로 이 부끄러움은 삶에서 보다 높은 가치를 지향하게 하는 동력으로 작용하게 된다. 이때 고향은 잊고 살던 순결한 마음을 회복시켜주는 기능을 담당하게 된다.

작품 2)에서 화자는 목욕탕에서 몸무게를 재보는 습관적 체험 중에 스스로의 삶을 되돌아본다. 몸무게가 줄었다 늘었다 하는 것은 세상사에 부딪치며 살아가고 있음을 보여주는 직접적인 증거이다. "웃음도 울음도 없는 세상을/ 뼈마디까지 씻어보는 나는", "언제까지 몸무게를 달며/ 살아야만 되는가"라는 질문 앞에 마주 서게 된다. 세상일에서 탈속하지 못하는 평범한 사람들은 '습관'처럼 살아가기 마련이다. 이 습관 앞에서 던지는 돌연한 질문을 통해 일상적 자아는 본래적 자아로 되돌아갈 계기를 마련한다. 화자가 "알몸으로 서서 창밖의 푸른 숲을/ 온몸에 둘러본다"는 것은 피폐해진 일상적 자아에 싱싱한 자연의 생명력을 주입시켜 본래적 자아를 회복시키려는 행위이다.

작품 3)은 '나이'에 대한 인식이다. 한 해 두 해 나이가 들어가지만 언제나 나이를 인식하고 사는 것은 아니다. 그러다 문득 '아, 벌써 내 나이가 얼마구나' 하고 느끼게 될 때의 당혹감을 화자는 텅 빈 가을바다와 동일시하고 있다. 이때 바다는 자아를 들여다보는 거울이다.

작품 4)에서는 옛친구에게 자신을 비춰본다. 그 친구는 '고개를 떨구고', '비켜서고', '길을 터주는 사람'이다. 그는 영악한 사람들에게 '어딘가 모자라다'는 평을 받는다. 지금도 그는 변하지 않는 모습으로 '서둘지 않는다'. 그는 세상사에 대해, 또 다른 사람에 대해 참견하지 않고 말도 없지만 화자는 진실하고 참된 친구의 변하지 않는 의연한 모습을 보자 자신의 삶이 허상이 아니었는가를 되돌아본다. 화자는 친구를 모자라다고 했던 다른 사람들처럼 세상을 살아왔지만 '그때 그 모습'인 친구를 보고 자신이 '맥없이 비틀거리고' 있음을 뼈아프게 자각하는 것이다. 이 시에는 친구의 모습에서 순간적으로 깨닫는 삶의 진실이 포착되어 있다.

여기에서 지적하지 않으면 안될 사실은 이처럼 자신과 만나는 모든 것에서 진지하게 자아를 성찰하는 화자가 자아를 직접적으로 느끼는 것은 육신이라는 것이다. 시집을 펼치면 우리는 어디에서나 쉽게 몸의 반응을 확인할 수 있다.

혼란한 의문이
밤을 몸통째 흔든다

— 「세상스케치」에서

오늘도
발가벗은 내 몸이
욕심처럼 꿈틀댄다

— 「순수에 대한 탐색」에서

몸에 새순이 돋는다

— 「또 하나의 새순」에서

색깔이 바래도록
살아온 언어는
솟구치는 감정이거나
또는 투박한 소리이거나
빈틈없는
논리이거나
살의 빛깔이고
눈의 불빛이다

— 「노교수老敎授」에서

누가 내 안에서
만든 바람
무거운 몸까지
일으켜 세운다

—「바람 1」에서

살갗에 흐르는
오랜만의
꽃바람

—「바람 2」에서

거침없이 불어오는 바람에
전신을 내맡기고 있다

—「겨울포구」에서

이런 반응은 그의 첫 시집 제목이 『알몸 서곡』이었음을 떠올리면 새삼스럽다고는 할 수 없다. 인간이 다른 동물과 달리 옷을 입음으로써 권위와 체면을 유지하고 문화를 일으켰음은 주지의 사실이다. 그러나 그 때문에 인간이 몸을 지니고 있는 존재라는 사실을 인정하지 않으려 했던 것 또한 사실이다. 시인은 머리로 생각하는 것, 지식으로 판단하는 것보다 더 빠르고 정확하게 몸으로 느낀다. 인간이 알고 느끼는 모든 것은 사실 몸의 현실이다. 육체를 죄악시한 기독교가 지배한 문화권에서는 순결한 영혼과 더러운 육체라는 이분법 아래 육체를 억압해 왔지만 몸이 없다면 인간은 살아 있는 것이 아니지 않은가. 영혼이 조화로운지, 분열을 일으키고 있는지를 구체적으로 실현해 보여주는 것은 바로 인간의 몸이다. 이런 점에서 자아와 세계에 대한 모든 반응을 몸으로 느끼는 그의 시들은 몸의 시학이라 이름 붙일 수 있을 것이다.

3. 세상이 보이고 : 비판의 시학

자신이 어떤 존재인지를 탐구하는 것은 세상에서 살아가기 위해서이다. 사람은 혼자서 사는 것이 아니라 사람들 속에서 살아가기 때문에 자신이 맞부딪치는 세상의 모습에 절망하기도 하고 보다 나은 세상을 위해 비판하기도 하고 바람직한 세상을 꿈꾸기도 한다. 사실 이전까지 박명용 시에는 현실에 대한 비판의식이 두드러졌었다. 시가 상상력의 소산이라고는 해도 그 상상력은 시인이 체험하는 역사적, 현실적 세상을 토대로 활동하게 된다. 이때 체험은 실제로 겪은 어떤 사건만을 가리키는 것이 아니라 그 사건이 구조적으로 제기하는 감정과 정서, 그것을 인식하거나 표현하는 것을 총체적으로 포괄한다. 이번 시집에도 잘 벼려진 비판의식이 강한데 그것을 드러내기보다는 시적 형상화를 통한 암시로 시를 구축하고 있다.

> 해맑은 날씨에도
> 그때 그 사람들은 볼 수 없었다
> 중고품 유람선은
> 트로트 가락이나 혹은
> 육자배기 소리에
> 좌우로 기우뚱거리고
> 나도 덩달아 흔들리고
> 모두가 이 세상을
> 정신없이 살고 있는데
> 뱃머리를 움켜잡고
> 무심히 내려다 본 바다속
> 그 아득한 깊이에는
> 탐관오리가 보기 싫어
> 유랑길에 올랐다가
> 이곳을 해금강이라 했다던

그때 선비들의
하얀 숨결소리만이
질푸르게 염색되어
싱싱하게 잠겨 있을 뿐
수많은 인파중에
그때 그 사람들은 하나도
찾아볼 수 없었다

—「그때 그 사람들은 하나도 찾아볼 수 없었다」 전문

유람선에 몸을 싣고 해금강을 돌아본 체험을 형상화한 이 시는 레저붐에 밀려 저마다 여행을 떠나지만 우리가 보고 오는 것이 무엇인지를 다시 생각해 보게 한다. "중고품 유람선"에 실려, "기우뚱거리고 덩달아 흔들리는 삶", 그것이 현재 우리들이 사는 방식이다. 화자 역시 예외는 아니다. 그러나 해금강은 "탐관오리가 보기 싫어" 유랑길에 오른 선비들이 명명한 곳이 아니던가. 오랜 세월이 지났어도 서슬 퍼렇던 선비들의 정신을 해금강을 통해 인지해 보지만 "그때 그 사람들은 하나도/ 찾아볼 수 없었다"는 것이다. 아니, 오늘날의 우리들은 그런 사람들이 있었다는 것마저 기억하지 못하고 "좌우로 기우뚱거리고" 있으니 부정과 불의를 미워하고 항거하는 기개의 전승은 기대조차 할 수가 없다. 그러면서도 이 시는 서두를 "그때 그 사람들은 볼 수 없었다"로 시작하여 독자의 궁금증을 유발하고, 세상을 유람선 속에서 흔들리는 모습에 비유함으로써 독자 스스로 "모두가 정신없이 살고 있는 세상"의 의미를 사유하도록 하고 있다.

빠르고 낯설게 변해가는 변두리 모습을 군더더기 없이 보여주는 「시외 변두리」도 변화 자체에 대한 언술은 숨겨둔 채 상황만 제시함으로써 도시 변두리가 어떻게 변화해가고 현대인의 전통적 정서가 어떻게 매몰되어가고 있는지, 그 결과가 무엇인지는 독자의 몫으로 남겨두고 있다.

연작 「이상기온」은 4행시인데 짧은 시행에는 촌철살인 같은 비판이 숨겨져 있다.

> 올 여름은 심상치 않다
> 중복날에 입추의 바람이 이는
> 며칠째의 지구의 반란
> 사람들의 얼굴은 태평하다

—「이상기온 1」 전문

지구 곳곳에서 보이는 이상기온은 지구의 반란이건만 사람들은 무감각하기만 하다. "이상기온"이란 단어에는 생태계의 이상과 생태계의 질서를 어지럽히는 물질과 속도 지향의 현대문명이 모두 암시되어 있다. 그러나 "심상치 않"음을 느끼는 사람은 극소수일 뿐 대부분의 사람들은 "태평하다", "지구의 반란"과 "태평"한 사람 사이의 거리만큼 멀고도 먼 것이 현재 자연과 인간 사이이다.「이상기온 2」는 모두들 가면을 쓰고 있으나 속이 훤히 들여다보이는 현실을,「이상기온 3」은 자연도 무성하고 사람도 많지만 진정한 사람은 없다고 통탄한다.「이상기온 4」는 나비와 개, 유년과 오늘, 꿈과 현실을 대비시켜 오늘의 현실이 얼마나 낯선지를 참신하게 그려낸다.

「세상 스케치」는 이런 경향을 대표하는 시이다.

> 고속의 새마을 열차
> 급정거하는 듯하더니
> 살얼음판 밟듯
> 조심스럽게 서행한다
> 어리둥절하여
> 창밖을 두리번거리는데
> 멀리서 들려오는
> 요란한 싸이렌 소리
> 점점 크게 다가오더니
> 기차보다 더 빠르게

경광등을 번쩍이며
쏜살같이 질주한다
또 어디선가
누군가 죽거나 다쳐
위급한 상황인가
참담한 교통사고?
산모의 신음?
아니, 급성맹장? 전신마비?
진눈깨비 흩날리는
겨울 거리보다
더욱 어지럽다
두려운 불안
기차는 다시
칠흑의 바다에서
속력을 내기 시작하고
벌써 아득히 사라진
금속성과 적색 불빛의 행방
혼란한 의문이
밤을 몸통째 흔든다

—「세상 스케치」 전문

이 시는 제목 그대로 밤 새마을 열차에서 자신이 겪은 일을 스케치하듯 그려 보여준다. 살아있다는 것이 죽거나 다칠 위험에 노출되어 있는 것이라고 할만큼 온갖 사고에 무방비 상태로 내맡겨진 오늘 우리들의 삶의 현장을 "요란한 싸이렌 소리"와 "번쩍이는 경광등"이 공존하는 시청각, 즉 공감각적 이미지로 형상화하고 있다. 필연이 아니라 우연이 지배하는 세상, 내게 닥치지 않았을 때는 아무렇지도 않게 남의 일로만 치부하지만 교통사고가 사망률 1, 2위를 다투는 나라, 일어나면 모두 대형사고이고 대형사고는 모두 안전불감증에 걸린 사람들이 만든 재앙으로 밝혀지는 나라에 우리는 살고 있다. 그러나 시에 나타난 상황은 현재 우리들의 삶의 조건만이 아니라 현대문명 속에서 살아가는 모든 인간 존재의 전지구적 상황이다. 그렇기 때문에 살아 있는 자의 "두려운 불안"은 죽음이 무엇인지 인식하고 있으면서도 결국 죽을 수밖에 없는 인간 존재의 본질적 조건에 대한 성찰에서 비롯된 것이다. 상황이 이렇고 보니 한 치 앞도 내다볼 수 없는 밤처럼 불확실한 시대를 살아가는 존재의 의미는 어지러운 의문이 되어 우리 모두를 흔들어대는 것이다.

세상에 대한 건강한 비판이 형상화된 시들을 읽으면 우리는 시인의 비판이 바람직한 세상에 대한 꿈에서 나온 것임을 깨닫게 된다. 시인의 꿈과 비판은 동전의 양면이므로.

4. 너를 만나니 : 사랑과 생명의 시학

세상 사는 일이 아무리 불안하다 해도 우리들은 사람들과 만나 서로를 믿음으로써 불안을 잊고 살아간다. 아니, 어찌 사람들과의 만남뿐이겠는가. 살아가면서 만나는 모든 것을 섬세하게 살피고 배려하는 것이 사랑이리니 사랑이야말로 인간에게 부여된 가장 인간다운 특권이리라. 그의 이번 시집이 이제까지 낸 다른 시집들과 다른 특징 중의 하나는 감성, 즉 대상을 보는 눈이 따뜻하고 부드러워졌다는 사실이다. 사실 젊은 시절의 일직선적인 눈은 세상에 엄격하기 쉽다. 또한 성취욕구와 불타는 야망 때문에 다른 사람을 감싸안기보다 경쟁적으로 인식하게 된다. 포용력은 성숙의 정도에 비례하고 사람은 언제나 고통과 사랑을 통해 성숙하는 법이니, 사랑과 생명의 시편들을 읽어 그 감성을 추체험해 보기로 하자.

몸에 새순이 돋는다
태어날 때 돋았다가
가뭄에 시들고
다시 솟아나는 것

초록빛이었다가
회색의 죽음이었다가
살아온 만큼이나 반복된 사연
맑은 하늘만
아득히 올려보다가
주저앉는 몸에
군말없이 돋아난
또 하나의 새순
걱정이다

—「또 하나의 새순」 전문

'새순', '돋다', '초록빛', '맑은 하늘'/ '가뭄', '시들다', '회색의 죽음', '주저앉는 몸'으로 이미지군이 대별되는 이 시의 핵심은 몸에 새순이 돋는다는 사실이다. 새순은 돋았다 시들었다를 반복했지만 지금 새순이 돋아난다는 것이다. 지금 화자의 몸은 어떤 상태인가? '맑은 하늘'과 대비되면서 '주저앉는 몸'인데 그 몸에 새순이 돋아나는 것이다. 돋아난 새순을 본 화자는 '걱정'이라고 말한다. 기쁜 것이 아니라 걱정이라는 말에서 우리는 화자가 새순에 거는 기대를 감지하게 된다. 주저앉는 몸에 돋는 새순을 어떻게 키워야 할지 걱정하는 마음이야말로 생명에 대한 경외와 그 책임의 제 일보이다.

이 시에서 "또 하나의 새순"은 군말없이 돋아난 것이지만 「돋보기」에서 화자는 "또 하나의 돋보기"를 적극적으로 찾는다. "눈속에 친 그물/ 그대로 걸어둔 채/ 나의 눈을 사랑할/ 또 하나의 돋보기/ 해마다/ 눈을 뜨고 찾는다"에서 극명하게 나타나듯이 돋보기도 소용없어지는 나이에 필요한 것은 또 하나의 돋보기인 것이다. 이렇게 본다면 2항에서 살펴본 「내가 아닌 또 하나의 나」 역시 이런 맥락에서 해석해 볼 수도 있으리라.

날마다 나는 너를
깊이깊이 사랑하고 싶다

헉헉 정열을 토하여
거창한 꿈이며 삶이며
죄악이며 용서이며
모든 것을 하나로 해체하여
사랑하고 싶은 욕망
오늘도 발가벗은 내 몸이
욕심처럼 꿈틀댄다
너의 구석구석을 더듬고
몸을 포개는 신념
그러나
너는 늘 타인이다

―「순수에 대한 탐색」 전문

사랑의 기미를 제일 먼저 포착하는 것 또한 '몸'이다. '깊이'라는 부사어를 중첩시키지 않을 수 없을 만큼 사랑이 깊지만 그 사랑은 관념이 아니다. '헉헉'이라는 의성어는 모든 것이 하나가 되는 사랑의 뜨거운 현장을 단박에 재현시키고 '오늘도'의 '―도'는 그 사랑이 일회적이 아님을 증거한다. 신념을 가지고 "너의 구석구석을 더듬고/ 몸을 포개"도 '늘 타인'인 것을 확인하는 사랑은 안타깝다. 욕망이 클수록 순수와는 거리가 생길 수밖에 없는 역설, 그것이 또한 사랑의 본질임을 확인하는 것이다. 하지만 이 시가 단순한 사랑시에서 벗어나는 것은 추상적 관념어인 '순수'를 비유적 이미지로 구성하여 탐색하고 있기 때문이다. 추상적 관념을 '너'로 인격화시켜 사랑을 매개로 육화시키고 있는 이 시는 사상과 감각이 빈틈없이 하나로 융합된 경지를 보여준다.

이처럼 사상과 감각이 융합된 시로 「겨울 속 사랑」이 있다. 이 시에서 사랑은 겨울 아침 창가에 핀 게발선인장 꽃과 결합한다. "푸른 물기 흐르고/ 때로는 주저앉고/ 오랜 시간의 모퉁이에서/ 그리움 애태우던 너는/ 겨울 내내/ 참고 기다리더니/ 마침내/ 꿈인 듯 살짝 피워낸/ 붉은 웃음꽃". 한송이 꽃도 주저앉을 수밖에 없었던 고통과 그리움과 기다림을 극복하고 나서야 피어나는 것임을 깨달으며 시인은 “아, 나를 가르치는/ 그대같은 사랑”이라고 고백하게 된다.

1)
매일 만나
조금씩 본다
꽃잎 한 장에
매달린
바람 한 점
누가 볼까 두려워
오늘도 아무도 모르게
혼자서 마시나니

그대 숨소리
언제나 소중한 체온으로
코 끝에 와 닿는다

—「바람 한 점」 전문

2)
바람이
하늘을 난다
손에 잡히지도 않으면서
더구나
추락하는 법도 없이
날아다니는 너의
튼튼한 날개
보인다

살갗에 흐르는
오랜만의
꽃바람

—「바람 2」 전문

'바람'을 소재로 한 이 두 편의 시는 그대로 사랑의 시다. 누가 볼까 두려운 감정의 미묘한 움직임도 그러하거니와 나를 살아있게 흔드는 바람의 속성도 그러하다. 작품 1)에서 서술어가 보다 — 마시다 — 닿는다로 변용되는 가운데 바람은 그대 숨소리로 전이된다. 예로부터 바람은 우주의 숨결을 상징하는 것이니 꽃바람이 사랑하는 이의 숨결로 전이되는 것은 아주 자연스럽다. 내가 마신 꽃바람이 그대의 숨결이 되어 체온으로 와닿는 이 오묘한 변화를 가능하게 하는 것, 그것이 사랑이 아니던가.

작품 2)에서 바람은 "손에 잡히지도 않으면서", "추락하는 법도 없이/ 날아 다니는 너의 튼튼한 날개"이다. 비상에 대한 인간의 욕망은 신화에도 형상화되어 있는 낯익은 것. 사람을 날게 하는 것은 여러가지가 있겠지만 사랑이야말로 두 사람을 함께 날아오르게 하는 가장 강력한 힘이다. 그 바람이 "살갗에 흐르는" 화자는 이제 갈구하던 대로 스스로도 '꽃바람'이 되고자 한다.

5. 봄이 오누나 : 봄의 시학

봄은 기다리다가 간다. 봄인가 봄인가 하면 아직 겨울이고, 봄인가 봄인가 하면 벌써 여름이다. 4부 「아직 이른 봄바람」은 봄에 대한 생각과 감정의 편린을 주제로 한 다채로운 변주이다. 동서고금을 막론하고 봄의 전형적인 상징은 소생과 생명력이다. 따스한 봄바람이 불면 죽은 것처럼 보이던 모든 생명이 소생하는 계절이 돌아온다. 우리가 봄을 기다리는 것은 바로 이런 소생을 기다리는 것이기도 하다. 그러나 우리가 기다리는 봄이 계절로서의 봄만은 아니다. 따라서 우리가 봄과 같은 생명력을 지니고 살 수 없게 만드는 모든 역사적, 현실적 조건은 봄이 더디 오게 만드는 추위이다. 연작시 「봄날에」는 해빙을 가로막는 가장 커다란 현실적 조건으로 남북문제가 암시되어 있다.

> 휴전선에 쌓인 눈이
> 조간신문 위에서 얼었다
>
> —「봄날에 1」에서

> 남북도 없는
> 눈물의 사랑꽃
> 더욱 붉어만 가네
>
> —「봄날에 2」에서

> 두툼한 옷 벗지 못하고
> 양지바른 의자에서
> 되돌아보는
> 퇴색한 세월
> 날씨보다 더 추운
> 이북 사투리
>
> —「봄날에 3」에서

봄이라고는 해도 아직 언땅이 있음을 잊지 않고, 진달래를 보면서도 남북의 문제를 떠올리고, 양지바른 공원 의자에서 해바라기하는 노인들이 쓰는 이북 사투리에도 귀기울이는 현실감각이 우리 조국이 마음놓고 봄노래를 부를 수 없는 현실임을 상기시킨다.

그런가하면「봄날에」5, 6, 8 같은 시는 봄날의 허망함이나 우수를 잘 포착해 내고 있다. 봄이 짧기 때문일까, 봄꽃이 유독 잠시 피었다 지기 때문일까, 인생의 허무를 이르는 대표적인 언사가 '일장춘몽'인 것을 보면 봄은 허무와 우수를 느끼기 쉬운 계절인 듯하다.

봄날 느끼는 아련한 그리움의 실체를 사모곡으로 형상화시키고 있는「봄날에 11」은 봄, 쑥, 어머니, 그리움이 잘 어우러져 있다. 그의 시에는 유년과 고향, 어머니에 대한 유별난 그리움이 많은데 이 시에서 쑥은 어머니에 대한 그리움을 매개하는 객관적 상관물이다. 쑥을 보자 그리움은 "두근거리는 가슴/ 감기는 눈"으로 육화되고, 거기에다 미각과 후각까지 거느리며 구체화되어 나타난다.

불꽃이 튄다

무거운 시간을 버리듯
겨울을 태우는
바람에
조금씩 조금씩
소멸되는
나는

벌써 그 언저리에
솟아 오른 초록빛
봄을 본다

—「봄날에 12」 전문

이 시에는 봄의 전형적인 상징인 소생의 의미가 잘 포착되어 있다. "소멸되는 나"와 "솟아 오른 초록빛 봄"이 만드는 불꽃을 볼 수 있는 사람이 시인이다. 소멸은 소멸로 끝나는 것이 아니라 생성과 맞물려 있으니 죽음과 삶이 하나의 순환으로 인식되는 소이가 바로 여기에 있다. 묵은 것과 새로운 것의 순환을 조화로 인식하는 시인의 안목은 끼리끼리, 혹은 또래또래 모이기만 하는 오늘 우리의 문화현실에서 단연 돋보인다. 생명과 생명의 어우러짐을 바라보며 소멸과 생성이 함께 있음을 깨닫고 그 생생한 기미를 시로 형상화시키고 있는 작품이 「고백」, 「이른 봄 강둑에서」 등이다.

하얀 햇살 사이로
날아온 나비 한 마리
묵은 나무에
살포시 내려
새순같은 사랑을
살포시 바른다

—「고백」 전문

날아 다니는, 연약한, 이제 갓 태어난, 유연한, 움직일 수 있는 등의 연상을 가능하게하는 '나비'와 묵은, 뻣뻣한, 고정된 등을 연상할 수 있는 '묵은 나무'의 대비는 참으로 의미심장하다. 나비는 도약하는 생명력의 상징이기도 하니 둘의 대비에서 보다 생명력이 왕성한 것은 물론 나비이다. 그러기에 묵은 나무에게 "새순같은 사랑"을 전할 수 있는 것이다. 묵은 나무에도 새순이 돋는 생명의 기밀을 고백하게 하는 계절 또한, 봄이다.

소생의 기쁨과 함께 생명의 순환이 가장 극적으로 재현되는 시간인 봄날은 봄의 속성상 새로운 생명에만 초점을 맞추기 쉽다. 하지만 「이른 봄 강둑에서」는 지난 시간의 헌신과 미래에의 기대를 교차시켜 보여준다.

아픈 시간들을 태우며
신명나게 불사르는
헌신의 의미
저 멀리 계절이 불어오는
강둑에는 또 하나의
불꽃이 서서히 쓰러지고
그 속에선 새로운
생명이 꿈틀거리고 있겠구나

—「이른 봄 강둑에서」에서

아름다운 게 어찌 새로운 생명만이랴. 헌신의 신명 또한 아름답다. 사라지는 아름다움이기에 눈물겹긴 해도 우리 모두가 그런 헌신 아래 태어나지 않았던가. 그 새로운 생명이 자라 또 서서히 쓰러지는 불꽃이 되는 생명의 이법을 알 때만 사람들은 헌신에서 신명을 느낄 수 있다.

이런 점에서 이 시집의 특성을 가장 뚜렷하게 보여주는 시 중의 하나가 시집 첫머리에 실린 「새벽」이다.

새벽이
자욱하게 솟아오른다

밤을 샌 포장마차의
거나한 음성들이
아직까지 백열등을 흔들어
사연을 일으키고

간혹 질주하는 자동차에
힘없이 깔린
고양이 한 마리의
단순한 비명이
희미한 전신주를
뿌리째 흔드는
시간

낮과 밤의 어지러운 혼숙

누군가
인도를 열심히 뛰어가고
그 어깨 위로 번지는
싱싱한 새벽 물결

어디선가
괘종시계 소리가 유난히

크게 들려온다

—「새벽」 전문

행수가 저마다 다른 6연 시에서 가장 무거운 행은 1연으로 이루어진 4연이다. 새벽을 찬란한 희망만 있는 시간으로 느끼는 사람은 단순하거나 현실에는 눈감고 꿈만 꾸는 사람이다. "밤을 샌 포장마차의/ 거나한 음성들"은 밤을 새벽까지 연장시키고, "자동차에/ 힘없이 깔린/ 고양이 한 마리의/ 단순한 비명"은 밤낮없이 작동하는 기계 매카니즘에 생명이 죽어가는 시간으로, 새벽은 그야말로 "낮과 밤의 어지러운 혼숙"이다. 그럼에도 불구하고 "열심히 뛰어가는" 사람이 있기에 "그 어깨 위로 번지는/ 싱싱한 새벽 물결"처럼 희망이 번져오는 것이다. 이때 열심히 뛰는 사람이 특정인이 아니라 불특정인인 '누군가'로 형상화되었기에 우리 주변에 있는 누구라도 열심히 뛰면 어지러운 시간들은 뒤로 물러나고 희망찬 새벽이 달겨들 것 같은 느낌을 받는 것이다. 우리들의 삶이 어지럽다는 현실은 인정하되 그 속에서도 이렇게 열심히 뛰는 사람을 발견하고 거기에서 번져나는 싱싱한 새벽 기운을 온누리에 전하는 일, 그게 또한 시의 임무 아니겠는가.

6. 나오는 말

시집을 읽으면서 편의상 몇 가지로 시의 내용을 나누었지만 이것이 별개로 존재하는 것은 아니다. 삶은 여러 겹으로 겹쳐 있고 그것을 두루 인식하는 것이 시이기 때문이다. 박명용 시인의 이번 시집은 다른 시집보다도 두루 겹친 세상사를 보는 눈이 따사로워져 여유가 느껴진다. 그런 여유는 나와 세상을 들여다볼 수 있는 응시의 힘과 민감하게 느끼고 배려하는 사랑의 힘, 자연의 변화에서 생명의 이법을 깨닫는 통찰력이 녹아서 만들어내는 것이리니 강하고 새로운 것만 찬양되는 이 시대에 왜 감성이 중요하고 삶의 지혜가 필요한지,

왜 여러 천년 동안 서정시가 쓰이고 읽히는지를 새삼 느끼게 해준다. 나는 그 여유에 눈길을 주고 싶다.

(시집 『바람과 날개』, 새미, 1997)

순수에 대한 탐색

— 시집 『바람과 날개』에 대하여

김 완 하*

1.

박명용 시인은 최근 일곱 번째의 시집 『바람과 날개』(새미)를 펴냈다. 그는 1976년 ≪현대문학≫에 「안개지역」, 「햇살」, 「모발지대」 등이 추천되어 시단에 등장한 이후 문단활동 21년 만에 일곱 권의 시집을 출간한 것이다. 이렇게 보면 그는 3년 만에 한 권씩 시집을 출간한 셈인데, 이는 그의 시적 열정의 한 증거로 삼기에 충분하다. 박명용 시인은 그동안 『알몸 서곡序曲』(1979), 『강물은 말하지 않아도』(1982), 『안개밭 속의 말들』(1985), 『꿈꾸는 바다』(1987), 『날마다 눈을 닦으며』(1992), 『나는 마침표를 찍고 싶지 않다』(1995) 등 여러 권의 시집을 내어 주목을 받은 바 있다. 이렇듯이 그는 꾸준히 서두름 없이 그가 추구하고자 하는 시세계를 향하여 걸어왔던 것이다.

우선 그의 시가 보여주는 미덕은 무엇보다도 자신의 체험에 토대를 두고 있다는 점이다. 그렇기 때문에 그의 시는 경험의 진실성으로 독자들에게 폭넓은 친화감을 획득하여 강한 전달력을 확보하게 된다. 아울러 그의 시 내면을 들여

---

* 시인

다보면, 시인의 세계인식의 넉넉하고도 당당한 자세를 발견할 수 있다. 그것은 그가 대립과 거부, 부정과 배타적이지 않은 화해와 수용, 인내와 사랑이라는 기본적 심성 속에서 세계와 조화롭게 관계를 맺고 있기 때문이다. 더 나아가서 그의 시는 정제된 언어와 직관으로 나타난다. 확실히 이 점에서 그는 감성과 이성의 조화로운 시적 성취를 보여준다. 요즈음 시들에 두드러지는 잡다함이나 수다스러움, 표나게 드러나는 의식, 생경한 언어의 파괴나 실험성에서 멀찌감치 벗어나 가장 시의 본령에 전형적인 기법으로 다가서는 것이 그의 시세계이다. 그러므로 그는 유난히 자존심이 강한 시인이라고도 말할 수 있다. 바로 이러한 강한 장인 의식은 우리에게 그의 시에 대한 관심과 무한한 신뢰감을 갖게 한다.

박명용 시인은 흐린 의식과 공간의 허무, 그리고 속도의 질량이 변형되어 가면서 나타나는 시각과 사고와 충돌의 세계로써, 어둠에서의 점화자로서 차고 뜨거운 호흡을 지니고 있다. 일반적으로 시인들은 존재의 모순을 깨닫고 슬퍼하며, 때로는 그 존재의 본질적 상태로의 환원을 꿈꾸는데, 박명용 시인은 바로 이러한 인류의 삶을 조용히 들여다 볼 수 있는 건강한 비판 정신을 내부에 구축하고 있다. 그러기에 그의 시는 소박한 감정의 토로에 머물지 않고, 지성에 의해 감성을 통합하려는 의지를 보인다. 따라서 우리는 그의 시에서 창조적 자아가 때로는 마찰하고, 묘한 긴장 상태를 조성하는 경우를 발견하게 된다. 그의 시에 나타난 갈증현상과 원점의식, 산을 오르는 등산의식 등은 같은 생각에서 분기하는 다양한 의식 현상들이다. 그는 꿈과 사랑으로 징표되는 가야 할 공간을 향해 흔들림을 감내하면서, 어둠에서 빛을 향해 내부의 빛을 켜려는 좌표로 살고 있는 내성적인 생활인이자 다정한 감수성의 시인이다. 또한 그 시는 과거지향으로부터 출발하여 미래지향으로 나아가는 시법을 택한다. 이때 과거지향으로 구체화되는데, 이는 현재의 상실감으로부터 드러나는 자기모순을 극복하기 위함이다.

그의 시에는 사회현실에 대한 비판, 서정성, 존재론적 성찰 등 세 가지 측면이 공존하여 나타난다. 그리고 이것들은 상호 결합되어 있기 때문에, 그의 시를 대할 때마다 우리에게 삶에 대한 깨달음의 즐거움과 순수 서정과 꿈, 형이상학적 깊이 등 폭넓은 의미 공간을 전달해 왔다. 이러한 점들이 그의 시에 보다 깊이 있게 형상화되었던 것이 시집 『나는 마침표를 찍고 싶지 않다』이다. 거기에서 보여주었듯이 그는 현대의 순수성 상실과 생명의 소실 공간 속에서도 언제나 그것을 딛고 꿈을 꾸는 시인이다. 아니, 오히려 그 상실감이나 소멸로 인해서 더욱 적극적으로 꿈과 희망의 역설적 의미, 그것은 바로 그가 "나는 마침표를 찍고 싶지 않다"라고 외치게 되는 이유인 터이다. 그러므로 시의 위기가 거론되기 시작한 지 오래되었지만 우리는 서정시가 영원히 살아남아 푸르게 솟구쳐 오를 것을 확신하게 되는 것이다. 그는 이 점을 이번 시집 『바람과 날개』에서도 다시 보여주고 있다. 『바람과 날개』에서는 시인이 '순수에 대한 탐색'을 펼치고 있어 주목을 요한다.

2.

박명용 시인의 시는 서정성을 바탕으로 사회 현실과 삶에 대한 관심, 그리고 인간의 존재론적 성찰에 깊게 뿌리를 내리고 있음을 발견하게 된다. 그리고 이번 시집에서는 새로운 변화도 엿볼 수 있다. 이러한 까닭에 시집 『바람과 날개』는 그가 그동안 보여 온 시세계의 연장선상에 놓이면서도 새로운 변모까지를 보여주는 것이다. 이번 시집에서 크게 눈에 띄는 점은 그의 시가 좀더 감성쪽으로 전개되어 나타난다는 사실이다. 그의 시는 '새순', '돋다', '초록빛' 등의 강한 생명력을 표출하는 시어들로 축조되어 있다. 그러므로 그의 시는 강한 생명력의 발산을 통해서 '봄의 시학'으로 전개되어 있다. 이점에서 그의 시는 우리들에게 이지적 판단보다는 정서적 울림의 독서를 요구한다. 그러한 점을 이해하기 위해서 우리는 우선 그의 시집 제목 「바람과 날개」에 대하여 주목할 필요가 있다.

매일 만나
조금씩 본다
꽃잎 한 장에 매달린
바람 한 점
누가 볼까 두려워
오늘도 아무도 모르게
혼자 마시나니

—「바람 한 점」에서

이미 내가
바람을 마셨거나
두 팔로 보듬고 있다는
투명한 증거다

언제나
나는 확인한다
가벼운 바람소리

—「너를 찾고 싶은 날」에서

요즘 바람은
나를 내 안에서
마음대로 움직이게 한다

—「바람과 날개 · 1」에서

그는 이상의 시에서 '바람' 이미지를 집중적으로 원용하고 있다. 그만큼 이번 시집에서는 '바람'이 중요한 의미 요소로 자리하는 것이다. '바람'은 전통적으로 우주 진화론에 의한 4원소의 하나로 공기의 움직임을 의미한다. 공기는 어디에나 스며들며 아주 조그만 빈 공간이라도 채울 수 있다. '바람'은 활동하는 공기이며 그 실체를 느낄 수 있는 공기인 것이다. 또한 '바람'은 확실히 있으나 붙잡을 수 없는 존재를 의미하기도 한다. 아울러 '바람'은 숨쉬기와 더불어 정신을 나타내며, '부드러움'과 '순수성', '열광'과 '열기'를 주는 특성을 지니기도 한다. '바람'은 형체가 없으나 공간을 지배하며 과거와 현재를 하나로 묶는 속성을 지닌다. 이렇게 볼 때 '바람'은 그것이 지닌 상징성으로 인하여 자유와 여유, 움직임과 활력 등을 일깨워 준다. 인간에게 '바람'은 하나의 이상적이며 바람직한 이미지이기도 하다. 그러나 인간은 '바람'과 동일시 될 수 없다. 그것은 지상적 운명에 매달려 살아가는 인간의 한계이기도 하다. 인간은 현실을 벗어날 수 없으면서도 또한 현실에 안주할 수 없기에, '바람'을 헤치며 나아갈 수 있는 '날개'를 꿈꾸었는지 모른다. 그리하여 인간은 유한자적 존재의 그늘을 걷어내고 '바람'에 다가갈 수 있는 단계에 이르게 되었는지도 모른다.

시집 제목『바람과 날개』가 시사하는 바와 같이, 시인은 현실이 부여하는 갈등과 구속, 고통과 슬픔 등의 문제로부터 과감하게 벗어나기 위해서 새로운 노력을 펼치고 있다. 그의 시는 지상적 삶이 보여주는 낱낱의 모습을 그리기보다는 그것들을 극복할 수 있는 정신적 가치를 찾아 나선다. 그의 의식세계는 다사로운 감수성을 통해서 이 세상의 사물에 새로운 활력을 불어넣어주고 있다. 그것이 바로 '바람'과 '날개'가 지니고 있는 자유와 여유, 움직임과 활력일 터이며, 바로 시인이 이번 시집 속에서 보여주는 '순수에 대한 탐색'의 의미망이라 하겠다.

그의 시세계에 나타나고 있는 순수 지향적 의식 세계를 살펴보기 위해서는 동일한 제목의 시「순수에 대한 탐색」을 먼저 살펴보아야 한다.

> 날마다 나는 너를
> 깊이깊이 사랑하고 싶다
> 헉헉 정열을 토하여
> 거창한 꿈이며 삶이며
> 죄악이며 용서이며

모든 것을 하나로 해체하여
사랑하고 싶은 욕망
오늘도
발가벗은 내 몸이
욕심처럼 꿈틀댄다
너의 구석구석 더듬고
몸을 포개는 신념
그러나
너는 늘 타인이다

—「순수에 대한 탐색」 전문

이 시는 순수를 향한 시적 열정을 육감적으로 표현하고 있다. 시인의 순수를 향한 열정이 "깊이깊이", "헉헉 정열을 토하며", "발가벗은 내 몸", "꿈틀댄다", "너의 구석구석 더듬고/ 몸을 포개는 신념"으로 표현되어 있는데, 이 점은 그만큼 시인의 순수에 대한 관심이 강렬함을 일깨운다. 어쩌면 인간에게 순수의 탐구는 본능만큼이나 강렬하고도 중요한 것인지 모른다. 그 점에서 순수에 대한 탐구나 갈망은 우리 삶의 핵심에 해당하기도 할 것이다. 그러나 그것은 그리 쉽게 성취될 수 있는 것 또한 아니다. 시인이 이 시 마지막에서 "그러나/ 너는 늘 타인이다"라고 고백하고 있는 것도 그 때문인 터이다. 그렇지만 우리는 그것이 이 시에서 시인이 좌절로 나아가는 것이 아니라는 점을 읽을 수 있다. 왜냐하면 시의 언어는 역설적 의미까지를 동시에 내포한다는 사실을 이미 우리는 알고 있기 때문이다.

창가에 핀
게발선인장 꽃송이
겨울 아침을
안쓰럽게 녹인다

푸른 물끼 흐르고

때로는 주저앉고
오랜 시간의 모퉁이에서
그리움 애태우던 너는
겨울 내내
참고 기다리더니
마침내
꿈인 듯 살짝 피워낸
붉은 웃음꽃

아, 나를 가르치는
그대 같은 사랑

―「겨울 속 사랑」 전문

그의 순수에 대한 탐색은 '겨울' 속에서 이루어진다. 그것은 '겨울'이 상징하는 시련과 고통을 인내한 뒤에 피어나는 꽃을 통해서 표출되고 있다. 이 점에서 순수는 강한 생명력이며 의지인 것이다. 위 시는 겨울 속에서 피어난 '게발선인장'을 강렬한 힘으로 밀어내는 겨울의 추위는 바로 시인이 현실의 구속으로부터 벗어나고자 하는 의지가 이입된 것이라 할 수 있다. 겨울 속에서도 인내와 희망을 잃지 않고 "붉은 웃음꽃"을 머금는 '게발선인장'에서 시인은 사랑을 배우는 터이다. 그만큼 시인의 순수는 사물 속에서 드러나기 때문에 우리에게 친밀하게 다가오고 있다. 왜냐하면 시인은 "마침내/ 꿈인 듯 살짝 피워낸/ 붉은 웃음꽃" 속에서 순수를 보고, 그것을 통해서 "아, 나를 가르치는/ 그대 같은 사랑"을 깨닫기 때문이다.

몸에 새순이 돋는다
태어날 때 돋았다가
가뭄에 시들고
다시 솟아나는 것
초록빛이었다가

회색의 죽음이었다가
살아온 만큼이나
반복된 사연
맑은 하늘만
아득히 올려보다가
주저앉는 몸에
군말없이 돋아난
또 하나의 새순
적정이다

—「또 하나의 새순」 전문

이 시에는 '새순', '초록빛', '맑은 하늘' 등이 순수를 표상하고 있다. 그의 순수에 대한 탐색이 구체적 이미지를 통해서 형상화되는데, 그 대표적인 것이 바로 이것들이라 말할 수 있다. 그렇다면 왜 그의 순수표상물들이 식물성을 띠며 '새순'과 '초록빛'의 모습이 되는가. 그것은 「겨울 속 사랑」이 보여준 '겨울'이라는 시간성을 넘어서는 '봄'의 시간에 닿아있기 때문이다. 다시 말하면 그의 시는 '죽은 나뭇가지', '회색빛', '겨울', '추위', '우울' 등이 의미하는 일상의 타락과 누추함, 고통과 비순수로부터 '새순', '초록빛', '봄', '햇살', '기쁨' 등의 순수 쪽으로 나아가고 있는 까닭이다. 그의 시에서 이러한 의식의 중심적인 동인動因은 바로 순수에 대한 탐색인 것이다. 그런데 여기서 더욱 가치있게 판단되는 것은 그의 순수에 대한 탐색이 '겨울'과 '봄'이라는 대립을 넘어서는 순환 속에서 인식되고 있다는 점이다. 다시 말하면 자연의 계절 변화에 우리 인간사의 변화를 동심원으로 하여 그 핵심으로써 자신의 가치를 추구하고 있다는 사실이다. 인간은 항시 현실과 이상 사이에서 흔들리는 존재이다. 그러면서도 끊임없이 이상을 향하여 나아가야 한다. 그런 의미에서 그가 '겨울'과 '봄' 사이의 흔들림을 계절의 순환으로 치환하고자 한 것은 상당히 의미있는 일이다. 왜냐하면 '겨울'과 '봄'으로 대별되는 이 관계는 단순한 대립이 아니라, 성장이나 발견을 의미하는 상승의 단계로 파악되기 때문이다. 바로 이러한 의식세계는

'바람'과 '날개'의 상징에서 가능하다고 판단된다. 왜냐하면 일상사의 찌든 공간에 새로운 활력을 불어넣을 수 있는 것이 이것들이기 때문이다.

그렇다. 그가 이번 시집에서 보여주고 있는 '순수에 대한 탐색'은 앞에서 말한 바와 같이 포괄적으로는 '봄의 시학'이라 말할 수 있다. 그만큼 그는 순수야말로 우리 삶의 활력과 새로움을 불러일으켜 줄 수 있는 가치로 보고 있기 때문이다. 그러기에 '겨울'속에서 찌든 삶의 공간에 '바람'과 '날개'로 활력을 불어넣어 '봄'의 힘을 일깨우려 하는 것이다. 그리고 그것이 바로 순수를 찾아가는 의미인 터이다.

늦추위에
일찍 나온 들풀 새순
파르르 떤다

봄날에만 솟는가
여름에만 자라는가

초롱한 눈빛으로
이 세상의 양심
이 시대의 울음
처음인 듯 겪는
시련

마지막 추위를
받아 넘기는
새순의 힘

— 「봄날에 · 4」 전문

앞에서도 언급했거니와, 그의 시가 보여주는 변모의 한 징후를 이들 시편 속에서 읽을 수 있는 것은 큰 기쁨이라 할 수 있다. 우선 그의 시가 50대 후반에 이르러서도 감성쪽으로 강화되고 있다는 점은 매우 긍정적으로 보인다. 가령 연륜이 쌓여가면서 대개의 시인들이 생체험을 개괄하는 이지적 면모를 띠기 시작하여 시의 탄력이 떨어지게 되기도 하는데, 그것들과 박명용의 시는 각기 방향을 달리하고 있음을 읽을 수 있기 때문이다. 그만큼 그의 시는 더욱 더 섬세해지고 있다는 사실이 증명한다.

또한 새로운 생명의 움틈을 통해서 그의 시는 강렬한 생명과 사랑의 의미를 보여준다. 그러기에 박명용 시인이 이번 시집 전체에서 보여주는 언어의 감성적 표현들은 곧 생명과 사랑의 생생한 울림을 전달하려는 과정에서 나타난 결과이다. 자연의 봄에 인간사의 봄을 동시에 연결해 봄으로써 자연과 인간 사이의 괴리감을 환기시키게 되는데 이로써 우리의 현실이 얼마나 비순수에 빠져 있는지를 일깨우고 그러한 현실에 '바람'과 '날개'가 되어서 활력을 불어 넣어 순수로 나아가게 하려는 것이 그의 시이기 때문이다.

(≪포스트 모던≫, 1997. 10)

온기와 슬기

— 『뒤돌아보기·강江』에 부쳐

김 용 직*

1.

시인 박명용과 나는 스무 해가 넘는 교우의 역사를 가진다. 처음 우리가 만난 곳은 시인의 활동 지역인 대전에서였다. 그때 나는 어느 분의 평론집 출판기념 모임에 참석했고 그 자리에서 박명용 시인을 소개받았다. 첫 인사 때 손을 잡으면서 덤덤한 생각으로 나는 이 시인을 또 하나의 벗님네쯤으로 생각하였다. 그러니까 첫 대면 때 시인을 내가 유별나게 지켜 보지 않았다는 이야기다.

그런데 그 다음 기회에 나는 이런 내 생각에 대폭 수정을 할 필요를 느꼈다. 그때도 우리는 대전에서 만났다. 그 자리는 한국 시와 시단을 주제로 삼은 세미나의 자리였고 박명용 시인은 사회자로, 나는 두 사람 가운데 한 사람인 주제 논문 발표자였다. 성격이 비슷한 학술 논문 발표장에서 나도 더러는 사회를 맡은 경험이 있다. 그런데 그런 경우 가장 당혹스러운 것이 논문 발표자가 제한 시간을 넘기면서 장광설을 늘어놓는 것이다. 본래 사회자의 역할 가운데 하나가 발표자와 질의자의 시간을 적절하게 안배하면서 주제를 잘 부각시키고,

* 문학평론가·서울대 국문과 명예교수

이야기의 초점을 맞추어가는 일이다. 그럼에도 예외가 생기면 회의를 차질없이 진행해 가야할 사회자는 여간 난감한 것이 아니다.

좀 참을성이 없는 나는 그런 경우에 서슴없이 오버 타임의 벨을 두드린다. 또는 경우에 따라서 발언자에게 육성으로 그런 사실을 알리는 것이다. 그런데 그 날 박명용 시인은 전혀 그러지 않았다. 내 앞서 발표자는 삼십 분 발표시간을 자그만치 이십 분 이상 넘겨 썼다. 그리고 나 역시 십 분 정도를 다 쓰고야 마이크를 놓았다. 그것으로 다음에 이어질 세미나의 일정에 상당한 차질이 일어났다. 그럼에도 그는 그 어떤 싸인도 하지 않고 모임을 무리없이 이어 나갔다. 그 날 나는 박명용 시인이 매우 너그럽고 어진 성품을 지닌 사람임을 알았다. 내가 그를 주목하기 시작한 것은 그때부터다.

2.

몇 번 만나는 가운데 나는 시인 박명용이 전통 사회의 도덕성을 제대로 익힌 분임을 알게 되었다. 새삼스레 밝힐 것도 없이 시인의 상위 개념은 예술가다. 예술가는 긍지를 먹고 살며 자존심이 강한 사람들이다. 빈번하게 그것은 언동으로 나타나 남의 이야기를 가로 채고 자기 의견을 주장하는 쪽으로 나타난다. 그러나 나는 박명용 시인이 그러는 것을 한번도 본 적이 없다. 일상의 자리에서 만나면 노상 그는 두어 걸음 뒤에서 남을 따라 온다. 그리고 남이 이야기를 하게 되면 대체로 그것을 경청하거나 맞장구를 친다.

우리가 알고 있는 바 박명용 시인이 보여 주는 것과 같은 행동거지는 재래식이며 전통적인 유형에 속한다. 우리 주변에 서구식 행동 양태가 수입, 수용되어 전경화된 것은 19세기 말경에 이루어진 개항 이후부터이다. 그 이전의 경우와는 달리 이 때부터 우리 사이에 널리 퍼진 행동 양태는 남과 나를 차별화하는 것이었다. 본래 서구의 행동 양태, 특히 근대 이후에 이루어진 서구의 부르조아지 문화는 자아와 개성 추구를 축으로 전개된 문화다. 그리하여 말이라면 대화를 전제로 하는 것이라고 믿었다. 그리고 대화는 <너>와 <나>의 1 : 1식 말 주고 받기로 생각했다. 실제 행동 역시 그런 논리를 토대로 보는 것이 상례로 되었다. 이렇게 보면 박명용 시인이 익힌 너그러움은 다분히 동양 쪽의 것임을 알 수 있다. 사실 일상의 자리에서 만나면 이 시인은 매우 동양적이며 우리 전통 사회의 행동 양식을 몸에 익힌 측면을 드러낸다. 그러나 시에 이르면 박명용 시인은 상당히 다른 모습을 드러낸다. 특히 그가 본령으로 하는 서정 단곡에서 그의 시는 동양적이기에 앞서 서구적이며 예각적이다.

물새는
몸짓으로 된
외로움이다.

물새는
이슬방울로 된
생명이다.

물새는
그리움으로 된
눈물방울이다.

물새는
바위로 된
자갈이다.

—「어떤 물새 · 강江」 전문

본래 시를 시가 되게 하는 특정적 단면 가운데 하나가 그 관계 설정이다. 그런 교의가 이 작품에서는 상당히 예각적인 눈길로 나타난다. 「어떤 물새」 첫 연에서 '물새'는 '외로움'으로, 그리고 2연에서는 '생명'으로 전이되어 있다.

그리고 3연에서는 그것이 '눈물방울'이 되어 있다. 특히 4연에 나타나는 관계 설정은 더욱 이색적이다. 여기서는 '물새'가 자갈이 되어 있다. 이 작품 이전의 시에서 푸나무나 물고기 또는 물새와 토끼, 사슴같은 동물이 고독이나 동경과 같은 우리 자신의 감정에 전이된 예는 드물지 않았다. 그러나 그것이 '자갈'과 같은 무기물과 관계 설정이 이루어진 예는 거의 없었다. 이것은 이 시가 그 기법으로 위트시즘을 쓰고 있음을 뜻한다. 특히 그 '자갈'에 '바위로 된'이라는 관형어가 사용됨으로써 이 시의 말씨는 매우 매서운 눈길과 잽싼 솜씨를 느끼게 한다.

3.

박명용 시인의 시에서 또 하나 주목되는 것이 그가 택한 제재의 정신화 경향이다. 「풀벌레 소리」에서 풀벌레의 울음 소리가 그 좋은 보기에 해당된다. 이 작품은 그 허두 3행이 "달도 보이지 않는다/ 강물도 보이지 않는다/ 눈에 보이는 건 어둠뿐이다"로 시작한다. 그리고 이어 다음과 같은 행들이 그에 이어진다.

달도 보이지 않는다.
강물도 보이지 않는다.
눈에 보이는 건 어둠뿐이다.
희미하게 보이는 건 강건너
여인의 허리같은 산맥뿐이다.
문득 어디선가
들려오는 가냘픈 소리
어둠을 깬다.
가슴을 찌른다.
나를 부순다.

중심을 가른다.
보이지 않는 세상의
풀벌레 울음소리
밤새 들린다.

—「풀벌레 소리」 전문

물리적인 차원에 그친다면 풀벌레 소리는 그저 청각의 범주에 드는 한 사실이다. 그것이 이 시에서는 상당히 기능적으로 관념, 사상화 되어 있다. 철저한 어둠 속에서 들려오는 소리를 이 시는 먼저 "어둠을 깬다"라고 했다. 이어 그것이 "가슴을 찌른다"로 그리고 곧 "나를 부순다" 다음에 "중심을 가른다"라고 표현하였다. 이것으로 이미 풀벌레 소리는 정신의 그림자를 거느리게 되고 사상, 관념의 차원에 이른 것이다. 그리고 그에 이어진 '보이지 않는' '풀벌레 소리'로 감각적 범주에 드는 제재의 정신화가 산뜻하게 마무리되는 것이다.

이 시에는 또 하나의 기법상 묘미같은 것이 간직되어 있다. 본래 정신적 사실을 평면적으로 표출하면 그 시는 관념의 생경한 덩어리가 되기 쉽다. 그런데 박명용 시인은 그에 대한 제동 장치로 부수적 제재 하나를 감각적 실체로 제시해 놓았다. 그 단적인 보기로 들 수 있는 것이 "여인의 허리같은 산맥"이다. 얼핏 보아도 나타나는 바와 같이 이 부분에 이르기까지 「풀벌레 소리」는 그런 무대 배경에서 울려 나와 "나를 부순다", "중심을 가른다"가 된다. 그리하여 이 시는 일부 정신주의 시가 갖는 생경한 사상, 관념의 노출을 기능적으로 극복해 내었다.

이미 지적한 바와 같이 박명용 시인은 서구쪽 기법을 수용한 자취를 드러낸다. 「풀벌레 소리」에서 드러난 바와 같이 그는 어둠에 싸인 산맥을 "여인의 허리"와 일체화 시켰다. 「강의 피」에서 강물은 '피'로 전이되는가 하면 곧 '살'이나 '뼈'와도 일체화된다. 「속성」에서 '강'은 '생살'이 되고 「안개산」에서 '그 산'은 "아랫도리만 벗는"으로 매우 육감적인 객관적 상관물로 제시된다.

동양과 서구는 본래 상당히 거리를 갖는 문화 전통을 가져 왔다. 농경문화를 뼈대로 한 동양에서는 인간이 대개 자연으로 수렴된 편이다. 그에 반해서 서구에서는 산과 강, 나무와 꽃들까지가 인간과 일체화되고 강하게 육체적으로 전이되었다. 이런 경우의 좋은 보기가 되는 것이 희랍 신화일 것이다. 동양의 신화에서 그 주인공들은 대체로 그 심상을 천지 자연과 일체화시킨다. 그에 반해서 서구의 신화를 대표하는 희랍 신화에서 신들은 매우 강하게 인간의 냄새를 풍기고 나타나는 것이다. 뿐만 아니라 그들의 활동 무대인 산과 강은 매우 인간적인 신들의 희노애락, 사랑과 갈등의 실험장이다. 그리하여 서구의 문학, 예술에는 인간화된 나무와 꽃이 등장하고 자연의 육체화가 이루어지기 일쑤다. 박명용의 시에 나오는 '산'이 '피'와 '뼈'로 그리고 다시 '살'로 전이되고 '강'도 그렇다는 것은 한 가지 사실을 성립시킨다. 그것이 이 시가 기법의 닻을 서구 쪽에 내린 듯 생각되는 점이다.

박명용 시인의 시가 갖는 또 하나의 특성은 이와 함께 그 기법을 통해서 나타난다. 많은 시편에서 박명용 시인은 예각적으로 사상事象을 파악했고 그것은 또한 기상奇想을 낳기에 이르렀다. 「춤꾼」은 이런 경우, 우리에게 좋은 보기가 되는 작품이다. 이 시는 산그림자가 떠나고 물이 흐르는 가운데 떠내려 오는 '종이컵'이 그 주체격으로 되어있다.

산 그림자
떠나고
물은 물대로 흐르는데
어디선가
떠내려 오는 종이컵 하나
비로소 오늘에야
너를 똑바로 보고
흔들리는 갈대보다
더 아름다운
춤꾼임을 알았다.
담기 위한 존재가

소유를 버리고
물살같은 세상에
나를 맡기는 것
얼마나 보기좋은
오늘의 현신現身인가.

—「춤꾼」 전문

화자는 이 시에서 자신을 '종이컵'으로 전이시켰다. 그런데 그 '종이컵'은 제목으로 나타나는 바와 같이 '춤꾼'이다. 그것이 '춤꾼'인 까닭은 몸을 흔들어 물살같은 세상을 온 몸으로 살기(표현하기) 때문이다. 그리고 그런 춤 또는 흔들림은 존재가 소유를 버리는 경지에 이르렀기 때문에 가능하다고 파악되었다. 그러니까 이 시에 쓰인 제재의 전이는 이중, 삼중으로 이루어져 있다. 신비평의 시각에 따르면 영시英詩의 역사에서 좋은 시의 보기가 되는 것이 형이상파의 작품이 있다. 형이상파 시가 좋은 이유로 신비평가들은 기상奇象이 거기에 쓰여 있다고 지적한 바 있다. 이렇게 보면 박명용 시인의 시는 매우 강하게 형이상파 시의 한 단면과 유사한 점을 가진다.

4.

시인 박명용의 시가 좋은 시라는 것과 그의 작품에 서구적인 단면이 검출된다는 것이 반드시 동의어는 아니다. 본래 동양에는 서구를 능가할 정도의 시의 역사가 있고 그 전통을 가진다. 특히 중국의 <절구絶句>와 <율시律詩>에 나타나는 기법과 그 질적 수준은 세계 문학사에 달리 예가 없다고 할 정도로 높고 값진 것이다. 구체적으로 이태백의 「자야오가子夜吳歌」는 전란으로 전선에 많은 청장년이 동원된 당나라의 서울, 장안을 무대로 한 것이다. 그 장안에는 아들과 남편을 싸움터에 보내고 마음을 조바심치고 있는 많은 여성들이 있다.

달 뜬 어느 가을 밤을 무대배경으로 하나 이 시는 허두 두 줄이 다음과 같이 되어 있다. "장안에 한 조각의 달/ 오만 집에는 다듬잇소리 (장안일편월長安一片月/ 만호도의성萬戶擣衣聖)". 그런가 하면 같은 무렵의 대시인 가운데 한 사람인 두보杜甫는 동정호를 제재로 한 작품에서 "오나라와 초나라는 동쪽과 남쪽에 놓여있고/ 하늘과 땅은 밤과 낮으로 떠 있네 (오초동남탁吳楚東南拆/ 건곤일야부乾坤日夜浮)"라고 노래했다. 일찍부터 서정시의 요체는 인생과 세계에 내재하는 기미를 잽사게 포착하여 그것을 긴축, 집약된 말로 제시하는 것이라고 이야기 되어 왔다. 그런데 이태백은 전란 속에서 가을을 맞는 당나라 장안의 모습을 달과 다듬잇소리에 기탁하여 열 자 속에 담았다. 보기로 든 두보의 두 줄은 「등악양루登岳陽樓」의 3행과 4행이다. 그가 제재로 삼은 동정호는 물이 질펀하게 담긴 호수 가운데 하나다. 그것을 두보는 두 왕국의 지리, 역사의 폿대로 제시했고, 이어 우주를 뜻하는 하늘과 땅의 거멀못으로 만들었다. 적지 않게 볼 만한 풍경이 나타난다. 그러나 그런 사정이 감안된다고 해도 이태백이나 두보로 대표되는 중국시와 동양시의 전통은 단연 빛나는 것으로 계산될 수밖에 없다.

한편 서구시에 대비시켜 보는 동양시에는 명백히 드러나는 그 나름의 특징적 단면이 있다. 많은 경우, 서구의 시는 인생이 탐색의 대상일 뿐이다. 그들의 시에서 관조나 달관의 경지는 거의 나타나지 않는다. 그러나 동양의 시는 그와 다르다. 동양에서는 시가 노숙한 경지에 이르는 경우, 거기에는 큰 슬기로 인간과 세계를 포착하여 그것을 관조의 입장에서 제시하는 눈길이 나타난다. 그런데 박명용의 시에도 그 가능성을 점치게 하는 것이 있다. 그 좋은 보기가 되는 것이 「빗속에 빛나다」이다.

키 작은 들꽃
몇 송이
풀속에 숨다.
낮출 대로 낮춘
달팽이 하나

제 몸에 숨다.
보석보다 더 소중한
수줍음
빗속에 빛나다.

—「빗속에 빛나다」 전문

이 시의 주제는 수줍음의 관념형인 겸양으로 파악된다. 이런 주제로 시를 만들기 위해 박명용은 처음 세 행에서 들꽃을, 그리고 다음 세 행에서 달팽이를 등장시켰다. 그들은 모두가 실체여서 이 시를 선명한 심상을 지닌 작품으로 만들고 있다. 그리고는 관념적인 사실이 되는 "보석보다 더 소중한/ 수줍음/ 빗속에 빛나다."의 부분이 그 마지막 자리에 나온다. 이것으로 이 작품은 그 정신적 뼈대로 겸양을 삼고 있음을 드러낸다. 그리고는 그것을 객관적 상관물인 들꽃이나 달팽이에 대비시켜서 뚜렷한 심상을 지니게 만들고 있는 것이다.

우리 주변의 시는 너무 빈번하게 서구 추수주의의 단면을 그려내는 것들이었다. 서구는 말할 것도 없이 방대한 양의 시적 전통을 우리에게 선사해 왔다. 그러니까 그 좋은 점을 수용하는 것은 비판되어야 할 것이 아니라 얼마든지 환영받아야 할 일이다. 그러나 이미 드러난 바와 같이 우리가 계승할 시의 전통에는 서구만 있는 것이 아니라 동양도 있다. 차분하게 살펴 보면 동양이 우리에게 끼친 시의 유산은 서구에 비견해서 조금도 손색이 없을 정도다. 그렇다면 우리는 시를 위해서 그쪽에도 기능적으로 촉수를 뻗치고 자양분을 받아 들여야 한다. 이번 시집을 통해서 보면 박명용 시인은 이런 일에도 기능적인 역할을 할 수 있으리라고 기대되는 분이다. 이 시집을 분기점으로 그의 시가 또 한 차례 핵분열의 단계에 이르기를 바란다. 그리하여 그의 시가 우리 문단과 문학사에 뚜렷한 한 사건으로 위치하기를 기대하고자 한다.

(시집 『뒤돌아 보기 · 강江』, 새미, 1998)

물의 이미지와 변신
—『뒤돌아 보기 · 강江』을 중심으로

채 수 영 *

1. 머리말

물의 상징은 생명으로 이어지고 생명을 다시 물로 돌아가게 하는 순환의 길을 잃지 않을 때, 자연의 질서는 원활한 계속을 진행하게 된다. 한 개체의 생명이란 단절된 것이 아니라 연속적이기 때문에 어떠한 경우에도 계속성을 가지면서 순환하게 된다. 그러나 개체로서의 생명은 단속적인 듯이 생각하기 때문에 자기 한계를 벗어나지 못하는 슬픔과 괴로움의 나열에 골몰하는 인생을 살다가 죽음을 맞게 된다. 그렇더라도 개체의 생명은 결코 떨어지는 것이 아니라 하나의 줄기에서 다음으로 진행형의 형태를 취하게 된다. 이런 발상은 과학이 아니라 철학이라는 점에서 동양적 자연관에 더욱 가까울 것이다.

물은 소리와 흐름의 외형적인 특성을 갖는다. 소리가 존재를 의미한다면 흐름은 생명의 순환질서를 갖고 있기 때문에 소리와 흐름은 항상 살아 있음을 형태적으로 증명하는 점이 물이 갖는 주된 속성이다. 물론 변형된 피의 경우, 인체에서 흐름으로 생명을 연장해 주고 또 흐름에는 언제나 소리를 수반하면서 존재의 구체성을 소유한다. 결국 물의 이미지는 언제나 생명의 이름을 연상하

* 시인 · 신흥대 문창과 교수

기 위해 살아 있는 흐름과 소리를 생성하면서 번갈아 상징을 띄우는 것이다.

박명용의 시는 유동성의 물이 채워진 시를 직조한다는 점에서 먼 길을 떠나는 혹은 진행하고 있는 시인이다. 이제 그런 궤적을 찾아 길을 떠난다. 『뒤돌아보기 · 강江』은 박명용의 8시집으로 1998년 한국문학상을 수상했거니와 이 시집을 논지의 대본으로 한다.

2. 물에 비추이는 상들

1) 생명의 시원

인간의 신체 구조는 8할이 물로 구성되었고 지구의 구조도 이런 이치에 결합되고 있다. 이와 같은 현상은 상당히 암시적인 인상을 남게 한다. 왜냐하면 인간은 자연의 조건에 합치 내지 적응하지 못하면 결국 도태되는 질서를 따라야 하기 때문이다. 가령 인간의 생명 박자가 3박자라면 자연 질서의 리듬도 3박자라야 인간은 존재할 수 있기 때문이다. 이런 동일성은 모든 존재의 법칙을 이루는 구성 조건이란 가설을 어떻게 발견할 수 있는가 하는 존재의 형태를 살피는 데서 가능하게 될 것이다.

생명의 본질이란 무엇일까를 현대 과학은 끝없이 물어왔다. 인간의 생명이 머리일까 아니면 심장일까를 구분하는 데도 수많은 실험을 거쳐왔기 때문이다. 물론 살아 있다는 증거는 머리가 아니라 심장이라는 단서에 접근하는 것은 현대 의학으로는 어려운 일이 아니었다. 그렇다면 심장을 살아 있게 하는 것은 공기가 아니라 바로 피돌림의 작용에서 비롯된다는 피의 흐름이다. 피의 흐름이 없다면 인간의 생명은 단절될 수밖에 없다. 여기서 피 즉 물이라는 요소는 존재의 본질로 향하는 바, 흐름이라는 결론에 도달한다. 박명용의 정신 지점은 여기서 물이 시로 변용하는 절차를 수행하게 한다. 물이 용해와 화해의 경지로 간다는 점에서 박명용의 나이에서 오는 유추라는 가정은 다음 인용으로 충당할 수 있을 것이다.

> 요즘 들어서는 도시보다는 강과 산으로, 혼자보다는 여러 사람에게, 비판보다는 정의 눈으로 마음이 다소나마 돌아서는 것 같아 다행스럽다는 생각까지 든다. 어쨌든 새로운 마음의 변화를 스스로 기대하고 있다.
>
> — 머릿말에서

도시는 과학이 넘치는 공간이다. 빌딩과 아파트와 기계와 컴퓨터 등이 정치精緻하게 맞물려 돌아가는— 일호의 착오도 용납하지 않는 공간이다. 물론 도시는 확실히 편리를 주는 또는 안락함을 주는 공간임에 틀림 없는 것이다. 그러나 인간의 정신은 과학적이고 이성적인 상황에서 탈출을 꿈꾸는, 복잡보다는 단순화를 지향하는 속성을 가지고 있다. 여기서 박명용은 "강과 산"으로 "혼자보다는 여러 사람"으로 "비판 보다는 정"으로 변하는 용해와 화해의 시기에 접어들게 되었다. 이런 단서는 아마도 나이에서 오는 의식의 변화라는 편이 옳을 것이고 여기서 그의 시적인 현상은 물의 이미지 쪽에 집중되는 정신 현상을 보이는 것 같다.

> 강물은 피다
> 핏물은 하얀 물살이다
> 아득히 먼 곳에서 흘러와
> 완벽하게 몸에 스며들어
> 마침내 핏줄을 세우고
> 살을 붙이고
> 뼈를 만들고
> 너를 사랑할 수 있고
> 내가 고독할 수 있다는 생각까지
> 생생하게 만들어내는
> 온순한 인간의 역사다

강물은 피다
핏물은 몸이다

—「강의 피」 전문

강은 '이다'의 단어적인 어사를 구사하면서 논리적인 단안으로 구성된 작품이다. 이는 강물을 정의하는 확신의 절차를 마련하기 위해 서술형 어미는 시인의 의식과 일체화를 갖기 위해 마련된 장치— 강물은 인간의 생명을 이루는 피요— 이 피는 "완벽하게 몸에 스며들어" 살과 뼈를 이루어 개체의 정서를 형성하게 된다. 사랑과 고독은 대상과 개체의 형성이고 이런 경우는 곧 인간의 역사를 이루는 동력을 피로부터 마련하려는 박명용의 시적 발상을 뜻한다. 마지막 시어— "강물은 피다"를 "인간은 피로 구성되었고", "핏물은 몸이다"를 "피로 구성된 인간이다"라 말하면 모든 의미는 통과된다는 뜻으로 보면, 생명의 시원을 상징하게 된다.

2) 속성과 용해

물은 아래로만 흐르는 것 때문에 노자는 물에서 인간이 살아가는 진리를 추구하려 했다. "상선은 물과 같다. 물은 만물을 이롭게 하며 다투지 않으며, 뭇사람이 싫어하는 곳에 처한다. 그러므로 도에 가깝다"라는 말은 인간이 살아가는 길을 제시해 주는 암시를 갖는다. 물론 성인의 무위자연의 모습을 물에 비유하여, 물처럼 낮은 곳에서 남과 다투지 않는 가장 훌륭한 처세를 이름한다. 이런 삶을 살아가기란 범인凡人으로서는 어려운 일이다. 박명용의 의식은 낮추는 곳에서 자기를 발견하는 삶의 좌표를 설정하고 있다. 다음 시는 그런 의미를 확실하게 정리하고 있다.

몸을 잔뜩 낮추고
아래로만 흐른다 강은

언제나 일어서지 않고
위로 흐르지 않는다 강은
가볍게 몸을 내리고
아래만 내려다보는 강은
언제나 넉넉하게
물로만 흐르다가
안개를 피워 올려
산자락까지 사랑한다
그렇게 굽히다가 마지막엔
높낮이 없는 바다에 이르러
드디어 썩지 않는 생살로
영원을 산다

—「속성」 전문

시의 구조는 매우 간편하다. "몸을 낮추고" 아래로 흐르는 길을 선택, 스스로를 낮추면서 길을 진행한다. 이런 자세에 따라오는 삶의 의미는 모두를 사랑하는 상징을 대동하게 하고 또 "산자락까지 사랑한다"라는 점에서 대상이 확대된다. 이같은 겸손의 자세는 급기야 평등이 자리잡은 공간으로 이동하면서 바다라는 거대한 공간에서 너도 없고 나도 구분할 수 없는 자유의 땅에 도달하는—가장 고귀한 이념의 공간을 확보하게 된다. 바다라는 평등의 땅에서 '썩지 않는' 혹은 '생살'의 영원성에 이르게 될 때, 구분할 필요도 그럴 수도 없는 무위의 땅에 도달하는 것이다.

물방울이 강으로 모아들고 강은 바다에 이르는 경우 – 비도지재천하譬道之在天下, 유천곡지어강해猶川谷之於江海 (노자 32장)를 말했던 노자의 입장은 물을 비유로 하여 다투지 않는 또다른 비유를 말하고 있다. 강해소이능위백곡왕자江海所以能爲百谷王者, 이기선하지以其善下之 (노자 66장)로 "강과 바다가 능히 백곡의 왕이 되는 것은 그것이 아래로 있기를 잘 함이기 때문이다"에서 인간이 영원을 살게 되는 이유는 아래로부터 모아진 덕이 큰 이름으로 나가는 바다의 이치와 같다는 점에서, 일정한 분류나 구분의 필요성은 이해를 낳을 뿐이라는 태도를 암시한다. 박명용의 「속성」은 그 자신의 인생 의도를 집약한 작품으로 유추된다.

> 산의 자산은
> 아랫도리에 있다
> (중략)
> 안개 내리는 날이면
> 아랫도리만 벗는
> 그 산에 가고 싶다
>
> —「안개산」에서

위와 아래라는 개념은 자연의 뜻이 아니라 인간의 편의상 혹은 이해관계로 구분하는 암시일 뿐이다. 산의 진실은 위의 모습이 아니라 아래로부터 시작된다는 것은 의식의 높이에서 터득되는 개념처럼 보인다. 물론 '아랫도리'의 의미가 하부를 암시하는 것만은 아닐 것이다. 그러나 하부를 감추는 인간의 심리로 볼 때는 가장 솔직한 심성을 나타내는 것으로 생각된다. 진실하다는 것은 꾸밈없는 아름다움을 느끼게 하는 것을 말한다. 순수와 투명한 상태를 나타내기 위해서 시인은 그 공간으로 가는 길을 염원하고 있다. 이 또한 낮음에서 편안함을 추구하는 박명용의 정신 상태를 상징하는 시로 보인다.

물은 땅과 같다. 그리고 땅은 어머니와 이어진다. 설사 독극물이 땅에 떨어졌다 하더라도 땅은 거부의 몸짓을 보여주는 것이 아니라 모두 받아들인다. 이런 이치는 물과 땅, 그리고 어머니도 다름이 없다. 가령 어머니는 자식들의 온갖 투정과 아픔조차도 아무말 없이 받아들이는 용해를 할 뿐만 아니라, 아이를 낳고 병이 들었더라도 다시 아이를 가지면 전에 가지고 있던 병조차 자연스레 치유되는 원리도 자연의 원리와 다름이 없다. 이처럼 물과 어머니, 그리고 땅은 무서운 복원력을 가지고 있을 뿐만 아니라 모든 것을 받아들여 새로움으로 환치하는 힘을 가지고 있다.

강물 위에 떨어지는
알몸의 빗방울
눈송이 떨어지듯
떨어져 하나로 용해되는
헌신
떨어짐으로 오히려 아름다운
빗방울은 참으로
영리한 사랑이다

—「빗방울 · 강江」 전문

땅으로 내려오는 빗방울은 자연법칙을 나타낼 뿐이지만 땅으로 떨어지는 결과에 의해 "떨어져 하나로 용해되는/ 헌신"의 경지를 만들게 된다. 문제는 용해라는 상징이다. 빗방울은 모든 것을 풀어 새로운 결과로 진행하기 때문에 생명의 활력을 줄 수 있을 뿐만 아니라 생명의 변화와 성장을 재촉하는 기능을 감당하게 된다. 빗방울이 땅에 떨어지면 이 빗방울은 소기의 소임— 농작물을 키우기도 하고 인간에게 필요한 농사, 그리고 작물을 키우는 역할과 인간의 신체를 유지하는 역할을 할 뿐만 아니라 이질적인 것을 하나의 성분으로 정화하는 임무를 다하면, 하늘로 증발하여 구름으로 이루어진 상태에서 다시 빗방울로 땅에 도달하면서 앞에서 했던 일과 똑같은 반복을 하게 된다. 현대 물리학에서 질량 불변의 법칙이 만들어지면서 빗방울은 조금도 변화를 갖지 않고 끊임없이 임무를 수행하면서 인간의 생명에 일조하게 된다. 여기서 빗방울은 "떨어짐으로 오히려 아름다운"이라는 상징의 반복으로 가능한 이름이 될 것 같다. 용해와 사랑의 임무는 인간이 추구하고자 하는 이성적인 좌표이기에 땅을 적시는 빗방울은 사랑을 탄생하는 이름에 걸맞게 된다는 뜻이다.

3) 변용의 얼굴

시를 빚는 관건은 대상을 포착하여 새로운 얼굴을 만드는 변용의 절차에서 주어진다. 다시 말해서 돌이 꽃이 될 수도 있고 또 삶의 의지를 나타내는 개념으로 나타날 수도 있다. 이러한 일들이 모두 변용이라는 디포르마시용의 형태로 나타날 때, 의미의 이름을 획득하게 된다. 박명용의 물의 이미지는 이런 특징을 가장 두드러지게 간직하고 있다. 이는 부활이자 창조의 신선한 별미를 아우르는 시적 장치가 튼튼하다는 뜻으로도 이해된다. 그 최초의 조짐을 시인은 강물이 사랑을 한다는 의인적인 절차로 들어간다.

강물도 밤이면
사랑을 한다
허튼 소리
물러간 후
저희끼리 나누는
밀어를
숨소리 내리고
듣고 있자면
부질없는 생각에
내 마음도 탄다

— 「사랑을 한다 · 강江」 전문

강은 흐름으로써 소리와 시각적인 인식을 남기지만 박명용은 밤이 되면 강물이 사랑을 한다는 또다른 사건을 포착한다. 이런 일은 우주의 모든 물상이 저마다 일정한 소임을 수행하면서, 인간만이 아닌 또다른 세계를 발견하려는 시인의 눈을 예각적으로 두리번거리게 한다. 평범한 사람들은 사랑이란 동물과 식물 혹은 인간만이 하는 줄 이해한다. 그러나 달과 별 혹은 구름과 강 또는 바위와 강물 등 무생물에서 사랑의 조화를 발견하는 시인의 눈이 있다. "강물도 사랑을 한다"라는 단언적인 시어를 앞세워 이를 증명하는 시인의 마음을 시의 후반부로 놓고 "밀어를/ 숨소리 내리고 듣고 있자면" 그 사랑의 밀도에 조바심을 갖는 시인의 자세는 '탄다'라는 기대감으로 일관된다. 대상과 대상이 결합을 주선하는 월하노인月下老人의 임무가 사랑을 묶기 위해 온갖 노력을 경주하는 이치와 같이 '탄다'는 진정한 결합을 위한 헌신과 같은 마음으로 인식된다. 이런 전 단계의 절차를 지나면 사랑의 결실을 위한 결합이라는 순서가 기다린다. 그리고 또다른 창조— 자식을 낳게 된다.

> 바람은
> 속살을 내보이며
> 투명한 노래로 흐르는
> 강물을 쓰다듬고 있었다
> 아니 쓰다듬는 것이 아니라
> 몸을 부비고 있었다
> 몸을 섞고 있었다
> 우주를 잉태하고 있었다

—「바람 · 강江」 전문

강물이 곤곤하게 흐르고 여기에 바람이 변화를 만드는 촉매의 역할을 감당하고 있는 변화— 바람이 강물을 쓰다듬는 적극적인 형태로 바람과 강물이 '몸을 부비고'라는 전희前戲에 의해 변화를 위한 일이 시작된다. 이런 절차가 완숙한 경지에 이르러 '몸을 섞고'에 도달하면 바람과 강물은 '하나'의 통일된 몸통으로 변모하여 "우주를 잉태하고 있었다"의 새로운 이름을 얻기 위한 일이 전개된다. 바람은 적극적인 에너지 제공의 역할이 주어지고, 강은 수용이라는 소극성의 여성적 이미지를 나타내면서 바람— 우리말에 바람기라는 말을 덧붙이면 바람은 섭렵을 즐기는 남성을 연상하게 된다. 그렇더라도 칙칙하거나 저속한 연상을 배제하는 것은, 상상력은 왕성하게 펼치지만 시적 언어의 응축으로 무르녹는 연상을 잡스럽지 않게 이끌고 있어서 이 점은 박명용의 시적 기교라 할 수 있다.

이제 물의 이미지가 어떻게 조화의 세계를 만들 수 있는가의 예를 들어야 할 차례이다.

> 여울물은
> 반짝이는 언어다
> 마디마디 빛나는
> 언어는 이슬이다
> 정겨운 물소리는
> 시인의 말이다
> 자유로운 소리의
> 안색은 희다
> 여울물은
> 그대의 마음이다
>
> —「물의 마음」 전문

'여울물'이라는 이미지가 능동적으로 움직이면서 어떤 변화를 위한 결합을 보임으로써 찬란한 이름을 잉태한다. 이는 새로운 우주를 보여주는 결과가 '언어', '이슬', '시인의 말', '희다'의 네 가지 요소들이 결합하여 여울물은 "그대의 마음이다"라는 경지로 진입한다. 다시 말해서 여울물은 시인과 '하나'이고자 염원하는 대상이라면 언어와 이슬, 그리고 시인의 정제된 언어와 순백한 색채는 사랑을 호소하는 수식사의 역할로 그대의 마음을 붙잡기 위한 호화 장치를 마련하면서 꾸밈없는 산뜻한 분위기를 나타내게 된다.

박명용의 물은 용해를 바탕으로 수용과 변화의 빌미를 만들어가는 창조의 또다른 의미라는 점에서 정신 영역을 확대한 시적 소산으로 남을 수 있을 것이다. 상상력을 촉발하면 할수록 더욱 창조적이 되기 때문이다.

3. 맺음말

시인의 길은 시작과 끝이 같지 않다. 다만 영원한 시작만이 시인 앞에 다가오는 운명일 뿐이라는 사실을 깨달으면 전율만 있을 뿐이다. 끝없는 긴장과 마주하는 시간이 시인의 운명을 옥죄기 때문이다. 그렇더라도 시인은 신기루같은 시의 이미지를 뒤쫓아 나그네의 행로를 마다지 않을 때, 언젠가 다가오는 시의 얼굴을 대면할 수 있다는 신념의 이름이어야 한다.

박명용의 시— 그는 동양적인 정신에 한국어의 맛을 가미하여 새로운 이름을 부여하는 헌신에 땀을 흘리는 시인이다. 그의 8시집의 중심을 이루는 물에 대한 이미지의 변용은 깊이에서 호화롭고 넓이에서 찬란하다. 그래서 그의 시는 원숙의 자리를 확보하고 있다는 진단에 이른다.

(≪시문학≫, 1999. 6)

은유 · 암시로, 삶 냉정히 반성

— 『뒤돌아보기 · 강江』

류 호 진*

산 그림자
떠나고
물은 물대로 흐르는데
어디선가
떠내려 오는 종이컵 하나
비로소 오늘에야
너를 똑바로 보고
흔들리는 갈대보다
더 아름다운
춤꾼임을 알았다.
담기 위한 존재가
소유를 버리고
물살같은 세상에
나를 맡기는 것
얼마나 보기좋은
오늘의 현신現身인가

— 「춤꾼」 전문

박 시인이 『바람과 날개』부터 보여온 이미지가 『뒤돌아보기 · 강江』에서는

* 중도일보 기자

더욱 구체화되고 있다. 인생은 '공수레 공수거'. 짧은 시간동안 인간의 삶은 빈손으로 왔다가 빈손으로 돌아가고 있음을 자각한다. 초기 시에서 보여주었던 강렬성과 현실적인 언어가 여기에서는 은유와 암시로 세상을 바라보면서 성찰의 모습을 보여준다.

시인은 사물에 대한 예리함을 잃지 않고 있다. 「빗속에 빛나다」에서 "키 작은 들꽃/ 몇 송이/ 풀속에 숨다./ 낮출대로 낮춘/ 달팽이 하나/ 제 몸에 숨다./ 보석보다 더 소중한/ 수줍음/ 빗속에 빛나다."와 같이 '들꽃'과 '달팽이'를 등장시켜 현대사회일수록 더욱 더 강조되어야 할 의미를 일깨워주고 있다.

시집 제목에서 시사하듯 50대 후반에 접어든 시인의 자아반성, 인생의 '뒤돌아보기'는 오늘을 바쁘게 살아가는 현대인들에게 심각한 의미로 다가온다.

(<중도일보>, 1998. 10. 27)

불의 시간, 그리고 무거움과 가벼움의 변증법

— 『강물에 손을 담그다가』

박 수 연*

지나가는 시간은 지나가는 불이다. 시간은 만듦과 동시에 소멸시키는 것이기 때문이다. 그것은 채우는 동시에 비우는 것이며 무겁게 하는 동시에 가볍게 하는 것이다. 이를테면 그것은 두 개의 극단을 위와 아래로 동시에 흔들어 놓는 것이다. 박명용의 시집을 읽는 것은 무거운 불과 가벼운 불, 비우는 시간과 채우는 시간의 변증법을 읽는 것이다. 이 말은 그의 시의 상징에 대한 해석이 아니라, 진술의 단어를 바꾸어 빌어온 것이다. 보라.

시커먼 숯덩이
숨을 쉰다

온몸을 뜨겁게 태우고
검은 몸으로 태어나
또 한번의 정열을 뿜기 위해
살아있음을 감추고 있는
숯,
매서운 세상을 바라보는
가슴이다

* 문학평론가 · 충남대 강사

침묵한다는 건
할 말이 없는 것이 아니라
성냥불이 닿기를 기다리는
무게 때문이다

숯덩이
숨을 고른다,
지뢰처럼

—「숯·3」 전문

시는 "지뢰처럼" 폭발의 순간 직전에 있다. 그것을 시가 지난 시간 모두를 자신의 내부에 캄캄하게 숨겨두고 있다는 것을 뜻하는데, 시가 숯으로써 표상하는 것이 그 시간이다. 숯은 시로 언어화돼서 폭발 직전의 어떤 순간을 버티고 있다. 그 버팀은 그러나 폭발되지 않기 위한 버팀이 아니라 보다 잘 폭발되기 위한 버팀이다. 그의 시는 그러므로 불의 영역에 저항하는 시가 아니라 그 내부에 캄캄하게 불을 지니고 있는 시이다. 그의 시는 불의 시이다. 그 불을 단련한 것이 시간이라는 사실을 적어둘 필요가 있겠다. 숯으로써 표상되는 것이 불이고 그것은 캄캄한 불이며 그렇게 되기 위해서 불의 시간을 건너야 하는 것이 바로 숯이기 때문이다.

나는 앞에서 변증법이라고 썼다. 이 말은 서로 대립되는 것들의 존재방식을 지시하지는 않는다. 이 말은 동일자와 타자로 갈라지되 그것들이 한 존재 내부에서 그렇게 된다는 것을, 그리고 그 둘의 겹치고 스미는 방식을 지시한다. 그것들은 서로를 전제하는 것들이다. 숯이 그렇다. 숯은 불을 떠나왔으되 불을 껴안고 떠나온 것이고 불을 껴안아서 가벼움을 지향하되 어둡게 가라앉아 있는 이율배반을 구성한다. 그것은 "한 번의 정열을 뿜기 위해" 불로써 거듭나야 하지만 "성냥불이 닿기를 기다리는/ 무게"를 실현하고 있다. 이 가벼움과 무거움을 읽어내는 독자는 시집 전체가 그 가벼움과 무거움의 현상에 바쳐진다는 사실을 곧 알게 된다.

그런데 그의 시가 불의 시이며 그의 불이 시간의 다른 이름이라는 것은 그가 시간을 그 시간으로 직접 노래하지 않고 시간 속에서 뜨거워지는 것들을 통해 노래한다는 것을 뜻한다.

> 나이가 들자 자주 들린다
> 어릴 때 몸 속의 울음소리
>
> 골동품 화로벽에 핀 꽃을 보거나
> 아침마다 뒷모습이 훤히 드러나는
> 목욕탕 하얀 거울 앞에 설 때
> 어김없이 울어주는 몸
> 세상이 뒤집혀 자지러지고
> 잠시 그쳤다가 칭얼대다가
> 다시 까무러치는 울음
> 그 울음소리를 눈물겹게 듣는다
> 내 나이 한 살
> 도자기 화로의 꽃이 그리 좋았던가
> 시뻘건 화로의 꽃이 그리 좋았던가
>
> 궁둥이에 화사하게 피운 꽃
> 서너 달이나 지지 않아
> 밤낮을 울었다는 전설같은 흉터
> 나의 감춰진 몸의 비밀이
> 나이가 들자 자꾸 울고 싶은 모양이다
>
> 몸이 운다
> 이러다간 저 세상에 가서도
> 공해라고 쫓겨나지나 않을지
> 나는 걱정이다.

—「흉터」 전문

'흙터'가 '숯'의 또다른 이름이라는 사실을 독자는 바로 알아차릴 수 있을 것이다. 그것이 시인의 몸에서 불의 기억을 되살려낸다. 되살아난 불은 울음소리로 환유되고 이 환유가 시인의 삶 전체를 압축한다. 시인은 나이가 들었지만 그 시간 속에서도 소멸되지 않고 엄연히 있는 것은 불의 기억이며 흔적이다. 그것과 함께 시인의 "몸이 운다". 그런데 그것은 그냥 우는 것이 아니다. 많은 시간의 기억이 쌓여서, 즉 "나이가 들자 자꾸 울고 싶은" 것이다. 이렇다는 것은, 시간이 나이와 함께 흘러왔으되 그 시간의 원형질이 고스란히 남아 있음을 가리킨다. 울었던 것은 한 살 적인데, 그 울음이 지금 되살아나고 있기 때문이다. 되살아나서 시인의 몸을 불의 기억으로 달구고 있기 때문이다.

만듦과 동시에 소멸시키는 힘의 의미를 형성하는 불의 의미 규정 중에서 일단 시인이 택하는 것은 소멸의 힘인 듯하다. 시인은 시집의 이곳 저곳에서 나이 먹는 일의 어려움을 진술해 놓기 때문이다. 「이력서」는 그 어려움을 "미안하다, 정말 미안하다"라고 자기 책임의 영역으로 돌려놓는 시이며, 「흰 눈썹 뽑아내기」는 나이에 걸맞은 마음가짐의 힘겨움을 드러내는 시이다. 그런데 나이 먹는다는 것을 맨 처음 알아차리는 것은 몸이다. 「흙터」에서 시인은 "몸 속의 울음소리"를 먼저 감지하고 마음은 "그 울음소리를 눈물겹게 듣는다." 몸이 먼저 알고 마음이 뒤따라오게 되는데, 그러므로 "나이가 들자 자꾸 울고 싶은 모양이다"라는 진술은 몸의 기억을 따라서 마음이 움직이는 정황을 정확히, 그러나 압축해서 보여준다. 압축되는 것은 정황일 뿐만 아니라, 다시 말해 공간일 뿐만 아니라 시간이기도 하다. 시인의 몸은 시공간을 압축해서 "지뢰처럼" 존재한다. 시간 속에서 뜨거워지는 것이 시인의 몸이었던 것이다. 어린 날의 불의 상처가 아물기는커녕 더 뜨거워지는 이유가 여기에 있었던 것이다. 그러니 시간이 자신의 지난 시간을 "미안하다, 정말 미안하다"라고 말하는 것은 사실은 그 스스로가 그 뜨거움을 견디기 힘든 상태에 대한 진술일 수 있다. 그가 그런 것은 나이든 이후에도, 나이라는 연륜의 초월 지향성으로 쉽게 안주하지 않고 여전히 세상의 규정을 뜨겁게 받아내려 하기 때문이다. 이렇게 해서 시인은 시의 초발심으로 되돌아간다. 이렇게 볼 수 있는 근거가 있다.

> 그러나 2, 3년 전부터는 나도 모르게 자기 탐구나 객관적 탐구에서 서서히 벗어나 그 의미를(존재의 의미를 : 인용자) 인간의 본질 또는 자아와의 관계에서 인식하려는 쪽으로 전환되고 있음을 느낄 수 있다. 이것은 아마도 객관적 사물이나 형태가 갖는 의미를 인간의 삶 속으로 끌어들여 그 존재를 새롭게 보려는 의식이 솟아났기 때문이 아닌가, 스스로 생각해 본다.
>
> — 「자서自序」에서

사물과 사건의 존재 의미가 주체와의 관계에서 탐구된다는 것은 그것들이 객관화되지 않고 주관화된다는 것을 뜻한다. 이를테면, 근대적 세계상의 기초가 최근 그의 시의 근간이 되는 셈이다. '세계의 인간화'라고도 할 수 있을 이러한 시각 태도로부터 근대의 서정시가 탄생되었음은 익히 알려진 것인데, 이로써 시인은 현재 우리가 서정시라고 부르는 것의 원형에 접근한다. 그것은 자아와 세계의 '한 몸—되기'이다. 시는 세계가 거쳐가는 통로의 주름살이다. 그 주름에 걸리는 세계는 멈칫거리면서, 죽음에 가깝게, "지뢰처럼" 시로 폭발한다.

> 목이 탁, 막혔다
> 순간, 눈을 까무러지고
> 의식은 서서히
> 땅 속으로 미끄러져 들어갔다
> (중략)
> 미망迷妄이여, 보라
> 물이 물의 길을 가면서도
> 때로는 멈칫거림으로
> 보여주는 진리,
> 물 마시기도 겁나지 않은가
>
> — 「물을 마시다가, 문득」에서

시의 주름에 걸리는 것은 때로는 인간을 위기에 빠뜨릴 수도 있는 어떤 힘이다. 그 힘이 시인을 규정할 때 시인의 자아가 뛰어나와서 세계를 맞이한다. 박명용의 시는 세계의 그 부름에 대한 시적 자아의 응답이다. 그가 존재의 "의미를 인간의 본질 또는 자아와의 관계에서 인식하려는" 길로 나아갈 때 세계는 그렇게 위험한 것이 된다. 물론 이 위험을 위험으로 인식하는 정신이 따로 있을 것이고, 그 정신을 우리는 시인이라는 이름으로 부른다. 시인은 위험한 세계를 시의 언어로 다듬어놓는 사람이다.

이것을 박명용 시의 한 층위로 놓기로 한다. 이 층위는 그의 시에 대한 일반적 규정이면서 수많은 시인들이 뻗어나가게 되는 갈래의 근원을, 그러니까 근대사회 이후의 서정시의 본질을 구성한다. 박명용의 시의 이 수많은 갈래들 중의 하나의 특이한 갈래이다.

박명용에게 이 층위의 밑에 있는 것이 시간과 공간의 압축으로서의 유년기의 기억이다. 이것이 그의 시의 또 하나의 현재적 층위이다. 유년기의 기억이라 했지만, 실제로 그의 시에서 그 기억에 바쳐지는 경우는 흔하지 않은데, 그럼에도 불구하고 그의 시는 그것으로부터 오는 규정들을 받아서 씌어진다고 해야 한다. 왜냐하면, 그 기억들이 그의 현재 삶의 가장 아픈 국면을 되받치기 때문이다. 그가 "자아—시"를 통과하는 '세계'의 의미를 잡아내겠다고 결심했을 때, 이것은 고칠 수 없는 운명이 될 것이다. 주체는 상처받은 주체, 저 캄캄한 세계에 묻혀 있는 것 같으나 여전히 움직이고 있는 트라우마에 의해 구성되는 주체이기 때문이다. 앞에서 살펴본 시 「흉터」가 중요한 이유이다. 시인 또한 그 기억이 지금 시인의 몸과 마음을 울리고 있다고 말하지 않는가.

그 「흉터」가 아픔 삶의 한 국면을 지시하고 있는 경우라면, 또다른 시들은 시공간을 압축해서 역시 아프게 되감아 오는 어떤 기억들을 비워내는 데 집중한다.

며칠째,

부서진 의자에 침묵으로 누워있는
목마른 기다림
내 눈이 닿자
온몸을 벌떡 일으킨다
아니다
하나의 뼈
탁, 외마디 소리를 내며
그 자리에 다시 쓰러진다
명패도 없다
옷 한 벌 없다
고물장수도 보이지 않고
햇살만이 한가한
이 적막한 길에
인간사처럼 부질없는
꿈이라도 있었던가,
밤이면 별이라도
내려와 앉을 의자에
찢어진 종이조각 달라붙어
겨울보다 더 떨고 있다
길모퉁이를 빠져 나온
내 몸,
아무 것도 걸친 것이 없다

— 「길모퉁이에서」 전문

다른 작품에서 "비운다는 것/ 얼마나 기쁜 일인가 (「이력서」)"라고 노래하던 시인의 노래를 기억할 필요가 있겠다. 그 구절과 대비되면서 「길모퉁이에서」의 상실감은 더욱더 도드라지는 면이 없지 않은데, 이는 그러나 묘한 방식으로 이루어지는 대비이다. 왜냐하면 「길모퉁이에서」는 그 현실 초월의 윤리와 인간사의 허망감을 반반씩 나누어 가지는 심리를 보여주기 때문이다. "인간사처럼 부질없는/ 꿈이라도 있었던가"라는 진술을 허망한 삶에의 집착을 넘어서려는 의도('의지'가 아니라)를 드러내지만, 그 의미를 촉발시키는 것은 어떤 끊임없는 기다림과 그것의 쓰러짐이다("하나의 뼈/ 탁, 외마디 소리내며/ 그 자리에 다시 쓰러진다"). 시인으로 하여금 부질없는 세상을 인식하도록 하는 것은 그 세상의 부질없음 자체라기보다는 그 세상에서 경험했던 어떤 절망인 것이다. 그래서 세상을 부질없다고 말하는 것은 그 쓰러짐에 대한 일종의 자기 위안으로서의 되돌림이 된다. 부질없음에 대한 인식이 되돌림인 것은 그것이 일종의 앙갚음이기 때문이다. 이를테면, 쓰러지지 않았으면 세상은 충만한 것이었을텐데, 쓰러졌기 때문에 세상은 부질없는 꿈이 되는 것이다. 시인의 이 심리를 역으로 드러내는 시는 「빈틈없는 사랑」이다. 시인은 세상을 부질없다고 노래하지 않고, 정확히 그 반대로, 즉 '의미-사랑'의 충만함으로 세상을 노래한다. 이렇게 의미로 가득찬 세상("아, 한 송이 난 꽃의/ 빈틈없는 사랑이여")을 바라보던 시인에게 돌연 세상이 부질없는 것으로 바뀌는 이유는 어떤 절망감에서밖에는 찾아지지 않는다. 시인은 절망감으로 "겨울보다 더 떨고 있다". 당연히 이 절망감은 시인과 세계와의 대결에서 시인이 패배하고 있음에 기인할 것이다. 서정시의 한 운명이 이렇게 만들어져 왔던 것 아닌가.

그러니 중요한 것은 시인이 패배하고 있다는 사실이 아니라 그 대결의 과정에서 드러나는 또다른 의미이다. 이 대결이 지속적인 움직임의 세계를 구성할 것이고 그 움직임 속에 살아가는 것이 세계와 대결하려는 시인의 운명이 된다. 박명용이 세계를 자아와의 관계맺음으로 의미화하려 할 때 그 의미가 쏟아져 나오는 공간은 지속적인 움직임의 공간이다. 「빈틈없는 사랑」이 그렇고 「봄의 현상」이 그렇다. 의미는 움직임을 통해 나온다. 움직임이 없을 때 시인은 오히려 공포에 사로잡힌다.

> 너무 태평하다
> (중략)
> 가슴에서 냉기가 섬찟 솟아나
> 돌아서고 마는
> 이 한낮의 두려운

공포

— 「산사山寺에서」에서

움직임이 없다는 것은 죽음과도 같은 것이다. 시인은 그러니까 역동적인 삶을 기다리고 있는 것이다. 그가 "지뢰처럼" 터지기 직전의 시간을 삶의 압축으로 가지고 있는 이유가 또한 여기에 있을 것이다. 그것은 "집 한 채만한 어둠 속의/ 피 쏟는 집착,/ 너무 간절하다"라고 말할 때의 그 삶의 긍정하는 마음과 연결되는 것이기도 하지만, 다음 시에서 더 직접적인 표현은 얻는다.

날마다 보는
까치집은
나의 생각의 집이다

더러 알도 까고
새끼도 키우고
아름다운 꿈도 꾸는
아늑한 집이지만
비가 쏟아지면
아득한 지상으로
지체없이 떨어지는
비애

오늘도
나른한 생각이
지상으로 떨어지지 않으려고
얼기설기 엮은
잡념의 나뭇가지에
위태롭게 매달려 있다

애타게

—「까치집」 전문

폭발 직전의 긴장을 구성하고 있었던 「흉터」의 압축된 시간이 여기에서 반복된다. 그 긴장은 "위태롭게 매달려 있"는 긴장이다. 박명용의 세계상이 지속적 움직임의 지향으로 이루어진다는 점에서 이 긴장은 그의 삶이 가장 고양되어 있는 한 순간을 가리킬 것이다. 이 긴장은 표면적으로 정지되어 있는 것이지만, 그래서 그것은 "나른한 생각"의 형식을 취하고 있지만, 그 내부에 수많은 움직임이 중첩되고 서로를 밀어내면서 움직임으로 꽉찬 긴장이다. 왜 아니겠는가. "비가 쏟아지면/ 아득한 지상으로/ 지체없이 떨어지는/ 비애"처럼 삶이 죽음의 문턱을 넘을 때 모든 나른함이 꽉찬 움직임의 긴장을 폭발하는 것이다. 그러니 그것은 문자 그대로 "위태롭게 매달려 있"는 긴장이며, 지금은 알 수 없지만 언젠가는 떨어져 내릴 것이기에 마음을 "애타게" 만드는 긴장이다. 우리는 박명용의 시가 한 존재 내부에서 동일자와 타자로 갈라지는 방식의 구성을 보여준다고 쓴 바 있다. 「까치집」이 진술하고 있는 '나른함'과 '위태로움'이 그것의 또다른 예가 된다.

아직 이야기하지 않은 것이 하나 있다. 그의 시가 시공간의 압축에 의한 긴장을 구성하고 있으며, 그 압축을 통해서 되감아오는 기억들을 비워내는 데 집중한다고 나는 썼다. 그것은 아직 충분히 진술되지 않았다. 좋은 예가 있다.

물이건, 술이건
한 방울도 남김없이
다 비우고도
선비처럼 꼿꼿하게 서 있는
빈 병,
살아오면서 채우기에만 급급했던
내가 부끄럽네
지금 돌아보니
그동안 채운 것도 없이

무겁게 비틀거린 몸
이제
빈 병이 되어
사랑을 바라보아야겠네

—「빈 병」 전문

시인이 보는 것은 비어 있는 채로 서 있는 병이다. 빈 채로 꼿꼿하게 서 있다는 것은 그대로 가벼움과 무거움의 변증법을 이룬다는 것을 뜻한다. 그것은 가볍되 가볍지 않으며 무겁되 무겁지 않은 것이다. 그것들은 서로가 서로를 전제하면서 스미고 겹쳐지기 때문이다. 그것들은 비어 있으되 힘이 있는 것이며 존재의 중량감을 세계에 내보이되 가볍게 보이는 것이다. 이것은 그대로 우리 삶의 바람직하지 못한 한 국면을 간접적으로 비판한다. 우리는 그 동안 얼마나 가벼움만을 추구했으며 또한 무거움만을 추구한 것인가? 시인의 말대로 우리는 얼마나 "그동안 채운 것도 없이/ 무겁게 비틀거린 몸"으로 살아온 것일까? 비어 있는 채로 서 있는 병의 묘사가 삶의 한 경지를 이룬 사람에게 보이리라는 사실을 강조하는 것은 새삼스러운 일이 될 것이다. 시인의 시적 대상에 대한 저간의 존재론적 탐구의 경험과 무관하지 않을 이 인식을 이 시집의 가장 깊은 생각이라고 할 수 있겠다. 이것을 다시 '숯'의 의미론과 겹쳐보면, 압축되는 것은 무거워져야 하는 것이 아니라 가벼워져야 한다는 것이 될 것이다. 시인은 삶의 비어 있는 경지를 지향한다. 그러나 그는 삶의 초월적 지향으로 그렇게 하는 것이 아니라 그 삶을 압축시켜서 숯과 같은 가벼움으로, 혹은 '흉터'와 같은 아픔으로 그렇게 한다. 이것이 중요하다. 그는 초월로 안주하지 않으려는 뜨거운 정신의 소유자이기 때문이다. 그의 시는 그 긴장으로부터 생성되는 삶의 무거움을 불의 시간 속에서 가볍게, 그러나 빈 병처럼 꼿꼿하게 세워놓고 있기 때문이다.

그 빈 병을 가능하게 하는 것이 수많은 시간을 견뎌온 것들의 자기 비움이라는 점에서 결국 박명용은 그 비움을 단지 소멸의 차원에서 바라보는 것이 아니라 새로운 생성으로 이어지는 통로로 보고 있다는 점이 드러난다. 빈 병은 초월의 빈 병이 아니라 대결의 빈 병이기 때문이다. 그는 연륜의 깊이를 초월로 안주시키지 않고—쉬운 삶을 택하지 않고—삶의 고통으로 옮겨놓는다. 그의 시의 무거움은 여기에서 나타난다. 그러나 그것은 다시 혼란스러운 무게가 아니라 오랜 불의 시간을 견뎌 다시 타오를 것을 꿈꾸는 '숯'과 같은 무게이다. 이를테면 그것은 가벼운 무게이다. 그리고 다시 시가 시작된다. 존재론적 대상 탐구에서 의미론의 지평으로 옮겨간 시인에게 그것은 인간의 의미를 탐구하는 것으로의 귀결이다.

이 글은 박명용의 시를 구성하는 여러 층위들 중 내가 이해하는 부분을 집중적으로 거론한 것이다. 그 이외에도 그의 시에 대해 여러 이야기가 가능할 것이다. 가령, 그의 시가 보여주는 여유와 형식—그것은 생각건대 삶의 연륜과 통한다—이 있고, 존재의 비밀을 명쾌하게 정리하는 달관의 언어가 있다. 이것들은 부분적으로 앞에서 내가 행한 진술과 상충된다. 이를테면 그의 시는 전체적으로 상충되는 것들의 긴장을 보여준다. 나는 그 긴장이 그의 시에서 형용되는 방식에 관심을 기울였다. 그의 시는 형식에서 단아함의 시이며 내용에서 긴장의 시이다. 그 이상의 것을 더 읽어내는 일은 온전히 또다른 예민한 독자들의 몫이다. 박명용의 시는 그 독자들에게 충분히 열려 있다.

(시집 『강물에 손을 담그다가』, 푸른사상사, 2001)

대상과 존재의미, 그 어우러짐의 미학

— 시집 『강물에 손을 담그다가』에 부쳐

송 경 빈*

박명용 시인의 열 번째 시집 『강물에 손을 담그다가』(푸른사상, 2001)에는 색다른 감동이 숨어 있다. 그의 시에는 씹으면 씹을수록 단물이 배어나오고 입안 가득 향내를 풍기는 칡뿌리의 미각이 있으며, 그에 비례하는 무게감도 만만치 않다.

『강물에 손을 담그다가』를 비롯한 최근에 이르기까지 시인의 시세계에서 발견되는 특성은 감각적 실체를 통해 관념 세계를 조율한다는 것으로 집약할 수 있다. 객관적 상관물의 제시와 그를 통한 정신 세계의 포착이 이전 시집까지의 주요한 경향이었다면, 『강물에 손을 담그다가』에 이르러서는 전 시집의 특성을 유지하면서도 사물의 객관적 탐구보다는 자아의 내면세계에 대한 성찰이 더욱 심화되는 중요한 변화를 보여주고 있다. 이것은 시인 자신이 지적한 것처럼 "객관적 사물이나 형태가 갖는 의미를 인간의 삶 속으로 끌어들여 그 존재를 새롭게 보려는 의식"에서 비롯된 것으로 보인다.

시인의 작품들에서는 대상을 객관적으로 관찰하고 그것을 바탕으로 인간세계의 속성을 포착해 내는 예리함이 돋보인다. '물', '불', '산', '돌', '병', '계절'에 이르기까지 주변에서 익숙하게 찾을 수 있는 다양한 소재들 속에서 의지적

* 문학평론가 · 충남대 강사

자세를 읽어내고, 삶의 의미와 나이듦에 따라 동반되는 성찰의 과정이 겸허한 목소리로 정돈되어 제시된다. 그리고 이에서 나아가 삶의 본질에 대한 각성과 관조 혹은 달관의 세계를 넘나드는 포에지를 표출함으로써 서구적 기법의 수용과 동양적 시정신의 조화라는 기존의 평가에 타당성을 부여한다. 따라서 이번 시집에서는 감각의 표면에 머물지 않고 내면으로 침잠해 들어가는 심오한 자아탐구가 가장 핵심적인 시정신으로 자리잡고 있다고 할 수 있다.

이번 시집에서 가장 많이 동원되는 제재가 있다면 그것은 단연코 '물'이다. '물'은 삶의 원리를 깨닫게 해주는 매개체로서 기능하면서 다양한 경험 관계 속에서 얻을 수 있는 각종 삶의 진리가 내재하는 공간으로서 기능한다. 시인은 '물'의 존재방식을 보면서 인간 삶의 원리와 지향해야 할 태도를 인식하고 있다. 그것은 단순히 주어진 상황을 거스르지 않고 수용하는 다분히 의지적인 속성으로서의 '물'에 주목하고 있는 것이라고 할 수 있다. 그렇기 때문에 「봄 강에서」는 물의 주체적 적응방식에 주목하고 있는가 하면 "당당하게 살아있다고/ 검푸른 자신을 내보이는 파도"(「파도」)의 움직임에서 화자는 깨지지 않는 의지적 힘을 느낀다. 또한 "보이지 않던 것"을 보게 되는(「빗속에 고속도로를 가다」) 투시의 능력이나 「강물에 손을 담그다가」, 「물」에서처럼 그치지 않고 정진하는 물의 의지가 강조되기도 한다.

그런데 이러한 '물'의 속성과 의지적 자세와의 결합은 일부의 시편들에서 '불'이라는 대립적 사물로 대체되어 제시되기도 한다. 인간의 본질을 망각하지 않고 살아가야 함을 '불'로 형상화하고 있는 「숯 · 3」에서는 한 순간의 발화를 위해 침묵하면서 불타오름에 대한 의지를 내면으로 감추고 있는 '숯'이 화자가 지향하는 삶의 태도를 대변하는 언어로 표상된다. 자신의 본질을 망각하지 않은 채 "성냥불이 닿기를 기다리는" 대상화된 숯의 무게는 본질을 지키고자 하는 화자의 의지적 무게와 같은 가치를 지니게 된다. 또한 「본질」에서도 인간에게 가장 필요한 존재방식이란 결국 "온기를 먹고/ 살아가야 하는 것"임을 드러내고 있다.

박명용 시인의 시적 특성 중 또 하나 주목할 만한 것은 객관적 사물들의 이미지가 제시되고, 그것들을 통해 자아의 내면세계가 갖는 불완전성에 주목함으로써 인간으로서의 한계를 체득하는 과정이 자주 드러나고 있다는 점이다. 화자는 자신에 대한 부끄러움과 상처를 밖으로 끄집어내어 그것을 일상의 소재들이 갖는 속성과 연결시킴으로써 자아에 대한 회의와 의문을 확대해 나간다. 객관화된 대상을 통해 삶의 자세를 배워가며 미성숙한 자아를 꾸짖고 성찰을 계속해 나가는 화자의 태도는 다분히 동양적 사고를 바탕으로 하고 있다.

「흉터」나 「몸의 잡풀」, 「물이 묻는다」, 「길 모퉁이에서」, 「항아리」 등의 시편들에서 화자는 자신의 부끄러움과 상처를 겉으로 드러냄으로써 수치감을 극복하고 싶어하는 역설의 논리를 전개하고 있다. 감춤으로써 불완전한 자아를 인식하기보다는 자아에 대한 수치감과 불안감의 극점에서 자아를 세련시키기 위해 위선의 껍데기를 벗어버리고 있다. 자아의 존재에 대한 심각한 물음과 그에 대한 대답이 이미 그의 시편들에서 극명하게 표출되고 있음으로 보아 시인은 삶의 본질과 그 허위성, 그리고 그로 인한 깊은 상처 등 몸으로 체득한 인생의 논리를 연륜을 바탕으로 한 형이상학적 차원으로 승화시키고 있는 것으로 보인다.

그에 있어서 자아 내면의 부끄러움에 대한 성찰은 비움의 미학으로 승화되는 경지에 이르게 된다. 드러내어 보여준다는 것, 그리고 감춤의 고통에서 벗어난다는 것은 그가 결국 모든 것에서 초연해질 수 있음을 뜻한다. 비움이란 곧 세속적 욕망의 버림으로 치환될 수 있는 것이며, 이것은 달관의 경지에의 도달을 의미하기도 한다.

객관화된 대상을 통해 "채우기에만 급급했던" 삶이었지만 결국 채워지지 않는 삶의 한계를 인식하고 비움 그 자체로 돌아가려는 화자의 깨달음을 표출하고 있는 「빈 병」에서 이러한 시적 노력은 정점에 이른다. 또한 비움으로써 삶의 미숙함을 채우고자 하는 시적 추구는 「이력서」, 「빈 잔」, 「봄 강에서」 등의 작품에서도 일관되게 드러나고 있다. 속됨을 버리는 것은 욕망과 집착에서 자유로워지는 것을 의미한다. 화자는 더 이상 내면세계의 갈등을 겪지 않는다. 속되게 살고픈 집착이 아니라 "영원으로 조용히 떠날 수 있으면"(「집착」)하고 바라는 궁극적으로 돌아갈 세계에 대한 집착은 화자로 하여금 새로운 세계를 향해 개안할 수 있는 힘을 부여한다. 그리하여 「범종」에서는 모든 것을 버려 비웠기 때문에 "숨막히는 인간사"에서 벗어나 "뜨거운 소리"를 마음으로 듣게 되는 달관의 경지에 이르게 된다. 결국 모든 것을 버리고 비우려던 시인의 의지는 채움 혹은 충만함이라는 새로운 차원으로 승화되고 있는 것이다.

『강물에 손을 담그다가』의 시세계를 요약하자면 객관적 대상의 자기화라 할 수 있다. 시인이 접하는 모든 사물들은 시인에게 발견됨과 동시에 언어화되면서 감각과 정신의 양립적 가치를 동시에 지니게 된다. 주변에 일상적으로 존재하는 작은 사물 하나라도 시인에게는 단순한 사물 이상의 의미를 넘어 존재로서의 언어로 승화되는 특성을 보인다. 그것은 시인이 대상을 객관화시키는 데서 그치는 것이 아니라 그 객관적 대상과 합일하려는 의지를 투영하고 있기 때문이다. 더욱이 존재에 대한 심오한 탐구의식과 의지적 자세는 시어 자체가 지니는 빛깔과 향기에 그 무게를 더해 줌으로써 시를 접하는 독자들에게 진지한 삶의 의미들을 일깨워준다. 시인에게 존재하는 모든 것들이 탐구의 대상이 되고 있다면 독자들에게 시인의 작품은 삶의 자세에 대한 가르침을 주고 있다 할 것이다.

(≪시와 상상≫, 2002 상반기)

생의 참 의미를 찾아서

—『낯선 만년필로 글을 쓰다가』

김 유 중*

1. 생의 의미 - 연륜에 덧붙여

박명용 시인의 새로운 시집에 수록된 작품들을 읽어 내려가면서, 새삼 연륜이라는 문제를 떠올리게 되었다. 시인도 어느덧 그의 어깨 위에 내려앉은 세월의 무게를 느끼게 된 탓일까? 이번 시집에서 그는 지난 시절에 대한 회고와 더불어, 그간 자신의 시적 관심사들을 하나하나 되돌아보며 정리하는 듯한 인상을 전달하고 있다. 그것은 한 사람의 자연인으로서, 그리고 시인으로서, 스스로에 대해 정리하고 자리매김해 보려는 자세와 통한다. 그런 의미에서 이 시집에 수록된 작품들은 평소 그의 성향이나 시작 경향으로부터 그리 멀리 떨어져 있는 것은 아니다. 다만 전반적으로 보아서 좀더 맑고 투명한 시선을 유지하고자 애쓴 흔적이 돋보이며, 동시에 사유의 유현한 깊이가 느껴진다는 점이 그전과는 조금 달라진 대목이다.

이런 가운데서도, 그의 이번 시집을 특징짓는 두드러진 주제가 있다고 한다면, 그것은 바로 생이 지닌 근원적인 의미를 향한 거듭된 의문이라고 할 것이

* 문학평론가 · 항공대 교수

다. 자신의 지나온 생을 반추하면서, 시인은 인생 자체의 진실된 의미란 과연 어디에서 찾아야 하는가라는 문제에 대해 관심을 기울이게 된 듯하다. 생의 의미란 삶의 고비마다 시시각각 다른 모습을 띤 채 우리에게로 다가온다. 이 문제에 관한 한, 초년에 느끼는 의미와 장년에 느끼는 의미가 결코 같을 수 없으며, 중년 이후 다가오는 의미는 또 다를 수밖에 없을 것이다. 한 마디로 우리가 그 전모를 파악하기란 사실상 불가능하며, 마찬가지 입장에서 그 근원적인 의미에 도달하고자 하는 시도 역시 한갓 헛된 시도에 그칠 공산이 크다. 역사상 수많은 현자와 성인들이 이와 유사한 질문에 도전한 바 있고 또한 그들 나름의 깨달음에 도달하여 답을 내놓았다고는 하지만, 그들에 의해 제시된 답조차도 우리가 순간순간 맞부딪치는 삶의 구체적인 장면들 속에서는 그야말로 속수무책인 경우가 허다하다. 어쩌면 생의 의미와 결부되어 떠오르는, 이러한 꼬리에 꼬리를 물고 등장하는 의문들이야말로 인간이 이 지상에 존속하는 한 지속적으로 반복되어 등장하지 않을 수 없는 영원한 과제의 성격을 지닌다고 할 수 있으리라.

그렇기는 하나, 그런 와중에서도 우리는 우리 생의 진실된 의미를 찾으려는 노력을 쉽게 포기할 수 없을 것이다. 이번 시집에서 시인은 자신의 지난 생에 대한 회고적 태도를 유지함과 동시에, 그 속에 내재하는 본질적이고 근원적인 의미를 찾기 위해 다각도의 모색을 펼쳐나가고 있는 것을 볼 수 있다. 그러한 모색과 시도가 시인 특유의 감상적이고 감각적인 시어 속에 머물러 있는 장면들을 들여다본다는 것은 그것만으로도 의미 있는 일이다. 요즘 젊은 시인들의 주된 시작 경향과는 달리, 길지 않고 어렵거나 현란하지 않은, 단아하고 정돈된 인상을 전달하는 그의 시 작품들을 볼 때면, 새삼 시작詩作에 있어 연륜이 지니는 의미와 무게에 대해 다시 한번 곰곰 생각해보게 된다. 무언가를 꾸역꾸역 채워 넣기보다는 하나하나 정리하고 비워나가기가 훨씬 더 어렵다고 했다. 여기서의 '정리하면서 비워나가기'란 무작정 포기하고 체념한다는 것과는 차원이 다른 문제이다. 새 시집에서 시인이 이 문제를 어떻게 풀어나가는지를 살펴보는 것은 그래서 더욱 중요하다.

2. 소멸, 혹은 사라져가는 삶의 흔적들을 바라보는 태도

이번 시집에서 두드러져 보이는 것은 단연 지난 시절에 대한 회고적 태도가 자주 부각되고 있다는 점이다. 시인의 연륜을 생각해볼 때, 이는 지극히 당연한 결과일지 모른다. 그러나 여기서 중요한 것은 그러한 회고가 단순히 삶에 대한 소극적이고 퇴영적인 인상만을 심어주는 데 머무는 것은 아니라는 점이다. 시인의 이러한 자세는 무엇보다도 생 그 자체에 대한 근원적인 의미를 추적하는 과정에서 자연스럽게 떠올리게 된 일종의 자기 성찰적 면모를 띤다고 할 수 있다.

눈 위에 발자국이 찍힌다
깊게 또는 얕게 찍히는 발자국
내가 꿈꾸었던 형체는 아니지만
분명, 내 것이다
굵은 눈발이 펑펑 쏟아진다
발자국의 흔적이 조금씩 지워진다
누군가의 입이나 발길에 의해 지워진다면
얼마나 아픈 발자국이 될까
따스한 겨울 눈 속에
서서히 사라지는 흔적
볼수록 포근하다
눈 위에 찍히는 발자국
눈의 발자국에 의해 지워지는
눈 오는 날의 그리움

—「눈 오는 날」 전문

위 시에서 시인은 "눈 위에 찍힌 발자국"을 내려다보며 자신의 지난 생을 떠올린다. 그리고는 그것이 비록 그가 애초에 꿈꾸었던 모형은 아닐지라도, 분명 그의 것임을 확인하며 이를 포근한 눈빛으로 바라본다. 인생이 마음먹은 대로, 처음 계획했던 대로만 순순히 움직여주는 것은 아니다. 비록 조금은 모자라고 부족해 보여도, 주어진 순간 순간을 최선을 다해 헤쳐나갔다고 한다면 그것만으로도 충분히 아름다울 수 있는 것이 인생이다.

위 텍스트의 내용처럼 우리의 지나간 인생이란 어차피 눈 위에 찍힌 발자국과 같은 것인지도 모른다. 뒤따르는 누군가의 입김이나 발자국에 의해, 혹은 내리는 눈발에 의해 파묻히고 지워져, 서서히 흔적조차 남기지 못한 채 잊혀져가는 발자국과 같은 것인지도 모른다. 이러한 인식은 일차적으로 시인 내면에 아쉬움과 안타까움의 감정을 불러일으킨다. 그러나 이와 같은 아쉬움과 안타까움은 곧 지워져가는 발자국을 바라보는 시인 자신의 따스하고 포근한 시선 속에서 눈 녹듯이 사라진다. 무언가를 굳이 남기고 새겨야만 의미가 주어지는 것은 아니라는 생각이 들었기 때문이다. 결과적으로는 아무 것도 남기지 못하였다 할지라도, 그 무언가를 남기기 위해 최선을 다했다고 한다면, 그러한 노력만으로도 인정해 줄 만한 것이 바로 우리들 인생이 아닐 것인가. 어차피 존재했던 모든 것들은 차츰 잊혀지고 사라지기 마련이다. 자신의 족적을 무슨 수를 써서라도 후대에까지 남기고자하는 헛된 욕망으로부터 모든 인간의 어리석음이 시작되는 것은 아닐까.

최선을 다해 자신이 거쳐간 흔적을 남기기 위해 노력할 것. 그러나 그 흔적이 잊혀지는 것을 너무 안타까워하지는 말 것. 비록 그것이 지워질 운명의 것이라 할지라도, 일시적이나마 이 지구상에 자신이 거쳐간 흔적을 남길 수 있었다는 사실 자체만으로도 존재에겐 의미 있는 것일 테니까. 점차로 희미하게 지워져가는 자신의 눈 발자국을 바라보며, 시인의 머리 속에 떠오른 상념들이란 바로 이런 것이었을 게다.

이와 유사한 인식은 떠나갈 때가 되어 은은한 모습으로 퇴장하려 하는 은행잎을 바라보며 떠올린 다음과 같은 시에도 고스란히 반영되어 있다.

늦가을 은행잎이
따뜻하다, 마음이 환하다
갈 때를 아는가
마지막 모습을 보여주는
아름다운 몸가짐
참 보기좋다

—「늦가을 꿈」에서

생의 마지막 순간에 자신의 모든 것을 남김없이 불사르며 절정의 분위기를 연출하는 단풍잎에 비해, 노랗게 물든 채 홀홀 낙엽지며 생을 마감하는 은행잎의 모습은 얼마나 소박하고 단출한가. 거기서 그는 화려하지는 않지만, 그 이상 아름다운 생의 진실된 의미를 발견한다.

그가 닮고 싶어하는 생의 모습은 이와 같은 은행잎의 모습이 아닐는지. 화려한 스포트라이트를 받기 위해 작위적이고 의도적인 몸짓과 표정을 짓기보다는, 그런 가식적인 태도를 취하지 않더라도 주위 사람들로부터 은은하고 그윽한 향기를 지닌 사람으로 기억되기를 바라는 것은 아닐는지. 카리스마적인 강한 인상으로 철저하게 주변을 제압하고 그 위에 군림하는 인생보다는, 고운 자태와 향기로 사람들을 감화시키며, 떠날 때에도 아름다운 뒷모습으로 기억되는 그런 인생을 꿈꾸었던 것은 아닐는지.

3. 나무로부터 인생의 지혜를 배우다

시인이 자신의 이러한 인생관을 시적으로 표현해내는 과정에서, 자연은 그에게 언제나 생의 참 의미에 가까이 다가설 수 있게 길을 터준 스승이었다. 생에 대한 그의 사유는 거의 예외 없이 이와 같이 자연 속에 투영되어 형상화되는 방식을 취한다.

다리가 휜 나무와
반듯하게 자란 나무가
찰싹 붙어 같이 크고 있다
올곧게 자라다가 비바람에
반쯤 넘어진 키 작은 나무
저보다 훨씬 큰 나무와
수액을 나누고 있는가
서로 몸을 바싹대고 있다
생이란 이런 때도 있는 것일까

— 「따듯한 체온」에서

위 시에서 시인은 두 나무의 가지가 서로 붙어 마침내는 하나처럼 굳어져버린 상태를 지켜보며 유심히 살핀다. 수액을 서로 나누며 두 나무는 하나로 붙은 몸이 된 것이다. 흔히 부부를 일컬어 일심 동체라고들 한다. 그러나 이 말의 의미에 걸맞게, 진정으로 일심 동체인 부부가 우리 주변에 과연 얼마나 될까. 결혼식 주례를 서다가 문득 그의 눈은 몸이 하나가 되어 완전한 일체가 된 두 그루의 나무에 고정된다. 그것은 애초에 한 나무가 비바람에 반쯤 넘어진 채로 다른 한 나무에 기댄 상태에서 굳어진 것이다. 그렇게 기댄 채로 하나가 된 두 나무는 이제 떨어질래야 떨어질 수 없는 일체가 되어버렸다. 둘 다 말라죽을 때까지 영원히 한 몸이 되어버린 것이다. 그 모습 속에서 그는 생의 또 다른 진실을 발견한다. 남의 부족한 부분, 모자란 부분을 기꺼이 도와주고 보충해주는 것. 이런 생이야말로 우리들이 본받아야 할, 진정으로 아름다운 생의 참 모습이지 않을까.

학교 앞산에
떡갈나무 굴참나무
상수리나무

참 수수하게 산다
허튼 거드름도 피우지 않고
어떤 거짓 고백도 하지 않고
어설픈 형색도 내지 않고
제 높이만큼의 자리만 지키는 자세
어찌 나무가
하늘만 보고 치솟는다고 할 수 있는가
언제 보아도
나무들이 사는 세상
제 키만큼 고만고만하다

— 「나무를 보면」 전문

사람들은 흔히 자신의 이름 석자를 넘기기 위해, 그리고 후손들에게 남보다 무언가를 더 전해주기 위해, 그리고 살아 생전에 떵떵거리며 세상을 향해 자신의 지위와 권력을 과시하기 위해 갖은 일들을 다 꾸민다. '거드름'을 피우거나 '거짓 고백'을 한다거나, 혹은 자기의 본 모습과는 전혀 어울리지 않는 '어설픈 형색'까지도 마다하지 않는 것은 이 때문이다. 그런 인간들과 비교했을 때, 위 시에서 그가 그리고 있는 나무는 얼마나 수수하고 소박한 인상을 전해주는가. 그러한 나무들의 모습으로부터 시인은 인간의 본분과 바람직한 생의 자세를 배운다.

물론 이러한 생의 자세가 단지 소극적이고 수동적인, 자기 합리화를 위한 변명은 아닐 것이다. 앞서 제시한 바 있지만, 생의 마지막 순간까지 무언가를 이루기 위한 노력은 계속되어야 한다. 그러나 그 노력이 단지 스스로를 세상에 드러내기 위한 노력에 불과한 것이라고 한다면, 그런 것들에 대해서는 별다른 의미를 두지 않는다는 점을 강조하기 위한 것일 뿐이다. 실제로 그는 '칡넝쿨'에서 지칠 줄 모르는 생의 질긴 '집념'과 '고집'(「칡넝쿨」)을 배운다. 그러면서 동시에 겨우내 막혔던 '돌같은 변비'를 시원스레 쏟아내는 계곡의 물줄기(「이른 봄 계곡」)에서, 우리가 지향하여야 할 생의 바람직한 모습을 읽어내려 애쓴다. 이로 볼 때, 그가 경계했던 것은 헛된 욕망이요 집착이지, 생의 진정한 의미를 찾고자 하는 정당한 노력과 집념은 아닌 것이다.

더불어 그는, 헛된 욕망과 집착으로부터 벗어나려는 태도에서조차도, 그 이전에 생의 고통에 대한 단단한 체험의 단계를 거치지 않고서는 별 의미를 찾기 어려울 것이라는 인식을 강조한다.

> 차창에 보이는 앙상한 나무들
> 며칠 후면 춘삼월인데
> 도저히 새잎 하나 틔울 것 같지 않다
> 비쩍 마른 몸들이
> 일제히 온 몸을 흔든다
> (중략)
> 그렇구나
> 그들은 심심해서 따라오는 것이 아니라
> 겨울의 고통을 모르면
> 봄도 여름도 가을도 아무 의미 없음을
> 보여주고 싶기 때문인 것을.
> 물기를 감추고
> 첫날부터 고전을 가르치고 있는
> 저 나무들의 지혜
> 참, 따듯하다
>
> —「오리엔테이션」에서

위 작품에서 시인은 그가 "나무들의 지혜"를 본받기 위해 애쓴다. 그런 그의 자세는 평소 스스로를 늘 가다듬으며 마음가짐을 바르게 하기 위해 노력하는 견인주의적 태도와 그 궤를 같이한다. 중요한 것은 바로 이 점이다. 무언가를 이루기 위한 과정에서 모진 인고의 시간을 이겨내었기에, 인간은 미련 없이 모든 것을 훌훌 벗어던지고 뿌듯한 마음으로 자신에게 부과된 생의 마지막 순간을 맞이할 수 있는 것이다. 만일 이러한 집념과 고집, 노력이 선행되지 않는다면, 그는 마지막 순간까지 자신의 생을 아쉬워할 것이며, 그 결과 생의 진실된 의미를 발견하는 데에 영영 실패하고 말 것이다. 모든 것을 기꺼이 던져버릴 수 있다는 것은 일찍이 그 모든 것들에 대해 힘껏 몸소 부딪쳐 본 자만이 취할 수 있는 자세이다. 이러한 생의 지혜를 그는 나무로부터 새삼 확인하며 터득한다.

연구실 앞 은행나무 한 그루
가을이 다 떨어지도록
짙푸른 눈으로 세상을 읽고 있네
노랗게 물들었다가
언젠가, 알게 모르게
낙엽 되는 것을 알면서도
혼자 끝까지 생을 다하는
저 아름다운 집념
비바람도 끄떡없네
마지막까지 자신을 보여주는
푸른 마음의 저 몸짓
참으로 대견하네
오늘 같은 날은 무릎 꿇고
나무에게 사는 법
한 수 배워야겠네

—「집념」에서

그렇다. 나무야말로 그에게는 어떤 생이 진실로 바람직한 생인가를 몸소 일러주고 깨닫게 해주는 세상에 둘도 없는 스승인 것이다!

4. 시인으로서 유지하고 싶은 단 한 가지 소망

최선을 다한 인생에는 미련이란 없다. 그러나 한 인간으로서 자신의 이름을 길이 후대에까지 전하고픈 욕망은 차치하고라도, 그에겐 아직 시인으로서 마지막 순간까지 버릴 수 없는 욕망이 남아 있다. 시인인 이상, 이러한 욕망으로부터 근원적으로 벗어날 수는 없다. 아니, 그가 시인이기에, 필연적으로 이러한 욕망을 지녀야만 할 것이다. 그것은 바로 자신의 전부를 불사르고서라도 일생에 단 한편, 좋은 시를 남기고 싶다는 욕망일 것이다.

바위를 쩌억 가르고
보란 듯 핀 진달래 몇 송이
생리를 하며 스스로 대견해 한다
좋은 시가 따로 있는가
일행들은 모처럼 시다운 시를
가슴으로 바라보면서
몇 마디씩
꽃의 언어를 만든다
아, 내 몸 속의 진달래 한 그루
빨갛게 꽃피우면 좋겠다

—「좋은 시」 전문

좋은 시란 무엇인가. 그것은 시인이 머리 속에서 억지로 꾸며내고 만들어낸, 화려하고 현란하게 치장된 미사여구는 아닐 것이다. 그는 오히려 그것을 우리 주변 도처에 널려 있는 자연스런 자연의 풍경과, 살아 숨쉬는 평범한 인간들의 모습으로부터 발견해낼 수 있다고 믿는다. 시인으로서 그러한 자연과 인간의 진실된 모습을 본받고자 하는 시도 또한 분명한 욕망일 것이다. 그러나 그 욕망은, 앞서의 인간의 탐욕이 부르는 헛된 욕망과는 대비되는, 순수 욕망의 성격이 짙다. 굳이 무언가를 주위 사람들에게 과시하기 위한 욕망이 아닌, 그리고 동시에 그러한 과시를 통해 역으로 자기 만족에 도달하기 위한 욕망이 아닌, 오로지 자신만의 내면적 만족을 위한 욕망이야말로 진정으로 순수 욕망이라는 이름에 값하는 욕망일 것이다.

자연으로부터, 평범한 일상인들의 생활에서부터, 살아 있는 좋은 시들을 발견해보리라는 시인의 욕망은 그의 시집 도처에서 산견된다. 그리하여 시인은 저자거리에서 오고가는 '육두문자'(「어눌한 언어」)를 그리워하며, 만주 어딘가에서 만난 조선족 남자의 억센 '북쪽 사투리'(「집안 단상」)에서 내면적인 따뜻함을 경험하며, 바위 틈에서 자라나는 소나무가 쏟아내는 상식을 배반하는 '푸른 언어'(「상식바꾸기」)의 존재로부터 그것이 지닌 참신함과 당당함을 느낀다. 그가 말하는 좋은 시란 이처럼 우리로부터 멀리 떨어져 있지 않으며, 우리 주변 가까이에서 언제든 쉽사리 접할 수 있는 그런 시이다. 다만 인간이 그것을 발견하지 못하고 그냥 지나쳐버리는 수가 많을 뿐이다. 그런 의미에서 그는 어쩌면 우리가 수천, 수만 차례나 접하였으면서도, 그냥 흘려버리고 말았을 아쉬운 장면들을 예리하게 포착하여 시로 형상화하여 보여주는 남다른 재주를 지닌 자이다.

봄 산,
날마다 시를 쓰고 있다

푸른 정신으로
나무 같은 시, 바람 같은 시
쓰고 다듬어
세상을 감동시키는
시의 주인

거기,
시 쓰는 사람
진정 따로 있구나

—「시 쓰는 사람」 전문

얼음장 풀리는가
계곡 물소리 들린다

한 발 한 발 조심스럽게
하산하는 발자국 소리 앞에
물보다 앞질러가는 물소리
하얀 빛살까지 내보이며
주위를 일깨운다
티끌 하나 걸치지 않고
스스로 바위에 부딪치고
돌바닥에 엎어지면서
제 철 만난 듯
아래로만 흐르는 맑은 물소리
나에게도 저런 세상의 소리 있었던가

—「입춘」에서

시를 쓰는 이는 시인이 아니라 산이고, 나무이고, 바람이며 물소리다. 다만 그는 자연 속에서 또는 우리 주변의 생활 속에서, 그렇게 해서 그에게로 다가온 시를 포착하여 독자들에게 전달하는 역할을 담당하고 있을 뿐이다. 이와 같은 인식 속에서 우리는 시인 자신의 겸손과 더불어, 자연과 인간과 세상에 대한 그의 신뢰와 애정을 읽을 수 있다.

그에게 남은 한 가지 소망이 있다면 바로 이런 매개자, 전달자로서의 시인의 역할을 다할 수 있기를 바라는 내면적인 욕망의 실현일 것이다. 동시에 그와 같은 욕망은 한 편의 좋은 시를 남기려는 것 외에, 그에 따른 어떤 현실적인 대가도 바라지 않는 것이라는 점에서 순수 욕망이라 할 것이다.

빌딩 입구에
참새 새끼 한 마리 앉아 있다
훅, 불면
쓰러질 듯한 안쓰러운 몸짓으로
무얼 생각하고 있는지
미동도 않고 있다
조심스럽게 다가가

깃털을 만져보다가
손바닥에 올려놓는다
이슬 같은 눈빛
봄볕 같은 체온
새가 아니라 이제 막
하늘이 빚어낸
착한 천사의 몸이다
오, 경이로워라
이 순수의 보석
진흙탕물에 더럽혀질라
재빨리 나무숲으로 옮겨놓는
신의 꽃
사람의 마음이 되고
이 세상의 별이 되리라

—「새」 전문

위 인용시에 등장하는 새란 과연 무엇인가. 자연이 그에게 다가서길 허락한 진실된 시의 다른 모습이지 않은가. 그러기에 그것은 시인에게 "하늘이 빚어낸/착한 천사의 몸"이요 '순수의 보석'으로 해석된다. 그것은 인간의 탐욕("진흙탕물")에 의해 더럽혀지기에는 너무도 청초하고 순수한 모습을 그대로 간직하고 있다. 시인은 그 순수에 다가서고 싶다. 시적인 욕망이 순수 욕망이라면, 이런 의미에서 순수 욕망일 것이다. 시인이 그것을 "재빨리 나무숲으로 옮겨놓"아야만 하는 이유가 여기에 있는 것이다. 순수 욕망으로서의 시 창조 작업은 세속적인 이해 득실에만 매달리는 인간적인 탐욕과는 다른 것이기 때문이다. 그는 그의 시가 결국 "사람의 마음"이 되고 "이 세상의 별"이 되길 바란다.

그리하여 그는 우리가 사는 이 세상 속에서 흘러넘칠 때, 비로소 그가 시인으로서 간직하여왔던 이러한 순수 욕망조차도 미련없이 벗어 던져버릴 수 있는 날이 올 것임을 믿어 의심치 않는다.

5. 아름다운 퇴장을 꿈꾸며

이제껏 필자는 생을 바라보는 시인의 태도를 중심으로 그의 시들을 살펴보았다. 무언가를 이루기 위해 노력한다는 것. 그리고 그것이 최선을 다한 노력일 때, 미련 없이 생을 마감할 수 있다는 마음가짐을 유지하는 것. 이러한 인식들이 그의 시에는 맑고 투명한 어조와 이미지로 제시되어 있거니와, 그 구체적인 대목들을 하나하나 열거하며 음미해본다는 것은 즐거운 일이 아닐 수 없다.

원론적인 차원에서 본다면 이 질문, 즉 생의 참된 진리와 의미가 무엇인지는 앞으로도 여전히 풀리지 않은 수수께끼로 남을 수밖에 없을 것이다. 수많은 현자와 예술가들이 이 문제에 대한 그 나름의 해답을 제시해놓으려 애썼지만, 오늘날에도 여전히 반복되고 있는 것은 바로 이 때문이라 할 수 있다. 요컨대 생이란 어차피 처음부터 단일한 방식으로 일목요연하게 요해되지 않는 모순덩어리일 테니까. 그리고 이 점에 있어서는 시인의 이해 방식 역시 분명한 한계가 있을 것이다. 다만 인용된 다음과 같은 짤막한 시구에서, 우리는 그간 이 문제에 다가서보고자 애썼던 시인 나름의 소망과 의지를 어렴풋이나마 짐작해볼 수 있을 따름이다.

> 때아닌 부나비 떼가 천지를 뒤덮는다
> 세상 열기에 사라지는 것 순간이다
> 오, 저 포근한 상실

—「첫눈」 전문

(시집 『낯선 만년필로 글을 쓰다가』, 모아드림, 2004)

질서와 조화의 시학

―『낯선 만년필로 글을 쓰다가』

최 문 자*

박명용 시인의 시적 어조는 부드럽고 냉철하면서도 엄정하다. 이런 요소들은 그의 성정이 다양한 층위에서 인생사의 본성을 찾고 향유하기 때문이다.

그가 인식하는 진리는 이론이나 권위에 의지하지 않고 스스로 주제적인 삶의 방식에서 구체화된다. 그래서 시도 이와 마찬가지로 엄정하게 주체적으로 출렁거린다.

그는 시를 통해 지금 스스로를 오래된 낡은 집이라고 말하고 있다. 오래된 낡은 집 정원에서 꽃을 심고 가꾸고 물주어 꽃을 기른다. 그는 시를 쓰는 것만으로도 삶의 가치와 의미는 충분히 구가한다.

오래된 정원엔 과도한 꽃들의 아름다움이 없다. 그러나 가장 내밀한 뿌리를 가진 꽃들이 소박하게 통상적인 모습으로 잘 자라고 있다.

그런데 어느 날 그는 갑자기 낡은 집이 된 자기를 발견한다. 그는 낡은 집으로 인해 혹시 오늘의 현재성을 소실하고 있지 않은가? 하면서 근본적인 성찰을 시작한다.

---

* 시인 · 협성대 문창과 교수

바람이 분다
내 몸 속에 낡은 집
잡소리를 낸다

덜컹거리고, 삐걱이고
구들장까지 찬 소리를 내는
썰렁한 집
화사한 그림의 달력 한 장
버젓이 걸
성한 벽면 한 곳 없구나

어느 세상에
낡지 않는 집 있다던가
지은 지 60여년
낡은 소리가 없다면
그것은 집이 아니라
상하지 않는 시간의 집일 뿐이지

살 만큼 산 내 집
낡은 소리를 낸다

—「낡은 집」 전문

제아무리 견고한 집도, 제아무리 아름다운 정원도, 절대적인 공간일 수 없다. 오랜 시간을 두고 지나쳐 오는 동안 낡기 전까지 체류의 장소가 되어 있을 뿐 그림있는 달력 한 장 마음놓고 걸어둘 수 없는 성한 곳이라고 없는 낡은 집을 마주하게 된다.

그렇다면 마지막으로 머물러야 할 이 집에서의 삶은 과연 어떠해야 하는가 라는 생에 대한 근원적인 물음이 개입되면서 박명용 시인의 시는 존재론적 색채를 띠게 된다.

이러한 경향은 「첫눈」, 「이유」, 「나무를 보면」에서도 마찬가지이다.

세상 열기에 사라지는 것 순간이다
오, 저 포근한 상실

—「첫눈」 전문

나뭇잎 다 떨어지고 새들도

어디론가 가볍게 날아간다

여름 내내 불어오던 푸른 바람도 허리를 굽힌다

내 거친 호흡증세 속으로 흘러드는 계곡물

참으로 정갈하다 가슴이 시리게 보인다

욕망을 벗어버린 늦가을 계곡을 보니

비로소 나를 알겠다

—「이유」 전문

학교 앞산에
떡갈나무 굴참나무
상수리나무
참 수수하게 산다
허튼 거드름도 피우지 않고
어떤 거짓 고백도 하지 않고
어설픈 형색도 내지 않고
제 높이만큼의 자리만 지키는 자세
어찌 나무가
하늘만 보고 치솟는다고 할 수 있는가
나무들이 사는 세상
언제 보아도

제 키만큼 고만고만하다

—「나무를 보면」 전문

「첫눈」,「이유」,「나무를 보면」 등은 모두 자연을 대상으로 한 시편이지만 공통되는 점은 구체적인 삶의 질감 속에서 자유로워지고 그래서 더욱 헐거워져야 하는 자연 사물의 윤리 현상을 체감한다.

그러면서도 가치를 훼손당하지 않고 살아 있는 새, 산, 돌, 바위, 풀잎 등에 대하여 집중한다.

「나무를 보면」,「겨울 풀잎」,「칡 덩굴」,「구멍」,「돌에 관한 명상」,「시 쓰는 사람」,「좋은 시」 등에서 중년을 넘어선 한 시인의 생에 대한 성찰, 플롯, 무생명에서 생명으로 생태적 사유가 매우 폭넓게 걸쳐 있다는 것을 하나의 구성원리로 보여주고 있다.

이런 것들은 아무런 반성도 회한도 없이 막 살아가는 우리 시대에 깊은 충격을 준다고 볼 수 있다. 이러한 충격은「안개고 새일 뿐인가」에 이르러 지속적인 심미적 형상의 결을 얻어 서정적 리듬을 구체적으로 재현하면서 존재형식을 암시한다.

문을 열고 창 밖을 본다
꽃도, 나무도 심지어 산까지도
흔적 없이 녹은 새벽 안개 속에서
새 한 마리
허망한 경계선을 뚫고 나와
탈출하는가 싶더니
순식간에 자욱한 포연 속으로 사라진다
계속 그 뒤를 이어 힘겹게 뛰쳐나온
두 마리, 세 마리, 네 마리…
내 눈물에 비치는가 싶더니
어디론가, 황급히 날아간다 또 날아간다

창문을 닫고 텔레비전을 켠다
화면에선 날아간 새들이 안개를 덮고
옹기종기 모여 겁먹은 눈을 번뜩이고 있다
이 넓은 세상은
모두가 안개고 새일 뿐인가

참 희미한 새벽이다

—「안개고 새일 뿐인가」 전문

시인은 아주 말끔한 그림으로 그려진 투명한 세상이 보고 싶다. 그러나 시인은 지금 뒤로 숨고 앞을 가리는 안개같이 자욱한 삶 속에서 아무 것도 약속된 것이 없는 포연 속에 사라지는 것들을 보고 있다. 가끔 새 한 마리 두 마리 안개 밖으로 탈출해 보지만 다시 안개로 덮이고 만다. 안개는 풍경을 제한한다. 안 보이는 둘레를 유추하는 일, 시인은 그 일을 멈추고 창문을 닫고 TV를 켠다. 누가 안개의 자욱함을 뚫었는지 현실의 화면에선 선명하게 새들이 나타난다.

겁먹은 새, 자욱한 안개는 약속된 것이 하나도 없는 시인의 무한한 시간의 표상이라고 볼 수 있다.

중년 이후의 자연에 대한 새삼스럽고 일상적이고 친숙한 느낌들이 과장된 엄살이나 청승맞은 감상과는 다른 감동으로 다가온다.

이러한 감동을 주는 이 시인의 진정성은 더없는 자산이어서 어떤 논리적 증명도 필요없게 한다. 그냥 실감되고 느껴질 뿐이다.

그의 이번 시집 『낯선 만년필로 글을 쓰다가』에서 사물들은 은유나 상징의 허울을 용감하게 최대한 벗어버리고 스스로 생명을 지닌 존재로 나타내려고 애쓰고 있다.

그러므로 자연히 반성적 긴장이 일관되게 부연되고 있는 바가 이번 시집의 결실이라고 볼 수 있다. 그래서 그는 늘 사용하던 만년필조차 낯설어 긴장된다. 이 긴장을 풀고 자유로워지고 헐거워지려고 노력하는 과정이 오히려 오래된 정원에 더욱 만발한 꽃을 피우고 있다고 볼 수 있다. 이 꽃들은 결코 쉽게 쓰러지지 않을 것이다.

(≪시문학≫, 2004. 6)

자기 응시의 성찰

— 『낯선 만년필로 글을 쓰다가』

김 홍 진*

자연은 자꾸만 퍼내도 비지 않는 무진한 시의 보고다. 요절한 시인 기형도는 "가장 위대한 잠언이 자연 속에 있음을 믿는다"고 토로한 적이 있다. 굳이 이러한 잠언을 끌어오지 않더라도 서정 시인에게 자연은 가장 위대한 가르침을 주는 스승인 것이 사실이다. 예나 지금이나 서정 시인들은 상상력의 중요한 수원水源으로 자연에 입을 대고 있으며, 그 자연에 대한 체험으로 시를 써왔다. 자연은 서정 시인에게 시적 상상력의 원천을 제공하며 시적 영혼을 양육하는 젖줄이다. 시인에게 자연은 피와 살, 그리고 육체와 생명을 주는, 정현종의 표현에 따르면 '비유의 아버지'이다. 서정 시인은 아주 자연스럽게 자연을 파먹고 산다.

박명용 시인의 『낯선 만년필로 시를 쓰다가』는 주로 자연을 바탕으로 한 서정을 노래한 시편들로 짜여져 있다. 자연은 그에게 시적 상상력을 제공하는 원천이며, 자연 속에 깃든 잠언을 깨닫는 작업, 곧 시 쓰기이다. 그의 시선은 항상 자연이라는 대상과 현상에 닿아 있거니와, 그는 늘 자연에서 느끼는 정서를 소박하고 정갈하게 노래한다. 그의 자연 체험은 대개 자기 응시로 내면화되는데, 내용은 자기를 돌아봄, 즉 성찰이다. 자연에서 배우고 싶어하고 자연의 순리를

* 문학평론가

닮고자 하는 것이 그이다. 그래서 자연의 사물이나 대상은 그것을 응시하는 서정적 주체인 시인을 닮은 표정으로 재생되기도 하고, 시적 자아가 그곳에 투영되어 사물이나 대상의 속성과 닮은꼴로 나가기도 한다. 닮은꼴이란 거의 생에 대한 순응이며, 사라지는 것에 대한 따뜻한 긍정이다.

> 때아닌 부나비 떼가 천지를 뒤덮는다
> 세상 열기에 사라지는 것 순간이다
> 오, 저 포근한 상실
>
> —「첫눈」 전문

이 시에서 "부나비 떼"처럼 "천지를 뒤덮는" 눈 오는 풍경의 짧은 묘사 속에 함유되어 있는 내적 성찰은 매우 따뜻하다. 시인은 예고 없이 불시에 천지를 뒤덮은 눈이 다시 순간적으로 사라지는 것을 보고 거기서 "포근한 상실"을 느낀다. 상실과 소멸에 대한 따뜻한 시선은 쉽게 예측 가능한 시적 표정들을 짓고 있으며, 그러한 표정을 지을 수밖에 없는 것은 시인의 눈을 통해 재발견된 일상적 사물과 현상들이 그의 정서와 공모하기 때문이다. 대상과의 시적 공모는 현실로부터 상처를 받거나 갈등을 받지 않고 쉽게 생에 대한 깨달음으로 귀결된다. 소멸에 대한 긍정과 순응은 그래서 곧잘 "늦가을 은행잎이/ 따뜻하다. 마음이 환하다/ 갈 때를 아는가/ 마지막 모습을 보여주는/ 아름다운 몸가짐"(「늦가을의 꿈」)이라든가, "욕망을 벗어버린 늦가을 계곡을 보니/ 비로소 나를 알겠다"(「이유」) 등의 성찰적 자질로 나타난다. 이처럼 박명용의 시에서 소멸의 이미지는 언제나 지배적인 자질로 나타나며, 시적 화자의 지배적 포즈는 그것을 따뜻한 시선으로 수용하려는 태도를 취한다.

박명용 시인에게 소멸의 모티프가 중요한 이유는 그것이 삶을 의미 있는 가치로 치환하는 데 있다. 그의 시에 드러나 있는 내면과 외면의 동시성은 평범하고 사소한, 그러나 일상의 익숙함 때문에 쉽게 간과하는 많은 자연의 파편들을 어떤 정신적 의미로 유추해 내는 특징을 보여준다. 이러한 점은 시인의 시작 태도가 정통 작법을 충실하게 따르고 있다는 것을 말해주며, 시인 스스로도 말하듯 "대상이 지닌 의미와 그 세계를 보다 쉽고 순수하게 그려내고자"(「자서」) 하는 태도에서 연유한다. 박명용 시인은 기본적으로 시를 통해 원초적 긍정에 이르려는 시인이다. 그러한 점에서 그는 체험적 자연을 의미화 함으로써 자아의 내면과 대상의 외면이 이루는 접점을 순응적으로 모색하면서 자연을 시의 육체로 끌어들인다. 자연의 시적 육체화는 곧 삶에 대한 어떤 근원적 긍정을 말한다.

다리가 휜 나무와
반듯하게 자란 나무가
찰싹 붙어 같이 크고 있다
올곧게 자라다가 비바람에
반쯤 넘어진 키 작은 나무
저보다 훨씬 큰 나무와
수액을 나누고 있는가
서로 몸을 바싹 대고 있다
생生이란 이런 때도 있는 것일까
속리산 오리숲에서
대학원생 이 양과 신랑 김 군의
결혼 주례사를 다시 한다
몸을 흐트리지 않은 나무들이
일제히 푸른 박수를 친다
눈물이 난다

—「따뜻한 체온」 전문

박명용 시인의 시에서 나무는 자연 체험의 세목이자 시적 자아의 정신적 등가물이다. 시인은 서정의 정신으로 무장한 채 "나무들의 지혜"가 가르치는 '고전古典'(「오리엔테이션」)을 듣고, "산정의 상수리나무"가 "빈 몸이 되어 흔들"리는 것으로부터 '독경讀經'(「늦가을 소리」)을 듣는다. 속리산 오리나무 숲을 보다가 문득 제자의 주례 체험이 떠올라 포착한 이 시는 참된 생이란, 서로 뒤엉켜 의지하며 "수액을 나누"며 살 수밖에 없다는 내용을 담고 있다. 뒤엉켜 수액을 나누는 나무의 모습과 시인의 정신적 가치가 시의 내용을 결속하고 있다. 서로가 "찰싹 붙어 같이 크"며 수액을 나눌 수밖에 없다는 생각은 나무의 생리이기도 하지만 인생론적 가치에 대한 인식이기도 하다. 이러한 인식은 자연의 생리를 관조하면서도 거기에 몰입하거나 신성시하지 않고 생애화 한다. 시인은 일상적 삶에서 놓치기 쉬운 삶의 근원적 준거들을 찾아 삶의 새로운 정체성과 가치를 부여한다. 삶에 부여하는 새로운 의미의 정체성과 가치는 요란한 수사를 통해 이루어지는 것이 아니라 낮은 자세, 낮은 목소리로 구축된다.

이와 같이 박명용 시인은 자연의 체험과, 그에 대한 응시를 통해 생명과 삶의 궁극적 긍정을 노래한다. 그의 시는 자연을 있는 그대로 노래하면서 인간의 삶이 지향하고 추구해야 할 정신적 가치를 노래하고 있는 점에 의미가 있다. 끝으로 자연의 사물이나 생리의 투명함과 청결함, 정갈한 자연적 이미지와 그것을 아름다움으로 치환하는 그의 순수 미학적 태도가 무조건 상찬될 것인가에 대해 조심스럽게 문제를 제기해 본다. 현실을 잊고 편안한 세계로 나아가려는 정신상태를 넘어설 때 진정한 서정의 힘이 발현되기 때문이다.

(≪시와 사람≫, 2004. 여름)

끝도 없는 하염없음과 끝의 찰나

— 『낯선 만년필로 글을 쓰다가』

송 기 한*

무한과 유한이 만나면 어떤 모습일까? 천년을 두고 지내온 들과 나무와 집이 어느 날 그 전의 모습과 다르게 변화되어 있을 때, 혹은 수십 년을 여일如一하게 보낸 사람에게 갑자기 죽음이 찾아왔을 때, 이러한 순간에 느껴지는 낯설음을 우리는 그것의 모습으로 말할 수 있지 않을까? 무한과 유한의 포개짐, 즉 무한히 계속될 것 같은 하염없는 지속이 끝을 내는 것은 찰나에 의해서라는 사실은 우리를 몹시 아프고 두렵고 외롭게 한다. 그런데 그것이 우리를 감고 도는 시간의 냉혹한 생리生理이다.

박명용의 『낯선 만년필로 글을 쓰다가』에서 주요하게 형상화되고 있는 것 중의 하나는 이처럼 눈에 보이지 않는, 부득이 다른 사물들을 통해 자신의 존재를 보이고 있는 시간의 속성에 해당된다. 어떤 사물을 시간이 휘감을 때 사물은 그것이 무엇이든지 간에 시간의 법칙으로부터 비껴가지 못한다. 시간은 사물을 무한히 지속시킬 듯 따뜻하게 감싸지만 어느 한 순간에 모든 것을 '끝낸다'. 그 앞에서 번복이나 돌이킴은 허용되지 않는다. 시간은 철저하게 정면만을 바라보도록 명하고 그러한 지시를 따랐을 때 어김없이 사물에게 그의 끝을 보여준다.

---

* 문학평론가 · 대전대 국문과 교수

눈 위에 발자국이 찍힌다
깊게 또는 얕게 찍히는 발자국
내가 꿈꾸었던 형체는 아니지만
분명, 내 것이다
굵은 눈발이 펑펑 쏟아진다
발자국의 흔적이 조금씩 지워진다
누군가의 입이나 발길에 의해 지워진다면
얼마나 아픈 발자국이 될까
따스한 겨울 눈 속에
서서히 사라지는 흔적
볼수록 포근하다
눈 위에 찍히는 발자국
눈의 발자국에 의해 지워지는
눈 오는 날의 그리움

—「눈 오는 날」 전문

툭, 하며
떨어지는 사과
순간적이다

인간도 이런 것인가
삶이 원숙한 나이에
툭, 하고 찍는 마침표
발자국 소리도
다정한 음성도 없다

목숨이란 이런 것이라고
툭, 하며
몸으로 보여주는
또 하나의 사과

오, 집착이 무슨 소용이랴

—「과수원집 상가에서」 전문

「과수원집 상가에서」가 생이 끝나는 순간을 형상화하고 있는 것이라면 「눈 오는 날」은 끝없이 지속되는 시간의 반복을 보여주고 있다. 「눈 오는 날」을 통해 시인은 무한히 이어지는 시간의 흐름 속에서 느낄 수 있는 평온함과 '포근함'을 상징적으로 표현하고 있다. 어떤 외부의 힘에 의해 끝이 나는 것에 비한다면 변함없는 지속은 얼마나 편안한가 하는 것이 이 시가 전하는 내용이다. 시인은 '나의 흔적'이 시간에 의해 시나브로 지워지기를 바란다. 알지 못하는 "누군가의 입이나 발길"에 의해 소멸되는 것은 폭력적이고 충격적이다. 전자의 경우가 '포근하다'면 후자의 경우는 '아프다'.

또한 후자의 경우는 「과수원집 상가에서」에서 보여주고 있는 죽음의 장면과 겹치는 것이라 할 수 있다. 어떤 상황에서든 죽음은 폭력이고 충격이고 아픔이다. 그것은 '툭' 하는 둔탁한 소리와 함께 떨어지고 마는 '사과'다. 이처럼 지상의 모든 사물이 중력에 복종하듯이 모든 인간은 유한의 순간을 동일하게 맞이한다. "발자국 소리도 다정한 음성도 없"는 그 순간이 계속되는 무한의 시간들에 비해 냉혹하고 쓸쓸한 것은 당연하다 할 것이다.

「입춘立春」은 하염없는 시간의 리듬이 일시에 끊어지는 순간을 감각적으로 형상화하고 있다.

얼음장 풀리는가
계곡 물소리 들린다
한 발 한 발 조심스럽게
하산하는 발자국 소리 앞에
물보다 앞질러가는 물소리
하얀 빛살까지 내보이며
주위를 일깨운다
티끌 하나 걸치지 않고

스스로 바위에 부딪치고
돌바닥에 엎어지면서
제 철 만난 듯
아래로만 흐르는 맑은 물소리
나에게도 저런 세상의 소리 있었던가
가만히
소리 속에 귀를 넣는다
순간, 소리는 간 데 없고 귀만 멍멍하다
재빨리 귀를 빼고 돌아서
내 굳는 몸 속에
물소리 한 가닥
소중히 간직해보는
입춘立春 오후

—「입춘立春」 전문

사물의 움직임과 함께 흘러가는 시간은 그 자체로 생기로 가득하다. 특히 봄이 시작되는 모습은 그 어떤 것에 비견할 수 없는 생동감을 드러낸다. 말 그대로 봄은 만물이 소생하는 계절인 것이다. 위의 시는 봄의 형상을 마치 한편의 음악이 들리듯이 묘사하고 있다. 물이 흐르는 소리는 신나게 약동하는 리듬감과 더불어 우리에게 전해온다. 물은 그것을 둘러싸고 있는 사물들과 '부딪치고' '엎치락뒤치락' 해가며 즐겁고 경쾌하게 흐른다. 그것의 흐름에는 "티끌 하나 걸치지 않"은 순수함이 있다.

시인은 봄이 펼쳐내는 우주의 거대한 교향악 속에 자신의 감각 기관을 들이댄다. 그러나 그 순간 온 몸으로 느낄 수 있던 우주의 모습은 자취를 감춰버린다. "소리 속에 귀를 넣"은 "순간 소리는 간 데 없고 귀만 멍멍"한 것이 그것이다. 눈이나 귀나 코 등의 분화된 하나의 기관으로 감당할 수 없는 것이 우주의 몸임을 시인은 매우 직설적으로 말하고 있는 셈이다. 시인은 이 흐름의 단절, 하염없이 지속되는 우주의 흐름이 돌연 끝나버리는 순간을 '멍멍함'으로 표현한다. 모든 감각과 모든 의식, 모든 느낌의 마비 현상이 '멍멍함'이며 생동하는 우주와의 절대적인 격리감이 또한 그러하다.

우리가 살펴본 시들에서 볼 수 있었던 것처럼 어쩌면 시인은 우주의 은밀한 생리를 그려보이려 하지만 그것이 인간의 감각으로 단순하게 포착되기 힘든 것임을 미리 알고 안타까와 하고 있었던 것이 아닐까? 그러나 박명용은 이 어려움을 자신의 언어로 훌륭하게 소화하여 범상한 우리에게 충분히 알기 쉽게 전달해준다. 박명용의 시는 그 지점에서 매우 돋보인다.

그러나 시인이 더욱 시인다운 점은 우주 및 생명과의 관계 속에서 인간이 체험하는 '끝'을 절대적인 허무로 여기고 있지 않다는 데 있다. 언제든 시인은 '끝'을 덜 낯설고 덜 단절적으로 느낄 수 있게 감싸안고자 한다. 그것은 우주와 닮아가며 우주와 하나가 되는 길을 통해서 가능하다. 예를 들면 「눈 오는 날」에서처럼 시간의 흐름 속에 '나'를 완전히 맡기는 일, 「과수원집 상가에서」에서 말하듯 '집착하지 않기', 그리고 「입춘」에서처럼 "굳은 몸 속에 물소리 한 가닥 간직해보는 일" 등이 범속한 '나'를 버리고 우주와 호흡을 맞추는 길이다. 이러할 때 시인은 외로움이나 허무함을 아름다움으로 여기고자 하는 '신'의 시선을 이해하게 된다. "섬뜩한 폐가 마당에 풀꽃이 핀"것을 두고 "그것은 인기척도, 그림자도 하나 없는/ 세상 속 세상을/ 아름답게 보고 싶어하는/ 신의 몸짓이다" (「풀꽃」)라고 말할 수 있는 것도 이 때문이다.

(≪시와 정신≫, 2004. 가을)

'몸'과 '집'의 응시

—『낯선 만년필로 글을 쓰다가』의 세계

김 택 중*

몸의 집인 주체는 아직 실현되지 않은 어떤 것으로 존재한다. 그것은 미완성의 단계에 머물러 있으며 형태를 만들어 가는 과정 중에 있는 그 무엇이다. 그것은 실체로서 존재하는 것이 아니라 생성 중에 있는 것이다. 주체란 완성이 없는 미분의 상태이다. 나이를 먹는다는 것과 세월을 느낀다는 것이 중압감으로 작용하는 것은 그만큼의 주체에 대한 인식을 키워가면서 미완의 세계에 대한 내밀함으로 다가가는 것이다. 시인은 끝이 없이 계속되는 진행의 상태를 치밀한 시적 언어를 통해서 다가갈 뿐이다.

박명용(『낯선 만연필로 글을 쓰다가』, 모아드림, 2004) 시인은 주체에 대한 인식과 그것을 담고 있는 육체의 분리를 통해 주체에게 낯설게 다가온다. 그 낯설음의 집은 상징계 속에 존재하며 그의 실재는 존재하지 않는다. 그것은 탈존재로 느껴질 뿐이다. 그의 존재에 대한 궁극적인 물음은 자아의 성립에서부터 시작된다. 즉 자아는 자아로서만 존재할 때 미성숙의 상태에만 머무는 것이다. 자아에 대한 인식은 집으로부터 벗어남으로써 그의 주체를 확인할 수 있다. 집의 실존적인 가치는 머무름에 있는 것이 아니라 떠남으로부터 시작된다. 집의 이탈, 안에서 나와 밖에서 안을 들여다 볼 때 집의 실체를 규명할 수 있는

---

* 문학평론가 · 대전대 국문과 겸임교수

것과 같이 자아의 성숙은 결국 집의 육체를 벗어날 때만이 그것을 파악할 수 있다. 즉 타자의 시각으로만이 성숙에 도달할 수 있는 것이다. 나이는 시간과 공간의 지속을 의미한다. 그것은 완숙한 한 시인의 내부에서 비롯되는 타자의 눈으로 주체를 확인하는 과정의 하나이다.

바람이 분다
내 몸 속에 낡은 집
잡소리를 낸다

덜컹거리고, 삐걱이고
구들장까지 찬 소리를 내는
썰렁한 집
화사한 그림의 달력 한 장
버젓이 걸
·성한 벽면 한 곳 없구나

어느 세상에
낡지 않은 집이 있다던가
지은 지 60여년
낡은 소리가 없다면
그것은 집이 아니라
상하지 않은 시간의 집일 뿐이지

살 만큼 산 내 집
낡은 소리를 낸다

—「낡은 집」 전문

집의 특별한 가치는 근본적인 통일성과 복합성을 동시에 파악하면서 조건지워진다. 집은 여러 가지 의미들을 동시에 하나의 통합체로 적용한다. 시적 화자는 몸과 집을 이원적인 상태에서 동일시하여 하나의 의미로 다가온다. 몸과 집의 상관성은 담을 수 있는 것, 깃들 수 있는 그 무엇을 말한다. 몸의 정신, 몸은 주체를 담을 수 있는 그 무엇이며, 집은 주체를 담고 몸을 담을 수 있는 그 그릇으로 겹침의 관계에 있다. 따라서 집은 몸의 확대된 상징성을 띠고 있다. 그런데 시적화자는 "바람이 분다/ 내 몸 속에 낡은 집/ 잡소리를 낸다"로 전환하고 있다. 일반적인 생각을 벗어나서 집 속에 내가 있는 것이 아니라 내 속에 집이 있는 낯설음을 시도하고 있다. 낯설음은 결국 일상성을 전복하는 것이다. 그리고 시적화자의 또 하나의 시도는 주체가 외부적으로 존재하게 한다. 그는 실재를 응시하는 무시간적인 개념 속에 있다. 그러면서 끊임없이 실재하지 않는 '낡았다'는 것에 대하여 고뇌한다. 유년기, 청년기, 장년기, 노년기의 차이로부터 오는 기표 속에서 주체를 인식하고 있다. 그의 시 속에 구체적인 '썰렁한 집', '낡은 소리' 등은 노년기에서 비롯되는 것이다. 또한 몸의 실재를 표현하려는 다양한 시도는 주체의 부재를 통해서 가능하게 된다. 주체는 이미 시간 공간의 점유 상태를 존재로 인식하고 있었다. 그의 시간은 "덜커덩거리고, 삐걱이고/ 구들장까지 찬소리를 내는" 오래된 '낡은 집'을 통해서 드러난다. 그리고 공간은 "화사한 그림의 달력 한 장/ 버젓이 걸/ 성한 벽면 한 곳 없구나"의 벽은 삶의 여정 속에 상처를 입은 흔적의 공간이다.

여기서 시간과 공간은 모두 낡았다는 통시적인 관념이 지배적으로 작용한다. 그러나 엄밀한 의미에서 통시적인 것은 공시적인 미분상태에서 그것이 가능하다. 그러나 그것은 무한적인 관념이면서 개념성을 벗어난 실재의 부재를 말하는 것이다. '나'와 '집'의 분리는 주체와 육체의 실재를 넘어서는 상징계에서나 존재하는 것이다. 그는 집의 실재와 나의 실재는 주체를 타자로 인식하면서 응시하고 동일화로 반영한다. 그러므로 시적 자아의 인식은 타자의 욕망을 통해서 그것이 합치된다. 그는 상징적인 집을 육체성과 관련지어 대상화를 시도하며 그 대상은 결국 타자적인 응시를 통해서만이 자신을 바라볼 수 있다. 즉 자아의 정확한 인식을 위해서는 타자가 응시하는 추상적인 개념의 실재를 대상으로 전환하는 것이다. 라깡은 존재는 실재하는 논리에서 배제되며 그것을 대리적으로 표현하여 경험되도록 대상을 인식하는 것으로 말한다. 대상이 되는 실재는 논리적인 타당성으로 설명할 수 없는 그 무엇으로 보여 주는 것이다. 이것은 실재를 규정할 수 없는 것, 인지할 수 없는 것을 보고 주체는 이를 하나하나 밝혀가는 것이다. 실재를 논리적인 규범에서 벗어나는 존재와는 구별되는 탈존재로 부른다.

태풍 루사가 지나간 강변에
남루한 양복 상의 하나
볼썽 사납게 축 늘어져 있었다
무심코 집어들어
모래를 훌훌 털며
이리저리 훑어보는데
단추에 묻었던 햇살 한 줄기
사정없이 내 눈을 찔렀다
순간, 정신 번쩍 들어
그 자리에 급히 놓았다
저 옷 입었던 사람은 누구였을까
지금 무엇을 하고 있을까
궁금해 하다가
문득,
내 옷일지도 모른다는 생각에
다시 집어들어 보았다
아, 그것은 양복이 아니라
이른 새벽 깨어나 두렵게 만져보던
내 몸의 일부였다

—「몸」 전문

육체가 주체에게 낯설게 보여진다. 이는 육체가 파편화되어 일부분으로 나누어져 보일 때, 통일적인 객관화가 이루어지기 이전의 상태를 말한다. 위의 시는 대상의 인식과 전환을 통해 경험하기를 보여준다. 시적화자가 인식하는 것은 세계 속에 일부인 삶의 파편이다. 그것이 어떤 이유에서 주체가 발견되었든 이미 경험의 일부로 존재한다. 화자의 손에 들린 그 옷은 수많은 대상들 중의 하나이면서 동시에 시적 자아의 동일시의 대상이다.

그는 무엇을 경험하였는가 그리고 무엇을 경험하도록 보여주려 하였는가. 그것은 존재의 비규정성에서 비롯된다. 어느 곳에서나 세계 속의 어떠한 것이 대상이 된다하여도 존재는 분리되어 타자성으로 옮겨가는 과정에 있다. 양복상의 하나를 "무심코 집어들어/ 모래를 훌훌 털며/ 이리저리 훑어보는데"의 선택된 경험이, 곧 실재의 존재자이면서 탈존자 상태의 놓여지는 것이다. 기표로서 "남루한 양복"은 누구의 것인가 하는 '의문', "내 눈을 지르는 햇살"은 그 자리에 급히 놓게 만드는 '포기'의 기의를 포함한다. 기표의 중첩은 기의의 변화를 불러온다. 그것은 외부로 향하는 대상에서 내부의 존재적인 의미를 말한다. 주체의 반영으로 성립된 타자의 욕망은 시적 자아의 분리된 것으로 인해 생겨난다. 타자의 시선으로 자신을 거울 속에서 실재의 연속을 확인하는 것이다. 그것은 겉옷인 '양복'의 기표에서 "아, 그것은 양복이 아니라/ 이른 새벽에 깨어나 두렵게 만져보던/ 내 몸의 일부였다"로 전환되는 것이다. 주체와 기표들의 결합, 즉 시적 자아의 대상인 양복에 결핍된 주체 '누구'의 궁금증은 "단추에 묻었던 햇살 한줄기/ 사정없이 내 눈을 찔렀다"에서 "내 옷일지도 모른다"로 통합되면서 전환적인 주체가 성립되는 것이다. 거울 속에 반영된 시적 자아 그리고 옷의 주인인 대상의 이중적인 주체가 혼란을 접고 시적 자아에게 통합되어 고정된 이미지로 주체에게 다가온다. 그러나 그것은 전혀 예상할 수 없는 상황의 전개이다. 따라서 시적 화자의 낯설음은 그 의미를 더해 섬뜩함으로 다가오는 것이다. 그의 섬뜩함의 실체는 자연의 순환과 질서인 인간의 유한성을 깨닫는 순간이다. 태풍의 위력으로 인해 그것이 담고 있어야 실재계의 몸이 분리되어 강가에 "볼썽 사납게 축 늘어"진 옷으로만 남겨진 현상에 주목된다.

박명용 시인의 주체는 타자의 응시를 통해 성숙된다. 그의 낡은 집은 시적 자아를 함유한 몸의 집이면서 자아의 분리를 통해 명확하게 주체의 성숙과정을 드러내는 시의 실체이다. 그것은 삶의 인식 과정에서 비롯된다. 그 삶의 여정은 바로 하나의 존재의 과정이다. 인간의 삶은 엄밀한 의미에서 현재는 존재하지 않고 과거와 미래만이 존재할 뿐이다. 따라서 시적 자아의 상상력은 과거에서 미래를 읽는 것이다. 또한 존재의 비규정성, 미완성의 경험을 타자의 응시를 통해 보여준다. 즉 주체와 실재의 관계는 타자의 개입으로 성립되며 과거란 주체의 상상력을 통해 열려있는 미래만큼 열려 있는 것이다. 그의 '집'과 '몸'은 따라서 미래에 대한 설계이며 삶에 대한 깊은 성찰이다.

(≪갑천문화≫, 2004. 6)

삶과 비움의 미학

—「낯선 만년필로 글을 쓰다가」

김 현 정*

박명용의 시집 『낯선 만년필로 글을 쓰다가』는 시인 특유의 시적 연륜을 보여주고 있다는 점에서 주목된다. 천지만물의 이치에 통달하여 어떤 일에 관해 들어도 모두 이해한다는 이순의 의미를 이 시집에서 엿볼 수 있기 때문이다. 이러한 면은 시인 자신의 몸을 '낡은 집'으로 표출하는 과정과 세속에 찌든 삶을 성찰하는 모습에서, 그리고 삶에 대한 욕망이 아니라 비움을 소중히 여기는 그의 시선에서 찾아볼 수 있다.

시인은 60년을 넘긴 자신의 몸을 꼼꼼히 살펴보는 일부터 시작한다.

바람이 분다
내 몸 속에 낡은 집
잡소리를 낸다

덜컹거리고, 삐걱이고
구들장까지 찬 소리를 내는
썰렁한 집
화사한 그림의 달력 한 장
버젓이 걸

* 문학평론가 · 대전대 강사

성한 벽면 한 곳 없구나

어느 세상에
낡지 않는 집 있다던가
지은 지 60여년
낡은 소리가 없다면
그것은 집이 아니라
상하지 않는 시간의 집일뿐이지

살 만큼 산 내 집
낡은 소리를 낸다

―「낡은 집」 전문

위의 시에서 시적 화자의 연륜을 확인할 수 있다. 그의 몸은 '덜컹거리고' '삐걱'거리며 '성한' 곳이 없다. 이는 인간이라면 누구에게나 경험하는 현상이지만, 여기에서는 시적 화자의 삶에 대한 성찰을 함축하고 있다는 점에서 다른 사람들과 차별된다.

이렇듯 시적 화자의 성찰을 보여주는 대목은 다른 시에서도 어렵지 않게 발견할 수 있다. 강변에 "볼썽사납게 축 늘어져 있"는 "남루한 양복 상의 하나"를 "내몸의 일부"로 본 장면 (「몸」)과 "몇 달째/ 뜨겁게 치솟는 열기/ 사그라지지 않는구나/ 아무리 꺼도/ 식을 줄 모르는 신경성(의사의 진단)" (「신경성」)이라고 한 구절 등에서도 확인된다. 지금까지 앞만 보고 매진하던 시적 화자에게 자신이 걸어온 인생의 뒤안길을 되돌아볼 수 있는 기회를 제공한 것이다. 그러나 시인은 이에 실망하거나 두려워하지 않고, 오히려 새로운 정신적 세계를 편다. "겨우내/ 무겁게 쌓였던 산의 변비/ 통쾌하게 풀"리는 것처럼, "제 속 다 비워/ 오히려 푸른 몸 되는 지혜"(「이른 봄 계곡」)의 세계가 이를 뒷받침해 주고 있다.

이끼 덮어쓴

까마득한 절벽의
고서古書 앞에서
고개도 들지 못하고
부끄럽게 돌아서고 만
채석강

— 「채석강에서」에서

'채석강'에 있는 "까마득한 절벽"을 '사서삼경'으로 비유하여 묘사한 점이 독특하다. 여기에서 '절벽'은 '사서삼경'이고, 이 '고서'는 선조들의 지혜가 담긴 책을 의미한다. 따라서 시적 화자는 자신의 삶이 '고서'와 같은, 선조들의 지혜스러운 삶과 현실의 대비를 통해 자신을 뒤돌아본다. 또한 마지막 남은 홍시를 먹으려다 "마지막 한 개"는 "까치의 몫이라고 그대로 두었던/ 선조들의 혜안慧眼"을 떠올리는 장면(「홍시 한 개」)과 '바람'을 "비울수록 가볍게 멀리 날아/ 건강한 우주를 만드는/ 뼈의 바람"으로 인식하여 "채울수록 무겁고/ 무거워질수록 무뎌지는 몸/ 이것이 무게의 원리인 것을" 깨닫는 모습(「바람의 무게」), 그리고 빛바랜 "고등학교 생활기록부"를 보고 지금까지의 삶을 회상하는 과정(「대차대조표」)에서 시적 화자의 성찰하는 모습을 엿볼 수 있다. 이렇듯 시인은 우리가 쉽게 접할 수 있는 대상들을 통해 생의 참의미를 바라보고 있다. 시인의 이러한 '반성'이라는 시적 장치가 그의 시집에서 중요하게 대두되는 것은 그것이 그 자체로서 국한되는 것이 아니라 이 시대를 살아가고 있는 모든 인간의 깨달음으로 집약되고 있다는 점 때문이다.

지금까지의 자신의 삶에 대한 깨달음은 삶에 대한 시선의 바뀜을 의미한다. 인간의 욕망이 상식화된 현대에 있어 욕망을 털어버리기란 그리 쉬운 일이 아니다. 철저한 자기성찰만이 이러한 상식을 바뀌게 한다는 의미에서 시인은 상식을 뛰어 넘는다.

바위 틈에
소나무가 자라고 있다
허리는 구부정했으나
바람과 구름에 기댄 몸
뿌리를 땅에 박은 놈보다
더욱 실하다
튼실한 바위에서 쏟아내는
푸른 언어들
귓속을 헤집고 들어와
돌 속에 빠진 감각을
시원하게 건져내고 있다
땅이 뿌리를 감싸고
빗방울이 나무를 키운다는
세상 이치理致
철저히 거역하고 있는
저 바위 소나무의
당당한 자세

상식을 바꾼다

—「상식常識 바꾸기」 전문

이 시에서는 '소나무'가 기름진 토양 위에서만 자라는 것이 아니라 '바위 틈'에서도 자랄 수 있다는 사실을 보여준다. "세상 이치理致"에서 벗어났음에도 불구하고 "당당한 자세"를 보여주고 있는 '소나무'를 통해 시적 화자는 '상식 바꾸기'를 시도한다. 즉 그는 기존의 삶의 방식과 사고의 방식에 대해 회의를 품기도 하고, 나아가 전복을 꿈꾸기도 한다. 이러한 면은 지난 해 태풍 매미로 인해 "높게 솟거나 강인한 힘으로/ 소리 소리치"던 '간판', '전신주', '교회지붕' 등 하늘만을 지향하는 모든 것들이 허망하게 무너진 상황 속에서도 "온몸을 반짝이며/ 투명한 숨소리를 내는" 사소하고 하찮은 '잡풀 무더기'에 눈길을 주는 장면 (「태풍 매미가 지나간 날」)이라든지, "눈 위에 찍히는 박자국/ 눈의 발자국에 의해 지워"진다고 하여 '눈'의 포용력을 그린 장면(「눈 오는 날」)에서 발견할 수 있다. 전자가 '간판', '전신주', '교회지붕'과 같은 외적인 높음보다도 '잡풀'과 같은 내적인 힘을 보여주고 있다면, 후자는 눈 위에 찍힌 내 발자국이 눈, 즉 타의에 의해 그냥 쌓여서 소멸되는 것이 아니라 결국 눈 위의 내 발자국을 감싸안는 과정을 통해 소멸된다는 것을 시사하고 있다. 그리고 이러한 면은 어느 폐가 마당에 핀 풀꽃을 보고 섬뜩한 느낌이나 외로운 느낌을 갖기 보다는 "인기척도, 그림자도 하나 없는/ 세상 속 세상을/ 아름답게 보고 싶어하는/ 신의 몸짓"으로 인식하여 '풀꽃' 자체의 생명성을 강조하고 있는 시(「풀꽃」)에서도 엿볼 수 있다. '잔돌'에 대해 "당당한 덩치에 눌린 것이 아니라/ 힘으로 채우지 못한/ 허허로운 공간에서 밀알이 된/ 저 부처님 미소 같은 얼굴들"이라고 형상화 한 구절(「돌에 관한 명상」)도 시인의 '상식 바꾸기'를 보여주는 대목이다.

> 시퍼렇게 눈 뜬 언어들이
> 날마다 세상을 농락한다
> (중략)
> 뼈 빠진 육두문자肉頭文字
> 텁텁한 고함 출렁이는
> 시골장터의 어눌한 소리들이
> 정말 그립다
>
> — 「어눌한 언어」에서

위 시에서 시적 화자는 "세상을 농락"하는 언어와 "뼈 빠진 육두문자肉頭文子"를 끌어들여 현재와 과거를 제시하고 있다. 시인은 '지금 — 이곳'의 상정常情이 없는 현실을 비판하고자 "어눌한 소리"들이 즐비한 상정의 전형적 공간이라 할 수 있는 '시골장터'를 소재로 택하고 있다. 여기에서 눈여겨볼 것은 '뼈 빠진 육두문자'이다. 오늘날에도 '육두문자'는 쉽게 들을 수 있으나 정이 듬뿍 담긴 '뼈 빠진' 육두문자는 거의 들을 수 없기 때문이다.

이러한 과정을 통해 시인은 내면에 자리잡은, 순수하고 때 묻지 않은 무의식적 자아를 발견하게 된다.

한 발 한 발 조심스럽게
하산하는 발자국 소리 앞에
물보다 앞질러가는 물소리
(중략)
내 굳은 몸 속에
물소리 한 가닥

—「입춘立春」에서

시적 화자는 "굳은 몸 속"에서 '한 가닥'의 '물소리'를 듣는다. 그 소리는 누구나 들을 수 있는 것이 아니기 때문에 더욱 소중한 것으로 다가온다. 또한 "겨울의 고통을 모르면/ 봄도 여름도 가을도 아무의미 없음을/ 보여주고 싶기 때문인 것을,/ 물기를 감추고/ 첫날부터 고전을 가르치고 있는/ 저 나무들의 지혜/ 참, 따듯하다"(「오리엔테이션」)라고 한 구절에서 "앙상한 나무"에서 '지혜'를 보고 있는 것도 같은 맥락에서 이해할 수 있겠다.

연구실 앞 은행나무 한 그루
가을이 다 떨어지도록
짙푸른 눈으로 세상을 읽고 있네
노랗게 물들었다가
언젠가, 알게 모르게
낙엽 되는 것을 알면서도
혼자 끝까지 생生 다하는
저 아름다운 집념
비바람도 끄떡없네
마지막까지 자신을 보여주는
푸른 마음의 저 몸짓
참으로 대견하네
오늘 같은 날은 무릎 꿇고

나무에게 사는 법
한 수 배워야겠네

—「집념」 전문

시인이 자신의 몸에 대한 관찰에서부터 지금까지의 삶을 반추하면서 주위의 작고 하찮은 것에도 관심을 보이고 있다는 것은 결국 위의 시에서처럼 욕망에 집착하는 삶이 아니라 비움과 그에 대한 집념에서 비롯되었다고 할 수 있다.

다리가 휜 나무와
반듯하게 자란 나무가
찰싹 붙어 같이 크고 있다
올곧게 자라다가 비바람에
반쯤 넘어진 키 작은 나무
저보다 훨씬 큰 나무와
수액을 나누고 있는가
서로 몸을 바싹 대고 있다

—「따듯한 체온」에서

어울리지 못할 것 같은 두 세계가 '수액'을 나누고 "몸을 바싹 대"며 공존한다. 이것은 정상적인 것과 비정상적인 것이 선/악, 존재/비존재, 상/하, 흑/백이라는 차별적 인식에 의해 분리된 것이 아니라 공동체적 인식에 의해 통합된 것임을 보여주는 것이다. 이렇듯 나무들의 평등한 세상을 통해 모든 인간이 인간답게 사는 상생의 세계를 바라보고 있다는 것은 박명용의 시세계가 평범하지 않음을 인식시켜 주고 있는 것이다. 인간이 진정으로 지녀야 할 것이 무엇인가를 보여준 이 시집이야말로 '정직한 생'의 참 육성이 아닌가 한다. 이것이 힘이 아니고 무엇이겠는가.

(≪시와 상상≫, 2004. 상반기)

제 3 부

작품 비평

영원한 삶의 추구

오 세 영*

어린 봄바람도
나이찬 겨울바람도
행방을 감춘 밤이었다.

눈도
귀도
코도
잊어버린 환절기에
황량한 벌판을 거닐고
책상 모서리를 맴돌고

몸이 저리도록
무작정
떠나간 친구만을 찾고 있었다.

— 박명용, 「환절기」 전문

현실을 바라보는 정직한 시선이 신선한 언어감각을 통해 번득이고 있다. 박명용은 이 시대의 삶을 하나의 전환기로 인식하고 있는 것 같다. 그는 "환절기

* 시인 · 충남대 국문과 교수

에/ 황량한 벌판을 거닐고" 있고 실향민으로 자신을 인식한다. 그러나 환절기라는 것 자체가 이미 새로운 계절의 도래를 예시하고 있는 것처럼 그의 현실에 대한 태도 역시 긍정적 낙관주의에 기초하고 있음은 또한 물론이다. 그는 자신을 포함한 인간사회에 따뜻한 애정을 가지고 있으며 또 그래야만 한다고 생각한다. 이러한 인간에의 신뢰는 이 시의 중요한 모티브이다.

(<대전일보>, 1979. 5. 17)

시대정신

정 진 석 *

박명용의 「어느 날 우등열차에서」(≪현대시학≫ · 7)는 어느 날 서로 마주 보고 앉게 되어 있는 우등열차 안에서 행선지 방향으로 앉은 것이 아니라 목적지를 등지고 즉 '거꾸로 된 의자'에 앉아 있기에 "앞을 보지 못하고 지나간 흔적만 보아야 하는/ 거꾸로 된 의자"에 앉아 여행하다가 시대적 현실상황을 예리하게 의식했던 것이다. 평범한 일상적인 한 현상에서 시상을 창출해 낸 그의 통찰력은 참으로 날카롭다.

고정된 힘에
거꾸로 앉은 이 세상
생각은 앞에 있지만
생각은 거꾸로 하고 있다

는 구절에서 그의 칼날같은 시대정신을 감지할 수 있다. 특히, 이 점은 다소 작위적인 요소가 엿보여 오히려 약간의 시적 감흥을 감소시키고 있는 감이 없지 않으나, 끝부분

앞으로 가는 생각

---

* 문학평론가

몸은 거꾸로 가면서
운 좋게 앞을 향한 눈과의
맞부딪침
서로가 겸연쩍어
고개를 돌리고 있음은
얼굴에 내리쬐는
햇살때문만은 아니리라.
서서히 솟아오르는
내 땀방울

에서 이를 극복하고 있음을 읽을 수 있다.

그가 겸연쩍어 고개를 돌리고 이마에 땀방울이 맺힌 이유는 그저 도리없는 눈마춤이라든가 자연의 현상(햇볕) 탓만이 아니라 현실적 아픔에 대한 책임감과 소명감에서 사회적 양심을 통감한 데서 발로된 부끄러움 때문인 것이다.

이 시의 우수성은 꼭 하고 싶은 말(주제)을 어떤 구호나 유치한 선전문구식이 아닌, 구체적인 사물과 현상을 통하여 화산처럼 솟구치는 메시지를 제어해 가면서 차분한 톤으로 그러나 안으로 강렬하게 진술하고 있기에, 시적 매력과 울림을 충분히 확보하고 있다. 준엄한 역사의식 즉 현실에 대한 참여의식을 표출한 시로서 빼어난 가작이다.

(≪현대시학≫, 1984. 8)

분재를 보는 눈

오순택*

몇 해 전
어느 분이 보내 준 분재 한 그루
창백하게 흔들리는 봄을
망연하게 보고 있다.
허허로울 때 만감을 주고
가슴 가득찰 때 엷게 엷게 쓸어주던
잎 피고 잎 지던 오리목 분재
풍상의 연륜도 소용 없는가.
지난 겨울
가난한 자의 목욕탕 구석에서
욕된 어둠의 추위를 견디지 못하고
굳어 버린 생명
하마 하마 눈물 솟을까, 기다려도
지난 해 봄 무심히 둑길 떠난
한성기 시인의 영혼처럼 마른 가지는
영영 깨어나지 못하는구나.
푸른 새소리 귓전에 닿고
풀잎소리 푸르게 들리는 봄날이
잿빛으로 채색되어

* 시인

하늘 가득히 번지고 있다.

— 박명용, 「춘사부椿事賦」(≪현대문학≫ · 6) 전문

한 시인의 죽음을 말라가는 분재에 비유한 시. 아니 고결한 시인같이 살아가고 있는 분재의 죽어가고 있는 모습을 노래한 시라고 할까.

"허허로울 때 만감을 주고/ 가슴 가득찰 때 엷게 엷게 쓸어주던/ 잎 피고 잎 지던 오리목 분재"를 보는 시인의 눈은 어쩌면 안쓰럽기까지하다. "하마 하마 눈물 솟을까, 기다려도/ 지난 해 봄 무심히 둑길 떠난/ 한성기 시인의 영혼처럼 마른 가지는/ 영영 깨어나지 못하는구나"에서 보듯 이 허무는 시인 자신의 허무인 것이다.

이 시에서 죽음은 '잿빛'으로 표현, 암울하고 을씨년스럽기까지 한데도 "푸른 새소리"나 "풀잎소리"로 번져나고 있어 죽음은 오히려 "하늘 가득히 번지"는 하나의 빛으로 표출되고 있음으로 해서 죽음은 (인간이건 동물이건) 영원히 죽는 것이 아님을 애써 이 시는 강조하고 있다.

(≪현대시학≫, 1985. 8)

자유와 억압의 경계

윤 석 산*

1

울안에 갇힌 곰을 보러 갔더니
곰은 <너희들 보는 재미에 갇혔다>는 듯
줄줄이 밀려드는 인간들을 감상하고 있었다.
인간이 곰을 구경하는지
인간이 곰의 구경거리인지
하느님
이 세상 울은 어딥니까.

— 박명용, 「구경거리」 전문

시인은 어느 날 곰 구경을 갔다. 그는 아마도 우리 속에 갇힌 곰을 보고 연민을 느꼈을 것이다. 그런데, 곰은 너무도 태연했던 것 같다. 마땅이 갇힌 그가 초조해하고, 자신이 구경거리임을 자각해야 할 텐데 거꾸로 "너희들을 보는 재미로 갇혔다."는 태도였던 모양이다.

시 속의 화자(시인)는 여기서 당황하기 시작한다. 도대체, 곰이 저토록 태연한 이유는 무엇일까? 인간은 미련하다는 곰에게까지 구경거리처럼 보일 정도로 우스워졌단 말인가? 아니면, 거꾸로 내가 갇혔단 말인가? 그러다가 그는 끝내 갇혀 있는 곰은 자유스럽고, 풀려 있는 자신은 갇혀 있다는 생각을 하게 된

* 시인 · 제주대 국어교육과 교수

다. 그리하여, "하느님/ 이 세상 울은 어딥니까." 하는 질문을 하기에 이르른다.

이 작품의 재미는 곰과 화자 사이의 묘한 아이러니에서 발생한다. 갇힌 자는 자유롭고, 풀린 자가 부자유스럽다니, 정말 재미있을 수밖에 없다. 그러나, 화자를 갇힌 것처럼 느끼게 만드는 것이 무엇이냐 하는 점에 생각이 미치면 이 아이러니는 다중적인 의미망을 구축하면서 결코 재미로만 끝날 수 없음을 깨닫게 한다.

절대자의 시각에서 해석하면 인간의 오만을 질책하는 의미로 바뀌고, 그것을 자각하지 못한 채 살아가는 인간들에 대한 긍휼矜恤의 시각이 드러난다. 꼭 사르트르식의 실존주의로 해석하면 견딜 수 없는 자유의 고통을 맛보게 한다. 선택한 가치기준이 제시되지 않은 상황에서 일체를 결정하고, 행동으로 옮겨야 하며, 그것을 책임져야 하는 인간의 자유(울밖)는 '울' 안의 구속보다도 더 고통스러운 것이기 때문이다.

아니, 자율적인 의미망을 구축한 이 작품은 독자들마다 각자 자기를 구속한다는 모든 것을 대입해도 그 의미체계가 형성된다. 그것은 이 시의 장점이다.

(≪백지≫, 1985)

냉소적 아이러니

최 순 열*

갑자기 시야가 흐려져
돋보기를 써 보았더니
오후처럼 어설픈 세상 바라보기
그대의 마음 속에 죄인이 되었나
그대의 눈 속에 병자가 되었나.
안경 너머 드러난
신문 행간 속의 여백은
훤한 가슴을 드러내 놓아
그 위에 떨어지는 온갖 먼지도
작년보다 더욱 더 잘 보이는구나.
행여, 고향 뒷산 뻐꾸기가
구슬피 소리내며 날으는 것
눈에 보일까 귀에 들릴까
두리번거려 보는 이 대낮
나는 어쩌자고 중심을 잃고 있는가.
거북스런 안경 쓰고 벗기를
일과처럼 연습하고 있는 지금,
햇살은 어찌 저리 무사한가.

— 박명용, 「안경쓰기 연습」 전문

* 문학평론가 · 동국대 국어교육과 교수

"갑자기 시야가 흐려져" 불투명해진 자아를 정확히 성찰하여 되잡기 위해 '안경'을 쓰지만 오히려 '대낮'에 "중심을 잃고"마는 해체된 자아를 새삼 확인하고 말 뿐이다. 그나마 실패하는 자기모색의 작업은 "일과처럼 연습"에 불과하다. 시인의 삶은 언제까지 '연습'으로 반복될 것이며, "햇살은 어찌 저리 무사한가"의 아이러니가 그칠 것 같지 않은 무료와 권태의 일상에 대해 시인은 또한 언제 반역할지, '햇살'의 '무사'가 '無事'인지 '無邪'인지 하는 이중 유추를 음미한다.

(≪월간문학≫, 1986. 9)

치열한 시인의식

리헌석*

낭떠러지 끝에서 현기증을 일으키고
넓은 광장에서 지구가 흔들리는
그런 위치에서 살고 있다.
지난해부터 이유도 알 수 없이
환하던 세상이
조금씩 조금씩 흐려지더니
올해는 결국
한 쪽 초점이 <황반부변성>이다.
똑바로 서서 정면을 주시하면
한쪽은 하나로 보이고
한쪽은 둘로 보이는
선명하지 않은 세상
그 속을 시원히 볼 수 없는
지금,
지진이라도 나서 갈라지면
이 한쪽 눈만으로도
그 의문의 세상을 뚜렷이
뚜렷이 볼 수 있을까.

— 박명용, 「초점」 전문

* 문학평론가

서사성을 중요시하는 문학에서의 갈등은 작품을 존재하게 하는 필수적인 요소이다. 서정문학인 시에 있어서도 갈등은 드러나게 마련인데, 여기에는 개인적 갈등, 사회적 갈등 등으로 나눈다. 문학의 표현에 있어서 갈등의 의미를 형상화하지 않은 사람은 없다고 해도 과언은 아닐 것이나, 얼마나 미적으로 승화했고 얼마나 예리한 시각으로 조명했으며, 얼마나 사회적 총체성을 드러내는가 하는 것이 중요한 관건이다.

박명용 시인의 위 작품은 80년대초 한국의 정치적, 사회적 암울한 상황을 은유적으로 표현한 것이다. 실제로 '황반(황막)'에 문제가 있는 신체적 고통을 토로했다면, 이는 시로서의 가치를 반감하게 되며, 박명용의 시적 원형질과도 궤를 달리한다. 따라서, 이 작품은 변혁기의 시인이 과거와 현재, 미래를 투시하는 심리적 갈등을 형상화한 것으로 봄이 타당하다. 다만, 시인의 감정을 겉으로 드러내지 않은 채 시의 실체를 독자에게 맡기고 있는 것이다. 유사한 현상이 드러나는 시로 「지워 버리리」가 있다. "넓다란 광장 구석구석에서/ 내피內皮는 휴지처럼 찢기우고/ 선혈鮮血은 꽃으로 피어난 채/ 샨델리어와 카피트 사이에서/ 몸살을 앓고 있는 영혼"(백지 19집)에서 보면 본문과 같은 '광장'에서 느끼는 소외의식, '황반부변성'과 '내피의 선혈'에서 감지되는 피해의식 등은 개인적 갈등에서 추출된 것이 아니고, 사회적 갈등의 토로이며, 이는 개인적 아픔이 아니고, 사회적 아픔이라고 볼 수 있다. 이는 「모과」의 "알만한 사람은 다 알고/ 말없는 세상도 다 안다"(「모과」)는 시행에서도 증명된다. 이 모든 것은 '시대적 아픔'의 노래다.

(≪백지≫ 22집, 1988)

'눈'에서 상반된 감각 포착

정 순 진*

하이데거는 언어를 존재의 집이라고 했거니와 기본적으로 시인은 언어를 사랑하는 사람이다. 사물을 접할 때 언어와의 관계를 염두에 두지 않을 수 없는 시인의 천형을 잘 보여주는 작품이 박명용의 「첫눈」(≪현대문학≫ · 12)이다. 때도 때인 만큼 소재 자체도 어울릴 뿐 아니라 눈과 언어의 관계 설정도 참신하다.

> 눈은 변명의
> 언어다
> 한해가 저무는 날 밤
> 내리는 첫눈은
> 기력 잃은 언어에
> 기막힌 생기이고
> 꿈같은 이야기에 파묻히는
> 그대의 체온이다
> 일 년 내내
> 기억할 수 없이
> 쏟아놓았던 수많은
> 암호의 언어

---

* 문학평론가

숙제로 미루고
눈치로 피하다가
해독은 뒤엉켜
언어의 발음조차 잊어버린
한 해의 변두리
거기에 내리는
진눈깨비는
마지막 달의 언어다
그러나
한 해가 문턱을 넘는 날 밤
느리게 내리는 첫눈은
허구라도 좋을 말잔치로
어지러운 언어를
하나의 사랑으로 덮어
지나간 해를 녹이고
새해의 불확실성을
안겨주는
꿈의 언어다
눈은 변증법적
언어다

—「첫눈」 전문

연이 없지만 이 시는 세 부분으로 나누어진다. 첫 부분에서 시인은 눈을 새로운 시각으로 바라본다. 눈은 변명의 언어이며, 기막힌 생기生氣이며, 그대의 체온이다. 구체적이고 감각적인 사물 눈에서 언어의 추상성과 생기, 그리고 그대의 체온이라는 전혀 상반된 감각을 포착해내는 시인의 시선은 놀랍다. 이런 「첫눈」의 세계와 대비되는 것이 '진눈깨비'로 시의 두 번째 부분이 여기에 해당한다.

"일 년 내내/ 기억할 수 없이/ 쏟아놓았던 수많은/ 암호의 언어/ 숙제로 미루고/ 눈치로 피하다가/ 해독은 뒤엉겨/ 언어의 발음조차 잊어버린/ 한해의 변두리/ 거기에 내리는/ 진눈깨비"

이 고백이 시인의 일년 동안의 삶이다. 진실을 말하기는커녕 기억할 수도 없이 많은 암호를 토해 내놓고 해독하지도 못한 상태야말로 난마처럼 얽힌 채 살아가는 우리들 삶의 모습이기도 하다. 시인의 본질인 언어의 발음조차 잊어버렸다면 다른 부분은 말해 무엇하랴. 우리가 누구이건 간에 본질마저 잊고 산다는 사실조차 의식의 표면에 떠오르지 않는 것이 일상이다. 그 때 묻은 일상이 본래적 의미를 회복할 기미는 "한 해가 저무는 날 저녁"이라는 시간 설정에서부터이기도 하다. 마지막 밤에 시작을 체험케 하는 눈이야말로 마지막을 시작으로 변환 시키는 상징적 매개물이다.

"한 해가 문턱을 넘는 날 밤/ 느리게 내리는 첫눈은/ 허구라도 좋을 말잔치로/ 어지러운 언어를/ 하나의 사랑으로 덮어 지나간 해를 녹이고/ 새해의 불확실성을/ 안겨주는/ 꿈의 언어다/ 눈은 변증법적/ 언어다"

'어지러운 언어'로 표현된 우리들의 삶을 "사랑으로 덮어 녹이는" 눈, 불확실성으로 우리에게 새로운 거리를 만들어 주는 눈은 그래서 우리들의 꿈이다. 정과 반을 무르녹여 만들어 낸 합이다. 이런 점에서 세 번째 부분은 첫 부분과 상호보완적이다.

시의 기능을 이야기할 때 흔히 감시자적 기능과 예언자적 기능을 말한다. 그것은 현재를 보면서 또한 미래를 바라보는 시인의 통찰력을 기대하는 것이기도 하다. 「첫눈」은 마지막을 마무리하면서 시작을 예감하는 이즈음과 어울려 우리들의 꿈을 변증법적으로 보여준다. 세밑 얼룩질대로 얼룩진 우리의 삶에서 "꿈같은 이야기에 파묻히는/ 그대의 체온"을 느끼는 일이 새해를 맞을 가장 긴요한 준비인지도 모르겠다.

(<중도일보>, 1993. 12. 27)

방충망과 모기

이 운 룡*

모기 소리는
큰 놈이나 작은 놈이나
똑같이 신경을 건드린다
아무리 쫓아도
달겨붙고 뜯는 습성
필사적인 힘이다
모기향을 피우고
방충망을 쳐도
악착같이 나타나는 놈들
이제는 없어져야 좋겠지만
할 일 없는 사람
심심풀이 위해서는
몇 마리쯤은 남겨두면 어떨까
생각도 해보지만
새끼 쳐 넘친다면
아름다운 우리 강산
물고 뜯고 피강산 되겠지
가을 바람 서늘한데
아직도 판을 치는 모기 세상

* 시인 · 문학평론가

어느새 내 가슴엔
하얀 눈이 내린다

—「모기 이야기」 전문

박명용의 이 시는 풍자와 암시 효과가 전체 내용의 주된 흐름으로 작용하고 있다. 말할 수 있는 언어와 말할 수 없는 언어를 구별하여, 감춤의 언어로 몸을 사릴 때 더욱 강조되는 표현 방식이 풍자적 기법이다. 필사적으로 달겨 붙는 모기가 이 시대의 사람이고, 신경을 자극하는 모기 소리가 부정한 정신의 소리라면 "아름다운 우리 강산/ 물고 뜯겨 피강산 되겠지"라는 암시 내용이 무엇인가는 더 말할 필요가 없을 것이다. 왜냐하면 "아직도 판을 치는 모기 세상"이 있기 때문이다. 살인 공장이 들어서고, 세금 도적떼가 횡행하는 등 파고들면 모기 아닌 모기가 이 땅에는 얼마나 있을까. 이와 같은 사건 중심의 사회악을 제쳐 놓더라고 정치 · 경제 · 교육 · 문화 등의 불의와 비리, 부조리와 모순은 시의 주요소로 비판과 저항의 대상에서 가장 첨예하게 부딪치는 문제가 아닐 수 없을 것이다. 박명용은 그러한 현실인식에 투철한 시인이다. 그리하여 삶의 리얼리티를 표현함에 있어 강한 저항심리가 작용하고 있음을 보게 된다.

그의 「이상스러운 나라의 언어」에서는 옳지 못한 세상사의 목록들이 행을 바꾸어 가면서 열거되어 있다. 즉 사상 · 이념 · 섹스 · 과장 · 외침 · 고발 · 명성 · 아부 · 금욕 등이 그것이다. 그는 "헷갈리는 세상, 이상스러운 나라"의 혐오스러운 꼴불견을 '그대 이름'이라고 오늘의 시대와 사회를 힐난하고 있는 것이다.

그런 반면에 박명용의 세계인식은 자아로부터 싹트고 있음이 눈에 뜨인다. 즉 그의 언어는 실존적 자아에 대한 인식을 바탕으로 나와 너의 둘의 관계 설정에 의하여 구체화된다. 「불만증」의 시를 보기로 하자.

혼자이기 때문에 적적하다
혼자이기 때문에 중얼거린다

혼자이기 때문에 자유스럽다
둘이기 때문에 어색하다
둘이기 때문에 말이 없다
둘이기 때문에 남남이다
엘리베이터를 타면
언제나 나는 내가 아니라는
불안한 생각이다

—「불만증」 전문

혼자일 때 그는 불안한 자유 속에 살고 있는 고독한 단독자가 된다. 둘일 때는 언어가 단절된 타인이 되어 따뜻한 인간애를 주고받을 수가 없다. 홀로서의 인간과 더불어서의 인간 모두가 각각이고 외로운 존재일 뿐이다. 이러한 실존의식은 산업사회의 맹점 속에 인간과 인간의 거리가 점점 멀어져 가고 있다는 것을 엘리베이터 안에서의 나와 나 아닌 두 얼굴, 즉 양면적 이중구조의 분열된 인간상으로 해체해 놓고 있는 것이다.

(≪월간문학≫, 1994. 10)

문명비판과 원시적 건강성 추구

손 종 호*

도시적 삶 속에서 이루어지는 인간성 상실 문제에 대해 깊은 우려를 표시하면서도 독특한 자리에 서있는 시인으로는 박명용이 있다. 강한 서정성을 바탕으로 하고 있는 박명용의 시는 다분히 사색적이어서 좀처럼 톤을 높이려 하지 않는다.

> 갑자기 시야가 흐려져
> 돋보기를 써 보았더니
> 오후처럼 어설픈 세상 바라보기
> 그대의 마음 속에 죄인이 되었나.
> 그대의 눈 속에 병자가 되었나.
> 안경 너머 드러난
> 신문 행간 속의 여백은
> 훤한 가슴을 드러내 놓아
> 그 위에 떨어지는 온갖 먼지도
> 작년보다 더욱더 잘 보이는구나.
> 행여, 고향 뒷산 뻐꾸기가
> 구슬피 소리내며 날으는 것
> 눈에 보일까 귀에 들릴까

---

* 시인 · 충남대 국문과 교수

두리번거려 보는 이 대낮
나는 어쩌자고 중심을 잃고 있는가.
거북스러운 안경을 쓰고 벗기를
일과처럼 연습하고 있는 지금,
햇살은 어찌 저리 무사한가.

— 박명용, 「안경쓰기 연습」 전문

돋보기를 쓰게 된 일상의 변화를 모티브로 하고 있는 이 시는 강화된 투시력으로 하여 "휜한 가슴"과 "세상먼지"가 "몇 배나" 더 잘 보이는 사실에 당혹해 하는, 그리하여 어지러워 땅을 짚을 수밖에 없는 화자의 심경이 차분한 어조로 진술되어 있다. 결국 우리들 삶의 때 묻은 일상성, 도시 속에 잠복되어 있는 야만성, 폭력성 그리고 불투명성에 대한 시인의 우려가 "돋보기"라는 상징적 매체를 통해 매우 사실적으로 전달되고 있는 것이다.

이처럼 문명 비판적 시각과 인간성 상실에 대한 우려, 그리고 도시적 삶의 고통과 비례하여 커지는 원시적 건강성의 회복에 대한 염원을 시로 형상화하는 흐름은 80년대에 심화되고 있다.

(『대전문학선집』, 대훈사, 1994)

모든 것의 근원에 대하여

정 순 진*

박명용의 시 「춤꾼」은 존재가 어떻게 자유자재로 움직이는지, 그리고 그 모습이 얼마나 아름다운지를 구체적인 사물과 맥락 속에서 형상화해 내고 있다.

산 그림자
떠나고
물은 물대로 흐르는데
어디선가
떠내려 오는 종이컵 하나
비로소 오늘에야
너를 똑바로 보고
흔들리는 갈대보다
더 아름다운
춤꾼임을 알았다
담기 위한 존재가
소유를 버리고
물살 같은 세상에
나를 맡기는 것
얼마나 보기 좋은

* 문학평론가

오늘의 현신現身인가

—「춤꾼」 전문

물에 떠다니는 버려진 '종이컵'을 '춤꾼'과 동일시하는 시각도 참신하지만 거기에 "세상에/ 나를 맡기는" 사유를 접합해 무르녹여내는 솜씨도 놀랍다. 무엇인가를 해야 한다는 목적에서 벗어날 때 오히려 존재는 존재다워진다는 철학적 명제가 관념어를 쓰지 않고 객관적 상관물로 형상화되어 있는 것이다. 노장의 '무위자연無爲自然'이나 공자의 '종심소욕불유구從心所慾不踰矩'의 명제가 그야말로 '현신現身' 하면서 존재의 자재自在를 아름답게 보여준다.

(≪백지≫, 1998)

박명용의 존재에 대한 관심

이운룡*

꽃은 언제나
꽃으로 말한다

황홀하거나 혹은
요란하지 않아도
존재 그 자체만으로
청순한 미소를 말하는
따스한 사랑을 말하는
눈물의 서정을 말하는
가슴 죄는 나비 떼의
안쓰러움을 말하는
피어오르는 불꽃을 말하는

기다림의 약속 무늬

꽃은 부드러운
수정의 언어다

—「꽃에 대하여」 전문

---

* 문학평론가 · 중부대 국문과 교수

박명용의 시 「꽃에 대하여」는 '언어는 존재의 집'이라고 말한 한 철학자의 탁견에 비교할 만큼 명쾌하게 사물에 대한 존재론적 인식의 깊이를 보여준다. 한 마디로 요약하면 이 시의 첫 연에서 "꽃은 언제나/ 꽃으로 말한다"가 그렇게 생각되는 부분이다. 모든 사물이 거기에 존재하고 있음을 밝혀주는 것은 모양도 색채도 향기도 아니다. 언어이다. 그것을 상징하고 있는 말 곧 그것을 무엇이라고 부를 수 있는 이름이 있기 때문에 실존의 의미를 마음에 새겨 그것이 존재하고 있음을 깨닫게 되는 것이다.

이 시인은 사물의 겉모습을 보고 말하지 않는다. 사물의 내면을 마음으로 들여다보고 촘촘한 상상의 그물로 물고기를 훑어내는 고기잡이의 작업을 어렵지 않게 해내고 있다. 꽃 소재의 시는 너무도 흔히 쓰여온 시인들의 전유물이었다. 그럼에도 이 시인의 꽃은 다르다. '무엇을 보느냐'가 아니라 '어떻게 보느냐'에 시인의 개성과 직관의 힘이 무겁게 실려 있다. 그는 스스로 내면 풍경을 만들어 그 속에 꽃을 들여놓고 있기 때문이다. 그것은 실제의 꽃처럼 "황홀하거나 혹은/ 요란하지 않아도" 이 세상에서 섭리에 의해 피었다 질 단 하나의 존재로서 족한 꽃일 뿐이다. 꽃으로서의 절대 가치를 지니고 있는 모습 그대로 "청순한 미소"와 "따스한 사랑"과 "눈물의 서정"과 "나비떼의/ 안쓰러움"과 "피어오르는 불꽃을 말하는" 꽃, 그것이 시인이 가슴으로 말하는 꽃의 내면 풍경이고 존재의 실상이다. 기다림이란 무엇인가. 기다림이란 만남과 성취를 위한 인고의 약속이다. 이 시인의 '기다림'은 그러나 꽃이 말하고자 하는 바 존재와 존재와의 사이에 교감이 이루어지고 있는 어떤 "약속 무늬"의 표현이다. 꽃이 하는 말은 "수정의 언어"이며 투명성을 지닌다. 투명하기 때문에 꽃의 말은 만유萬有 만상의 본질을 꿰뚫는 공적인 언어이지 다른 것이 아니라는 점을 암시하고 있다.

그리하여 박명용의 '꽃'은 모양과 색채와 향기 그 자체로서 절대의 존재임을 '말하는 꽃'이고, 섭리의 세계를 성급하게 거역하지 않는 '기다림의 무늬'이며, 세계를 환히 밝혀주는 "수정의 언어"로서 꽃의 내면을 치장하고 있는 근원적인 존재 의미와 맞닿고 있다. 이와 같은 시의 구조를 달리 말하면 상想의 변증법적 구조와 수미상관 관계를 세련된 표현으로 감싸고 있음을 볼 수 있다. "꽃으로 말한다"고 전제한 다음 그 말은 "수정의 언어다"라고 은유의 결구를 배치하는 것 등이 그러한 예의 하나로 보이기 때문이다. ※수정 보완한 것임

(≪월간문학≫, 1999. 11)

숯 · 3

이 승 하*

시커먼 숯덩이
숨을 쉰다

온몸을 뜨겁게 태우고
검은 몸으로 태어나
또 한번의 정열을 뿜기 위해
살아있음을 감추고
안으로 숨을 쉬고 있는
숯,
매서운 세상을 바라보는
가슴이다
침묵한다는 건
할 말이 없는 것이 아니라
성냥불이 닿기를 기다리는
무게 때문이다

숯덩이
숨을 고른다

---

* 시인 · 중앙대 문창과 교수

지뢰처럼

— 박명용, 「숯 · 3」 전문

숯은 "온몸을 뜨겁게 태우고"서도 "검은 몸으로 태어나" 다시금 불이 되는 존재이다. 세상을 향해 한 번 더 "정열을 뿜기 위해/ 살아있음을 감추고/ 안으로 숨을 쉬고 있는/ 숯"은 지금 고요히 침묵하고 있다. "성냥불이 닿기를 기다리는/ 무게 때문이다." 언젠가 검붉은 불덩이로 터져 오를 날을 위해서는 기꺼이 인내의 시간을 받아들이지 않을 수 없는 것이 숯이다. 그러고 보면 숯은 일종의 객관상관물일 수도 있다. 숯에 이런 내포를 담지 않을 수 없는 마음이 아프다.

(『2002 오늘의 좋은 시』, 푸른사상, 2002)

존재 속으로

김 태 진*

박명용 시인의 시는 과거의 경험적 대상에 대한 훑어보기가 강한 시이다. 그러나 그 더듬어 봄은 현재라는 시간의 틀이 따라다닌다. 이 현재라는 틀은 박 시인을 붙들고 있는 존재의 본질이 된다. 이러한 확고한 틀 속에서 박 시인은 과거의 대상들을 더듬어 보고 있다. 그러기에 그의 더듬어 봄은 상실의식이라고 할 수 있다. 그는 세월가는 것이 아쉽다. 그러나 그는 과거의 더듬어 봄 속에서 진정한 자신의 실체를 추적하고 있다. 그러기에 그의 시는 현재의 자기를 되돌아보고 지나간 시간 속에 묻혀버린 자기를 찾는 노력이라고 할 수 있다. 이러한 노력이 느긋하게 느껴짐은 박 시인의 역량이다. 그것은 가장 절실한 문제를 절실하지 않은 듯한 자세와 어조로 담담하게 이야기하고 있기 때문이다. 그러나 우리는 그의 숨겨 놓은 진실을 드러내 놓고 볼 줄 알아야 한다. 그것은 그의 목소리가 다소 무겁게 느껴지기 때문이다. 이 드러냄은 깊을수록 좋을 것이다. 숨겨놓은 시인의 목소리를 가급적 자세히 드러내는 것, 이것은 한 시인을 이해하는 첩경이다. 그래서 우리는 숨겨진 목소리를 들을 줄 알아야한다. 그리고 해석할 줄 알아야 한다. 그리고 의미화할 줄 알아야 한다. 이것이 한 시인을 꿰뚫어보는 방법이다.

---

* 문학평론가

소망이 반사된 창가에
가득한 정적
그 틈 사이로 보이는
절름발이의 세계

— 「해빙기」에서

불안정한 세계를 응시하는 작가의 눈이 곧 터져나올 듯한 강한 목소리와 함께 강렬하게 느껴지는 이 시는 그가 현실을 비판하는 작가라고 착각할 정도로 그 비난의 화살이 예리하기만 하다. 그러나 그는 비판보다는 자아성찰 쪽으로 그 화살을 돌린다.

물이건 술이건
한 방울도 남김없이
다 비우고도
선비처럼 꼿꼿하게 서 있는
빈 병
살아오면서 채우기에만 급급했던
내가 부끄럽네
지금 돌아보니
그 동안 채운 것도 없이
무겁게 비틀거린 몸
이제
빈 병이 되어
세상을 바라보아야겠네

— 「빈 병」 전문

시인이 빈 병을 보면서 그 텅빔과 꼿꼿한 자세에 당황을 한다. 그것은 일생동안 채우기에 급급해 했던 자신의 모습과는 다른 모습이기 때문이다. 그러기에 시인은 앞으로 빈 병처럼 살아야겠다고 다짐한다. 이렇게 시인은 자아성찰의 깊이를 가지고서 시적 대상을 쳐다보는 것이다. 그래서 결국 그는 존재의 고독과 상실의식을 벗어난 자리에 다음과 같은 정열의 세계를 담담하게 앉혀 놓고 있는 것이다.

숯은
몸바칠 준비를 철저히 한다
동아줄로 묶였다가
다시 새끼줄에 몇 개씩 묶이는
숯 뭉치
마지막 생명을 불살라
차거운 세상
뜨겁게 달구려는가
성숙한 몸으로
세상을 기다린다
제 몸을 불태워
생의 극치를 이루려는
숯은
세계의 종교다

—「숯 · 2」 전문

자아성찰의 깊이가 원숙한 이 시는 '숯'을 고귀한 선지자로 대치해 놓음으로써 박 시인이 가졌던 과거에의 상실의식이 무화되어 버리고 만다. 역시 변함없는 것은 담담한 시적 어조로 자아성찰의 자세가 끝까지 견지되고 있으며, 이는 시의 출발기부터 보여준 존재에 대한 탐구가 지속되고 있음을 보여주고 있는 것이다. 따라서 박 시인의 경우, 시세계는 존재에의 고독으로부터 점차 자아성찰, 혹은 존재에의 탐구 쪽으로 그 방향을 잡아가고 있는 것으로 보여진다.

(≪시문학≫, 2002. 7, 「시인론」 중에서)

이유

이 은 봉*

나뭇잎 다 떨어지고 새들도 유혹에 이끌려

어디론가 무덤을 타고 가볍게 날아간다

여름 내내 불어오던 푸른 바람도 허리를 굽힌다

내 거친 호흡증세 속으로 흘러드는 계곡물

참으로 정갈하다 가슴이 시리게 보인다

욕망을 벗어버린 늦가을 계곡을 보니

비로소 나를 알겠다

— 박명용, 「이유」 전문

최근 현대시들은 일상의 세부를 관찰하고 욕망이 뒤범벅된 세계에서 해체된 자아를 찾아 나서기에 바빠 있다. 이렇게 시가 삶의 본질에 근접해 있으면서도

* 시인 · 광주대 문창과 교수

시인들은 이상하게도 자연의 일부이며 자연이 되고 싶다는 생각 또한 일관되어 흐른다. 이 시인은 자연에 몰두하고 있다. 늦가을 나뭇잎도 새들도 유혹에 이끌려 어디론가 가버린 쓸쓸한 텅빈 계곡에 서서 사라짐의 실체를 느끼고 있다. 평소 자기와 잘 구별되지 않던 자연의 생명력을 새롭게 느낀다. 내부 깊숙한 곳에서 거대한 풍차를 돌리는 자연. 참으로 정갈하고 가슴 시리는 자연을 시인의 거칠어진 지친 호흡과 구별하면서, 시인은 호흡 증세 배후에 웅크리고 있는 지난 삶 속의 고통을 확인하게 된다. 고통의 강도만큼 거칠어진 호흡으로 흘러드는 계곡물, 물소리, 바람도 허리를 굽히고 흘러드는 계곡에서 시인은 지금 계곡이고 싶고 바람이고 싶고 물소리이고 싶어진다. 자연의 일부가 되고 싶은 것이다.

(『2003 오늘의 좋은 시』, 푸른사상, 2003)

간월암 이미지

정 진 석*

간월도를 걸어서 올랐다
몸 바뀐 사람들을
몇 백 년째 맞는 간월암
풍경소리
이번에 섬을 통째로 흔들고
푸른 나무들 바닷바람에 맞서
덩실덩실 춤을 추었다
얼마나 되었을까
눈 아래에는
파도가 잘게 부서지며
밀물을 만들기 시작했다
천천히 간월암을 벗어나
뒤돌아본
섬
섬은 꼼작하지 않고
제자리에서
바다보다 더 외로운
섬이 되어가고 있었다

---

* 문학평론가

사람이 되어가고 있었다

— 박명용, 「간월암」 전문

사물과 대상에 대한 예리한 통찰력으로 신선한 충격을 줄 만한 것을 발견하여 거기에 자기 나름대로의 새로운 시선으로 새롭게 해석하고 새로운 의미를 부여하거나 참신하게 표출하였을 때 시로서의 존재가치가 있다.

우리는 위 시에서 자연을 대상으로 하되, 거기서 인생의 의미를 부여하거나 신의 섭리를 발견하고자 고투하고 있음을 볼 수 있다.

이 시는 간월도 간월암의 썰물시와 밀물시의 두 상태를 소묘하고 있다. 충청남도 서산군 부석면 소재 간월도의 간월암은 바닷물이 나갔을 때는 육지와 연결되지만, 바닷물이 들어왔을 때는 육지와 분리되어 바위섬이 되고 만다. 이러한 간월도 간월암을 시인은 직접 목격한 것이다. 썰물시의 간월암은 "풍경소리/ 이번엔 섬을 통째로 흔들고/ 푸른 나무들 바닷바람에 맞서/ 덩실덩실 춤을 추었다"고 노래하고 있다. 반면에 밀물시의 간월암은 "섬은 꼼짝하지 않고/ 제자리에서/ 바다보다 더 외로운/ 섬이 되어가고 있었다/ 사람이 되어가고 있었다"고 노래하고 있다. 상황의 변화에 따른 양극을 대조시켜 제시하고 있다. 전자인 썰물시의 간월암은 사람이 찾아와 신바람이 나서 춤을 추는 반면에 후자인 밀물시의 간월암은 사람이 돌아가 너무 외로운 나머지 홀로 서있는 사람으로 보인 것이다. 일반적으로 '섬'은 단독자, 고독, 고립 따위의 이미지를 가지고 있다. 밀물시가 되어 물로 인하여 육지와 단절된 섬이 외로워 보였던 것이다. 외로운 섬이 외로운 사람으로 보인 것이다. 이처럼 인간이란 개인으로 놓고 볼 때 저마다 고독한 하나의 섬과 같은 존재인 것이다.

이렇게 본다면, 시인은 자연도 사람들이 자기를 찾을 때 살맛을 느껴 생동감을 발휘하는 것이고 사람이 찾아줄 수 없는 상황에서는 존재의 의미를 상실하다시피 외로운 존재로 전락하고 만다는 것을 시사하고 있다. 따라서 자연과 인간이 공존, 보완, 협조하는 세계는 행복한 것이며 마침내 늙어서 홀로 떨어지게 되면 고독한 존재가 될 수밖에 없는 비극적 숙명임을 '간월암'이라는 자연의 두 상태를 통하여 메시지하고 있는지도 모른다.

(≪P · E · N 문학≫, 2003)

사유와 상상력

홍 정 윤*

일상적이고 보편적 사물들을 비유의 대상으로 해서 독특하고도 새로운 발상, 함축적이고 절제된 언어로 시인의 내면 의식을 그려낸다면 일차적으로 독자를 향한 시적 전달은 효과적이다. 나아가 시인의 시적 대상을 대하는 태도와 접근 방식이 진지하고 예리하며 누군가 한 번도 가보지 않은 길을 탐색하듯 한다면 더욱 좋을 것이다. 더 나아가 인간의 삶과 사물과의 진정한 관계에 대한 인식과 사유가 깊고 시적 상상력이 풍부하다면 더더욱 독자를 감동시킬 것이다.

다음은 삶에서 우연히 마주친 사물들을 보며 시적 자아의 깨달음과 삶에의 의지를 표출한 작품이다.

바위 틈에
소나무가 자라고 있다
허리는 구부정했으나
바람과 구름에 기댄 몸
뿌리를 땅에 박은 놈보다
더욱 실하다
튼실한 바위에서 쏟아내는
푸른 언어들

* 문학평론가

귓속을 헤집고 들어와
돌 속에 빠진 감각을
시원하게 건져내고 있다
땅이 뿌리를 감싸고
빗방울이 나무를 키운다는
세상 이치理致
철저히 거역하고 있는
저 바위 소나무의
당당한 자세

상식을 바꾼다

— 박명용, 「상식 바꾸기」 전문

박명용의 「상식 바꾸기」(≪월간문학≫)와 정끝별의 「눈물의 힘」(≪현대시학≫)은 바위 위에 자라는 소나무가 시적 발상의 매개물이다. 이 두 작품은 시상의 전개 방식은 다르나 시적 자아의 삶에 대한 전망은 비슷하다. 그들은 힘겹게 지탱하는 생명의 바탕인 물의 힘과 땅이 뿌리를 키우지 않아도 스스로 힘차게 자라는 소나무의 저력과 굳건함을 뜻밖에 발견한다. 시적 화자들은 생명력에 대한 의지를 새삼 깨달으며 소외되고 후미진 곳에서 자라는 생명에 대한 신뢰가 강렬함을 드러낸다.

(≪월간문학≫, 2004. 8)

못의 넉넉함

김 남 석*

나무 못은 녹슬지 않는
부드럽고 견고한 침이다
이 땅 위에
벌어지지 않는 가슴과 가슴
어디 있다던가
틈을 찾아 따듯하게 박힌
절집의 나무 못
볼수록 다정하다
사람의 벌어진 가슴을
채울 수 있는
나무 못
또 어디 없는가
반짝이지 않아도 좋을,

— 박명용, 「나무 못」 전문

시인은 절집을 유심히 보다가 나무 사이를 고정시키는 나무 못을 발견하고 연상의 물꼬를 튼다. 왜 나무 못을 사용했을까? 내가 아는 한에서는 절을 지을

* 문학평론가

때 못을 쓰지 않는다. 그 못에는 나무 못도 들어갈 것이다. 기둥과 대들보의 아귀를 맞추고 벽과 지붕의 힘을 이어서 서로 기대는 형식으로 법당을 짓는 것으로 알고 있다.

그런데 그 힘의 어디에선가 누수가 일어나고 틈이 벌어져 못이 필요했던 것 같다. 그러나 그 틈과 누수는 쇠못이 아닌 나무 못으로 채워진다. 그 이유는 이 시에서도 어느 정도 찾을 수 있다. 일단 부드럽고 견고하기 때문일 것이다. 통념과는 달리 나무 못은 견고하다. 그러면서도 보는 이들에게 부드러운 느낌을 준다.

강철은 단단하지만 그 강인함으로 인해 부담스러움을 준다. 대도시의 고층 빌딩이 부담스러운 것은 직선의 고집스러움과 강철의 차가움 때문이 아닌가 한다. 최근에는 이러한 부담감을 의식하는 듯 유리, 플라스틱, 목재 등을 통해 건물에도 온기를 불어넣으려고 하는데, 아무래도 산 속의 절만은 못할 것 같다.

시인의 시에는 절에 대한 형상과 이미지는 자제되어 있다. 그러나 시의 이면에는 절집이 보유한 다정함이 흐른다. 그 다정함은 벌어진 틈을 억지로 메우는 비정한 쇠마저 나무로 끌어안는 넉넉함에서 유래한다. 시인은 이 넉넉함을 인간사의 문제로 살짝 돌려놓고 있다. “이 땅 위에/ 벌어지지 않는 가슴과 가슴/ 어디 있다던가”

사람이 사는 곳에서 항상 좋은 일과 좋은 관계만 있을 수 없을 터이니, 나무 못처럼 적재적소에서 그 어그러진 틈새를 메울 수 있는 마음가짐이 필요함을 역설하는 말이다. 나무 못이 적절한 것도 그 마음가짐에 허세와 자랑이 없다는 점이다. 나무 못은 “반짝이지 않아도 좋다.” 아니 나무 못은 “반짝이지 않”기 때문에 좋다.

(≪애지≫, 2004. 겨울호)

세상 바라보기

이 연 희*

문을 열고 창 밖을 본다
꽃도, 나무도 심지어 산까지도
흔적 없이 녹은 새벽 안개 속에서
새 한 마리
허망한 경계선을 뚫고 나와
탈출하는가 싶더니
순식간에 자욱한 포연砲煙 속으로 사라진다
계속 그 뒤를 이어 힘겹게 뛰쳐나온
두 마리, 세 마리, 네 마리…
내 눈물에 비치는가 싶더니
어디론가, 황급히 날아간다 또 날아간다
창문을 닫고 텔레비전을 켠다
화면에선 날아간 새들이 안개를 덮고
옹기종기 모여 겁먹은 눈을 번뜩이고 있다
이 넓은 세상은
모두가 안개고 새일 뿐인가

참 희미한 새벽이다

— 박명용, 「안개고 새일 뿐인가」 전문

* 중앙대 강사

새벽녘 잠에서 깨어난 화자는 창문을 열고 밖을 내다본다. 창 밖은 짙은 안개 속에 싸여 있어, 온갖 사물들과 경계를 지운다. 그 경계 아닌, 경계를 뚫고 새 한 마리 날아오른다. 경계 없음을 경계하듯 아니면 경계 없음을 벗어난 경계 있는 세상으로의 탈출을 꿈꾸듯….

하지만 그 새의 희망과 소망은 온데간데없다. 안개와도 비슷한, 하지만 전혀 이질적인 대립의 세계일 수도 있는 '포연砲煙' 속으로 사라진다. 그것은 사냥꾼의 총포로부터 나온 단순한 연기일 수도 있지만, 총소리와 동시에 유발되는 포연의 상징성은 그리 단순하지 않다. 반목과 대립·폭력과 폭정이 난무하는 그래서 '꽃'이나 '나무'와는 정반대의 세계로 노정될 수도 있다. 의미 중첩으로 놓여진 시어들이지만 그 조탁이 단순한 기표 하나만으로 진술되고 있는 것은 아니다.

그러한 세계로부터의 탈출에 성공한 네 마리 이상의 새들. 그 새들을 바라보며 나는 눈물을 흘린다. 내 눈물이 잦아들기도 전에 새들은 황급히 삶의 희망을 찾아서 아니면 죽음의 세계로부터 삶의 영역으로 날아간다. 화자는 눈물을 거두지 않은 채, 그들의 탈출에 박수를 보낸다.

창문을 닫고 돌아선 화자는 현대 문명의 대표적인 코드인 '텔레비전'을 켠다. 창밖의 풍경이나 텔레비전 스크린의 화소들이나 모두가 안개와 새들의 이미지뿐이다. 창 밖의 이미지가 텔레비전 속의 이미지로 환원되지만 새들이 안개로부터 빠져나오는 것은 아니다. 안개를 빠져나온다한들 그 새들에게는 그들의 세상이 '없다'. 그들이 안주할, 평화롭고 건강하게 그들의 삶을 충일하게 만들 그 어떤 곳도 마련되어 있지 않다. 그들은 겁먹고 있을 뿐이다. 이미지는 창 밖의 것을 텔레비전 화면으로 옮겨 담았지만, 텔레비전 속의 새들은 이쪽에서 완전히 갇힌다. 창 밖의 새들보다 가혹한 현실에 노출된 새들은 겁먹은 채, 서로 모여 주변을 두리번거리며 그들 자신을 스스로 보호하려 한다. 창 밖의 새들보다 텔레비전 속의 새들이 더욱 심한 불안증에 시달린다.

PD나 구성작가 혹은 사진작가에 의해 의도되고 재단된 텔레비전 속의 새는 어찌하여 창 밖의 새들보다 불안한가. 바로 그것이 이 세계이다. 문명의 이기가 텔레비전 뿐만은 아니다. 그 종과 숫자를 헤아릴 수도 없이 쏟아져 나오는 각종 테크놀로지들의 종합은 사람들뿐만 아니라, 새와 나무와 꽃과 안개들을, 그저 그것만으로 남겨 둘 뿐이다. '새'는 하나의 단어일 뿐이다. 하나 이상의 기의를 갖지 못하는. 또한 '나무'도 '꽃'도 '안개'도 마찬가지이다.

「안개고 새일 뿐인가」는 르네 마그리트의 작품들을 연상하게 하는 작품이다. 창밖의 풍경이 텔레비전 속으로 자체 전이된 모습은 선명한 이미지의 전환과 강한 메시지 전달 효과와 더불어 시적인 아우라를 보여주는 작법의 일종이다.

"참 희미한" 세상이다. 나도 너도 모두 안개 속에 갇힌 새들이다. 텔레비전 밖은, 곧 이 시의 창 밖은 '포연'으로 흐려져 있고, 텔레비전 안은 그보다 더하다. 화자는 자연 속의 새와 텔레비전 속의 조작된 이미지를 거의 동등한 위치에 올려놓고 있는데, 그 차이는 그리 크지 않다. 아무리 세상이 넓어도 무규정적으로 보이는 사물 속의 갇힌 우리 모두는 안개 속의 새들이거나, 텔레비전 속의 새일 수 있음을 보여주는 시이다.

(대전시협, ≪2004 올해의 시≫)

삶 혹은 속도의 불안

윤성희*

시간의 물살에 닳고 닳아

덜컥대는 소리가

나이 들수록 작아진다

소리의 배후에 빈 길 하나

소리 끝을 잡았다 놓았다 하다가

사선斜線으로 쓰러진다

지는 그림자도 무너지는

길

— 박명용, 「길」 전문

시간의 흐름은 모든 존재를 소멸로 귀착시킨다. 우리의 삶은 시간의 물살에

* 문학평론가

닳고 닳을 뿐인 것이다. 그것이 자연의 이치이다. 박명용의 「길」은 천천히 무너지는 자연의 이치를 일깨운다. 시인은 무한 속도에 몸을 맡기다가 삶의 끝 낭떠러지로 급속히 추락하는 것과는 달리 자신의 그림자와 더불어 천천히 무너지는 길에 자신을 맡기는 자연스런 소멸의 길을 알려준다. 그것은 고속철의 속력에 역행하는 느림의 길이기도 하다. 보다 빨리, 보다 높이, 보다 멀리 나아가기 위해 속도에 몸을 싣지 말고 보다 천천히, 보다 깊이, 보다 감싸고 들여다보면서 자신과 세상을 응시할 것을 주문하는 느린 산책에 해당하는 것이다.

(≪시문학≫, 2004. 11)

어둠의 빛

최 문 자*

바위가 서서히 몸을 가다듬고 있다
풀잎이 슬슬 햇살을 털어내고 있다
물이 하늘로 향하는 소리를 내고 있다
환한 대낮, 삭막하게 헤어졌던 순한 것들
날 저물자 하나하나 모여들어
비로소 몸도 영혼도 그림자도 하나가 되고 있다
아니, 산골이 전체가 통째로 일어서고 있다
우리의 사랑하는 것들을 위해
어둠은 산골짜기를 먼저 찾아오는가

오, 간절한 저 어둠의 빛

— 박명용, 「어둠의 빛」 전문

바위, 풀잎, 물들은 날이 저물자 영혼도 그림자도 하나의 빛으로 되는 것을 시인 그 자신 내면의 투사체들이다. 여기서 어둠은 어둠의 구체성보다는 관념의 영역에 속해 있다고 볼 수 있다. 어둠은 내면에서 조형된 순수한 풍경의 주체들을 서서히 덮어가고 있는 시인이 참을 수 없는 한 종류의 빛이다. 바위, 풀,

---

* 시인 · 협성대 문창과 교수

꽃은 그들의 표상을 위해서 어둠은 어둠 상태로 현존하지 않고 그들까지도, 그리고 그들의 영혼까지도 하나의 빛으로 덮으려 한다. 그러나 산 전체가 어두워지면, 그건 어둠이 되지 못하고 산이 통째로 일어서는 빛이 된다. 어둠은 사물을 덮으면서 시인의 내적 풍경으로 바뀌고 시선의 내향화를 유발한다. 실존의 고뇌에 휩싸인 존재는 "오, 간절한 저 어둠의 빛"을 간절히 바라본다.

(『2005 오늘의 좋은 시』, 푸른사상, 2005.)

이미지시의 전형

— 이미지 산책散策

안 수 환*

이미지가 사물의 표정 혹은 성질이라고 하는 견해는 올바른 판단일까? 이미지는 이름과는 다르다. 수數도 아닌 것. 시인은 사물의 이름을 불러내어 그것들의 성질을 명명한다. 명명이라고 말했지만, 실은 그 성질의 모임에 관한 명상을 한 자리에 포개놓은, 아주 태만한 측정이라고 불러야 할 것이다. 그런가하면, 감각의 강도强度에 의한 이미지의 출현은 비물非物, 즉 비감각적인 세계의 정신활동을 끌어안음으로써 사물의 표면을 기호화한다. 그는 하나하나 따로따로 흩어져 있던 부분들 — 물리적인 것들 — 을 특정한 혹은 새로운 사물로 다시 조합한다. 객관인 것처럼. '2+3=5'라고 하는 객관적인 지각. 그렇더라도 표상의 대상은 여전히 저쪽에 있는 것 ('1+1=2'라고 하는 인식의 태만!). 객관은 표상이 아닌 것. 심리과정의 산물이 거짓일 수밖에 없는 이유. 이 때, 시인의 조바심은 몸부림친다. 시인의 조바심은 도리어 나뭇잎에 떨어진 물방울을 보고 그곳에서 남해 금산의 표상을 찾는다. 표상 자체의 비독립적인 운명. 시인은 이렇게 느낀다. 어떤 감각으로도 붙잡을 수 없는 부분이 있다. 나의 직관에 닿은 공간까지만 알 수 있을 뿐, 나머지는 침묵의 몫으로 남겨 두겠다. 그러나, 그렇더라도 내가 지금 받아쓰고 있는 부분들이란 저쪽 편 침묵의 명령인 것. 그것들은

* 시인 · 천안연암대 교수

한결같이 낱말의 의미를 벗어난 것들이다. 그것들의 자리. 그것들이 이제 한 묶음의 이미지로 태어나게 된 것. 꽃을 꽃이라고 말하는 찰나 꽃은 꽃을 '떠난' 돌이거나 물이거나 달인 것. 사물의 외관이 아닌 내인內因의 집합. 이 때, 비로소 시인은 사물의 이름을 불러내어 그것들의 이름을 지운다. 이를 위해서는 반드시 각각의 사물들을 '하나'로 명명할 수 있는 감각 활동이 필요한 것. 돌과 물과 달 그것들을 '하나'로 묶는 다의성. 낱말의 의미. 의미의 외연이 팽창하면, 의미의 수치는 소멸된다. 꽃이 돌이 되고, 물이 되고, 달이 되는 이른바 해체된 의미의 표상들 하나하나를 시인이 주워 담고 있을 때 그의 수중으로 뒤늦게 돌아온 단락들이 남는 것. 그것이 곧 이미지다. 단 한 번의 일별을 통해 드러나는 '하나'. 이 때, 가령 보길도를 보게 되면, 보길도는 없어진다. 박명용의 「보길도」를 읽어보자.

봄바다는
유난히 반짝인다

사금파리로 날끼을
얇게 세워
거침없이 달려오다가
제 힘에 스스로
쓰러지는가 싶더니
다시 일어나
달려오기를 반복하는
미친 듯한 파도
세상을 향하는
은빛 칼질이다
스스로 부스러지려는
자결의 몸부림이다

봄바다는
권태를 끊는

기호다

―「보길도 · 2」 전문

시인은 '보길도'로 가는 (혹은, 오는) 바다 위에서 '봄' (다른 때도 아니고 '봄'이다) 바다의 '칼질'을 보고 있다. 바다의 칼질은 세상을 죽이기도 하고 ('세상을 향하는' 칼질이라고 했으니), 제 자신의 몸을 찔러 자결하기도 한다는 것이다. 표제 '보길도'에 대한 시인의 개념들이 실제로는 봄바다의 '반짝임' 앞에서 여지없이 부스러졌다는 점을 보고할 뿐이다. 독자는 그의 보고를 이렇게 해석할 수 있다. 권태는 종결되었다 ("봄바다는/ 권태를 끊는/ 기호다"). 그것은 파도의 몸짓, 즉 반복의 몸짓에 의거한 시인의 각성이었던 것. 이상한 일이다. 반복을 보았다면 (반복이 권태의 본질이 아니었던가) 더 권태로워해야 할 일인데, 시인은 이 파도를 보고 "권태를 끊는/ 기호"라고 말한다. 봄바다의 반짝임. 이는, 반복이 반복을 먹어치우는 각성이라는 것. 그것일 것이다. 그의 시의 표상은 좀더 분명해질 필요가 있었다. 「눈 오는 날」은 이렇게 씌어진다.

눈 위에 발자국이 찍힌다
깊게 또는 얕게 찍히는 발자국
내가 꿈꾸었던 형체는 아니지만
분명, 내 것이다
굵은 눈발이 펑펑 쏟아진다
발자국의 흔적이 조금씩 지워진다
누군가의 입이나 발길에 의해 지워진다면
얼마나 아픈 발자국이 될까
따스한 겨울 눈 속에
서서히 사라지는 흔적
볼수록 포근하다
눈 위에 찍히는 발자국
눈의 발자국에 의해 지워지는,

―「눈오는 날」 전문

이미지의 살점이 따뜻한 것이라야 그로 인한 표상이 살찌는 법. 하나의 표상은 다른 표상과 겹치지 않을 때 비로소 그것이 '하나'인 것. '하나'로부터 '둘' '셋'이 열리는 길. '하나'로 흡수된 대상(외부)의 분출, 즉 직관(내부)의 연쇄連鎖. 시인은 밥을 먹는다. 시인은 낱말을 먹는다. 그는 낱말의 의미에 매이지 않는다. 바깥에 있는 사물들. 시인의 감성보다도 훨씬 더 빨리 '하나'로 통일된 집을 짓고 있는 사물들. 사물들의 직설. 직설의 직핍直逼. 시인은 이렇게 말한다. "눈 위에 찍히는 발자국(A)"과 그 발자국을 지우는 "눈의 발자국(B)"이 있다. (A)는 인위(즉, 상처)이며, (B)는 자연(즉, 위안)이다. 눈밭에 찍힌 발자국이 둘이 있었던 것이다. 시인은 다시 말한다; "따스한 겨울 눈 속에/ 서서히 사라지는 흔적/ 볼수록 포근하다"고. 시인은 발자국 (A)와 (B)를 바라보면서 (B)의 손을 잡은 다음 비로소 큰 위안을 얻게 되었다는 것. 감성의 주체는 시인이면서도 시인이 아니라는 것. 감성적 반응으로 본다면, 시인에게는 여전히 피동의 자리를 박차고 일어날 힘이 없었던 것. 그 점에 대하여 시인은 다음과 같이 염려한다. "발자국의 흔적이 조금씩 지워진다/ 누군가의 입이나 발길에 의해 지워진다면/ 얼마나 아픈 발자국이 될까". 그러나 "눈의 발자국(B)"이 "눈 위에 찍히는 발자국(A)"을 지웠던 것이다. '포근함'은 '눈의 발자국(B)'으로부터 오는 것이었다. 즉, 눈이 내리는 평화였던 것. 그렇다. 지혜로운 시인은 개념(즉, 낱말의 의미)을 벗어난 자리에 물질(즉, 정신의 표상화)을 놓아 두려고 한다. 의미의 경계를 잃어버린 문맥(즉, 혼돈)을 누가 씻을 것인가? 시인이 아니었던 것. 물질이다. 물질이 아니었던 것. 이미지의 단위였다. '하나'로서의 단위. 빈틈없는 단위. 일찌감치 이 '하나'에 대해서 일러둔 노자의 말. 삼십폭공일곡(三十輻共一轂, 『노자老子』, 11장). 서른개의 수레바퀴살이 하나의 수레바퀴통으로 모인다. 이는 '유有-무無' 상응의 효용을 지적하는 말이지만, 시의 경우 언외言外의 면적, 즉 이미지의 여백을 중시하는 가르침으로도 다시 읽혀지는 것. 그렇다. 따지고보면 앞서 이야기한 박명용 시 두 편의 주사主辭 역시 언외의 면적에 닿아 있었던 것. 그의 시의 주사가 그러한 것이라면, 그의 시의 빈사賓辭는 더 큰 이미지의 겹이었던 것. 박명용은 달을 달이라고 부른다. 벌써 달은 달이 아니므로, 그는 달을 가리키며 그것이 달이 아니라고 말한다. 그는 물질을 간섭하지 않았다. 물질이 그를 간섭한 듯이 보인다.

박명용의 두 편의 시를 읽으면서, 나는 엉뚱하게도 그의 칼을 보았다. 이미지의 칼. 이미지를 동원한 그의 시적 진술에는 다음과 같은 비밀이 묻어 있었다; '하나'의 이미지는 다른 '하나'의 이미지로 겹치는 법이 없다. 왜냐하면 이미지 — 개념의 중복과는 달리 — 는 복수가 아니며, 또 또다른 '하나의 하나', 즉 '하나들'의 결핍도 아니기 때문이다. 그만큼 그의 감성(가령, 「눈 오는 날」의 '포근함')은 냉정한 경계를 얻고 있는 듯이 보였다. 사물 그 자체의 직핍이든, 사물에 관한 설명(즉, 개념)이든 시적 감성의 고단한 언술 행위로는 '하나'가 드러나지 않는다는 것. 시인은 그 '하나'를 찾기 위해서 이미지를 차용한다는 것.

(≪조선문학≫, 2005. 2)

삶의 기호로서의 이미지

— 박명용 시를 중심으로

이 상 옥*

시에서 이미지의 중요성을 거론하기 위해 "수많은 작품을 쓰는 것보다 일생 동안 단 하나의 이미지를 표현하는 것이 낫다"(파운드), "좋은 시, 영원히 기억에 남는 시, 절실한 감동을 주는 시도 생경한 사상이나 논리보다 그러한 사물의 이미지로 구성된 시일 것이다."(문덕수) 등의 명제를 인용하는 것마저도 진부하다.

시와 이미지는 불가분의 관계다. 시에서 이미지를 어떻게 처리하느냐에 따라 시의 성패는 물론, 시의 성격까지 결정된다. 관념이 우세하여 이미지를 압살하는 경우가 있는가 하면, 사물 이미지만 제시하고 관념은 배제하는 경우도 있다. 아니면 사물 이미지 자체까지도 지워버리는 경우도 없지 않다. 이미지와 관념의 관계성은 시의 품격과 밀접한 관계에 있는 것이다.

오늘의 시가 지나치게 난삽하거나 아니면 지나치게 평이하여 독자들에게 외면 받는 측면이 없지 않은데, 이것도 궁극적으로는 이미지와 관념의 조율 실패에서 기인한다. 이런 점에서 박명용의 시는 어떻게 이미지와 관념의 관계를 적절하게 조율해야 하는지, 그 전범을 보여준다는 점에서 주목을 요한다.

---

* 시인 · 창신대 문창과 교수

얼음장 풀리는가
계곡 물소리 들린다
한 발 한 발 조심스럽게
하산하는 발자국 소리 앞에
물보다 앞질러가는 물소리
하얀 빛살까지 내보이며
주위를 일깨운다
티끌 하나 걸치지 않고
스스로 바위에 부딪치고
돌바닥에 엎어지면서
제 철 만난 듯
아래로만 흐르는 맑은 물소리
나에게도 저런 세상의 소리 있었던가
가만히
소리 속에 귀를 넣는다
순간, 소리는 간 데 없고
귀만 멍멍하다
재빨리 귀를 빼고 돌아서
내 굳은 몸 속에
물소리 한 가닥
소중히 간직해보는
입춘立春 오후

—「입춘」 전문

이 시는 1행부터 12행까지는 바깥풍경을 묘사하고 있다. 여기서 풍경의 지배적 이미지는 '물소리'다. 얼음장 풀리는 계곡 물소리는 '입춘'을 환기한다. 물소리의 이미지로 '입춘'이라는 관념을 형상화하고 있는 것이다.

우선 물소리의 속도감이 두드러진다. 하산하는 발자국 소리 앞에 물보다 앞질러가는 '물소리'는 주목을 요한다. 화자의 걸음보다 빠르게 흐르는 물, 그것보다 더 앞질러가는 물소리는 매우 속도감을 느끼게 하는 것이다. 게다가 물소리라는 청각적 이미지가 하얀 시각적 이미지까지 보태면서 주위를 일깨우지 않은가. 이는 아직도 동면에 취해 있는 사물들에게 이제 '입춘'이라고 환기하는 것이다. 따라서 물소리는 봄의 전령사다. 물소리에서 봄을 빨리 전하고 싶은 전령사의 속도감을 느낄 수 있지 않은가.

화자는 티끌 하나 걸치지 않고 스스로 바위에 부딪치고 돌바닥에 엎어져도 아랑곳하지 않고 아래로만 흐르는 맑은 물소리를 주목한다. 입춘을 알리는 전령사인 물소리라는 자연적 이미지는 13행 이후에서 보이듯, 화자를 만나 새로운 생의 의미를 획득한다. 화자는 나에게도 "저런 세상의 소리" 있었던가라고 물소리 이미지를 삶의 의미심장한 기호로 읽는 것이다. 그래서 가만히 소리 속에 귀를 넣어보는 순간 소리는 간 데 없고 귀만 멍멍해지는데, 그때 재빨리 귀를 빼고 돌아서 굳은 몸 속에 물소리 한 가닥 소중히 간직해보게 된다. 그렇다면 입춘의 전령사인 물소리가 화자의 몸 속에서는 자연적 현상을 넘어서는 인생론적 새로운 하나의 깨우침으로 전이되고 있다. 이는 자아 밖의 자연현상인 물소리가 세계의 자아화를 이룬 이미지 서정화의 전형성을 보여준다.

> 눈 위에 발자국이 찍힌다
> 깊게 또는 얕게 찍히는 발자국
> 내가 꿈꾸었던 형체는 아니지만
> 분명, 내 것이다
> 굵은 눈발이 펑펑 쏟아진다
> 발자국의 흔적이 조금씩 지워진다
> 누군가의 입이나 발길에 의해 지워진다면
> 얼마나 아픈 발자국이 될까
> 따스한 겨울 눈 속에
> 서서히 사라지는 흔적
> 볼수록 포근하다
> 눈 위에 찍히는 발자국
> 눈의 발자국에 의해 지워지는,
>
> —「눈 오는 날」 전문

앞의 「입춘」에서는 청각 이미지인 '물소리'가 지배적이었다면, 이 시는 눈 위의 찍힌 화자의 발자국, 즉 시각적 이미지가 지배적이다. 눈 위에 찍힌 발자국은 화자가 꿈꾸었던 형체는 아니지만 분명, "내 것"이라고 강조하고 있다. 따라서 이 시각적 이미지는 화자의 지나온 삶을 투영하는 객관적 상관물이다.

이 시에는 눈 위에 찍힌 발자국이 누군가의 입이나 발길에 의해 지워지지 않고 눈의 발자국에 의해 지워지는, 아름다운 광경이 부각된다. 그런데 여기서, 눈 위의 발자국이 찍히고 그 자국은 다시 눈에 의해 지워지는 자연현상을 이미지화하고 있을 뿐이지만, 이 이미지 역시 삶의 기호적 역할을 하고 있다. 그것은 역사의식이 내포해 있기 때문이다. 눈 위에 찍힌 발자국은 결국 삶의 발자국 이미저리다.

한 개인의 빛나는 생生도 역사적 검증과정에서 누군가의 입이나 발길에 의해서 지워질 수가 있다. 흔히 근자에 운위되는 '과거사 진상규명' 같은 담론을 떠올려 보아도 그렇다. 그렇다면 눈 위의 발자국은 자연적 이미지에서 알레고리적 이미저리로 의미상승을 보이는 셈이다.

바위가 서서히 몸을 가다듬고 있다
풀잎이 슬슬 햇살을 털어내고 있다
물이 하늘로 향하는 소리를 내고 있다
환한 대낮, 삭막하게 헤어졌던 순한 것들
날 저물자 하나하나 모여들어
비로소 몸도 영혼도 그림자도 하나가 되고 있다
아니, 산골이 전체가 통째로 일어서고 있다
우리의 사랑하는 것들을 위해
어둠은 산골짜기를 먼저 찾아오는가

오, 간절한 저 어둠의 빛

—「어둠의 빛」 전문

여기에서는 산골짜기에 내리는 어둠의 이미지가 시를 지배하고 있다. 바위가 서서히 몸을 가다듬고 풀잎이 슬슬 햇살을 털어내고 물이 하늘로 향하는 소리를 내고 환한 대낮 삭막하게 헤어졌던 순한 것들이 하나하나 모여들어 몸도 영혼도 그림자도 하나가 되고 있다고, 어둠의 이미지를 구체적으로 묘사하고 있는 것이다. 여기서 주목되는 것은 어둠의 이미지가 패러독스하다는 것이다. 이는 시의 제목 '어둠의 빛'에서도 드러나고 있다. 일반적인 어둠의 이미지 기호는 부정적이다. 그런데, 이 시에서는 어둠의 이미지는 긍정적 기호로 기능하고 있다. "우리의 사랑하는 것들을 위해"서 기능하는 것이다. 그래서 "오, 간절한 저 어둠의 빛"이라고 노래하고 있지 않은가. 어둠의 일반적 기호가 빛의 패러독스로 전용되면서 이미지 변환이 이루진 것이다. 이 시는 이미지 전용으로써 산골짜기로 내리는 어둠의 이미저리가 새로운 삶의 기호적 의미를 환기한다.

이미지와 관념의 관계성의 바람직한 조율은 이미지의 압살이나 무화로 귀결되게 하는 것이어서는 안 된다. 이미지가 압살된 지나친 관념시는 삶이 형상화되지 않고 해골처럼 생경하게 드러나 버리는 국면이다. 극단적인 소통불능의 실험적인 이미지 무화의, 삶이 제거된 시도 기형적이기는 마찬가지다.

박명용의 시는 이미지를 압살하지도, 무화하지도 않으면서 이미지가 삶의 기호로서 기능하게 하여 이미지시의 전형을 확보하고 있다. 그것은 자연적 기호로서의 이미지를 자아화하거나 알레고리 · 패러독스 기법을 가미하여 이차적 기호화한 때문이다. 오늘의 시가 방향성을 잃고 좌충우돌하는 시점에서, 이미지와 관념의 관계를 적절하게 조율하여 자연적 이미지를 삶의 기호로 형상화한 박명용의 이미지 시는 바람직한 시의 품격이 어떠한 것인지를 절실히 일깨워주고 있다.

(≪조선문학≫, 2005. 2)

파편화된 〈몸〉의 유동적 잠재력

최 문 자*

똥은 똥인 줄만 알았다

몸에서 빠져나온 것들
순간, 무수한 새가 되어
산 속으로 날아가는 것 보았다

허공에서 어미 새가 되기도 하고
지상에 떨어져 새 새끼가 되기도 하고
드디어 천사의 날개를 얻어
자유의 푸른 숲 속으로
가볍게 사라지는 것 보았다

텅 빈 공간 지나
한 편에 소복이 쌓인 새의 똥
바람에 흔들리는 것도 보았다

그동안 똥은 똥인 줄만 알았다

— 박명용, 「해우소」 전문

* 시인 · 협성대 문창과 교수

구상 시인, 김춘수 시인에 이어 이형기 시인의 타계로 인해 한국시단에 드리운 그늘은 어둡고 칙칙하다. 그 분들의 자리가 충분히 채워지기 전까지는 아마 적지 않은 시간이 필요하리라 본다. 그릇에 늘 찰랑거리던 물이 어느 날 갑자기 한꺼번에 쭉 빠져나간 그런 느낌이 든다. 이런 느낌이 의도를 가진 것은 아니었으나, 이달엔 우연히도 문단 작품 활동 경력이 꽤 오랜 시인들의 작품을 여러 편 읽게 되었다. 삶의 나이와 상관없이 읽은 시편들에게서 내면 세계를 돌파하려는 힘과 시의 완성을 추구하려는 노력과 견딤을 함께 읽었는데 젊은 시인의 시들이 주는 새로움이나 충격 못지않게 운동성을 내장하고 있음을 새삼 발견하게 되었다.

박명용 시인의 2004년도에 발표된 시를 문예지를 통해 여러 편 읽었다. 그 중 「나무못」, 「어둠의 빛」은 필자말고도 평자의 눈길을 끌었던 걸로 기억한다. 이번 ≪시와 상상≫에 초대시로 발표된 시, 「해우소」는 자기 해체중인 삶과 파편화 된 자아가 등가 되면서 자연으로 천천히 회복되고 복원되는 몸의 모습을 보여주는 데서 관심이 가게 하였다.

90년도에 들어서 문학 경향 중 몸에 대한 사유는 확대된다. 물화 된 몸에서 생성하는 몸으로 탈바꿈하면서 육체도 정신만큼 존중되고 훼손된 육체는 즉시 복원되어야 한다는 생각으로 몸에 대한 사유는 현실을 향하여 뻗어나가면서 시를 통해 확장되고 있다.

몸에 대한 사유가 쌓이면 쌓일수록 몸은 몸으로 유지되지 못하고 위축되고 새어나갈 때 이는 참을 수 없는 고통의 부분이 되고 있다. 몸이 스스로 실체임을 주장하기 위해서는 몸에서 빠져나가고 있는 부분도 몸의 실체임을 느껴야 하는 고통이 뒤 따른다. 박명용 시인은 「해우소」라는 시에서 보듯이 새어나가는 몸의 일부에 대하여 집착하고 있다.

똥은 똥인 줄만 알았다

몸에서 빠져나온 것들

순간, 무수한 새가 되어
산 속으로 날아가는 것 보았다

1연과 2연은 내면을 흐르는 이미지의 층위가 아주 다르다.

〈해우소〉라고 명명되는 화장실 문화는 BC 2400년경부터 시작됨을 고대 바빌로니아의 유적을 통해 알 수 있다. 해우소는 동서양을 막론하고 〈물〉과 〈배출〉을 고려하여 설계되었고 항상 물을 사용하는 상하수도 시설이 잘된 로마시대에도 폼페이나 팀가드의 유적에서 볼 수 있는 것처럼 납관에 의한 각호 급수와 암거에 의한 하수도를 이용해 강이나 바다에 방류하던 기록이 남아있다.

그러나 박명용 시인의 해우소는 물에 의해 씻겨나가는 배설물을 위한 단순한 공간으로서의 〈해우소〉가 아니다. 무엇인가 몸밖으로 새어 나가는 그래서 세계에 대한 불안하고 불안정한 흘러나감으로 그치는 해우소가 아니라 우주적 의미를 갖는 광활한 공간으로서의 해우소이다.

몸에서 빠져나온 것들이 순간, 무수한 새가 되어 자연 속으로 날아가는 그곳 그 광활하고 아름다운 곳이 해우소가 된다. 배설물은 똥이 되지 않고 새들로 승화된 몸 바꿈을 하면서 안에서 밖으로 튀어나가는 새가 되기 때문에 더 이상 똥이 되지 않는다.

그런데 중요한 것은 이러한 사실을 시인이 새삼스럽게 뒤늦게서야 발견해 내는 데 의미가 있다. 젊은 시절에는 몸에서 빠져나가는 것들의 무게나 의미나 행방에 대하여 무관심했던 시인이 나이가 들은 어느 날부터 갑자기 몸에서 빠져나가는 사소한 것들까지 다시 자연으로 날아가 환원되고 있음을 보고 느끼게 된다는 것이다.

몸의 새어나감을 주제로 한 시들 중 다수의 시가 부정적으로 인식되고 있는데 이는 삶의 흔적이 되고 있는 몸 자체가 고통의 얼룩으로 덮여있다고 생각되는 데서 출발하기 때문이다. 그러나 박명용 시인은 3연에서 재차 파편화 된 몸일지라도 소멸되어 사라지는 몸으로 끝나지 않고 있음을 강조한다.

허공에서 어미 새가 되기도 하고
지상에 떨어져 새 새끼가 되기도 하고
드디어 천사의 날개를 얻어
자유의 푸른 숲 속으로
가볍게 사라지는 것 보았다

몸에 대한 비극적 인식은 몸에서 새어나가는 것조차 대개의 경우 비극적 변환과 방출이 되고 있기 때문이다. 그러나 박명용 시인의 몸에서 빠져나온 것들은 허공에서 어미새가 되기도 하고 지상에 떨어져 아기새가 되기도 하고 천사의 날개를 달고 푸른 숲 속으로 가볍게 사라져 버리기도 한다.

한 존재의 내용이 와해되어 몸밖으로 나온 후 강이나 바다로 흘러가고 흘러가다 어쩌지도 못해 고여 있다 썩어버리는 것이 아니라 더 할 수 없이 광활한 자연 속으로 날아가 우주 속의 또 하나의 새로운 존재로 의미를 남긴다. 원래의 몸보다 훨씬 활성화된 날개를 달고 더 자유롭게 행위 할 수 있는 그런 우주 속의 몸이 되는 것이다. 또 천사의 날개까지 달게 된 몸은 상상력 속에서 창조된 또 다른 육체들이 되고 있다.

인간의 몸을 언젠가는 소멸되고 말 하찮은 존재로 생각하는 것이 아니라 몸이 영혼과 정신을 담고 몸에서 나와도 영원히 존재할 수 있음을 확인하고 있다.

4, 5연에서 시인은 '텅 빈 공간'에 의미를 싣고 있다.

텅 빈 공간 지나
한 편에 소복이 쌓인 새의 똥
바람에 흔들리는 것도 보았다

그동안 똥은 똥인 줄만 알았다

여기서 '텅 빈 공간'은 무슨 공간일까? 내용물이 다 빠져나간 몸을 발견하고

'내 몸은 폐가이다'라고 노래한 시인이 있다. 그러나 박명용 시인의 시에서 '텅 빈 공간'은 또 다른 것을 배태할 수 있는 생성의 공간을 의미한다는 점에서 몸에 대한 긍정적 인식을 찾아볼 수 있다.

그동안 하찮은 몸의 배설물로 여겨졌던 '똥'은 '똥' 자체의 의미로 시각에서 벗어나 욕망이 부글부글 끓다가 배설되는 유한성의 한계를 갖는 것만이 아니라 배설물이 바람에 흔들리는 유동의 몸으로 다시 태어난다. 그런 점에서 박명용 시인의 「해우소」는 대자연의 순환에 동참하는 유동성이 잠재하는 광활한 공간이라고 볼 수 있다. 박명용 시인의 다른 시에서도 각인된 고통들은 새롭게 다른 길이 되고 있음을 발견한다.

> 나무 못은 녹슬지 않는
> 부드럽고 견고한 침이다
> 이 땅 위에
> 벌어지지 않는 가슴과 가슴
> 어디 있다던가
> 틈을 찾아 따뜻하게 박힌
> 절집의 나무 못
> 볼수록 다정하다
> 사람의 벌어진 가슴을
> 채울 수 있는
> 나무 못
> 또 어디 없는가
> 반짝이지 않아도 좋을,
>
> ―「나무 못」 전문

시인은 절을 보다가 나무와 나무 사이를 고정시킨 나무 못을 발견한다. 그리고는 왜 나무 못을 사용했을까? 하고 생각한다. 일반 통념상으로는 쇠못이 더욱 강한 것으로 보이나 사실은 나무 못이 더 견고하다. 비록 쇠못처럼 빛나지는 않지만, 따뜻하고 부드러운 느낌을 주면서도 수명이 긴 것이 나무 못이다.

여기에서 우리는 비정한 세상과 다정한 삶의 이치를 깨닫게 된다.

박명용 시인의 시들의 공통점이라면 부정성을 인식하면서도 거기서 끝내는 것이 아니라 부정성을 격파하는 것, 해체적 삶에서 파편화 된 왜소하고 분열된 자아를 휘발시켜 가볍게 하여 하늘을 날 수 있는 새 또는 깃털을 만들고 있는 것이다. 이러한 시인의 상상력과 시적 탐구는 시인의 나이와 상관없이 얼마든지 좋은 시를 쓰게 할 것이라고 생각한다.

(≪현대시학≫, 2005. 3)

이미지와 상상력

한 홍 자*

시를 이루는 요소는 음악적 요소, 의미적 요소, 회화적 요소다. 과거의 시가 음악성을 중시했다면 20세이 이후 시에서는 회화성을 강조하고 있다. 즉 언어로 그림을 그리는 시를 요구하는 것이다. 여기에 필수적인 것이 이미지 창조이다. "시는 이미지다"라고 할 정도로 이미지는 시의 생명을 좌우하는 요소가 되었다.

시에서 이미지는 어떤 대상을 우리들의 생각이나 마음 속에 감각적으로 재생시키는 언어이다. 우리 감각을 통해 얻어진 지각이 언어로 형성화된 것이다. 이미지가 형성됨으로써 시는 구체성을 띨 수 있다. 따라서 시인은 사물에 대한 구체적 인식을 특정한 언어로 가시화하여 형상화한다. 시를 통해 하나의 그림을 보여주고 구체적 의미들을 감각적으로 느끼게 한다.

이미지는 단순히 감각적이고 말초적인 장식이 아니라 우리가 보지 못하는 사물들의 새로운 모습과 의미를 시인의 통찰과 직관에 의해 우리에게 보여주는 시적 언어의 핵심이며 본질이다. 독자들은 이미지에 의해 마음속에 뻗어오는 시적 의미들과 사물들의 모습을 보게 된다.

---

* 시인

바닷가에 소금밭이 있는 줄만 알았다 소금은
피도 뼈도 정신도 없는 줄만 알았다 내 몸속의
소금끼 스스로 거두어들인 염분인 줄만 알았다

어머니가 누워계신
주변의 소나무
수십 년 되자 울창하게 자라
꽃을 피웠다
가까이 다가가 보았더니
아니, 그것은 송화가 아니라
한평생 염전도 구경 못한
어머니가, 일생을 가꾼 소금나무의
소금꽃이었다

이 나이가 되어서야 비로소 보이는 어머니의 푸른 소금

— 박명용, 「어머니의 소금」 전문

여기서 어머니는 '소금'의 이미지로 형상화하였다. 시적 화자의 서술은 어머니 산소 곁에 울창한 소나무를 보면서 시작된다. 그곳 소나무에 피어 있는 송화는 일반적인 송화가 아니라는 자각을 하게 된 것이다. 그것은 어머니가 일생 가꾼 소금나무의 소금꽃이라는 것이다. 소금은 단지 바닷물에서 거두어들인 염분인 줄만 알았던 일반적 생각에 머물렀던 그에게 어머니를 깊이 추억하며 그분의 내면을 생각할 기회를 갖게 된 것이다. 어머니가 평생에 자식을 위해 흘린 눈물과 그 깊은 사랑의 마음이 소금나무가 된 것이다. 그 깊은 사랑의 마음을 새삼 돌이켜보며 바라본 소나무는 소금나무임을 깨닫게 되었다.

'소금나무'는 어머니의 삶을 한 마디로 함축한 이미지로 손색이 없다. 소금나무는 실존하는 사물이 아니다. 시인의 상상력에 의해 창조된 이미지이다. "이미지는 독자의 상상력에 호소하는 그런 방법으로 시인의 상상력에 의해 그려진 언어의 그림"이라고 루이스는 말했다. 이 말은 이미지가 독자들에게 시적 세계를 구체적으로 상상할 수 있도록 하는 시적 체험의 통로하는 것이다. 시인은 그 자신만이 갖는 독창적 상상력을 통해 대상을 재구성하고 새로운 모습과 의미를 창출해 낸다. 이 상상력이 곧 사물의 외관뿐 아니라 사물의 내면에 숨겨진 모습들을 보며 새로운 이미지를 발견해 낸다. 상상력과 이미지의 어원이 같은 이유가 여기에 있다. 이미지가 시인의 상상력을 통해 나오기 때문에 독자들 역시 이러한 이미지를 통해 시적 세계와 의미를 상상해 볼 수 있다.

(≪조선문학≫, 2005. 6)

제 4 부

시론과 시창작의 전형

문덕수 사상
문덕수 구조적 역설
이운룡 은유
박이도 시의 제목
박진환 역설
이상옥 오늘의 시, 다양한 전개
이상옥 모순 속에 내재한 진실을 발견하자
홍윤기 순수 가치
홍윤기 생명의 가치
홍윤기 모순 극복 의지
문덕수 소재의 해석
문덕수 시와 첫 행

사 상

문 덕 수*

심상의 또 하나의 주요 기능은 사상(thought), 개념(conception), 관념(idea), 의미(meaning) 등을 표현하고, 그것의 방향을 잡아주는 것이다. 리처즈는 정서의 환기와 더불어 '사상의 인도引導'를 심상의 주요 기능으로 본다. 시는 사상의 감각화라고도 하거니와, 심상은 여러 가지 사상을 구체적 사물의 제시에 의하여 정서적 · 사상적 등가물로 표현하는 것이다. 흔히 사상의 육화(肉化, incarnation)라고도 하는데, 이것은 사상의 이미지화를 말하는 것이다.

사상이란 무엇이냐 하는 문제는 철학이나 논리학에서 다룰 일이므로 여기서 살펴볼 필요는 없다. 그러나, 심상은 사물의 구체적 제시이므로, 사상과 사물과의 관계는 일단 짚고 넘어갈 필요가 있다. 리처즈는 "사상의 본질이라는 것은 사물을 가리키는 것, 즉 사물에 대한 지시다"라고 말한다. 하나의 사상은 대상으로서의 하나의 사물을 선택하며, 바로 그 사물에 관하여 마음 속에 일어나는 정신 현상이 일어나는데, 이것이 사상이다. '산'에 관한 사상, 'TV'에 관한 사상, '도시'나 '빌딩'에 관한 사상, '교회'에 관한 사상— 이러한 사상은 외부에 존재하는 사물에서도 일어나지만, 마음 속에 상상하는 사물에서도 일어나는 것이다. 시 작품의 경우, 언어 그 자체에 대한 사상이 아니라, 그 언어가 나타내는

* 시인 · 예술원 회원

사물에 대한 사상인 것이다.

앞에서 이미 말한 바와 같이, 심상에서 사상을 배제하려고 하는 경향도 있고, 반대로 사상을 가지려 하는 경향도 있다. 전자를 묘사적 심상(descriptive image), 후자를 비유적 심상(metaphorical image)이라고 한다. 심상에서 사상을 배제하려고 해도, 심상의 사물성, 정확성, 그리고 견고성(dry hardness)을 극력 주장했던 1910년대의 영미 이미지즘 운동이 10년 남짓 계속되다가는, 결국 주지주의(intellectualism)가 그 뒤를 계승한 사실을 생각해 보면, 오랫동안 계속될 수 없다는 점을 알게 된다. 심상에서 사상을 완전히 배제한다는 것은 언어 자체가 의미 기능을 본질로 하고 있는 점에서 불가능한 일로 보인다.

결국 우리가 직면하는 문제는 사상을 어떻게 구체화하느냐, 다시 말하면 사상을 표현하는 방법에 대한 의식적인 고려가 있어야 한다는 점이다. 방법에 대한 의식적 고려가 없이 사상만을 일방적으로 강조하고 보면, 그런 시는 결국 편협적이고 비시적인 관념시(platonic poetry)로 떨어지게 된다.

〔A〕 새장 속에 새가
죽음 직전처럼 푸드득거리며
통제된 하늘을 향해
가냘픈 소리로
눈물을 뿌리고 있다.

— 박명용, 「새」에서

〔B〕 너의들은 농민조합과 인민위원회를 미워하고
몰래몰래 훼방놀 틈을 그리든
간악한 親日派와 民族叛逆者들
愛國者엔 너이 같은 자가 있을소냐?

— 박세영, 「너이들도 조선 사람이냐」에서

〔A〕 〔B〕를 비교해 보면 사물과 사상이 일체가 된 심상과, 생경하게 노출된

사상뿐인 관념시의 한 극단형을 식별할 수 있을 것이다. 〔A〕에서는 '새'라는 상징적 심상을 통해서 자유와 구속의 문제를 암시하고 있지만, 〔B〕에서는 하나의 과격한 정치적 선전 논리 그것도 일방적 감정의 논리만을 보여주고 있다. 〔A〕에서는 방법에 대한 의식적 고려가 있고, 〔B〕에서는 감정과 이데올로기가 앞설 뿐 그것이 없다.

심상과 사상의 관계에서 키포인트는 사상을 어떻게 심상화心象化하느냐 하는 점에 있다. 1920년대의 영미 주지주의시는 어떠한 종류의 사상을 시에 담느냐 하는 것이 아니라, 어떠한 사상이든 상관없이 그것을 어떻게 심상화하느냐 하는데 초점을 둔 시운동이다.

(『시론』, 시문학사, 1993)

구조적 역설

문 덕 수*

역설이 부분적인 수사적 차원을 넘어서 한 편의 시작품 전체의 구조적 기능을 담당할 때, 이것을 구조적 역설(structural paradox)이라고 한다. 한용운의 「님의 침묵」 같은 시가 전형적인 예라고 볼 수 있다. "님은 갔지만 나는 님을 보내지 아니하였습니다"라는 역설은, 이별과 이별의 부정이 공존하는 구조로 되어 있는 것이다. 만약에 역설을 언어 진술과 그 대상이나 상황과의 모순을 보여주는 아이러니와 구별한다면, 구조적 역설도 양립할 수 없는 모순적인 두 요소가 표면으로나 내면적으로 다 같이 표현되어야 할 것이다. 그러나, 구조적 역설의 경우에는 극적 아이러니와 거의 구별하지 않고 사용되는 경향이 있다.

믿을 수가 없구나
허리는 지근지근 아파오는데
의사는 컴퓨터 촬영 후
아무 이상 없다니
믿을 수밖에 없지만
왠지 시름으로 오는 아픔
컴퓨터가 고장인가

---

* 시인 · 예술원 회원

허리가 고장인가
오늘도 침을 꽂고
내가 나를 진단해 보지만
가늠할 수 없는 상황
무슨 음모를 꾸미고 있는지
알 수 없구나

— 박명용, 「二律背反」에서

과학적 진단과 존재론적 인식에 의한 진단에서 오는 상반된 결과는 역설적이라고 하지 않을 수 없다. 병이 없다고 하고, 병이 있다고 생각하는 이 역설은 이 시 전체의 구조가 되어 있다. 인간 조건의 내부에 존재하는 역설의 인식이 그대로 이 시의 구조로 자리잡고 있다.

(『시론』, 1993, 시문학사)

은 유

이 운 룡*

은유의 종류를 크게 두 가지로 구분하는 경향이 있다. P · 휠라이트는 비유의 본질적 성격을 문법적 형태가 아니라, 두 사물 사이에서 발생되는 의미 전환의 질에 두고 확대(치환)와 조합(병치)의 두 가지 원리를 제시한 바 있다. 일반적으로 말해서 치환은유置換隱喩와 병치은유竝置隱喩가 그것이다. 치환은유는 계상형인 A=B 형태와, 또 동격 <—의>형 두 가지를 포함하는 비유 형태이다. 다시 말하면 원래의 A를 가지고 다른 B를 말하는 자리바꿈의 은유이다. "그녀의 얼굴은 햇살이다"라고 할 때에, '얼굴'은 '햇살'이라는 존재로 자리바꿈을 하는 형태인 것이다. 얼굴이 '햇살'이 된다는 것은 얼굴의 본래의 뜻이 바뀜과 동시에, 얼굴의 애매한 의미가 햇살이라는 감각적 사물의 의미로 규정되면서 보다 확실하게 구체성을 지니게 되고, 또 얼굴이 햇살이라는 의미로 확장되기도 한다.

눈은 변명의
언어다
한 해가 저무는 날 밤
내리는 첫눈은

* 문학평론가

기력 잃은 언어에
기막힌 생기이고
꿈 같은 이야기에 파묻히는
그대의 체온이다
일 년 내내
기억할 수 없이
쏟아놓았던 수많은
암호의 언어
숙제로 미루고
눈치로 피하다가
해독은 뒤엉켜
언어의 발음조차 잊어버린
한 해의 변두리
거기에 내리는
진눈깨비는
마지막 달의 언어다
그러나
한 해가 문턱을 넘는 날 밤
느리게 내리는 첫눈은
허구라도 좋을 말잔치로
어지러운 언어를
하나의 사랑으로 덮어
지나간 해를 녹이고
새해의 불확실성을
안겨주는
꿈의 언어다
눈은 변증법적
언어다

— 박명용, 「첫눈」 전문

위의 예시 중 "눈은 변명의 언어다"는 A=B의 치환은유이고 계사형 은유이다. 이때 보조관념 '변명의 언어'는 원관념 '눈'을 구체화해 주는 객관적 상관물이다. 또한 구상具象이 추상으로 결합된 과정이다. 그리고 원관념 '눈'은 보조관념을 또 둘씩이나 가지고 있다. 그것은 '~생기이고'와 '체온이다'인데, 이렇게 하나의 원관념이 여러 개의 보조관념을 거느릴 경우, 이것을 확장은유라고 한다. 그러므로 확장은유는 A=B+C+D의 결합 형태를 갖고 있다. '암호의 언어'는 A의 B라는 구조를 갖고 있는 동격 <~의>형이다. 이것은 실상 계사형 A=B를 A의 B로 대치한 치환은유라고 할 수 있다. '암호의 언어'를 어순을 바꾸면 "언어는 암호다"라는 형식이 되어, 전형적인 치환은유의 형태(꼴)를 보여준다. "진눈깨비는 마지막 달의 언어다" "눈은 변증법적 언어다" 등이 구상→추상의 A=B 형태를 가진 치환은유인 것이다. 그런데 다시 기억해 두어야 할 것이 있다. "첫눈은 …새해의 불확실성을 안겨주는 꿈의 언어다"를 면밀히 보자. 이것은 치환은유인데, A=B와 A의 B 형태가 동시에 복합되어 있음을 알 수 있다. 계사형 A=B에 동격 <~의>형인 A의 B가 끼어들어가 있는 셈이다. 즉 "첫눈은 언어다"라는 문장 속에 '새해의 불확실성'과 '꿈의 언어'가 안긴 것을 볼 수 있다. 이것은 확장은유다. 또한 구조적으로 액자식 은유이다. 그 구조를 보면 '첫눈'이란 원관념이 '언어'라는 보조관념과 결합하여 일단 은유를 만들어 놓고, 그 속에 또 두 개의 작은 은유를 안겨 놓은 것이다. 하나는 '불확실성'이라는 원관념이 '새해'의 보조관념과, 또 하나는 '언어'라는 원관념이 '꿈'이라는 보조관념과 결합되어, 은유 새끼들을 껴안고 있는 형태이다. 이 두 개의 작은 은유는 그것대로 독립성을 가지면서 큰 은유 속에 긴밀하게 결합되어, 은유 형태의 기교를 더욱 확대하고 있다.

(『시론』, 글마당, 1994)

시의 제목

박 이 도*

시의 제목에서부터 문제가 될 때가 있다

시의 제목이 작품에 미치는 영향은 매우 크다. 과거엔 마땅한 제목을 붙이지 못해 그냥 '무제無題'라고 쓰는 경우도 많았다.

시의 제목은 작품이 완성된 다음에 다는 수도 있고 먼저 제목이 결정된 다음에 작품을 완성시키는 경우도 있다. 한 편의 시가 완성되기까지는 다양한 차원에서 동기 유발이 이뤄진다. 단순히 낱말 하나가 강렬하게 다가옴으로써 작품을 쓰게 되는 예도 있다. 또 사물에 대한 명칭, 즉 꽃의 이름이나 지명地名, 사람의 이름 기타 등을 그대로 제목으로 쓰는 경우가 많다.

제목이 마땅치 않아 고심할 때도 있으나 쉽게 제목을 아주 평범한 것으로 택해 오히려 효과적인 경우도 있다.

박명용의 「세상」이 그 한 예이다.

> 바다는 외로워
> 산이 좋다는 사람도 있지만
> 산은 가파른 세상같아
> 주저되고

---

* 시인 · 경희대 국문과 교수

바닷가에 서면
수평선 아득히
층계 없는 세상
그런 세상이 있어 좋은
바다

한 세상 살아가면서 인생의 희노애락의 변화를 심각하게 바라보는 것이 아니라 처연하게, 달관의 자세로 바라보는 자세이다. 그런 의미에서 평범하게 붙인 제목 「세상」은 오히려 작품의 내용을 부담없이 전달하는 효과가 있다.

(『문예창작실기론』, 시와 시학사, 1995)

역 설

박 진 환*

믿을 수가 없구나
허리는 지근지근 아파오는데
의사는 컴퓨터 촬영 후
아무 이상이 없다니
믿을 수밖에 없지만
왠지 시름으로 오는 아픔
컴퓨터가 고장인가
허리가 고장인가
오늘도 침을 꽂고
내가 나를 진단해 보지만
가늠할 수 없는 상황
무슨 음모를 꾸미고 있는지
알 수 없구나

— 박명용, 「二律背反」 부분

일종의 모순 속의 진리를 이율성이라고도 하고 역설이라고도 하는데 위의 시는 화자와 의사의 상반된 진술을 나란히 병렬함으로써 의사의 과학적 진단

* 시인 · 한서대 문창과 교수

과 화자의 인생론적 진단을 상치시킴으로써 이율배반을 드러내고 있음을 보여준다.

아무 이상이 없다는 의사의 진단과 화자의 아픔으로 진단한 자가진단 사이에서 노출되는 괴리와 모순, 여기에서 의학적으로 진단한 무병은 과학적 진실임에 틀림없다. 그리고 화자의 자가진단에 의한 유병은 과학 쪽에서 보면 허위가 된다. 그러나 세상이 병을 앓고 있는 시대적 상황에서 현실적 아픔과 고통을 함께 하는 화자의 진단 또한 진실이게 되고 세상의 아픔을 진단하지 못한 과학적 진단이 허위일 수밖에 없게 된다.

이는 곧 이 시가 제목이 말해주듯 '二律背反'이면서도 이율 속에 진실이 들어 있고 배반 속에 합리가 성립되는 역설의 미학이란 걸 말해 준다고 할 수 있다.

이런 해석은 논리적이고도 일반적인 생각에서는 픽션이다. 그러나 논리적이고도 일반적인 해석을 뛰어넘는 의사진술에서는 역설을 통한 진리가 된다. 이 시에서 볼 수 있듯이 역설은 과학적이고 논리적 진술로는 할 수 없는 것을 말할 수 있는 시적 진리의 언어인 것이다.

(『현대시 창작이론과 실제』, 조선문학사, 1998)

오늘의 시, 다양한 전개

이 상 옥*

역사나 현실의식을 배면에 깔면서도 서정성을 잃지 않고 유행적 시류에 휩쓸리지 않으면서 개성적인 시학을 구축한 일군의 시인들이 있다. 이들은 각기 이질적인 세계를 구축하고 있지만, 우리 시의 든든한 허리로써 받쳐주는 시들이다.

물빛이 돌 지난 애기처럼 맑다.
한 놈 두 놈
드디어 떼를 이루는 피라미 새끼들
동공瞳孔을 고정 시킨다.
그러나
쓸만한 놈은 영영 보이지 않는다.
푸른 하늘이 너무 푸르다.
푸른 하늘이 너무 부끄럽다.

— 박명용, 연작시 「강물은 말하지 않아도 · 1」 전문

이 작품은 감정을 지성으로 통제하면서 현실의 모순을 구체화하고 있다는

* 시인 · 창신대 문창과 교수

점에서 편내용적인 민중시 계열과는 다르다. 여기서 강물은 단순한 자연현상이 아니라 인생의 역사를, 그리고 강물 속에 등장하는 피라미떼 역시 인간을 비유한 것으로 읽는다면, 이는 인생의 알레고리가 된다. 이처럼 80년대의 광폭한 시대를 현실 참여파 시인들처럼 생경한 목소리로 노래하는 것이 아니라 감정을 지성으로 통제하면서 현실을 비유나 상징으로 변용시켜 시대에 대응한 균형적 시각이 돋보이는 것이다.

(박철희 · 김시태 편, 『한국현대문학사』, 시문학사, 2000)

모순 속에 내재한 진실을 발견하자

이 상 옥*

브룩스가 시어의 특성으로 제시한 '역설의 언어'는 흔히 불사조 피닉스의 상징으로 설명된다. 피닉스는 고대 이집트 신화에 등장하는 새인데, 이 새는 수명이 3,000년이나 된다고 한다. 그러나 3,000년이 경과하여 죽음이 임박하면 이 새는 카르낙 신전의 향로에 들어가 스스로 몸을 불태움으로써 어린 새로 환생하여 또다시 삼천년을 산다는 것이다. 그래서 피닉스는 영원히 죽지 않는 전설상의 새다. 피닉스에게 죽음은 곧 재생이다. 이처럼 죽고자 하는 자는 산다든지, 지는 자가 이기는 자라고 하는 것은 모두 역설이다. 겉으로 보기에 모순되지만 그 모순을 초월하여 새로운 존재로 태어나는 것이 역설의 본질이다.

인간답다는 것이 역설의 본질과 닿아 있는 것 같다. 인간은 천사도 아니고 짐승도 아니다. 인간에게는 선과 악이 공존하고 있다. 선만 존재한다면 천사이고, 악만 존재한다면 짐승에 다름 아닐 것이다. 선과 악이 공존하면서 빚어내는 품성, 그것이 바로 인간적 속성이다. 시가 인간을 노래하는 것이라면, 역설이야말로 인간적 본체를 가장 잘 드러낼 수 있는 기법이 아니겠는가.

인간의 삶 자체가 역설인 경우가 얼마나 많은가. 파란 만장한 우리네 삶을 기록하면, 그것이 역설이 되고, 시가 될 수 있는 것이다. 어떤 측면에서 시 쓰기

* 시인 · 창신대 문창과 교수

는 모순 속에 내재한 삶의 진실을 발견하는 작업일 수 있다.

믿을 수가 없구나
허리는 지근지근 아파오는데
의사는 컴퓨터 촬영 후
아무 이상이 없다니
믿을 수밖에 없지만
왠지 시름으로 오는 아픔
컴퓨터가 고장인가
허리가 고장인가
오늘도 침을 꽂고
내가 나를 진단해 보지만
가늠할 수 없는 상황
무슨 음모를 꾸미고 있는지
알 수 없구나
부지런히 침을 맞고
수영이나 자주 하면
낫겠다고 말한 지 벌써 몇 달
믿어지지 않으면서도
믿어야 하는 위정자의 말처럼
새벽이면 수영장에 나가
덩치 큰 여인네들 틈에 끼여
멋쩍게 허우적거리고 있는 나는
못된 세상을 닮아가는가
못된 마음을 닮아가는가
믿을 수가 없구나
허리여 허리여

— 박명용, 「이율배반」 전문

이 시는 시인 자신의 삶의 체험의 기록이다. 세계의 모순과 화자의 모순적 상황은 등가를 이룬다. 의사는 병이 없다고 하는 데도 몸은 아프기만 하다. 과학적 진단과 실존적 인식의 상반된 결과는 역설적이다. 인간의 내부에 존재하는 역설적 인식이 시의 구조를 이루고 나아가 왜곡된 현실 구조를 반영하고 있지 않은가.

(『창작강의』, 삼영사, 2002)

순수 가치

홍 윤 기*

붓처럼 살아 온 칠순 노인이
먹 향기에 취하여 하루를 졸고 있다.
차고 맑은 대죽살에
의지처럼 매달린 해서楷書 한 폭이
느긋한 햇살이 주름살로 묻어나고
전라도가 고향인 몇 개의 붓자루와
충청도가 객지인 몇 장의 화선지는
오늘도 간선도로에서
세월의 진실을 외롭게 지키고 있다.

— 박명용, 「햇살」 전문

박명용이 제시한 표제 「햇살」은 우리의 '전통미'를 가리키는 상징어다. "붓처럼 살아 온 칠순 노인"(제1행)에서의 '붓처럼'의 직유는 자연스럽고도 성실하며 굳센 의지를 비유하고 있다.

이 작품은 시 전체가 기교적인 비유로 이루어진 보기 드문 '상징적 서정시'다. 우리가 우리 것을 지키지 않는다면 누가 우리의 전통미를 이어줄 수 있을 것인가.

---

* 시인

그러기에 화자는 "차고 맑은 대죽살에/ 의지처럼 매달린 해서 한 폭이/ 느긋한 햇살이 주름살로 묻어나고"(제3~5행) 있는 것이다. 전라도 명산의 붓이며 화선지의 전통 산물은 또한 고도산업화 시대인 오늘이기에 더욱 그 정통성(正統性, 간선도로)을 철저하게 지켜 후손으로 이어가야 한다는 전통적 가치를 강조하고 있다.

(『한국현대시 해설』, 한누리미디어, 2003)

생명의 가치

홍 윤 기*

숯은
몸바칠 준비를 철저히 한다
동아줄로 묶였다가
다시 새끼줄에 몇 개씩 묶이는
숯 뭉치
마지막 생명을 불살라
차거운 세상
뜨겁게 달구려는가
성숙한 몸으로
세상을 기다린다
제 몸 불태워
생의 극치를 이루려는
숯은
세계의 종교다

— 박명용, 「숯 · 2」 전문

박명용은 '숯'이라는 무생물인 오브제(object)에게 생명을 부여하는 이미지 작업의 솜씨를 보이고 있다. 두말할 나위없이 그와 같은 행위는 시이기 때문에

* 시인

가능한 것이다.

숯은 "마지막 생명을 불살라/ 차거운 세상/ 뜨겁게 달구려는가" (제6~7행)는 물음에는 새타이어(풍자)가 매우 강하게 작용하고 있다. 차거운 세상이란 인정은커녕 불쌍한 것을 외면하고, 약자를 백안시하며 사리사욕으로 들끓는 몰염치한 이기주의의 세상이다.

화자는 시커먼 연료인 숯을 벌겋게 달구어 냉혹한 사회의 뜨거운 인간애의 사회로 개량하고 싶은 것이다. 그러기에 숯의 공헌은 '세계의 종교'라는 새로운 인식론으로써 폭넓은 이상을 부여한다. 즉 현대시의 문학공간에서의 시 창작의 가능성은 3개의 좌표로 성립되는 '종·횡·높이'의 3차원에서 다시금 엔(N)차원으로 뻗어날 수 있기 때문이다.

(『한국현대시해설』, 한누리미디어, 2003)

모순 극복 의지

홍윤기*

차창에 틈이라도 없으면
나를 잃은 환자가 되고 만다.

무료도 아닌 승차인데
한 뼘 길이의 창이 열리지 않는
기우뚱한 뒷좌석에서
여유를 가누지 못하고
땀으로 흐르는 건 분명
오늘의 숨소리가 크기 때문이다.

거짓말 같은 폭염이
가득 서린
중국집 이층 구부러진 종점에서는
포플라 머리숲을 빗어 내리는
중년 여인의 허탈한 얼굴이
틈 사이로 펼쳐 오는 하오下午.

정녕 우리의 틈은 고장난 차창같이

---

* 시인

열리지 않는 건가.

— 박명용, 「뒷좌석」 전문

표제의 「뒷좌석」은 버스 뒷좌석의 공간적 존재 의미를 시적으로 이미지화시킨 사회비평적인 작품이다. 한여름 무더위 속인데도 이 유료 버스는 "한 뼘 길이의 창"마저 열리지 않아 시원한 바깥바람도 들이쉴 수 없어 숨이 콱콱 막힌다.

더구나 "오늘의 숨소리가 크기"(제2연) 때문에, 즉 세상만사가 부조리하고 소란스럽다. 그렇기 때문에 소시민은 부딪치는 온갖 것에 짜증이 난다.

여기서 비로소 '뒷좌석'은 비단 버스만을 두고 하는 고발의식이 아니라 "정녕 우리의 틈은 고장난 차창같이/ 열리지 않는 건가"(제4연)에서 제시된 우리 사회 전체의 온갖 모순에 대한 참다운 개선을 시로써 극복하려는 강력한 의지다.

(『한국현대시해설』, 한누리미디어, 2003)

소재의 해석

문 덕 수*

'바다'라는 소재가 시인에 따라 어떻게 달리 나타나는가를 살펴보자.

봄 바다는
유난히 반짝인다

사금파리로 날끼을
얇게 세워
거침없이 달려오다가
제 힘에 스스로
쓰러지는가 싶더니
다시 일어나
달려오기를 반복하는
미친 듯한 파도
세상을 향하는
은빛 칼질이다
스스로 부스러지려는
자결의 몸부림이다

* 시인 · 예술원 회원

봄 바다는
권태를 끊는
기호다

— 박명용, 「보길도 · 2」 전문

이 시인은 뭍으로 밀려들어오는 바다의 물결을 의인화해서 보고, “사금파리로 날끼을/ 얇게 세워/ 거침없이 달려”온다고 표현한다. 물결이 바닷가의 뭍에 부딪혀 부서지면서 그 포말이 유난히 반짝이는 광경을 보고, 어릴 때 밖에서 놀다가 혹시 사금파리에 벤 적이 있는지도 모를 그런 경험에서(?) 떠오른 ‘날카로운 사금파리의 날’과 결부 시키고, 여기서부터 이 시의 시상이 전개되고 있다. 1930년대에 정지용은 “바다는 뿔뿔이/ 달어날랴고 했다// 푸른 도마뱀떼같이/ 재재 발렀다”(「바다 · 2」)고 하여 자연의 생명체인 도마뱀에 비교하여 묘사했는데, 오늘에 와서는 바다의 물결이 비생명체인 무기물(사금파리)로 변화하고 있다.

(『오늘의 시작법』, 시문학사, 2004)

시와 첫 행

문 덕 수*

시의 첫 행과 끝 행과의 관계는 아주 밀접하다. 첫 행을 끝행에서 되풀이하면 주제와 관련된 사항이나 중심사상을 강조하는, 이른바 양괄형의 시 형식이 있다. 그러나 첫 행에 특별한 의미를 두지 않고 시상의 중간 부분부터 펼치면서 끄트머리에 가서 끝 행으로 전체를 뭉뚱그려 마무리를 지으면서 주제를 나타내게 되면, 그러한 시는 미괄형尾括型의 시형식이 된다. 이제 그런 보기를 들어 보자.

가을 겨울 봄을 넘기고
삼복이 되어서야
자신을 드러낸 건
기다림의 끈기를 시험한 것
두 송이도 아니고
한 송이로 혼자 드러낸 건
존재의 소중함을 보여준 것
색깔이 하얗게 빛나는 건
소박한 꿈을 펴보인 것
잎사귀 속에 살짝 숨은 건

* 시인 · 예술원 회원

부끄러운 마음이 솟은 것
창틀 바람에도
슬슬, 흔들리는 건
생명에 대한 답례인 것

아, 한 송이 난꽃의
빈틈없는 사랑이여

— 박명용, 「빈틈없는 사랑」 전문

"아, 한 송이 난꽃의/ 빈틈없는 사랑이여"라는 끝 두 줄이 이 시의 주제다. 즉 미괄형의 시다. 그렇게 보면 이 시에도 첫 행이 있기는 있지만, 첫 행에 특별한 의미를 부여한 것이 아니어서 없는 것이나 마찬가지이고, 끝 행이 매우 주요함을 알 수 있다.

(『오늘의 시작법』, 시문학사, 2004)

제5부 시인의 면모

박명용과 「안개지역」

이 덕 영*

박명용의 시는 한마디로 시적 의미가 깊다. 깊다는 것은 상상력이 넓고 깊이가 무궁하다는 것이며 세상을 보는 눈이나 사물을 인식하는 태도가 남다르다는 뜻이다.

> 호남인터체인지를 지나
> 흰 표지판이 날개를 잃은 여기는
> 안개지역
> 버스는 시속 50Km
> 그날 새벽같이
> 너와 나의 가슴을 일깨운 입구에는
> 새 한 마리 허허로운 깃폭에
> 흩어지고
> 흐린 의식이 띄엄띄엄 솟아나는 이랑에서
> 나를 잃어버린
> 아스름 옷자락이
> 잘려진 논둑을 쓸어안는다.
> 싱그러운 선線이 눈을 벗을 때

* 시인

버스는 시속 80Km
나를 회복한
이웃들의 동작이
해맑은 강물 위로 내려앉는다.
다음
안개지역의 상념이
차창에 쌓이다.

—「안개지역」 전문 (현대문학, 1976. 7)

이 시는 현 시대를 '안개지역'으로 인식하면서도 언제인가는 안개가 걷혀 해맑은 세상이 되리라는 확고한 신념과 기대가 꿈틀거리는 이미지들로 잘 짜여져 있다. 시대를 바라보는 눈(언론인이라는 직업과도 관련이 있는지도 모른다)과 깊은 상상력, 또한 어떤 의식을 초극하려는 집념은 그에 있어 유별하다. 위 시에서 보는 바와 같이 그의 시에는 차가운 듯한 이성적 면과 온기가 어린 서정성이 어우러져 있는데 이런 면은 여타 작품에서도 잘 드러나 있다.

박명용은 비록 뒤늦게 올해에서야 ≪현대문학≫에서 추천을 받았지만 일찍이 60년대부터 시를 써 온 시인이다. 소위 문단의 통과의례라는 것을 거치지 않았을 뿐 자질 면에서나 능력 면에서는 이미 시인이 되고도 남는다.

필자는 60년대 말부터 5, 6년 동안 직업상 거의 지근 거리에 있었으나 그가 시를 썼다는 사실은 한동안 까맣게 모르고 있었다. 자존심이 남달리 강한 그는 평소 단 한 마디도 문학에 대한 언급이 없었고 집에 가보면 시집이나 소설책이 유난히 많아 의아스러웠으나 그냥 읽기 위한 것으로 간단히 생각하고 말았었다.

그러다가 언제인가 여럿이서 여행 중 술을 마시고 단 둘이 남게 되었을 때 우연히 문학 이야기가 나왔는데 내가 어느 잡지에 발표한 시를 두고 그는 내 시에 대한 견해를 밝혀 나를 놀라게 했다. 뜻밖의 평에 속으로 큰 충격을 받았다. 이후 그의 문학에 대한 내력을 하나씩 알게 되어 비로소 그가 시공부를 했음을 알게 되었다. 60년대 중반 신춘문예에 몇 차례 응모한 경력, 그리고 시를 단념하고 의식적으로 시를 피해 왔던 일 등등을 알고난 후에는 그의 앞에서 함부로 시를 언급하지 않았다.

70년대에 들어서면서 때때로 그의 눈치를 보아가며 신춘문예만이 전부가 아니니 추천이라도 받으라며 권유했다. 그는 그 때마다 시나 소설은 좋아 읽고 있으나 쓰는 일 즉, 시인이 되는 길은 포기했다고 버럭 화를 내곤 했다. 이후 어느 봄날 신동집, 한성기 시인, 그리고 필자가 시내를 걷다가 우연히 그를 만났다. 이때 그를 이 시인들에게 소개했고, 이후 이 시인들은 평론가로 ≪현대문학≫ 주간이던 조연현 선생과 김윤성 시인에게까지 소개하기에 이르렀다.

나와 한성기 시인의 집요한 설득 끝에 추천에 응한 그는 그동안 썼던 1백 여 편을 가지고 왔다. 그는 이렇게 남몰래 시를 써 왔던 것이다. "시를 쓰지 않겠다"고 각오한 지 10여년 만에 다시 시로 돌아온 것이다. 이렇게 해서 나온 추천작품 중 하나가 「안개지역」이다. 어찌 되었건 다시 시작한 만큼 그는 누구보다도 더 순수한 열정과 집념을 가졌기에 앞으로 좋은 시를 써 대시인이 되리라는 것을 나는 확신한다.

(≪대전문화≫, 1976. 10)

'이별과 만남' '떠남과 돌아옴', 삶의 한 단면

— 시인 박명용의 테마기행

이 창 복*

대전역의 0시 50분은
아득한 날 멈추었지
아니 0시 50분은 영원히 살아있지
목포도 좋고 이리도 좋고
나면 어떻고 너면 어떤가
모두가 아파서 좋았던
그 새벽의 서러운 꿈
막걸리 잔에 툭 떨어진
단무지 한 쪽의 맛이었는걸
오고가며 솟는 그리움
중동 10번지 빛바랜 여인의
가슴에 정 한 줄 찌익 긋고
삶의 광장에 허기져 나서면
새벽별도 한 쪽의 위안이었는걸
만남과 이별의 울음꽃
유난히 머언 기적소리에
사방 흩어져 날려도
어쩔 수 없이 정은 박히고 말았는걸
그래서 언제나 살아있는 그것은

---

* 중도일보 기자

대전발 0시 50분이지

— 「0시 50분」 전문

기차역은 막연한 여행의 노스텔지어를 불러일으킨다. 이별과 만남, 떠남과 돌아옴을 순환적으로 보여준다. 기차역은 마치 인간 삶의 한 단면 같다. 서정성과 역사성을 바탕으로 존재론적 성찰에 작품의 뿌리를 내리고 있는 박명용 시인의 작품 세계는 대전역에서 특징이 발견된다.

떠남과 돌아옴이라는 삶의 시간적 의미와 자아와 타인을 이어주는 공간적 의미를 대전역에서 확인할 수 있다. 이러한 시·공간이 뫼비우스의 띠처럼 순환하는 대전역. 이 대전역에서 발생—성장—소멸이라는 존재의 반복을 읽고 자아성찰을 통한 실존에의 접근을 꾀하게 된다. 20세기초에 세워진 대전역은 사람을 끌어들여 도시를 만들고 삶과 역사의 질곡을 이끌어왔다.

만남의 기쁨과 헤어짐의 아쉬움이 상존하는 공간. 기차가 도착할 때마다 밀물처럼 몰렸다 썰물처럼 빠지는 인파. 여독에 지친 몸으로 가락국수 먹고 역사를 빠져 나오면 중동 10번지 여인의 호객행위. 삶의 다양하고 고단한 여정이 이 대전역을 중심으로 전개된다. 매일 2만명 가까운 인파가 빠져 나가는 대전역 대합실은 인간 삶의 생성과 소멸을 암시한다.

대합실에 서서 보면
오는 사람 없고
떠나는 사람만 있다
한 무리가 웅성이다가
시간을 다투어
개찰구를 빠져나가면
갑자기 대합실은 텅 빈 공간이 되어
출입문 틈 사이로 들어온 바람뿐
한성기 시인의 「간이역」보다 더한
더한 허허로운 세상이다

그러나 잠시 후
떠나갈 채비를 갖춘 사람들
벌써 한 무리로 가득 차
우리가 개찰구를 향해
발걸음을 옮길 때면
우리를 바라볼 그들 역시
잠시 웅성이다가
대합실이 되고 그러다가
또다시 떠나갈 것이다
가슴에 대합실을 가득 안고
살아가야 할 사람
어느덧 한 무리에 섞여
이 겨울의 대합실을
나서고 있다

—「대합실에서」 전문

사람들은 떠나기 위해 대합실에 가득차 있지만 결국은 비어 있음에 다름 아니다. 돌아온 사람들도 대합실에서 떠나온 이들이다. 우리의 삶도 이 대합실에서 저 대합실로 옮겨가는 과정일 뿐이다. 결국 대합실은 인간 삶의 순간성과 순환성을 상징적으로 보여준다.

그의 이러한 실존에의 접근 노력은 유년기의 경험이 남다름에서 출발한다. 물깊은 충북 영동 심천에서 자란 그는 형제들과 나이차가 많아 홀로 지내는 기간이 많았다. 또 어린 친구의 정신이상과 일찍 홀몸이 된 형수 등 주변환경들은 그에게 사색의 세계로 몰두하는 계기로 작용했다. 특히 형수품에서 자라다시피한 유년의 시간은 남다른 자아성찰과 현실을 초월한 신화적인 시간으로 자리한다.

내 유년의 강은 이제 빈 가슴인 것을
이제 서러움뿐인 것을
날 밝혀 몸살 앓고

내 어디론지 떠나가는 유년은

자갈자갈 서러운 노래
노래만 부르고 있는 것을

순수로 흐르던
내 강은 믿음이었고
네 강은 사랑이었던 것을

— 「유년의 강」에서

벌거숭이 시절, 순수한 서정적 자아가 안주했던 그 시절을 상상하고 동경한다. 이러한 과거에의 갈망은 시간의 순환이라는 자연적 질서로 귀착된다.

자연적 질서 속에서 적극적인 자기탐구로 자신의 삶과 작품세계를 이끌어 가던 그에게 80년대는 커다란 전환점이 된다. 동아일보 기자로 재직하던 80년 그 어설픈 시기에 어설픈 강제해직을 당하게 된다. 외부의 커다란 힘에 의해 진실이 왜곡되고 굴절된 삶을 살면서 타의라는 회오리를 실감하고 곱씹게 된다.

기차를 타 보면 알고
후미에 타 보면
더욱더 잘 보인다
스스로 살아가고 있는 것이
아닌, 남의 뜻대로
끌려가고 있음을.
지나온 나이를 뒤돌아보면
한—자의 희미한 선로와
강물처럼 구부러진 선로가
내 의사와는 상관없이
나타났다 사라지고
사라졌다 나타나는 삶들
불혹이 넘은 지금도

철길처럼 이어지고 있다.
언제까지 끌려만 가는
나에겐, 하물며 분노도 없는가.

—「타의他意」 전문

일자리를 타의에 의해 잃은 80년대 초는 시련의 세월이었다. 수석에 취미를 갖게 된 것도 이 즈음의 일이다. 전국의 자연을 홀로 헤집어 가며 상실된 자아와 유폐된 자기인식에 대한 성찰을 하게 된다. 시작품을 통해 진퇴유곡의 자아를 인식하면서 습관적으로 더듬게 되는 위선적인 삶을 지적하고 있는 것도 유년시절의 남다른 사색과 타의에 의한 삶의 굴곡이 그의 삶 속에 자리하기 때문이다. 이러한 체험과 인식으로 인해 그의 작품 내부에는 세계와 인간의 삶을 조용히 들여다 볼 수 있는 건강한 비판정신이 구축된다. 그러나 그 비판정신은 지성에 의해 감성과 통합하려는 의지를 보인다는 점에서 따뜻하기만 하다.

현실의 고통과 소외감 등을 안고 살아가는 모든 이에게 만남과 화합의 가능성을 또 하나의 기차역에서 제시한다.

언제 보아도
어디서 본 듯한 얼굴
하나 둘
서울로 올라가고
목포로 내려간다
언제 보아도
그들은 하나이고
그들은 둘이고
그러나
말이 없어 더욱 긴 시간
지쳐서 떠나가는데
언제보아도

어디서 본 듯한 얼굴

— 「서대전역에서1」에서

실질적으로 대전발 목포행 열차가 0시 50분에 떠나가는 서대전역에서 떠남과 이별을 앞둔 타인을 통해 자신의 모습을 오버랩시킨다. 같은 시・공간을 살아가는 존재들의 삶의 실상은 누구에게나 낯익은 것임을 지적하고 있다. 어린 시절부터의 자아성찰을 통해 존재의 모순을 깨닫고 존재의 본질적 상태로 환원하길 꿈꾸는 그는 시・공간의 순환을 보여주는 기차역과 대합실에서 화해와 수용, 인내와 사랑의 기본적 심정을 표출한다.

대전역의 기차와 대합실의 인파가 순환하는 한 실존에 접근하는 작품활동에 '마침표를 찍고 싶지 않다'는 그, 올해에는 좋은 작품 한 편을 쓰는 게 소원이란다.

(<중도일보>, 1996. 2. 8)

물과 놀던 고향 떠난 돌

— 충청도를 노래한 시 「깊은 내」의 박명용 시인

이 현 숙*

활처럼 휜
한아름 물줄기 속에서
뒹굴던 돌은
두고두고 심천深川을 잊지 못한다
도시로 흘러와 꿈꾸는 고향
수석가壽石家의 뜰에 응결凝結된 외로움
물새의 이야기를 잊지 못한다
여울소리 닮아
오랜 세월
다듬고 빗다가
억지로 밀려온 침묵
침묵은 고향사람들의 기질이다
부딪쳐도 좋고
굴러도 좋고
고향 떠난 돌은
두고두고 심천을 잊지 못한다

— 「깊은 내」 전문

* 충청일보 기자

고향은 인간이 돌아가야 할 마지막 보금자리다. 사람들은 나이를 먹어가면서 잊었던 고향을 생각하고, 그 고향을 잊지 못한다. 우리에게 돌아가야 할 고향이 있다는 것은 얼마나 다행한 일인가.

박명용 시인의 고향은 물 맑고 경관 수려한 충북 영동군 심천이다. 널찍한 들녘이 시원스럽고, 눈처럼 고운 백사장과 휘어 돌아가는 시리도록 푸른 물이 햇빛에 눈부시게 반사되는 금강錦江. 이런 강가에서 꿈 많은 어린 시절을 보낸 박 시인은 이 때의 체험을 바탕으로 한 많은 작품들을 발표하고 있다. 고향을 떠나서도 시적 배경은 항상 고향을 떠나지 않고 있다는 것은 그만큼 고향에 대한 사랑이요, 그리움에 대한 애착이라고 할 수 있다.

박 시인은 대대로 이어져 내려오는 영동의 밀양 박씨 국당공의 후예로 심천에서 태어났다. 봄이면 아지랑이가 넘실대는 들녘을 걸었고 여름이면 반짝이는 자갈이 즐비한 금강에서 물놀이로 하루해를 보냈으며 가을에는 텅빈 들녘을 바라보면서 미래를 꿈꾸었으며 겨울이면 추위도 잊고 얼음 위를 뛰어 다니면서 자신을 키워왔는데 그가 이미 중학교 시절부터 문학에 뛰어났던 것은 지리적 배경이나 서정적 분위기 때문이었는지도 모른다.

시인 김완하는 「푸르름을 꿈꾸는 언어」에서 "그의 시는 강한 생명력과 역동성, 영원성과 이상을 지향하는 의식 세계를 드러내 준다."고 잘 지적하고 있다. 그가 지향하는 의식 세계는 유년의 공간이다. 한 인간이 지니는 이미지는 유년기의 체험을 중심으로 형성되는데 시간적으로 소급하여 그 공간 속에서 발휘되던 생명의 바탕에 다시 서려는 것이다. 박 시인의 어린 시절은 잊어진 과거가 아니라 언제나 새롭게 드러나는 세계다. 그는 「심천에서」에서 "가슴 속을 물들이는/ 유년의 산 더욱 푸르러/ 잊었던 꿈서리는 여기/ …어머니의 젖줄처럼 흐르는 물줄기/ 벌써 입가에서 묻어나고/ 수런대는 자갈소리/ 귓전에 맴도는데/ 물놀이 아이들의 정겨운/ 알몸에서 나의 유년을/ 유년을 보면서"라고 오늘의 삶을 유년에서 유추해 내고 있다

시간이 흐르고 역사가 바뀌고 그 깨끗했던 자갈들이 도시로 나가고 물줄기

가 바뀌어도 시인의 가슴 깊은 곳에는 그를 키워주었던 젖줄처럼 흐르는 강의 이미지가 영원하게 자리 잡고 있다. "순수로 흐르던/ 내 江은 믿음이었고/ 네 강은 사랑이었던 것을/ 물빛마다/ 옥돌마다 그리고/ 바람마다/ 진하게 물들었던 유년은/ 어젯밤 자정의 악몽처럼/ 이제 유년은 빛바랜 계절인 것을"(「유년의 강」), "순하디 순한 마음/ 질기고 질긴 목숨/ 꽃웃음 치마폭에 담기면/ 숨막혀 부풀어 오르는 소리/ 말없이 숨죽여/ 당신들을 위안했습니다." (「아카시아 꽃을 보면」) 등에서 보여주고 있는 고향에 대한 애착은 단순한 추억의 그리움만으로 남아있는 것이 아니라 유년의 눈으로 바라보았던 당시의 궁핍했던 시대상. 그러나 마음만은 순수하고 풍요로웠던 당시의 그리움을 오늘의 현실에서 바라보고 있는 것이다

고향에 대한 사랑이 크고 강할수록 그 아픔을 넘어 분노로 표출되기도 한다. 고향에서 농사를 짓고 사는 동창생의 아픔은 곧 시인의 아픔이 되어 농촌 현실에 대한 저항의 정서로 나타나기도 한다. 그것은 그만큼 고향 사람들에 대한 사랑이 큰 것이랄 수 있다. "平土祭 香불 사를 때/ 저녁 햇살/ 저녁 바람/ 유난히 나른하다/ 나처럼 힘이 없다"(「이승과 저승」) "누구의 발뿌리에나 툭툭 채이는/ 돌 뿐인 돌 중에서/ 손에 닿는 대로 몇 개를 집었더니/ 그게 바로 누님의 아픔이고/ 형수의 침묵이네"(「금강錦江」)에서처럼 고향에 대한 아픈 의식은 生과 死, 세월의 흐름 등에서 찾고 있는 시적 대상은 어린 시절에 체험된 모든 것들에서 비롯되고 있다.

"누군들 저 굵고 우람한/ 나무의 뿌리를 볼 수 있으랴/ 세월이 엉겨붙은 밑동 속에/ 펄펄 끓고 있는 핏물/ 누구도 보지 못하고 더구나/ 지난 날 당한 고통 몰라도/ 대명천지에 푸르게 빛나는 잎새에서/ 할아버지의 정정한/ 숨결소리가 생시로 들린다"(「숨결소리」), "산골짜기에 들어서면/ 세차게 불어오는 바람을 볼 수 있다/ 우뚝 솟은 산을 타고 힘차게 넘어오는/ 파도같은 바람은/ 소나무 잣나무 오리나무 참나무를/ 80년대 반란의 바람으로/ 사정없이 밀고 온다"(「짙푸른 산맥을 보면」), "때로는/ 보이지 않는 살갗 속에서/ 흐르는 듯, 마는 듯/ 혈관에

흐르는 그리움/ 그 진한 혈액을/ 한 방울씩 수혈해 본다"(「느티나무를 생각한다」) 등에서는 전통의 계승과 순리의 파괴에 대한 아픔을 드러내 놓고 있는데 이런 시정신은 그의 성장과정과 무관하지 않다.

박 시인은 이렇게 시창작에만 머물러 있지는 않다. 영동 출신인 1920년대의 아나키스트 권구현을 연구하는가 하면 시인 '한성기론'을 집필하거나 특집으로 묶어내고 단행본 『꽃이파리는 떨어져 어디로 가나』에서는 단재 신채호 등 충청지역 문인들을 집중 재조명하는 등 지역 문인들에 대한 역사적 재평가에 많은 노력을 기울이고 있다. 권구현, 이영순, 구석봉 등에 이어 영동출신으로 이러한 시인이 있다는 것은 우리 지역의 자랑이요, 충청인의 꿈과 기질을 오래오래 지킬 수 있는 큰 자산인 것이다. 그는 오늘도 이러한 것들을 수확하고 가꾸기 위해 대전대학교 문예창작학과에서 시창작 교수로 후진을 키우는 데 온 정열을 바치고 있다.

(<충청일보>, 1996. 3. 5)

그리움의 고장

최 일 환*

가다가 가다가 보면
멈출 수밖에 없는 종점 때문만이 아니다.
들으면 들을수록
둘째 형님의 젊은 시절 추억담이
그리워서 뿐만 아니다.
지도 끝에서 낯설게 만나는
사람들
점잖은 정 때문만이 아니다.

결코 아니다.

나는 비로소
느긋한 고향꿈을 꾸고 있다.

—「목포」 전문

대전에서 목포까지의 철도는 호남선이요, 대전과 목포는 그래서인지 박명용 시인과는 곧잘 가까운 이웃처럼 정을 느끼면서 지내오고 있다.

---

* 시인

인간에게 있어 정만큼 끈질긴 인연은 없는 것 같다.

더는 갈 수 없는 반도의 끄트머리에 자리 잡은 목포는 어린 시절부터 박 시인의 가슴 속에 자리잡은 정의 고장이요, 그리움과 꿈의 고장이다. 그것은 그와 그 어떤 인연이 있어서도 아니다. 어린 시절 감수성이 예민했던 그는 열 살 위인 형님으로부터 목포에 대한 이야기를 종종 들어왔다. 이런 과정에서 목포는 그에 있어 정한의 고장으로 자리 잡혔고 그 후에는 우연히 목포 시인들과 가까워져 종종 찾는 목포— 우울할 때면 떠오르는 고향 같은 고장, 진정 그에게 있어 목포는 항상 그리움의 대상이었다.

박명용 시인은 충북 영동 출생으로 1976년 ≪현대문학≫에서 추천 받았으며 『꿈꾸는 바다』 등 여러 권의 시집과 시 해설집 등이 있다. 그 동안 충청남도 문화상, 동포 문학상, 한성기 문학상 등을 수상했으며 대전대 문예창작학과 교수로 있다.

그와는 오래 전부터 정을 주고받으면서 살아오고 있다. 그가 언젠가 <국방일보> 문예상의 시를 심사했는데 그 후 당선자를 우연히 보았더니 내 제자였다. 대전대학교 문예창작학과를 응시한 제자를 부탁한 일 등등 끈끈한 인연을 맺고 있어 우리는 대전과 목포 사이를 오가고 있는 것이다.

(『그리운 유달산의 노래』, 문학춘추사, 1997)

연 보

박명용朴明用 주요 연보

박명용朴明用 주요 연보

- 1940. 12. 10 충청북도 영동군 심천면 심천리에서 아버지 退隱 朴喜競과 어머니 李海順 사이의 3남 2녀 중 막내로 태어남.
- 1956. 고향에서 초·중학교를 마침. 충북 옥천고(현 충북과학대) 재학 시절 교장으로 재직하던 아동문학가 최태호 선생 등의 적극적인 지도로 시를 본격적으로 습작함.
- 1962. 건국대학교 경상대 경제학과 입학.
- 1964. 연 2회에 걸쳐 신춘문예 낙방으로 실망한 나머지 문학 포기.
- 1966. 건국대학교 졸업. 동아일보사 입사(편집국 지방부 기자).
- 1971. 윤영희(이화여대 국문과 졸)와 결혼.
- 1972. 한성기, 신동집, 이덕영 시인 등의 권유로 다시 시를 쓰기 시작함. 장녀 선영 출생(충남대 및 폴란드 국립 쇼팽음악원 석사과정 <바이올린 전공> 졸업. 현재 대전광역시 교향악단 상임단원·혜천대 강사).
- 1975. 차녀 선주 출생(배제대 졸업). 현재 강사.
- 1976. ≪현대문학≫지 7월호에 시 「안개지역」, 「만추」, 「낮달」 등이 초회 추천됨.
- 1977. 동지 1월호에 「햇살」, 「모발지대」, 「편집」 등으로 추천 완료됨.
- 1978. <백지>시동인회 창립하고 창간호 간행(이덕영, 이장희, 김용재, 한병호, 조완호 등과 함께). 일본 등 동남아 각 나라 문화계 순방.

· 1979. 첫 시집 『알몸 序曲』(활문사) 출간.

· 1980. 장남 기범 출생(대전대 영문과 졸업). 신군부에 의해 <동아일보>에서 강제로 쫓겨남.

· 1981. 시집 『강물은 말하지 않아도』(대명출판사) 출간.

· 1982. 제26회 충청남도 문화상(문화예술부문) 수상.

· 1983. 대전대학교 출강.

· 1984. 제7차 세계시인대회 참가(모로코). 유럽 각국 순방.

· 1985. 시집 『안개밭 속의 말들』(혜진서관) 출간. 제2회 동포문학상 수상. 한·중 작가회의 참가(대만). 일본 방문.

· 1986. 현대시 해설집 『한국 현대시 해석과 감상』(정법출판사) 출간.

· 1987. 홍익대학교 출강. 시집 『꿈꾸는 바다』(홍익출판사) 출간. 『충청의 시향』(문학비평사) 출간. 제9차 세계시인대회 참가(대만). 일본 방문.

· 1990. 『한국의 명작시 해석과 감상』(개정판, 글벗사) 출간. 제12차 세계시인대회 참가. 미국 등 순방.

· 1991. 홍익대 대학원 국어국문학과 졸업(문학박사). 제2회 홍익문학상 수상. 몽골작가동맹 초청 몽골 방문. 중국 순방.

· 1992. 대전대학교 국어국문학과 조교수로 부임. 평론집 『한국프롤레타리아문학연구』(글벗사) 출간. 시집 『날마다 눈을 닦으며』(아름다운 세상) 출간. 한국문협, 한국펜클럽, 한국비평문학회 이사. 일본 학회 참가.

· 1993. 제3회 한성기문학상 수상.

· 1994. 한국문인협회 대전광역시지회장. 홍익대 총동문회 부회장. 한국예술문화공로상(한국예총) 수상.

· 1995. 문예창작학과 신설로 국어국문학과에서 문예창작학과로 이적. 계간 ≪문예와 비평≫ 주간. 홍익문인회 회장. 시집 『나는 마침표를 찍고 싶지 않다』(글벗사) 출간. 전기 『한밭의 문혼』(글벗사) 출간. 『작고문인 연구』(편)(대훈사) 출간.

· 1996. 평론집 『한국시의 구도와 비평』(국학자료원) 출간. 문학발전공로상(문화체육부) 수상. 『펜과 문학』 편집위원.

· 1997. 대전대학교 사회교육원장. 시집 『바람과 날개』(새미) 출간. 교육부 교육평가원 대학특기자 심사위원.

· 1998. 시집 『뒤돌아 보기 · 강』(새미) 출간. 제35회 한국문학상 수상. 제7회 한국비평문학상 수상. 월간 ≪시문학≫ 편집위원.

· 1999. 『현대시 창작법』(국학자료원) 출간. 충북 영동의 '금강사랑'시비(충북문협 건립)에 시 「금강」이 새겨짐. 한국 비평문학가협회 부회장. 한국 시문학회 감사. 『창작의 실제』 (편)(국학자료원) 출간. 월간 ≪시문학≫ 등 문예지 신인상 심사위원.

· 2000. 시선집 『존재의 끈』(푸른사상사) 출간. 한성기문학상운영위원장. <대전매일신문> 비상임 논설위원. 『예술과 인생』(편)(소명출판사) 출간. 『한국현대문학사』(공)(시문학사) 출간. 제67차 국제펜대회 참가(모스크바). 동유럽 순방.

· 2001. 평론집 『상상의 언어와 질서』(푸른사상사) 출간. 시집 『강물에 손을 담그다가』(푸른사상사) 출간. 충청남도 예산군에 소재한 '한국문인 인장박물관'에 시비가 세워짐. 『현대 사회와 예술』(편)(푸른사상사) 출간. ≪백지≫를 반 연간지 ≪시와 상상≫으로 변경 · 주간.

· 2002. 『문학과 삶의 언어』(푸른사상사) 출간. 한국문협 해외 심포지엄 주제발표(중국 하얼빈).

· 2003. 『현대시 창작법』(개정판)(푸른사상사) 출간. 『예술가의 혼을 찾아서』(편)(형설출판사) 출간.

· 2004. 시집 『낯선 만년필로 글을 쓰다가』(모아드림) 출간. 『대전문학과 그 현장』(상권)(편)(푸른사상사) 출간. 제2회 천상병시문학상 수상.

· 2005. 대전시인협회장. 『대전문학과 그 현장』(하권)(편)(푸른사상사) 출간.

· 현재 　대전대학교 예술학부 문예창작학과 교수.

■ 편자 약력

정순진

충남대 및 동대학원에서 문학박사 학위를 취득하고
현재 대전대학교 문예창작학과 교수로 재직 중이다.
저서로 『김기림문학연구』, 『한국문학과 여성주의 비평』,
『글의 무늬 읽기』, 『여성의 현실과 문학』, 『문학적 상상력을 찾아서』,
『롤러브레이드 타는 여자』 외 다수.

박명용 詩 들여다 보기

2005년 9월 25일 1판 1쇄 인쇄
2005년 9월 30일 1판 1쇄 발행

엮은이 • 정 순 진
펴낸이 • 한 봉 숙
펴낸곳 • 푸른사상사

등록 제2－2876호
서울시 중구 을지로3가 296－10 장양B/D 701호
대표전화 02) 2268－8706(7) 팩시밀리 02) 2268－8708
메일 prun21c@yahoo.co.kr / prun21c@hanmail.net
홈페이지 //www.prun21c.com
편집 / 심효정

ⓒ 2005, 정순진

값 23,000원

☞ 푸른사상에서는 항상 양서보급을 위해 노력하고 있습니다.
저자와의 합의에 의해 인지 생략함.